中国校园文学年度佳作 2016

ZHONGGUO
XIAOYUANWENXUE
NIANDUJIAZUO

唐朝晖
主 编

TANGZHAOHUI
ZHUBIAN

山东人民出版社
全国百佳图书出版单位 国家一级出版社

图书在版编目（CIP）数据

中国校园文学年度佳作2016 / 唐朝晖主编.－－济南：山东人民出版社，2017.3
ISBN 978-7-209-10379-4

Ⅰ．①中… Ⅱ．①唐… Ⅲ．①散文集－中国－当代②短篇小说－小说集－中国－当代 Ⅳ．① I217.1

中国版本图书馆 CIP 数据核字 (2017) 第 006415 号

中国校园文学年度佳作2016

唐朝晖　主编

主管部门	山东出版传媒股份有限公司	
出版发行	山东人民出版社	
社　　址	济南市胜利大街39号	
邮　　编	250001	
电　　话	总编室（0531）82098914	
	市场部（0531）82098027	
网　　址	http://sd-book.com.cn	
印　　装	山东新华印务有限责任公司	
经　　销	新华书店	
规　　格	16开（170mm×240mm）	
印　　张	16.5	
字　　数	296千字	
版　　次	2017年3月第1版	
印　　次	2017年3月第1次	
ＩＳＢＮ	978-7-209-10379-4	
定　　价	36.00元	

如有印装质量问题，请与出版社总编室联系调换。

目录

御　风　　　　　　　　　　　　　　　林为攀 / 001

平衡高考　　　　　　　　　　　　　　谢笑篱 / 010

回忆八秒钟　　　　　　　　　　　　　李乃琛 / 012

天空晴朗　　　　　　　　　　　　　　国　生 / 020

我们一起慢慢长大　　　　　　　　　　舒锦润 / 031

打鱼少年　　　　　　　　　　　　　　梁安早 / 034

张知了　　　　　　　　　　　　　　　王天宁 / 041

你来我往　　　　　　　　　　　　　　王梦泽 / 050

谁见幽人独往来　　　　　　　　　　　朱　强 / 060

7月，我收获了成长　　　　　　　　　 曾利华 / 071

渔事三题　　　　　　　　　　　　　　姚志勇 / 074

从战痘开始聊起	辛晓阳 / 083
唯有美好与你不可辜负	乱了夏天 / 086
舌尖上的亲情	机智的若曦子 / 095
桂花结	何　姗 / 097
十四岁的夏天	露　娃 / 099
李　宅	史冰梅 / 106
老榆树的担忧	葛小明 / 109
琉璃弄花	徐　衎 / 113
蜻蜓之翼	温文锦 / 117
爸爸回家前	曹　丹 / 126
鹿角巷忘记了六便士	繁　浅 / 128
黑洞之城	韩一杭 / 140
〇六八任务	孙雨婷 / 148
时光的预谋	叶　灵 / 155
亲爱的爸爸妈妈	马　亿 / 168

五角星	刘雨涵 / 174
傻　妮	冯靖雅 / 178
将爱藏于心底，永远不说再见	宁永顾 / 180
朝之菜市场，夜之便利店	残小雪 / 185
青春不会因高跟鞋而变美	夜空君 / 189
吃蝌蚪的人	蒋新磊 / 191
草原往事	何君华 / 202
蟋蟀是大地的乐师	池沫树 / 219
无法抗拒	李达伟 / 222
阴　谋	朱怡宁 / 238
酒心女孩儿	孟纯青 / 240
天上之父	封　尘 / 245
白色的蝴蝶飞走了	陆晓彤 / 248
几箪食，一辈子	凝佳恩 / 252

御　风

林为攀

　　山林的鹧鸪声惹得列子心烦。
　　林中有一条水蛇形状的小径，两旁的松树把银针似的叶子插在稀松的泥土里，有的经风雨侵蚀，减去了诸多锋芒。每当5月临近，山风兀自吹落银针，斜着身子掉落的松叶插在刚淋过雨的松垮泥地里。促狭的山林也在雨后顿时开阔起来。不知名的山花便趁势开满山坡，那条流经列子家门口的小河也鲜艳不少。
　　不过，这些都被列子一手破坏了。刚开始，他总觉得此情此景美不胜收，只是缺少生气。傍晚降临，高空那朵伴随太阳两侧的云变幻成褓褓的样子，呵护着日益薄弱的太阳，以为能在夜晚到来之前，避免让其受到星辰的欺侮。列子赤脚站在门前的那条小河边，觉得四周太静了，缓慢流淌的河流在莲花到来以后，好像流得更慢了，许多时候，列子甚至以为这条湍急的小河变成了一潭死水。
　　莲花也只是艳了不到个把月就萎了，漂在河面显得格外惨淡。还有许多未曾绽放便枯萎的花朵低着头被水花左右摇晃，在夕阳下更显落寞。列子极后悔把瑶池的莲花移植此处。王母警告过他："天上的圣物，到了凡间就会失去色彩。"只不过列子当时没有上心。当他站在云端，看着一片绚烂的瑶池，再低头看着自己家门前萧瑟的景象，想的只是要让小河也变成瑶池，哪里想得到天上的圣物到了地上会水土不服。
　　列子赤着脚，手里提着用蜘蛛丝做的网，想把在水面腐烂的莲花打捞上岸。就在此时，山林的鹧鸪又响了，先是断断续续的啼鸣，接着便是急促的咒骂似的啼哭。
　　"咕咕咕咕——咕咕咕咕。"
　　他不知道那些鹧鸪在叫唤什么劲儿。他本以为这些鹧鸪能弥补夕阳落山后的寂寥之感，没想到却让山林更加萧索。他举目望去，山林在暮霭的笼罩下，显露出朦胧的山脊，风经过处，松涛也掩盖不了鹧鸪刺耳的叫声。他光着脚，手里握着的网苴拉在水面，两耳警觉地抖动着，可鹧鸪却不叫了，好像故意逗他似的。于是他把脚趾甲已经长长的双脚探进水中，水很凉，快到夏天了，河里的水还是让他倒吸了一口气。莲花腐烂的味道不太好闻，呛得他皱紧了鼻翼。网太细了，捕不了吸足水的莲花，只能打捞一些凋谢的花瓣。

岸上几只雉也来捣乱，叼起他放在岸边的草鞋飞快地跑到屋后。这些雉不知道是不是听到了鹧鸪的叫声，重新燃起了对主人的憎恨。列子厚此薄彼，把一群雉中的大多数变成了鹧鸪后，只留下了这几只老弱病残。当初那些还未飞上枝头变成鹧鸪的雉没有什么胆量，连叫都只敢低声，更不用讲敢当着主人的面叼他的草鞋。其实雉变鹧鸪极简单，只需延长两翼，至于用何物延长，只有列子一人知道。当他把大多数雉的翅膀加长后，空中便无端多了一群飞鸟，这些飞鸟现如今只栖息在松树枝头，以松果为食。

现在这几只雉把他的草鞋叼得远远的，列子对着岸边不停叹气。水温越来越低，冰得他的脚都快失去知觉了。那朵襁褓似的云也四散逃开，他抓紧时间打捞。天黑以后，就什么都做不成了。他放下网，用双手抓起莲花，莲根绵延地下几里，凭他的力气拔不出来。他现在觉得几年前那两个小儿的看法都错了。

太阳既不能用离人远近来判断其大小，更不能用温度来判断。只有当你的时间充裕时，太阳才算大，时日不多时，太阳才算小。现在列子觉得太阳非常小，小到他没有足够的时间做完手头的事。博学的孔丘为了这个问题，皓首穷经，立数万言，辨无数是非，依旧没得到正确的答案。可惜孔丘已经不在了，不然他真想飞奔过去告诉他。

此后数日，他都想把这座山林搬到太阳照不见的地方，不过随着夜晚越来越长，他打消了此念。他觉得自己的生命在夜晚得到了充盈，他甚至希望自己能一直生活在黑夜之中。只不过当雉鸣叫时，他就知道，天亮了。随着秋日的到来，雉也学会了叫，不过一点儿都不像鹧鸪的叫声。它们叫得老费劲了，伸长着脖子，盯着太阳出来的地方，只要看到地平线上，或者山脊中有一丝光线渗入，便引颈"喔喔喔"叫个不停。鸡鸣叨扰了列子的美梦，他把门窗关严实好阻挡晨曦的入侵，却关不了鸡啼。他只好从草席上爬起来，门边放着网，房梁上的蜘蛛更加猖獗了，居然在他的木盆上织了一张大网，不知道是不是想把身长八尺的列子当作猎物捕食。

有起床气的列子想出气。但除了那个蜘蛛网一样大的盆，屋里已经没什么让他发泄了。随着10月的到来，他的脾气越来越不好，把能摔能踹的东西都摔了踹了。那只有八只脚的蜘蛛也早已摸清了他的脾气，待他爬起来后，屁股迅速地往上拱，不一会儿就躲到房梁后头了。列子气冲冲地走到木盆边，昨晚的洗脚水还没泼，像轮明月荡漾在盆中。他看着盆中的脸，头发凌乱，脸色蜡黄，那张坚挺的鼻子上冒出了青春痘。他想洗把脸，却被蜘蛛网糊住了脸，蜘蛛网黏糊糊，软绵绵，虽然细如发丝，却有千斤之力，不管他如何挣扎，还是无法挣脱牢笼似的网。

他知道这只蜘蛛为什么跟他过不去。当初他许诺这只手掌大的蜘蛛，"只要给我点儿丝，我就让你在外面墙壁上结网。"蜘蛛看他和和气气不像坏人，便从房梁上吊下来，然后又沿着丝爬上房梁，又吊下来，如此几次，列子面前的蛛丝便像梅雨季节时屋檐下的雨帘。他大喜，用篙把蛛丝粘成一团，然后走到那些在屋外觅食的雉面前，用莲叶把那些雉的翅膀伸长了几寸，这些粘了莲叶的雉便席卷一抔黄土，腾空而上。列子看着那些飞走的雉，高兴地叫道："暧戏烟芜锦翼齐，品流应得近山鸡。"从此便唤它们鹇鸠。

蜘蛛看到雉飞天，心里一惊，莫不是要吃它。不过它很快放下心来，这些雉飞往的地方与它挨不上。于是它等着这位和善的列子实现诺言。可等了几月，他好像把这件事忘了似的，没有任何表示。好几个夜晚，它从房梁上滑下来，盯着打呼的列子，想问问它什么时候可以去外面。不过他的呼噜声着实太响了，好几次它都被吓得够呛。

那段时间，正是屋外飞虫最多的时候。它无数次在自己的网里展望未来：每天清晨，网抖动个不停，那是飞虫落网后的垂死挣扎。而它再也不用像住在屋里时那样，饱一顿饥一顿。只要它想，它就可以吃个肚儿圆，甚至还可以储存一些过冬的粮食。而且它也不需要每天准时起床，因为那些落网的虫子会用自己的哀号提醒它。

暗示了几次，列子还是无动于衷。它也知道列子最近心情不好，它不知道一向清心寡欲的他为什么这么多烦恼。多年前最吸引它的就是他的洒脱劲儿，那时的列子虽然也披头散发，爱穿增高鞋，站在河边的背影曾一度让它觉得做一只蜘蛛没意思。它想做一个人，和列子并肩而立，望着河水春去秋来。

看到列子日益颓废，它庆幸自己好在还是蜘蛛。不过它又何尝没有烦恼，现在最佳的捕食季节已经过去，要等到明年春夏之交，满天的飞虫才会从遥远的地方赶来。可是，只要自己还在室内，那些飞虫与自己又有何相干？列子已经食言了几年，倘若现在能实现诺言，何尝不是善莫大焉。

它不想害他，只想给他善意的提醒。但长此以往，它不能保证自己不会做出格的事。现在只是在他的木盆上结网，以后它可无法保证不会在他洗脸的盆里下毒。要知道它不仅可以吐无害的丝，更能吐有剧毒的丝。

不过列子可没想到这些，他看着盆中自己的脸，气不打一处来。他不是个爱美的人，但也无法容忍脸上长痘。他没想到自己这把年纪了，还会长青春痘。当年跟师父老商先生学习御风之术时，他就是一个长满青春痘的小屁孩。他跟在师父屁股后头，在面前那座山林住了好几年。神秘莫测的师父每次都让他在松树下静坐，对他的问题一概不理。刚开始，松树上松鼠吃松果的窸窸窣窣声让他心猿意马，好几次想爬上去逮一只下来。不过时间越长，松鼠的叫声便弱了，又过了几天，全听不见了。他知道自己的御风之术成了。当他御风而行时，发现松树上的松鼠不是变少了，而是增多了，几乎占满了整片松林，而他身上的松叶、松果壳和一些松鼠的粪便也在飞行的过程中掉落干净了。

　　他在空中看到了在地上从未看过的东西。太阳没有想象中那么法力通天，只能照耀一半的大地，另一半覆盖在黑夜中。他看到原来不是太阳动，而是大地在动。太阳像火炉，大地像面饼，这面熟了，就换另一面煎。卷舒的云其实是水做的，列子的衣裳轻轻碰上，雨就掉个不停。过了一会儿，他飞得累了，找了棵树休憩，他梦见有个杞人走到他面前，虔诚地给他鞠了一躬，然后说出了自己的烦恼。杞人老怕天会塌下来，而他长得比其他人都要高，只要天一塌下来，只有他这个个高的顶着，个矮的全都会没事。他说："既然避免不了天塌下来，有什么办法能让我长矮一点儿。"

　　这个杞人从生下来就挟身高之势，老看不起比他矮的人。经常动不动就和人比身高，有时甚至连小孩儿都不放过。他的父母也很欣慰生出了一个长势如此喜人的儿子，逢人便夸耀。有一天，一个驼背的瞽者走到他面前，说："以前我也很高，不过自从知道天迟早会塌以后，我就后悔长这么高了。"杞人感到很奇怪，让瞽者道个详细。听完瞽者的话以后，杞人才知道当年女娲补天没补结实，迟早有一天会再次坍塌。他不是考虑怎么去补天，而是担心天塌下来以后怎么办。他没有瞽者的勇气，用一块巨石压垮自己的背，从而让自己矮一点儿，更不敢像老者一样，由于不忍看到天塌下来而抠掉自己的双眼，好让自己眼不见为净。

　　从此他茶饭不思，总担心天会突然之间塌下来。列子在睡梦中告诉他："没必要担心，因为天不可能会塌下来，只有可能会陷进去。"列子看他不解其意，像个榆木疙瘩似的摸着自己的脑壳，便干脆把话挑明。

　　他把自己在空中看到的景象告诉他，末了补充道："大地悬浮在空中，头顶着太阳，太阳像火炉，大地像张饼。几时见过火炉坍塌，而饼完好？只有饼掉落，没有火炉坍塌的道理。"

　　杞人问："那饼掉落了怎么办？"

　　列子回："有矮子顶着。"

　　杞人问："怎么说？"

列子回:"山洪暴发时,一般都是小石子先滚动,然后才轮到巨石。"

杞人一听,如蒙大赦,恭敬地从列子的梦中轻声走开。

列子睡醒后,仔细回味刚才做过的梦,想着以后还是穿上草鞋为好,为此他特意加厚了鞋底,让他看起来近似八尺。他在松树上看到山下的家,那条河流经过几次大水冲刷,湍急不少,拜师之前的家看样子也要花费功夫修葺。几日后,他看到瑶池栽种的莲花绽放在夕阳下,觉得是时候点缀那条河流了。

想起往事,列子忧从中来。他似乎忘了当初学习御风之术的初衷了。可能只是觉得好玩,那个时候他不像现在有这么多烦恼。他从没想过技艺会成为烦恼的根源,如果他没现在的本事,他应该不会这么痛苦。那他就可以像个普通人一样日出而作,日落而息,不会在打捞残莲败叶时心事重重,有大材小用之感,更不会被鹧鸪的叫声搞得心烦意乱。屋外那条河的臭味越来越浓了,当初在夕阳下看到莲花时,他认为世上最洁净的只有莲花,没想到却把他的生活搞得一团糟。他已经放弃清理了。

想到这,他下意识地用盆里的洗脚水洗脸,还没捧起水,却看到盆中也长出了莲花。他吓得一把打掉木盆,水从倾斜的木盆里流出,很快整个屋内都是水了。蜘蛛从房梁后头探出脑袋,看着水越来越多,赶紧钻进洞中。列子脸上的蛛网已经失去了黏性,颜色也变黑了不少,他用手仔细地揉搓着。

他走出屋外,起风了,只要不去见那些莲花,列子的心情还算不错。他学会了师父的本领,却没学会师父的心胸。师父当初告诉他:"技艺只是细枝末节,重要的是心胸。"当初他对这句话不值一哂,一厢情愿地认为有了本事,其他都不在话下。现在他才明白,不管是神仙,还是凡人,生活都是由琐事构成。如果他早知道连神仙也会被卫生、衣食等问题困扰,或许他就不会耗费几年青春,去学习什么御风之术了。

可惜后悔来不及了,他已经囿于生活之中,不知何时才能走出。他几次想过搬家,总觉得现在的烦恼搬了家就能解决。不是说他没有愚公的决心,而是说他知道搬家没用。刚开始以为时间的流逝全怪太阳,如果远离太阳一切问题就能迎刃而解,随着黑夜越来越短,鸡啼越来越响,他才知道即使搬到天上去,烦恼还是无法根除。他知道人不能移山,只有太阳才能移山。

山林还没响起鹧鸪的声音,只有河边那几只雉迎着晨风叫唤不停。列子赤着脚,发现丢失的草鞋浮在河面,他悄悄走近把那些叫唤的雉踢到了河里。雉在河里扑腾着翅膀,还是没放弃高歌——"喔喔喔喔喔",声音似乎更大了,过了一会儿,终于被水淹没,灌满水的声音总算有点儿像鹧鸪声了——"咕咕咕咕"。

列子于心不忍,试图御风飞到河水中央,没想到却飞不起来了,试了几次,宽大的衣袖依旧干瘪。以往，只要他一运气，衣袖就能灌满风，然后直直地飞起来。他来到地势高的地方，身子向后仰着，地上有沙子硌脚，他不敢用力冲刺。摔了几个跟头，还是没用。难道自己的本领一夜之间没了？他不相信，也不敢相信自己辛苦练成的本领真消失了。

河对岸传来歌声，他举目望去，发现是伊生在唱歌。此时是暮秋，只有冠者伊生一人，在水里沐浴，在高坡上吹着秋风，边唱边跳。山林的树木在伊生的歌声中，不再抖动叶片，呼啸的山风停留在山谷，一切都好像静止了，就连腐烂的莲花都好看了不少。

他记得伊生好久没来了。那年春天，伊生背着柴火找到他，开口就说要学习御风之术。列子冷眼瞧了瞧面前汗流浃背的年轻人，冷笑道："用御风术砍柴吗？"

山林崎岖难走，常有野兽出没。伊生砍柴多年没葬身虎口，也着实难为了他。不过列子轻易不收徒，从这点来说，列子和他的师父老商先生一样有范儿。只不过列子没费多少口舌就让师父答应收他为徒，而伊生来了好几回，列子还是没有松口。个中缘由别人无从知晓，只有列子自己心里清楚。也许列子看不起作为樵夫的伊生，总觉得一个砍柴的学习御风术有点儿杀雉用牛刀的意思。如果伊生能像当年列子那样，把学习的初衷说得好听点，比如用来祈雨或者摆渡凡人，可能列子会收他。

"俺学习御风术就是想多多砍柴。"伊生一口夹生的土语让列子皱了皱眉头。

列子学习御风术时，正值天下大旱，饿殍遍野，很多河流都干涸了。农人田地颗粒不收，易子而食。当老商先生问脸上还长满青春痘的列子学习的动机时，列子脱口而出："祈雨。"老商先生并不清楚这个年轻人一向以脑筋活络著称，以为这个回答是列子经过深思熟虑的。"如果洪水汹汹呢？"老商先生继续面试。"那我就做个摆渡者，专渡人。"大家都知道之前列子家门口那条河经常闹脾气，动不动就把水位提高几十米，为此列子家那些铜制锅碗瓢盆被大水冲走不少。以他的智商，不可能回答用御风术找回丢失的锅碗瓢盆。而另一个回答才能正中肯綮，果不其然，老商先生听完后不禁抚掌而笑。

伊生这个后辈，没有这么远大的志向，每天的希望就是砍柴时少走弯路。如果他拜师之前，能稍微留意一些关于列子的传说，或许就不会吃闭门羹了。不过话又说回来了，伊生住在偏僻的山上，与之相交的除了几只蚂蚁和一些野果，有时也会有大虫，上哪里耳闻那些经众口传诵、早已歪曲本意的传说。

就算伊生有幸能听到那些传说，以他老实的本性，也不太可能照葫芦画瓢。对列子本人存在与否，他都怀疑了很久。如果不是山上的荆棘越长越茂，柴火越来越难砍斫，野兽脚印越来越密，他不会背着家里最后一捆留待冬天燃烧的柴火千里跋涉去见列子。

他觉得去见这么一个大人物，空手去不太合适。但家里除了那捆柴，又没有其他更体面的见面礼。与他相交甚深的大头蚂蚁特意放缓搬家的步骤，与他磋商见面礼事宜。最后蚂蚁对着伊生家徒四壁的陋室哀叹一声："这么看来，还是这捆还没晾干的柴火最合适了。"本来大头蚂蚁的意思是可以先用它新近觅到的蜂蜜代替。可是伊生怕中途遭来蜜蜂报复。

而那些还没成熟的果子也痛恨自己不能快快长大，好替它们的好朋友伊生分担一些重任。说这话的时候，春风徐徐吹来，伊生心里一凛，以为有大虫出没，还没谢过朋友们的好意就跑得没影了。

见到传说中会飞的大人物时，对方正在河里栽莲花。伊生一眼就发现列子不擅农事，莲花要都像他这般栽法，天下就吃不到祛热降火的莲子羹了。他想放下柴火告诉面前这位栽莲时还穿着高跟草鞋，衣袖挥舞的列子，"莲花不是这么种的"。没有哪个有经验的农人会在最开始施这么厚的粪肥。如果能把粪肥减去三分之二，秋天准能收获好几篓莲子。

但他知道言多必失的道理，更何况有求于人家。所以他背着柴火站在岸边等列子他老人家把最后一坨粪肥掰碎了施下去。他打量了一下四周，从没想过山的这一边竟有如此美景。更重要的是，那些郁郁葱葱的松树都长在很容易砍伐的地方，不像山的那边，不是长在悬崖峭壁上，就是长在野兽窝里。如果提前知道的话，那他就可以早点和列子做邻居了。

他已经打定了主意，即使列子不收他，他也要搬到这来。而且搬到这边，御风术学不学也不太紧要了。他知道大人物脾气都有些怪，应该不太可能允许他住在隔壁，那他就住在河对岸，到时再做一叶扁舟，给列子他老人家捎去一些野物，尝尝鲜。

主意打定，他不像来之前那般紧张了。河边吹来的风让汗流浃背的他清爽不少。此时列子已洗毕手，正用鼻子闻有无异味，斜眼看到了一脸憨厚仔细看还带有笑意的伊生。列子一惊，心想刚才的冒失全被这个异乡人看在眼里，便想用话套他看到了多少，不过对方好像没听到，站着一动不动。列子觉得奇怪，此地一向人迹罕至，现在怎么无端出现一个冒失鬼。更糟糕的是，偏偏在自己干些和自己能力不符合的低贱劳作时出现。这要传出去，又不知道会变成什么样。

"你是谁？"列子问。

"我叫伊生。"伊生把柴火放下。

"来此作甚？"

"拜师。"

当列子听说伊生要用御风术砍柴时，差点笑出声。他强忍笑意，让他回去想好再来。伊生拎起地上的柴火，走了几步，又返回来。列子刚好张着嘴，仰着头把刚才憋回去的笑大声释放出来，见到伊生突然折返，赶紧合拢嘴，但已经来不及了，那些笑声已经传到了伊生的耳朵里。列子见被人撞破，赶紧背过身去，故意东张西望掩饰自己的尴尬。而伊生这个榆木疙瘩，不解其意，竟跑到列子面前看着他。列子盯着他，试图在对方脸上看出对自己的不敬。不过伊生并无异样，还是那副憨厚样，只是脸上的汗珠更密了，提起手上的那捆柴让对方笑纳。列子哭笑不得，只好接过柴火，没想到看上去干枯的柴火犹如千斤坠，差点让他白嫩的胳膊脱臼。最后只好强撑着拎了一会儿，然后小心地放到一旁，避免砸到自己穿鞋的脚。

"大人物就是怪。"伊生在心里嘀咕。

列子见伊生走了，没有动弹，还背对着伊生。以他多年的经验来看，伊生一定会回头看他，如果此时回头，目光一定会撞个正着，那他辛苦摆出来的姿势就没用了。所以要等一会儿，再等一会儿，心里默数到百再回头才各得其所：一方面他保持了一个大人物的风度，另一方面这个小人物心里也得到了满足。

他估摸着回头的时间到了，于是他缓缓地转过身。然而却没看到夕阳下那个他以为会对他极尽崇拜之情、一步三回头的樵夫。人家早跑得没影了，甚至都没扬起尘土，走得是如此静悄悄，羞答答。列子很生气，重重地跺了跺脚，看到面前那捆怎么看怎么不顺眼的柴火，一脚踢了过去，柴火没事，却踢飞了自己的鞋，而且还折断了留了很久的脚趾甲。

现在再次看到伊生，列子的心很痛。

看到对方咏而忘形，列子的心很疼。

听歌声，伊生这么多年好像没什么变化，他想到对岸问问伊生还学不学御风术。他知道江湖上已经很久没有自己的传说了，如果再继续这么低调下去，迟早会被势利的人们遗忘。想到这里，列子已经把脚探进了水里，脚趾甲已经长长了，弯弯曲曲像蒙上一层荫翳的树根。水很深，也很凉，他不敢下水，那些腐烂的莲叶也承受不了他的重量，他害怕自己变成"先滚动的小石子"陷进地里。直到此时，他才重新怀念起会飞的那段时光。如果御风术没消失，他怎会如此狼狈，连这条窄窄的河都过不去。他很着急，甚至觉得静止不动的河水都在故意和他作对。

远远地看见河面有叶扁舟驶来，舟上传来歌声。决眦望去，是伊生摇着橹前来。列子趁对方没发现自己，赶紧跑开。还没走几步，叫声就传到他的耳朵里，为了保持仅有的颜面，列子没有回头，也没有停下脚步，而是继续往前走，不过脚步放慢不少。他要等对方再叫几声，然后当作偶遇的样子回过头诧异地问："好巧，原来你也在这里。"

不过却没有声音了。正当列子以为对方又跑没影的时候，也不管什么面子不面子了，赶紧回过头，正好撞上怀里抱着一大堆野物的伊生。列子一时不知道该用什么脸色面对他，只好粗着嗓子问道："你怎么又来了？"

"我现在在对岸住，前几天刚搭好房子。"伊生回道。

"你找我做什么？"列子问。

"我请你到我的新家做客。"伊生回。

虽然没有听到想听的话，不过列子心里还是很开心。他甚至亲自帮伊生拿猎物，几只腹部中箭的鹧鸪和一只断腿的松鼠可以做一顿不错的晚餐。

"你刚才在唱什么？"这句话暴露了列子之前一直在留意他。

"瞎唱的。"伊生露出一口白牙不好意思地回答道。

他们坐在舟上，扁舟在刚开始的摇晃后，很快在伊生熟练的驾驶下恢复了平衡。他们慢慢地穿过那些腐烂的莲花，伊生对着这片莲花叹息道："可惜了。"列子面有赧色，只好借故望天，一轮明月照在中空，让他想起当年御风而行的时光。突然眼前一道白光掠过，径直飞向月光。不远处一个猎人装扮的男子手拿弓箭，嘴里呼喊着一个名字。

"那是什么？"列子问。

"什么？"伊生问。

列子没再说话。伊生在莲花丛中又唱起了歌，歌声让他的心情放松不少。他感觉自己好像又会飞了。

《大家》2016 年第 1 期

平衡高考

谢笑篱

关于高中生活，老爸常有"怪论"。幸亏有了这个老爸，大大的高考小了，被一叶遮蔽的世界大了。自我考进长郡，我们家就同很多家庭一样，举家搬迁到了学校附近。高考当然是首要任务，可我们的生活并不是唯有高考，它还丰富着呢。

老爸说，要高考，也要健康。上周他就带我去参加了全市自行车环湘江赛。虽说没取得名次，但父子兵玩得很嗨。

老爸说，要高考，也要娱乐。本周末他奖励我去看3D大片《火星救援》——这次期中考试，我考了全班第二，他这是在兑现承诺呢。

老爸甚至还说，要高考，也要"阶级友情"。可他说的哪是什么"阶级友情"啊，分明是教我如何讨班上女孩儿的欢心啊，为此，他居然写了十万字，全是与女孩儿的交往心得。这个老爸"逆天"了，就不怕把他儿子考入名牌大学的理想给搅黄吗？

"万物以和谐为美，就因为高考这个秤砣太重，我们才要多找点儿东西来压压秤，从而达到某种平衡。"老爸是这么告诉我的。也是的，高考还真像一块巨石，沉沉地压在我们的心中。很多同学就像鲁迅先生所说的："两眼下视黄泉，满脸一副死相。"他们一个个差不多被高考的魔力棒训练成只知做题的机器人了。

我还好，就是鼻梁上那副讨厌的眼镜常让我出丑。我是校武术队的，《笑傲江湖》里可笑的"屁股向后平沙落雁式"我也会几招，可惜翻筋斗时，眼镜老掉。为此爷爷笑说："这辈子你就莫想成为青城派的门徒了。"说起来，我们一家三代都是令狐冲的"粉丝"，被爷爷嘲笑过的招式我也练得如痴似醉，不就是博人一笑嘛！

我妈管我的学习。一方面她对应试教育嗤之以鼻，另一方面她对我的学习又重视得不得了。这不矛盾。就像"为了忘却的纪念"这标题不矛盾一样。

文明发展到今天，需要天才的地方很少，需要常人的地方太多。在工业的流水线上，大多数人可以不怎么动脑筋，但绝对不能出错。中学那点儿知识，对于前沿科学来说只是肤浅的皮毛。在以后的日常生活中也用不上多少。可为什么还要不停操练呢？那是因为社会要借这些臭虫一样讨厌的题目，来磨炼我们的意志，克服我们的毛躁，锻造我们的耐心，塑铸我们的细致……一句话，社会越文明，越需要人们呈现整齐划一的社会属性，而不是放浪形骸的自然属性。

在老妈眼里，我一直是个天才。可在我还没有展现出天才的一面时，老妈不得不逼着我跟大家一样操练，免得到时我既不能像天才那样怒放，又不能像常人那样依靠细致、耐心的品格来养家糊口。

"如果不是日新月异的文明，添了那么多规矩，我们也用不着这么'苦逼'，是吧？"我问老爸。老爸平静回答："是的。""敢情我们的青春都在为文明的繁芜买单呢？""可你们也没少'挥霍'文明的甜美呀。""我们没喊着求着要这劳什子的甜美吧？为什么天天要练这让人走火入魔的'乾坤大挪移'哩？"不好意思，我老爱拿武侠书里的功夫打比方。

一旁的老妈说："脱了衣服和鞋子，找个深山老林，你去刀耕火种吧。"

我无语了。利益和责任就这么相辅相成。在文明的道路上，我们显然是回不了头的。深林里莫说是人，连猴子都待不下了呢，我们只有硬着头皮往前闯。老爸冲着我嘿嘿笑："放心，有我在，你走不了火，入不了魔呢。"

老爸说，要高考，也要激情。下周末他将带我参加一场舞会。他有两个舞蹈微信群，里面有很多能歌善舞的高手，他们每个周末都会举行一次自娱自乐的聚会。

我现在明白老爸嘴里的"平衡"是什么意思了。最初，人类同猴子一样，只有自然属性，也就是生物性。社会属性则是随着文明发展，一点点儿注入我们身上的。这种外来属性的入侵，多多少少会伤害我们的心灵。中学教育，本质上就是为了尽快减少我们的生物属性，加强社会属性。

青春期的忧郁从哪里来？就是从我们受伤的心灵中来呀。老爸清醒而慈悲，他是怕他儿子精神出问题，所以时不时找些陪护心灵的事情让我去做。他这是给儿子千锤百炼的心灵涂抹膏药呢。难怪与老爸在一起，我总是那么欢呼雀跃，欣欣然，呈向荣之姿。

有些人家的孩子就没我这么幸福了，这我从他们日渐阴郁的脸上就知道。前些日子，邻市有个中学生轻生。听到这个消息，满座哗然，可我一点儿都不觉得奇怪。她这是绷得满满的心灵之弦，砰的一声，突然给拉断了。

老爸说，要高考，也要生活。于是，我们去钓鱼喽！此时湘江碧波荡漾，与我们体内仍然深藏着的自然属性，是多么的相宜呀。

《小溪流》2016年2月

回忆八秒钟

李乃琛

宋　晴

"八秒。"

"嗯？"

"人的头颅被砍下后，意识能够继续维持八秒哦。"

我往他的臂弯深处埋了埋头，嗅着他锁骨处淡淡的马鞭草香味儿。

"不过我还是不想被迫使用这八秒呢。"

"放心，不会的。"

发际被轻柔地摩挲着，痒痒的，很舒服。

陈　宇

令人有些萎靡的夏日，被热的昏睡过去的人一旦清醒过来便很难再集中精力做事。

"喂，陈宇你没事吧。"

工友拍了拍我的肩膀。

"今天可是咱第一次执行任务，别搞砸了啊……你该不会中暑了吧？"

我摆了摆手示意没事，浑浑噩噩地跟在工友身后离开了简陋的下等人宿舍。

正如工友所说，今天是我作为下等人第一次出任务。我们之所以被称为下等人，是因为现如今的世界是一个只看成绩的世界。

2130年，世界人口已经达到了不可控制的地步，经全球领导人投票决定：在全球范围内实行优胜劣汰制。以学校或公司为单位，一个月进行一次考核，每月处决本单位内倒数 10% 人次，应届毕业生既没有被处决也没能考上大学者，沦为刽子手。

再加上提高至二十八岁的法定允许生育年龄，人口问题在三十五年内得到了明显缓解。

我在高考结束后放弃了上大学，留在了本校做起了刽子手。

没错，我所做的就是"斩杀学渣"。

学校为了起到杀鸡儆猴的作用，每月举行一次全校大会，斩首便是在大会上进行的。

我挑选了一把重斧上台，走到待斩学生的侧面。

面前的少年虽生着一张大众脸，但如果真的拼颜值的话应该还算是时代的宠儿。

他的表情很复杂。

大概我的也不平静，毕竟是第一次做这种事。

忽然感觉面前将头平放在断头台上的少年是那么熟悉。

人就是这样，总觉得将死之人仿佛是自己的老友。

我摇了摇头，去除杂念，手起斧落。

"啊！"

"能不能给老子个痛快的！"

"咚！"

第一斧竟然没有砍掉。

我放好斧子从台上下来，霎时一股罪恶感席卷了全身，心中一阵绞痛，仿佛刚刚我亲手杀掉的陌生人是我的骨肉至亲。抚着胸口靠在墙边不停地做深呼吸，希望多少能够平复一下心情，没承想眼泪早已不知何时从脸庞滑过了。

不行！

我不能再干这活计了！

或许我还可以为我亲手了结了的那个倒霉蛋做些什么……

"你没有朋友。"

"曾经学生时代的你认为学校是一个由朋友圈子组成的共同体，或是联合国；当你放弃高考后又改变了看法，认为世界是由朋友圈子组成的殖民地，甚至是集中营……"

"它每天蚕食着你的感情，你的精神，你的灵魂……"

"而所谓的'大家'，不过是无视并牺牲了一部分人后达到的虚伪的和平与共识……所以你不曾有朋友……"

"哦！有个女人例外，你还为她放弃了梦寐以求的大学……"

我信了。

起初我以为巫女最多只能算是个都市传说，抱着将信将疑的态度来到郊区的这栋古宅里，没承想她和赛尔提一样都是真实存在的。

我会承认她的真实性是因为这短短的几段话就概括了我十八年的生活，而且我从没对旁人讲过我对这世界的认识，包括那个"她"。

"信则有，不信则无。"

人们总是爱弄些神神道道的东西。

"为什么总是有人被孤立呢？"

"我是巫女，不是禅师！我只负责成事，不负责讲道理。你把我需要做的告诉我，我会看这件事对我是否有利，再决定做不做。当然，我是会索取报酬的。"

她抱起脚边的黑猫放在腿上。

"不过有一点我可以告诉你，不管是几千年前还是百十年后，社会就是这样，并且还会继续一直持续下去。你只有两条路可走：要么默默地被世界淘汰，要么就适应世界改变自己。"

"我想回到半年前，如果不是把最后的名额留给她，我现在应该在大学里混得风生水起吧……"

"可以。不过你要做好心理准备，时空不同遇到的事物也会不同。"

我点点头，掏出钱包。

"我知道了，要付多少钱？"

巫女笑着摇了摇头，把我正要掏钱的手按了回去。

她起身，对着我念了一通咒语。

"最后给你一个忠告：温柔正确的人总是难以生存，因为这世界既不温柔，也不正确。"

"谢谢。"

"八秒。"

"什么？"

其实我听清了，我只是为了争取一点儿反应时间才做出了这种模棱两可的回答。

温热的空气中弥漫着粉笔的味道，窗上映着樱花飘落的影子，远处传来运动场上的欢呼。她正在我的怀里，一脸慵懒地看着我，仿佛已经知道我的来历，正诉说着——欢迎回来。

宋　晴

"人的头颅被砍下后，意识还能存在八秒哦。不过我还是不想被迫地使用这八秒钟呢。"

感受着他的大手温柔地顺着我的长发滑至腰际，就像一个五六岁的小孩儿抱着自己最心爱的毛绒玩具一样。

"放心，不会的。"

他顿了顿，放慢了语速。

"你知道吗？就算人头落地了，还是有可能救回来的。古代的刽子手就有靠这门手艺赚钱的。"

"你又没见过。"

我打趣道。

"信则有，不信则无。"

我看到他嘴角溢出了一丝微笑。

"宇。"

"嗯？"

"快上课了。"

我笑嗔道。

"哦哦……"

他松开我，慌张得就像独脚人参加"两人三脚"。

不得不说，他尴尬的样子还蛮可爱的。

这么想着，我捂嘴偷笑了一下。

"那我回去上课了。"

"嗯。"

再见到他时，已是傍晚时分了。明明约好了放学一起回家却怎么也找不到人，打电话也不接，找了半个多小时才在篮球场发现他。

一个人打球。

"这都几点了！"

他才发现我的存在，急忙跑过来，边跑边道歉，说没有注意时间。

"你脚怎么了？"

"找你的时候扭伤了。"

他听后愣了一下，扶我坐在篮球架下，急急忙忙地跑去医务室拿来了冰袋，又不知从哪里找来了绳子把冰袋绑在了我的脚上。

"没办法，我背你吧。"

我笑了。

"你还算有点儿良心。"

就在我纠结着要不要把那些话说出来的时候，已经走过了三个街区了……还是告诉他吧，大概这样才不会留下遗憾。

"呐，我……"

"你大概已经看出来了吧，虽然我一直说着我过得很好，但其实我很孤独。"

他偏过头来看着我。

"欸？"

"孤独指的并不是周围的人口密度，而是精神层面的。就算别人离你再近，要是感觉与自己不是同种生物，干涸的内心是得不到满足的……"

"那我呢？"

"嗯……妈妈曾经教导我不要挑食。"

我敲了一下他的脑袋，他痛得"哎哟"一声。

"孤高所以至高。因为没有牵挂，所以没有弱点。"

我定定地看着前方。

"这可是从阿良良木历身上学来的呢。"

他不置可否，把我往上颠了一下，本来已经快要坠下去的我又贴回到他的背上。

我深吸了一口气，决定继续说下去。

"说真的，可能明天考完试我就不在了。"

"说什么傻话，以你的能力考上大学没问题啊。"

"你没看我最近的成绩吗？！上个月我可是只差一个人就和你天人永隔了！"

一想到我们将永远分别，我就抑制不住自己悲痛的心情哇的一声哭了出来。

奇怪，明明很不甘心，明明这么失落，脚明明很痛，眼泪明明还一直流个不停，明明这么糟糕，为什么星空却如此闪耀，夺目地闪耀着。他的头发里散发着球场的味道，我能听到他稍乱的呼吸声，虽然衣服被眼泪浸湿了，但肩膀很温暖，我就在你身边。

——我还在你身边，如果时间能这样停止就好了。

陈　宇

"怎么会这样……"

我记得以她的成绩上大学完全没问题啊，当初她只是因为发挥失常才差一个名额考上大学，我也是因为这个原因才成全了她。如今怎么会走到这一步？

"我回来并不是要重新做选择，而是打算再给你一个机会……"

哭声淹没了我的自言自语。

脑海中又回响起了巫女的声音。

"不同的时空遇到的事物是不同的。"

可恶！这该死的巫女大抵一开始就算到会变成这样了，即使如此还故意放我回来，难道是因为对她有利吗……

"你有为自己做过的事后悔过吗？我想尽可能不去后悔，但那一定比我想象中要难上许多吧。"

"你……"

她停下了哭泣，但还是有轻轻抽噎的声音。

"你怎么驴唇不对马嘴的！"

她有些想笑，但又没有笑出来。

"先回答我。"

"我觉得……有的人办得到，有的人办不到……我认为你属于前者。这种人首先不会犯错，也不会考虑自己有错。"

她在我背上蹭了蹭，擦干了眼泪，又说下去。

"个性鲜明的人，才会说出比别人更耀眼的话来。这种人啊，是不会有咬紧牙关死磕的时候的，他们所做过的事自会拯救他们……而你，毫无疑问就是这种人。"

听她如此认真地说出这种话，我竟有些不好意思了。

"你太高估我了。"

双手被绑在身后，跪着，头被横过来压在矮小的石桩上……

行刑的人提着斧子来到了我的身旁，他是个比我大不了多少的少年，一副惋惜的表情。

我的表情大概也不平静吧。

我看到少年微微摇了摇头，旋即举起了那把与他的体格很不相称的巨斧……

"啊！"

"能不能给老子个痛快的！"

"咚！"

感受着头与地面的撞击，我突然想起了宋晴的话。

八秒。

八秒够我说些什么呢？

谁又能倾听我所发出的声音呢？

张开了嘴发现只是徒劳，声带并没有像我预想的那样发出震动。

那就想些什么吧。

八秒。

八秒够我想些什么呢？

我看到了少年在台下痛苦的表情。

话语充满欺骗，温柔表里不一，而我却总将其放在重要的位置。事实上，我或许只是在一味地逃避，事到如今一切皆已太迟，直到这无法抑制的眼泪从左眼流进右眼。

烦恼着，迷惑着，痛苦着，而最后得到的答案却简单到让我不禁想笑出来。

人啊。

总是盲目地的去爱啊。

宋　晴

——五年后。

我在这家有着世界五百强实力的企业工作已有一年了。经过不懈的努力和出乎意料的机遇使我坐上了总经理的位置。既然董事会这么看得起我，那就更不能辜负他们了。

"咚咚。"

"请进。"

董事长的秘书走了进来。

"宋总经理，董事长叫您跟他去郊区拜访一个重要的客户……还让我给您这份文件，他说你看了就会明白。"

她说着，递给了我一个文件夹。

我打开后，里面只夹着一张 A4 纸，上面是手写的两行字：

"努力是不会背叛自己的，虽然梦想会背叛；努力不一定会实现梦想，但努力过的事实却足以安慰自己。"

"等一下！"

我叫住了正要离开我办公室的秘书。

"董事长是个什么样的人？"

"嗯……我除了工作上的事没有与他有过谈话呢……"

我的"谢谢"两字正要脱口而出时，她又补充了一句。

"不过呢，董事长一直都穿着立领装呢。有传闻说他的脖子上有一圈缝合的痕迹……"

《萌芽》2016 年 2 月

天空晴朗

国　生

　　起初松山路中段的大排档里只有三个人，我猜这里有两个人是出租车司机，另外一个可能是隔壁松山路小学里逃课的高年级学生。我坐在帆布大棚内，冷风裹挟着水蒸气从入口吹来，变成我们哈在手上的湿气。没有人说话，直到挤进一帮浑身沾满石灰的工人。我朝里挪了挪，一对夫妻带着孩子坐过来，父亲坐到我身边，母亲和女儿坐对面。女孩儿穿着红色的马靴、厚裤子，干净的蕾丝裙子裹在身上，像个滚圆的娃娃。母亲大声地报出两个菜名后，看了看女儿，又要了个鸡腿。这时，我吃完最后一口饭，侧身从父亲背后离开，将桌子留给他们。

　　车子停在大排档对面路边，一辆墨绿色的夏利。皋城出租车行业刚起步时，当了二十年科员的父亲把我弄进出租车公司，交掉一笔钱后，我分到这辆车。十年过去，小夏利就像一条斑秃的老狗。车前灯换过三回，两个灯的亮度不同，其中一个忽明忽暗。这让我不敢晚上送人去城郊乡下。

　　我钻进车里，搓了搓手，然后用手捂了捂冰凉的耳朵。从车窗看出去，远处一片白杨林枝丫交错，将原本就灰蒙蒙的天空分割得愈发黯淡。早上广播里说今天是皋城三十年来最冷的一天。

　　我发动车子，打上暖气，但不打算立刻走。手套箱里响了两声，我拉开，拿出手机。是吕莹的短信：算了，你别回了。吃饭前，她就发过一条：你几点回来？我没回复。我不清楚"别回了"是指别回消息，还是别回家。我犹豫了一会儿，将手机扔回手套箱，打开皋城交通电台，电台主持米米正在念一篇散文。我以前没有听广播的习惯，是一年前吕莹介绍我听米米的。她说，这个主持人的声音像一块旧旧的丝绒布。

　　那会儿，我们过得不太开心，无话可说时，就听米米的广播。

　　松山路小学在我的斜对面，越来越多的家长聚集在门口。大概十分钟后，门开了，学生们涌出来，打头的男生穿得单薄，红领巾松垮地系在脖子上，出大门后，一个女人迎上去，试图将棉袄套到他身上，他扭过身子走开，女人小跑着追上去。很快，他们来到我车边。女人敲敲窗户，指了一个方向。我对她摆摆手，说，等人。她看了看等在一边的儿子，又命令他穿上衣服。我能看到男孩儿瞪大的小眼睛和他的薄嘴唇。

其实，我只是想坐着发一会儿呆。学校里的孩子走得差不多了，我踩下油门，学校在后视镜里倒退。我再次想起吕莹的短信，几乎能想象到她打下"别回了"时的样子：穿着白色印花绒睡衣，在家里来回踱步，假装问问大头有什么看法，然后做出这个决定。我甚至觉得，她会轻松起来，因为很多问题都在拒绝中得到解决。

喝了一大口热茶后，胃里暖和起来，我开着车在空荡荡的松山路上飞驰。经过白杨林时，我想到春天起风时，树叶朝一个方向倒过去的样子。风声夹杂着树叶抖动的声音，盖过其他街道传来的杂音。很快，我就开到城南的火车站，在站前广场停了一会儿。本应到站的一班火车严重晚点，我没有等下去，打了转驶向沿河路。路边是一条叫"浉河"的河，淮河的南岸支流，像条巨大的舌头般裹着皋城的森林公园。

很多年前，浉河边还没建起堤坝和公路，岸边长满齐人高的蒿草，汛期透明的河水淹进来，枯水期露出河床上的岩石。那是我小时候常去玩的地方。我减速，在一个豁口边停下，然后下车，走下堤坝，找到一个稍平的位置坐下。河中央有一个人工岛，名字叫"月亮岛"。吕莹喜欢这个名字，曾说等岛建好，我们搬过去。有一阵子，她总拉着我站在阳台上往月亮岛方向眺望，浉河呈弧状包裹着城市，琥珀色的月亮低悬在河流上空，静静地在云层中穿行。我答应她，好的，搬过去。那时填河工程刚刚开始。

这会儿，对岸正在建一批公寓，吊车的机械臂高高举起，插入一片黄昏中渐渐暗淡的羽毛状的白云中，它摆动起来像个巨大的钢铁怪物，移过来时，颤抖的样子像随时会砸下来。我躺下，仿佛这样身体能均匀地受力，不至于太疼，但它很快摆去另一个方向。我忽然想给吕莹打个电话，赶在她没说话前，告诉她，我们都会死的，有人八岁死，有人八十岁死。仅此。我没想好该用什么语气。我只知道，我会回去的，立刻，或者几小时后。

我大概待了半小时，冷风从河上吹来，裸露在外的皮肤交替感受着寒冷与几乎发热的麻木。往堤坝上爬时，沿河路上的街灯渐次亮起，有如一长串多米诺骨牌在我面前倒下。我抬头看看天，星星在城市灯光的辉映下微弱地闪烁着，天空还算晴朗。我钻进车子，打开手套箱看手机，没有新的短信进来。

我发动车子，往回家方向慢慢开着，经过森林公园时，差点儿撞到一个伸手拦车的女人。我距离她一米时猛踩刹车，她后退几步，摔倒了。我第一反应是从旁边绕过去，但我没那么做，而是熄火停车。她好像在看我，脸藏在头发中，我看不清她的表情。过了一会儿，她没有站起来。我下车，对她说："你还好吗？"

她缓慢地爬起来，动作吃力，但不像受伤。她摇摇头，裹紧衣服。她穿得很少，领口敞开着，打底衫外面套着一件不算厚的灰色羽绒服。她看了看车子，问："走吗？"我考虑了一下，点点头。她拉开副驾驶的门，走路时不像有什么问题。

"去哪儿？"我问。

"随便转转吧。"她又裹了裹衣服，"能开一下空调吗？"

"具体去哪儿呢？"我打开空调，靠近她时，闻到一股淡淡的洗发水味儿。我注意到她的头发还没全干。

"星期一吧。"她说。

"哪里？"我发动车子，往前开。

"百合路和梅山路的路口。"她说，"一个酒吧，你没去过吗？"

"没。"我想起那是什么地方，皋城唯一一个酒吧，我常在深夜接送一些年轻人。如果她说"酒吧"，我会立刻知道她指哪里。

"你一般几点到几点开车？"她问。

"七点到晚上十二点。"事实上，这个冬天，我已经厌倦了开出租车，把闹钟调到八点，早高峰后出门。如果不是周末，往往要到下午四五点生意才会好起来。我拧开广播，交通台正在放一个房产广告，字正腔圆的男声。我问："怎么了？"

她没有立刻接话，顿了一下说："做这行累吗？"

"还行吧。"我说，"你做什么的？"

她没说话。

这时，我们转进百合路，开进了市中心。正是高峰期，我们被堵在一大排车子的中间，前方是一个红灯，得等下个红灯过后才能穿过这个路口。

"我还以为你受伤了。"我说。

"是吗？"她从反光镜中看着我，目光随后移开，看向窗外。"今天很冷。"

我没接话。路口红灯跳成绿灯，车子缓缓往前移，排在我前面的一辆车很久都没动，它的后车窗贴着"新手上路"的字样。我按了几声喇叭，引得排在后面的车子也连着按喇叭。直到绿灯再次变成红灯，那辆新手车才慢吞吞地朝前挪。我又按了几声喇叭。

"不着急。"她说。

房产广告已经结束。米米的声音再次出现，介绍皋城名胜。这是一档很久前就录制好的节目，我听过很多次。

"这节目好多年了。"她说，"你们司机总听一档节目会疯吗？"

"习惯了就不会。"我说。赶在绿灯的最后五秒钟，我开过路口，又被红灯拦在下一个路口，窗外是市中心的绿色，被一个叫"镜湖"的人工湖围绕。

"那只能说明习惯是一件恐怖的事情。"她说。

我在心里计算着还要穿过几个路口才能到酒吧。我会在路边放下她，看着她的背影穿过车流，消失在对面的小门中。酒吧在二楼，我会在她出现在窗口前离开。在四条路上拐五次弯，沿着一条两边种满樟树的小路开进去，进门右手边第三栋楼，那里是我的家。

"你知道镜湖有多深吗？"她突然问。

"三米，顶多四米。"我说。

"我有个朋友，和他女朋友闹别扭，想不开，要跳镜湖。他在湖边的电话亭呼了另一个朋友的BP机，说自己要跳湖了。"绿灯亮了，我们穿过十字路口时她停了一会儿。等下一个红灯时，她继续说："他在镜湖边坐了差不多一个小时，直到这消息透过好几个BP机，传到他女朋友的耳朵里。最终他得到的消息是：跳吧。"她看着我，"你猜后面怎么着？"

"他没跳。"我说。

"跳了，但是镜湖以前很浅，脏得发臭。他跳下去，脚踝陷在淤泥里，下不去也上不来。当时是一个7月的正午，他在太阳下，流着汗，大哭了一场。"

"十六七岁的小孩吧？"

"是啊，那时十七岁。"

这时，我们已经穿过到酒吧前的最后一个红灯。再往前开五十米，就是酒吧所在的路口。我问她："现金还是交通卡？"

"我只有信用卡。"她说。她甚至都没有检查一下她的小包。"要不我请你喝一杯吧。"

我停下车，对面酒吧的窗口发出暖黄色的灯光。"算了。"我说。其实我什么也不想说。她拉开车门下车，发梢扬起来。外面风一定很大。她俯下腰，冲我摆摆手，走到一边等着过马路。我看见她使劲地裹了裹衣服，整个人缩在一起，看上去冷极了，这让我打了一个寒战。手套箱里传来一串尖利的铃声。吕莹一直说这铃声得换掉，她很心疼被吓得手足无措的大头。

大头是一只杂种犬，据说它的祖母是一只纯种柯基。一年前吕莹花了两百块抱回了它，狗贩子说它是没落的贵族。它和吕莹亲，每天早上摇着尾巴钻进吕莹的怀里，湿漉漉的舌头像把油漆刷，讨好地舔着她的手指。吕莹喜欢沿着脊背抚摸它，表情堪称慈爱。我曾试图亲近它，买狗粮，帮它洗澡，亲昵地叫它大头，始终没有成功。它看我时，永远像看一个陌生人。

我按了一下喇叭，她朝我看过来，我挥挥手，她走到窗边。我摇下窗户，说："我可以和你一起去吗？"她笑笑，钻进车里。

酒吧边停车场里空荡荡的，我将车开进了最靠里的位置。我们没有马上下车，待在车里感受空调的余温。她没有催我，坐在一旁看着哈出的水汽在车窗上结成水雾。远处忽然传来放烟火的声音，紧接着，红色的光芒映在挡风玻璃上。

我们开门下车，快步穿过停车场，拐进通往酒吧的小门。这的确是我第一次来这儿，以前去过的娱乐场所仅限KTV。我尾随她上楼，站在门外的侍应生冲她点点头。她带我去了一个卡座，侍应生拿着酒水单过来，放下后回到吧台。

酒吧里人不多，墙上、天花板上都用喷枪写上了字，多数是英文，只有一句中文。吧台上摆着一排空酒瓶，像客人喝光的，也像只为装饰。桌上燃着几根小蜡烛，整个酒吧里只有这一点点儿光源，我不怎么适应这里昏暗的光线。她告诉我，晚上十点以后人会多起来，几个在皋城教英语的外教几乎每晚都来。他们大多来自菲律宾、印尼，只有一个来自英国，似乎是参加一个联合国的支教项目。她说话时，带着一副主人般的放松表情，四肢舒展开后，我发现她并没有我之前看到的那样瘦小。她把酒水单递给我，推荐了"螺丝刀"和"玛格丽特"。

"开车，不能喝酒。"我说。

"喝一点儿吧？"

"我喝个矿泉水吧。"我摇摇头。

她轻笑了一声，拿过酒水单，叫来服务员，点了可乐和"玛格丽特"，又要了一份炸薯条。随后，她看向窗外。我随着她的目光看出去，城市的灯光从百合路上往外蔓延，被道路两旁的住房、商城的屋顶边沿阻隔，另一边投着天幕中的微弱的光芒。她扭回头，朝酒吧内部看去，带着微微寥落的神情。

"你什么时候生的？"她问。

"什么？"

"生日。"

"为什么问这个？"

"随便聊聊呗。"

"哦。"我看向她，她正饶有兴致地盯着我。"5月13日。"

"金牛座。土象星座。"她说。

"有什么说法吗？"

"不喜欢变动，缺乏安全感，重视尊严。"她从口袋里摸出一包烟，掏出一支递给我，我摆摆手，她收回点上。我低头盯着木桌子上的一条裂缝。

"太含糊了。"我说。

"具体的出生时间呢？"

"晚上八点多，九点多。"我说，"反正是八点到十点之间。"

"上升星座是水瓶座。"服务员将我们的饮料端过来，她喝了一大口，然后长吁一口气。"你肯定是个好丈夫和好父亲。"我打开可乐时有几滴液体溅到我手臂上。我对她笑笑，没说话。

"你孩子多大了？"她问。

"七岁。"我握着可乐，无法分辨它是常温的还是冰冻的。"今年八岁了。"

"叫什么？"

"强强。"我用指甲抠了抠那条裂缝，它比我看到的更深。"你问题真多。"

"你知道我是什么星座的吗？"她问。

"不知道。"

"处女座。"她说。这时，门被推开，涌进一帮男人。她朝他们看了一眼，接着说："你知道处女座是怎样的吗？"

"纯洁？"那帮人坐在离我们最远的角落，最矮的那个牵着一个女孩儿，两人看着都有些腼腆。个子最高的男人染了金发，正起哄让矮个子和女孩儿表演接吻。

"挑剔，斤斤计较，追求完美。"她喝完最后一口酒，招来侍应生，要了三支啤酒。"你看我。"她将头发拢到耳朵后面，将整张脸露出来，大眼睛里像镶着两颗漆黑的煤珠子。我注意到她脸上的雀斑，也注意到她的头发全干了。"你觉得我是那种人吗？"她盯着我，这让我有些不好意思。我摇摇头，没说不知道，也没说不是。她继续说："我的生日是8月23日，再早一天就是狮子座了。"说完，她靠在沙发上。

我想起每晚八点多，交通台会放一档叫"星座运程"的节目，主持人依然是米米。她常用她嘶哑的声音说，某某星座本月将解除之前的沉重和紧张，回归平顺的生活和运势。米米一定是个温柔的女人，她从不在节目中说某个星座本月凶险。

"都是糊弄人的。"我说。她没作声，喝起啤酒。很快，三瓶就剩一瓶。酒吧响起音乐，渐渐热起来，她脱掉外套，穿着黑色长袖T恤靠着墙，把脚缩在沙发上，头随着音乐缓缓晃动。

她突然举起了啤酒瓶，像在对谁示意。我扭过头，看到那桌上的金毛正对她举杯。她微笑，喝了一口后将啤酒放下。她扭过头，一副要说话的表情，但她只是又喝了一口啤酒。我几乎能听见她用喉咙喝酒时咕咚咕咚的声音。

金毛走过来，说："小姐，坐会儿。"他没等她答应就坐下。她朝边上挪了挪。他看了看我，问："你男朋友？"她摇摇头。于是他挥手招来侍应生，要了六支啤酒，两支推给她，说："喝酒的女孩儿，好。"两支推给我，煞有介事地说："初次见面。"他瞥了一眼我的可乐，转过去对她说："请你喝酒。"说罢他仰起头，一口气将一瓶啤酒喝光。"以前没在这儿见过你。"他说。

"也许见过呢。"她端起酒，喝了一大口，咧开嘴笑了会儿。

"肯定没。"他说，又喝下去半瓶。"我肯定没见过你。"他的眼窝很深，在这种光线下，看上去像是两条狭长的黑缝儿。"你这样的女孩儿，我见过肯定能记住。"

"为什么？"她嘿嘿笑着。我握住啤酒瓶，冰得像针扎。我猜这酒是直接从冰凉的库房中取来的。

"请你喝酒了。"他没回答，往后靠在沙发上，两条手臂抻直了放在沙发背上，从我的角度看过去，像是搂住了她。他看着我说："喝酒吧兄弟，来这儿喝什么可乐。"

"我们走吧？"我问她。

她没理我，转身嬉笑着打掉他的手。

"喝过酒就是朋友。兄弟，你说是不？"他再次将手搭在她的肩膀上。侍应生在吧台里低头做着什么，没朝这边看。另外一桌，他的同伴，正盯着这里。"留个号码呗？"

"如果你能把台面上的酒都喝完。"她说。

"那得亲一个。"他说。

"要求真多。"她笑着说，"看你喝得有多快了。"

他抄起我面前的啤酒灌了起来，接着又喝光了她面前的一瓶半。他喝酒时，高高地昂起头，喉结上下翻动，喝完后，他将瓶子在桌上码成整齐的一排。

她笑得更厉害了，喘着气说："你真逗。"平复下来后，她抬起脸，闭上眼睛，稀薄的光线打在她脸上。她说："来吧。"她抿着嘴唇，鼻翼微微翕动。他搂住她的肩膀，接着歪过头慢慢靠近，嘴唇在她的嘴唇上待了好一会儿。她昂着头的样子让我想起和吕莹在溧河边的第一个吻，夕阳洒在她的长发上，我用手指轻轻拂过她的脸，鬓角绒毛在阳光下呈一种淡淡的金色，接着我占领了她的嘴唇与舌头。最后，一个钓鱼的老头儿让我们别做"有伤风化"的事情，他还威胁要告诉吕莹的爸妈，他说他认识吕莹的爸爸。

那已是十二年前。

酒吧那头突然传来一阵儿掌声，是他的朋友们。矮个子叫道："滚回来吧。"他放开她，站起来，端正地鞠了个躬，说："打扰了。"这时我才注意到，他脖子里伸出一截文身，看着像一条蛇，或者一条龙。那头凶猛的动物让他礼貌的样子看上去可笑极了。

他走后，她继续傻笑了一会儿，然后突然停下来，抄起一个瓶子往嘴里倒，却一滴酒也没倒出来。她说："真没意思，走吧。"

我们离开了酒吧，再次回到车上。我要开空调，她制止了我，裹紧衣服打开窗子。她大口喘息着，好像很累。过了一会儿，她摇起窗子，问我："去哪儿？"

我摇摇头。停车场里的光线更暗，我知道她正看着窗外，时不时扭动一下身子。我有些累，我想问她住在哪里，然后送她回去。

某一个瞬间，我觉得旁边坐的是吕莹，正因为某件事闷闷不乐，不愿说出来，也完全不想大吵大闹，就那么坐着，不看我，也不说话。一两年前，我们也是这样，冷战了一两个星期。十周年结婚纪念日那天早上，我终于忍不住，在她起床前做了一份简单的早餐，然后对她说，你想去哪里旅游吗？

那时是夏天，皋城阳光猛烈，出发的那天却下起了雷雨，我们打车去火车站，上车下车时弄湿了全身。强强拎着一个旅行包，我问了几次，累吗？他摇摇头，严肃地回望我。我们坐火车到南京，在车站边的麦当劳等待转车。

我们在车上待了两天，逼仄的空间让人难受，这让我意识到，我们从未一起旅行。强强不停呕吐，火车从兰州拐进青藏高原后，他终于好起来，趴在窗子上看远处白皑皑的雪山和草原上闪过的藏原羚。那天早上醒来，窗外正飘着大雪，我看看吕莹，她正看着强强，我们像是三个心不在焉的人，穿行在空无一人的白色山谷中。强强指着窗外问，爸爸，你知道那座山多少岁了吗？我说，一千岁，也许一万岁，然后捧起他胖乎乎的小脸，在他额头上亲了一下。

"你去过西藏吗？"我在黑暗中问她。

"没。"她隔了好一会儿才回答，"你去过？"

"去过，火车硬座去的，两天两夜才到。"我说，"那儿的云朵像悬在头顶的大棉花糖，你能想象吗？"

"嗯。"

"强强很喜欢吃棉花糖。"我看了看天空，云彩稀薄，星星掩映其中。我问："那你看过银河吗？"

"小时候看过。"

"想看吗？"

"嗯。"

我发动车子，开上百合路。这会儿车子少了些，出市区前，还是被几个红灯拦住了。快到火车站时，我左转上省道，后视镜中的皋城渐渐变成昏黄的一片，接着缩小成一个难以确认的点。我们经过几家开在省道边的小饭店，门口有霓虹灯勾出的"停车吃饭"。几辆装满砂石的卡车停在一边。

"去哪儿？"她问。

"到了你就知道了。"我说，"我来过几次。"我们经过收费站，出了皋城的地界。我记得再开过一家小旅店就到了。

她点上一支烟，眼睛朝外瞟。路边的白杨光秃秃地立在黑暗中，月亮挂在枝丫之间。

"能给支烟吗？"我问。她递过来一支点燃的烟。"有一回，也是这儿，有个人说要去县里，急事儿。我说不去，他说加两百，我就同意了。"我摇下车窗，朝外抖了抖烟灰。冷风窜进来。"大概也是开到这儿吧，他让我停车。我问他要干什么，他说撒尿。停车后，一个尖尖的东西抵着我的腰，很疼。"

我习惯性地打了方向灯，拐进一条水泥小路。灌木从两边伸出来，我听到车子被刮的声音。

"他是个新手，肯定是，手一直抖着呢。其实我座位边上就有一把刀。他说，哥，我孩子正躺在医院里呢，才八岁，医生说，耗着也没用，何必呢。他问我，哥，你有孩子不？"我扔掉烟头，摇上车窗。我能听见她的喘息声。"我说我有。他又问我孩子多大。我还和他聊了会儿天。"

"然后呢？"她的声音低沉下来，像早晨没有开嗓时的沙哑。

"你怕吗？"我问。

"嗯？"她没有看我，抓着车门把手盯着前方。

"给钱。"我拐进土路，能看见不远处的河滩。"我把钱和手机都给了他。"

"你是个好人。"她说。

"他钻进树林，那天我第一次来了这里。"我开到土路尽头，前方是一个通往河滩的小坡。我停车，关掉车前灯。银河猛然出现在我们面前，像一条无比厚重而狭窄的毯子，在宽大的天幕中散发着温和、迷离的光晕，车内的空气似乎因此变得稠密、难以呼吸，几乎不再透明，这让我们缓了好一会儿。

"你看那边。"她指向天空的某一点，"你看到那三颗星星了吗？那是猎户座。再往西北看。"她的手指也指向西北边，"那儿是金牛座，北半球冬季夜空最大的星座之一。你的星座。"

"不怎么像。"

"你得先把那些星星连成一条条线段。"

"你的星座呢？我记得你是……处女座？"

"在天空里，她叫室女座。"她说，"冬天看不到。"

我们把椅背放低，半躺着看星空。有一会儿，我仿佛变得无限轻盈，穿过车子的挡风镜，穿过树枝和空气，一点点儿向银河中心靠近，那种强烈的好奇心折磨着我，星空另一边到底是什么？即将抵达时，我猛地一抽，坐了起来。她的手指像即将融化的冰块，手心却暖暖的，此刻正覆在我的手背上。

她凑过来，隔着厚夹克把脸贴在我的胸膛上，抓起我的手臂放到她的肩上。我能闻到她头发上散出的洗发水和香烟混合的味道。她坐起来，脸往上探，像只小心翼翼的奶猫般亲了亲我的脖子、脸和嘴唇。我没动，也没拒绝她。她的动作倏地猛烈起来，翻了个身正对我，舌头撬开我的嘴唇、牙齿。我被抵在座位里，钢架硌得肩膀生疼。

我扳过她的身体，将她摁回座位，她干了的头发垂在我的手臂上，随着她的摆动而摩挲着臂腕。很痒，一种轻微的、却几乎不可忍耐的感觉。我撩开她的头发，轻轻咬住她的嘴唇，手顺着拉链边沿探进她的羽绒服，胸很小，有个核桃状的硬块。她轻哼一声，手伸到我的腰上，试着解开我的皮带。我把手从她的衣服里抽出来，停下，她也停下了动作。我就着疏淡的星光又仔细地看了看她，看见她那混合着好奇、迷惘、激荡的眼神，闻到她出汗前的热气与冰冷的空气混合的气味。我没有最终做出决定，但又吻了她一遍。直到她冰冷的手指解开我衬衫最下方的扣子、触着我的肚子往下探去，我才彻底放开她，坐回了座位。

我意识到她还侧对着我，等着我的行动。我盯着天空中的某一点，假装什么也没发生。过了一会儿，她才坐正，躺在椅子上。我松了一口气，开始好奇星光是如何穿过深埋在大气层中的黑暗，接着抵达我们身处的空间、我们的眼睛，又如绳子一般绑住我的勇气。我僵在那里，再一次想起去日喀则的那几天，那一段没有争执与抱怨的时光，天空湛蓝，云朵低垂，我们半路下车，站在挂满经幡的山口俯瞰羊湖。现在，在这片广袤的寒夜中，时间终于深陷其中，变得模糊。

"走吧。"我说。我发动车子，缓缓地往后倒，两边的灌木丛又刮了一遍车子，在发动机的轰鸣声中，它轻微得像一阵频率不高的蜂鸣。我们再次开上水泥道，然后是国道。皋城从一个不确定的小点慢慢变成一小片昏黄的光斑，接着它显露出它确切的形状。

我在沿河路她上车的地方停下。

"我住那儿。"她指着一片住宅区。沉默了一会儿，她说，"还记得我那个跳镜湖的朋友吗？他们在一起十年，前阵子他们去澳大利亚玩，坐船出海，她突然很怕晕船，几乎是恐惧，说什么也不上去。他赌着气上船，站在甲板上故意不看她，背影陷在蓝色的大海与天空里，极其渺小。两小时后，传来船出事的消息。"她说这些时，声音嘶哑，感伤又冷酷。"他还是死在了水里。"

"你觉得死的人都去了哪里？"我看着她问，"你那位朋友。"

"也许生活在死去的地方。"她说。

我点点头，但并不同意。我时常怀疑，他们只是不喜欢活着的人，偷偷地逃走。我说："我得回家了。"

"再见，谢谢你。"她推开车门，一丝冷风漏进来。她忽然扭头说："对了，我叫米米，其实我不喜欢那些节目。"她对我笑了笑，然后走出了车子，接着，我看见她缩成一个小小的背影，沿着堤坝往前走，很快就消失在一个转角。

我想，如果她能再留一会儿，也许我会说说我的生活，那些我没对外人提起的过去，我也许会告诉她，我曾经在一个遥远的地方，弄丢了我的宝贝儿子。

我回了家，上楼前，在楼下站了一会儿，我昂起头数阳台，第十个亮着，它的暖黄来自一个六边形的吊灯。我猜吕莹正躺在沙发里，怀里抱着大头，他们的脸上焕发着如出一辙的气息：疲惫、厌倦又充满激情，如同她每次准备激烈地指责我，将所有的责任都归咎于我。然而我开门时，家里空无一人，我喊了吕莹的名字，几乎在房子里产生回音。大头从房间里跑出来，第一次没有冲我咆哮。我走到沙发边，模仿想象中吕莹的姿势躺下，大头跳上来，蜷在我身边，看着我，眼神清澈。我伸手摸了摸它，它发出低沉的呜呜声。我忽然想起，那天我陪着吕莹从医院里出来，医生告诉我们，基本不可能再怀上。吕莹用手挡住眼睛，不让我看。我陪她在阳光下站了一会儿，然后她带我去了卖狗的地方。她蹲下，盯着笼子，接着从几只毛茸茸的小狗中抱出大头。

"回家吧。"我说。

她看了我一眼，又低头去看大头，说："回家吧。"

《芙蓉》2016年第2期

我们一起慢慢长大

舒锦润

我想,世界上再也没有像我们这样的姐妹俩了。

从我记事开始,只要我们俩在一块儿,我从妈妈口中听到最多的一句话便是:"你俩上辈子一定是冤家,每天都在争吵,真不知道你俩啥时候才能够长大。"的确,小时候的我们,似乎有无限的精力,几乎每一天都在争吵,争吵的内容都是一些鸡毛蒜皮的小事儿,比如你埋怨我把你的衣服弄脏了,我嫌弃你把我的书弄坏了,你嫌我问东问西,我不满你不跟我玩儿,又或者仅仅是因为一个电影明星而争得面红耳赤,我嫌弃你的品位太低,你嘲笑我太过于书呆子气……诸如此类的。连作为看客的妈妈都觉得累了,我们依旧争得乐此不疲。但争吵之后,我们仍会手挽手一起逛街、买零食,不管那些电影明星有多么美,他们始终距离我们很遥远。

后来,我们长大了些,到了开始注重形象的年纪。你喜欢臭美,而我则喜欢打击你。每当你站在试衣镜面前臭美一阵儿之后,总会习惯性地问我,你穿的衣服好不好看。我假装漫不经心地看一眼,内心惊叹真美呀,嘴上却会打击你说:"不咋地。"你一听,急了,央求我:"你认真看一看嘛。"我笑笑不作声。这时,你干脆不问了,白我一眼,对着镜子继续臭美,一边整理衣服一边说我不懂欣赏。然后自我安慰道:"其实我觉得穿这件衣服挺好看的啊。"一脸天真的样子。看着你这样子,我常常是笑到脸变形,觉得世界上最好的时光也不过如此吧:单纯、愉快又轻松。

而事实上,我告诉你实话吧,虽然对你,我脸上不屑,嘴上打击,但心里却住着对你满满的崇拜与喜欢,甚至到了盲目的迷信。记得你说过的话,认为你喜欢的东西很好,你选择的衣服品牌很好,坚定地觉得你的人生会很好,甚至啊,一度在心里觉得,你是我见过的最好看的姑娘。我将永远视你为发光体,大概不仅仅是因为你是我的姐姐,而是因为我不像你。

从小到大，我一直是个比别人慢半拍的姑娘，不够聪明又漫不经心，喜欢发呆出神，很多事情转眼便忘记了，记忆模糊不清。但我并非什么细节也记不清，相反，有些记忆清晰得过了头。比如：八岁那年，我和你去广州，在嘈杂拥挤的火车站，你紧紧地拽住我的手，生怕我走丢。其实你的手很小，但被你拉着就觉得是那样的妥帖安稳。十岁那年，你教我写数学题，一边教一边说我愚钝，捶胸顿足地说再也不想教我写作业，可是下一次，你仍会耐心细致地给我讲数学题。十三岁那年，我的作文在一个全国性的比赛中荣获了奖项，受邀去北京参加夏令营。当我把获奖证书和邀请函带回家的时候，你显得比我还高兴，激动兴奋得像是你获了奖。你拿着我的获奖证书左看右瞧，一个劲儿地夸我真棒。还吵吵着周末要带我去买衣服。而彼时的你，也不过是一个正在上学的少女呀。十五岁那年，你带我去吃早餐，和我去逛街，你在商场里挑出好看的衣服让我去试，你穿着高跟鞋、提着手提包很自信。你带我去护理头发，我在理发店里看着窗外，阳光太刺眼，不得不把眼睛眯起来，你坐在沙发上等我，后来睡着了。十六岁那年，我独自乘飞机从广州回家，因为飞机晚点，我没能按时到家。加上手机没电，中途无法与你取得联系，等到我回到家与你取得联系时，才知道你几乎打爆了爸爸妈妈的电话，甚至还打电话到航空公司去查询我的班机时间……

虽然我们一天到晚吵架，但那些刻骨铭心的记忆，即使时光过去了，我想我也不会忘记。

后来，我高二那年，你的工作发生了变动，你从广州回到了成都。暑假的时候，我到你那儿去玩。你因为要上班不能陪我，我一个人在家，你担心我出门走丢，于是早上离开前，将我反锁在房间里。后来，你下班回来，看见一天没吃饭的我，急得说话语无伦次，你问："你咋不吃点东西呢？"

"不知道吃啥。"

"你不知道叫外卖？"

"门锁着，怎么拿？"

你这才恍然大悟，拍拍脑袋，不好意思地笑笑，跟我说："小妹，抱歉啊，我只想着怕你走丢，忘了你吃饭这个问题了。"你的脸上写满愧疚。说完，你便急忙翻箱倒柜地给我找零食让我充饥。

当你给我找到零食之后，你又马上换下衣服去厨房洗排骨，说是要给我做大餐。我拿着零食优哉地跟着你进了厨房，靠在门边上，戏谑地笑着问你："姐，你脑洞咋这么大开，为了不让我走丢，能想到把我锁在家里这种办法，拜托，我都十八了。"

这时，你停下手里的活儿，直起身子看着靠在门边的我，认真地说："十八怎么了，十八也得管着你啊，我就你一个小妹，走丢了咋办。"你的眼睛特别大特别明亮，看着你我突然不知道说什么。只是笑笑，叫了一声姐。但内心却感到满满的幸福与被宠的安稳。

去年寒假，年轻美丽的你结婚了，姐夫是个高挑帅气很好的人。你给我看你的婚纱照，照片上你穿着洁白的婚纱仰望天空，笑得一脸如花，看起来高洁素雅，姐夫搂着你，做出深情看你的表情，怎么看都让人觉得美。婚礼那天，你穿着洁白的婚纱，红色羽绒服外套，美若天人。当众人都在给你送新婚快乐的祝福时，我却失落了好一阵儿，虽然姐夫家距离我们家也就两三分钟的路程，但我还是感到一阵不舍，反复对着姐夫说要对你好。彼时，我才意识到，我们已经从小小的孩童长成了大姑娘了。但幸运的是，我们依然陪伴着彼此成长，依然年轻。

结了婚的你与婚前并没有什么两样。大部分时间，我们依然黏在一起，写字、看电影、手挽手散步、逛街、逛书店。天气好的时候，搬着大椅子在房前晒太阳，絮絮说着闲话。你慵懒地说："人生知己一两个就行了。"我问："是我吗？"你说嗯。我突然就觉得满足。我们也曾在想吃火锅的时候，跑到火锅店大吃一顿，然后满足地看着太阳落下、黄昏升起。日子就这样静好地流淌。

现在，我上了大学，我们不在同一个城市。但是每周都以较高频率联系着，你仍然发扬着你"脑洞大开"的优点，当我说我吃不了辛辣的食物之后，你居然想到了把菜做好抽成真空包装寄给我这种办法。我依然保持着将写好的文章第一时间发给你看的习惯。每当我有文章发表或是拿到稿费时，总是第一个打电话告诉你。而你自然是为我开心的，提醒我戒骄戒躁、认真看书。我们每天在电话里迫不及待地告诉对方发生在自己身上的事儿，生怕错过一个细节，一句对白，像在一起的每个日子一样。

......

亲爱的姐姐，成长的道路上，有你陪着我吵闹地走过，我是那样的感恩并且满足。时光在走、季节在变换，身边的人和风景都变得日趋模糊。可是我是多么庆幸你一直陪在我的身边，给我力量、勇气以及爱。

以后的日子，说漫长也好，说短暂也好，都会以它独有的节奏运行。

不管前方等待我们的是什么，我都会一直陪在你身边。不管你走多远，我永远是你一回头就会找到就会对着你温和地笑的小妹。

我们一起，牵着手慢慢长大。

《松涛》2016 年第 2 期

打鱼少年

梁安早

老屋寨是苍莽的都庞岭腹地中的一个小瑶寨,寨子前有一条宽阔、清凌凌的金鳞河,河里生长着数不清的鱼,这些鱼儿肥大,味道鲜美,很受山外人的欢迎。

寨子山多田少,一年辛辛苦苦种出来的粮食不够吃半年。人们侍弄完那几块巴掌大的梯田后,就是下河去打鱼,熏干后拿到山外的集镇卖了,换钱回来维持家里的开销。

他们打鱼的方式很奇特。

每到夏天,直至中秋,或者延至更晚一点儿,天气闷热的晚上,八九点时,打鱼的人就开始行动,十多公里长的金鳞河上到处都是火把,宛如一条由点点星光汇聚而成的蜿蜒的星河。

打鱼的人以家庭为团队,大多数是夫妻档。夫妻分为两拨儿,妻子站在上游静静地候着,丈夫在下游,举着熊熊的火把,用一片长长的竹子啪啪拍击着水面,一边拍,一边向上游移动。

鱼儿受到惊吓,就向上游拼命地窜。站在上游的妻子见往上蹿的鱼儿越来越多,丈夫的距离也越来越近,急忙点燃火把,拿着长竹片拍击水面。正在逃命的鱼儿忽然见到前面有人在堵截,慌神了,没头没脑地向旁边逃窜,有些大鱼就跳到了岸边的沙滩上、草丛里。

夫妻俩看着时机差不多了,就上岸去捡扑扑乱跳的鱼,半个晚上下来,即使运气最差的人,也能捡到三四斤。

在所有打鱼的人当中,要数水生阿爸赵永寿的打鱼技术最高明。同一条河里,同样地打鱼,但他每次打的鱼都要比别人多很多。正是靠着他这一手打鱼的绝活儿,他家的日子比寨子里任何一户人家都要过得有滋味。

水生叫赵麒麟,个头高而壮实,脸色白白净净,头发不长不短,油黑发亮,梳理得一丝不乱。在寨子里浑身晒得像黑炭头、头发乱得像鸡窝的同龄的小伙伴中一站，有一种鹤立鸡群的感觉。

他不像小伙伴们那样淘气、顽皮，把寨子弄得乌烟瘴气。他总是文文静静的，多数时间里待在家里看书。

每当有人叫他水生时，他就用一种特别高的声音抗议："我不叫水生，我叫赵麒麟！"

抗议归抗议，但他从不生气，所以寨子里的小孩儿从不怕他。有时候，他的抗议声刚落下，寨子里的孩子们在野马的带领下，就将他围在中间，脸一律朝外，半蹲下来，一边拍着屁股，一边扯着嗓子唱：

点点窝窝，淘米下锅。
猫儿吃饭，老鼠唱歌。
唱个什么歌？
唱个老屋寨的水生哥：
水生哥，娶老婆，
体面老婆娶不着，
娶了个癞头婆，癞——头——婆！

水生也不回嘴骂，任他们讥笑。次数多了，孩子们以为他是个软弱可欺的软包蛋，就越发放肆，唱的歌也越来越不像话了。

有一次在放学的路上，野马又带着孩子们将水生围在中间，故伎重演。这次，他们唱的歌有点儿像泼妇骂街，拣最难听的内容唱。

开始的时候水生静静地听着，可是到了最后，脸色由红转灰，由灰转青，脖子上的青筋像鼓足了气一样膨胀起来。

忽然，他抬脚往野马的屁股上用力踹过去，野马摔了个狗吃屎，嘴唇磕出一道口子，鲜红的血顿时就流了出来。

水生从野马的身上跨过去。走出包围圈后，回过头来，两手交叉抱在胸前，冷冷地看着在地上挣扎的野马。

野马爬起后，举起拳头就要打水生，可是当他看到水生的表情时，拳头迟迟落不到水生的身上。

水生扬了扬嘴角，似乎在告诉野马：不要惹我，惹急了，有你好受的！然后就扭转身子，头也不回地向家里走去。

野马是记了仇的，从此以后，他带着寨子里的孩子们再也不理水生，无论做什么事，都不叫他参加。

水生也不屑于与他们为伍，一放学就回到家里待着。实际上，他的心里藏着一个不为人知的秘密，就是飞出小寨子，成为一个城里人。这缘于他小时候一次跟着阿爸去县城玩，看到县城宽阔、整洁的街道，高大的房子，穿着体面的行人，以及他们优雅的谈吐，就立刻喜欢上了。他觉得，自己本应生活在城里。

又是一个夏季的到来。还有两个月就要小学毕业考试了。

一天早上，阿爸赵永寿说，他上山去割担嫩草回来喂牛。

赵永寿没去多久，小早子的父亲侯大龙就慌慌张张跑来对水生的阿妈说："永寿嫂子，不好了，永寿老哥出大事了！"

水生的阿妈当时正挑着一担沉甸甸的水走到水缸边，弓着腰准备将担子放下时，听到侯大龙的话，当时就怔在那儿，嘴张得大大的，喉咙里有咕嘟咕嘟的响声在上下滚动，脸色慢慢地转为灰白。忽然，她的腿一软，一声极为轻微且清脆的响声从她的腰间发出，"咚"的一声，两只水桶重重砸在地上，人就整个瘫软在地上。

寨子背后的山势陡峭，很难攀爬。尤其是早上时，露水将地上打得湿漉漉的，就像抹了油似的。经常有人从山上滑落下来，不是折了腰，就是断胳膊断腿，后来就没人敢去了。由于没人去，山上的草长得非常茂盛。

但这天，鬼使神差，赵永寿就偏偏去了，而且去得很早。

从侯大龙的语气中，水生的阿妈大约判断出丈夫不是断腿断胳膊折腰那么简单了。

她挣扎着想爬起来，但就是爬不起来，扭曲的脸色布满了豆大的汗珠，痛苦地说："永寿，他，他究竟出了什么大事？"

侯大龙说："永寿老哥他，他从山上滚落下来了！"

"他，他没事吧？你带我去看看。"水生的阿妈心里还怀着一丝希望。

她用手抓着水缸的边沿想站起来，但腰间传来锥心的刺痛，又跌坐在地上。连试了几次，就知道刚才因为过分激动闪了腰，说："大龙，你去帮帮永寿！"

"永寿嫂子，你这是怎么了？"侯大龙想走过去扶起她。

水生阿妈朝他摇着手说："不要管我，去帮帮永寿。"

这时，四个男人抬着一块木板走进门来，门板上躺着血肉模糊的赵永寿。

"啊！"水生阿妈一见丈夫这副模样，就昏了过去。

接下来的几天里，水生仿佛是在做梦。

在这个梦境里，他眼前弥漫着一层薄薄的雾，薄雾将他和另一面隔成两个不同的世界。那边的世界里有许多人在穿来走去，有人抬来一口白森森的棺材放在堂屋的左边，有人用清漆和着墨汁将白棺材漆黑，然后阿爸被放了进去，还有人宰鸡宰鸭杀猪……之后，自己就披麻戴孝，跟在道师的后面不断围绕着棺材转圈，有时候还要下跪磕头……

直到第六天的早上，水生才醒过来，他知道，阿爸永远也不会回来了。

他醒过来才想起躺在床上的阿妈。在给阿爸做道场的那几天，水生一直听到房里阿妈嘤嘤的哭声，哭声中还夹杂着痛苦的呻吟声。

"阿妈，我送你到山外的镇里的医院去检查。"水生走进阿妈的房间说。

阿妈没有应他，眼睛空洞地盯着屋顶不动，眼皮肿得像两个成熟的桃子。她的头发散开在枕头上，像开了一场奢靡的花。

水生走近重复了一下刚才说的话。阿妈脑袋动了一下，说："是永寿回来了吗？"

"阿妈，是我！"水生轻声叫道。

阿妈忽然咧嘴笑了，说："我就知道你没走，会回来的，你怎么舍得丢下我们母子俩呢？"

"阿妈，是我，你的儿子水生。"水生的眼泪流了出来。

阿妈愣住了，接着就笑了起来，然后唱起歌来：

妹莫愁，
吃了红薯有芋头。
红薯芋头吃完了，
高粱苞谷又低头。

阿妈的歌声有些沙哑，在狭小的房间里回荡着。

阿妈一遍又一遍地唱着"妹莫愁"，渐渐地，声音越来越沙哑，到最后，就剩嘴唇在嚅动了。

水生只好去找舅舅，舅舅也有六十多岁了，孑然一身，住在老屋寨的东头。

"肯定要送到医院去医治。"舅舅吸了一口烟袋，微红的红光照得他满是皱纹的脸一闪一闪，他吐出一口长长的浓烟，很久才说出下一句，"可是，钱从哪里来？"

是呀，钱从哪里来？给阿爸办完丧事后，管事的人就交给他一个账本，说是欠了一笔不小的债。

水生想了一下，说："卖掉家里那头大黄牛吧。"

舅舅将旱烟袋在地上磕了几下，长长地叹了一声。

由于耽误了最佳的治疗时间，医生告诉水生，他阿妈这辈子恐怕要躺在床上了。

回来后，阿妈就整天整天地唱"妹莫愁"。

寨子里的人说，阿妈因为受不了丈夫的离开，精神受到刺激，疯了。

日子一天天过去了，水生也一天天地感觉到，他现在面临的最大的困境，也正在一步步向他逼近：就是生活！

家里的存粮只能维持半个来月的光景，卖大黄牛所得的钱早就扔在了医院里了，而稻田里的稻谷还远没到收割的季节，如果在这些天里弄不到买粮食的钱，半个月之后，他和阿妈就只能挨饿。

水生在一个没有月亮的晚上，背着书包来到阿爸的坟前，跪在墓碑前，点燃一把纸钱，一边对着睡在黄土下的阿爸喃喃地说着话，一边将课本一页一页撕下来扔进火堆里。

他的脸在红红的跳动的火苗映照下，闪闪发光。

每撕下一页课本，水生就知道，他离学校就远了一步，自己以前的梦想就在进一步破灭。

火苗渐渐变小，直至熄灭，一阵风将灰烬卷上空中，灰烬就像漫天飞舞的黑色的蝴蝶。

水生抹了一把眼泪，朝着墓碑磕了三个响头，说："阿爸，你放心，我一定要好好地照顾阿妈！"

他的身影很快就融进沉沉的夜色中，仿佛，他未曾来过，这里也未曾发生过任何事。

第二天，水生就拿着柴刀进了山。

离寨子二十多公里远的地方有一片连绵的毛竹林，竹林里倒着许多枯竹。把枯竹捡回家，剖成许多小条块，晒上一两天，就变得干干爽爽的，再将它们捆成一小捆一小捆，在晚上点着用来打鱼。这种毛竹厚实，含竹油量多，火大，耐烧，老屋寨的人晚上打鱼所用的火把就是用这里的枯毛竹做成的。

实际上，竹林近处稍好一点儿的枯竹都被寨子里的人捡走了，要想捡到更好更长的枯竹，只能走入竹林深处。

竹林里堆着厚厚的竹叶，踩在上面沙沙作响。水生跟着阿爸来过一次竹林，阿爸告诉他，剧毒的五步蛇喜欢藏在竹叶下，行走时要注意。

水生砍来一根小竹棍，一边拍打地上的竹叶，一边小心翼翼向前走。竹林生长着无数个头很大的蚊子，这种蚊子的尖嘴很长，隔着一层衣服也能刺进皮肤里。它们就像蜜蜂一样，嗡嗡的，成群结队向他袭来。

没走多远，水生就被咬出许多包来，又痛又痒。但他顾不上这么多，他只想多找点枯竹。

到中午的时候，终于找到两捆枯竹。他砍下一根生的毛竹，将两捆枯竹穿起来，就变了一副担子，然后挑着晃晃悠悠往回走。

水生从没有挑过东西，肩膀细皮嫩肉，担子一压在上面，就钻心地痛。他将担子不断地在左右肩膀上轮换，两只肩膀渐渐地红肿，然后破皮，丝丝血迹渗出衣服。

有那么好几次，他将担子搁在一边，蹲在地上，抚摸着肩膀号啕大哭。可是，当他想起床上的阿妈，就咬着牙，挑起担子继续往家里赶。

第二天，水生拖着又酸又胀的双腿继续往竹林走……

几天下来，他的肩膀消了又肿，肿了又消，最后结成一块厚厚的痂皮，担子压在上面就不再痛了；他的脸被火辣辣的太阳晒得黑黢黢的，也消瘦了不少，两只眼睛变大了，但闪闪发光，头发像一堆枯草一样罩在脑袋上。

水生已经完全没有当初城里孩子的模样，活脱脱一个大山里的孩子的典型模样。

枯竹堆得像小山一样，水生就不再进山了，他要把这些枯竹剖成小条块晒干。又花了几天时间，所有的枯竹都被剖开，整个院子里，晒满了白色的竹块，好像下了一地的霜。

一个晚上，水生背着鱼篓，举着火把，拿着打鱼的竹子下河了。

河里有很多人在打鱼，到处星星点点的火光，到处是竹子啪啪拍击水面的声音。

水生找了个地方，开始用竹子拍击水面，可是，那些鱼只管往前跃动，并不跳上岸，他醒悟过来，前面没有东西堵着，鱼儿怎么会跳上岸呢？

第二天，水生找到侯大龙，说："大龙叔，你缺打鱼用的竹子不？"

侯大龙看了一下院子："用光了，得上山去弄枯竹。"

水生说："不用去，我有。"

"你有，是你的啊。"

"我可以给你，而且都已剖好晒干做成了火把。"

侯大龙觉得水生的话很有意思，就笑了起来："我猜，你一定有什么交换条件吧。"

水生说："有。我给四支火把，你陪我打一个晚上的鱼。"

说完之后，水生就抿着嘴，望着侯大龙。

"好的，就今晚吧。"

"一言为定？"

"一言为定！"侯大龙点点头。

水生走后，侯大龙踢了一下在地上逗蚂蚁玩的儿子野马的屁股："你瞧你，这么大了，还在玩这种小把戏！"

晚上，侯大龙与水生下了河。来到河里，侯大龙告诉他一些打鱼的基本知识和姿势，就与儿子站在上游等候。

"啪啪啪！"在火光下，河水溅出一朵朵好看的水花，鱼儿的跃动也带出无数朵水花，这些花儿交织在一起，形成一道蒙蒙的薄雾。

这个晚上，水生打了四斤多鱼。

第二天，水生又准备去找另一个人陪他打鱼时，野马找上门来。

野马说："麒麟，今晚你不用找其他人陪你去打鱼，我陪你去。"

水生看着他说："你阿爸叫你来的吧。"然后他又问道："你不恨我了？"

野马说："是我自己来的。不恨，事情都过去了那么久了，还有什么好恨的？"

水生的眼睛在闪光，但他没有说话。

"就这么说定了，我得去上学。"野马走到门口，朝他挥挥手说，"再见，麒麟。"

水生追上去，说："我不叫赵麒麟，我叫水生，以后你们就叫我水生。"

晚上，野马果然来陪他去打鱼，他带着寨子里所有的孩子们，有十来个。

在河里，他们分成两拨儿，一拨儿守，一拨儿打。

大约是鱼儿从来没有见过这么多人追打，纷纷往岸上跳。白花花的鱼儿在岸边的沙滩上、草丛里跳着，此起彼落，扑扑声和孩子们的笑声交汇在一起，在金鳞河的上空飘荡着。

捡着捡着鱼儿，水生就有了想唱歌的冲动。于是他就唱了起来：

我不愁，
吃了红薯有芋头。
红薯芋头吃完了，
高粱苞谷又低头。

《文学少年》2016年第2期

张知了

王天宁

她听到叫嚷"包子熟了，趁热趁热"的声音。回应是"给我拿五个""要靠左边几个"一类。爸妈早起来了，切肉、拌馅、上皮、笼屉蒸，需要不短的时间。知了从窗里看到笼屉上冒出袅袅的白烟儿。

这个钟点吵嚷的声音已经满巷，晨练归来的老人们，背着过人头高的大书包上学的中学生们，胡同开始变得生动起来。

知了把稿纸卷个圈儿，扔进书包里，想再眯一会儿。

爸爸这会儿钻进了她的卧室："哟，闺女自己醒啦？快，洗刷洗刷吃饭去。"

知了看表，已经到了起床的时间。写下那一堆乱七八糟的文字居然花了这么多时间。知了困得想哭，苦不堪言。

早餐还是老模样。一人一碗小米粥，萝卜疙瘩咸菜嘎嘣脆，从笼屉里新端出来的包子，被妈妈剥好皮的鸡蛋。

知了皱眉："怎么还吃这个。"

妈妈问："不吃这个吃哪个？"

爸爸说："知足吧闺女，有得吃就不错了。"

知了闷声不响，吃得别扭。有顾客买包子，爸爸过去招呼。妈妈伏在知了耳边说："别怪我没提醒你，好好吃。昨天拆迁办的人又来，你爸心里憋屈。他要是看你吃饭和上刑一样，指定拿筷子抽你！"

知了赶紧改变架势，大口喝粥，大口咬包子，被噎得直咳抓着咸菜疙瘩不敢撒手。

爸爸回来，瞧见知了这吃相，眉开眼笑："闺女好养活，一切都好说……"

知了背起书包往学校赶，胡同里幢幢老屋的白墙上都画着被圈了圈儿的红"拆"字。住户们走得差不多了，坚守的几家老住户刚起床，拨门闩开门，趿拉着拖鞋出来倒痰盂。

知了回头看看自己的家，小小的门脸儿，方方正正的牌匾，"知了包子铺"，熠熠闪光。挂匾的正墙上，也被画了"拆"字。

知了瘦，瘦得形销骨立。可是爱出汗。汗出得她满身都湿，小手绢擦不及。纸帕从脑后递过来，放在知了的额头上，盖住她的眼。

知了听见"咯咯"的笑声，"靳潇潇，你老实点！"知了吼了一声，纸帕抹了几抹。

"知了，好知了。"靳潇潇挎住知了的臂膀，知了挣不脱。

知了说："作文可不能给你抄啊，数学题错得一样也就罢了，咱俩又没长一个脑袋，作文要是写得一模一样，老高不就一眼看出来了！"

靳潇潇嗔怒："我又没说要抄你作文，作文我写完了。"

"那你想干啥？你这么黏糊，准没好事，我还不知道你！"

靳潇潇似乎犹豫了一会儿："知了，好知了，今天的数学考试，能不能……"

"免谈！"知了把靳潇潇的手甩开，噔噔噔往前走。

"知了，光看选择题！知了，再商量商量呗，我要是再考砸了，我爸妈非得混合双打不可！"

靳潇潇边走边喊，但是，知了腿长步远，追不上。

靳潇潇继续喊："知了，你要是同意的话，我就再劝劝我爸，不让他拆宽窄胡同。"

知了停了一下，继续走。

靳潇潇不追了，她有谱：知了动心了。

张知了和靳潇潇自蜡烛包里就认识了，张家、靳家是世交，在宽窄胡同里做邻居——当然那是半年之前的事儿了。

从小学到初中，张知了与靳潇潇一直是同桌。半年前知了寻到班主任老高说："我不想和靳潇潇当同桌了，我后边有空位，叫她坐我后面去。"

老高纳闷："为嘛呢？"

我们张家和靳家，势不两立。

老高来了兴致，笑模笑样："前两天不是还好好的吗，怎么，闹矛盾了你俩？多大点事儿，还势不两立呢！"

"这是我爸说的，"知了面无表情地说，看着老高的眼睛，"靳潇潇他爸，要拆宽窄胡同，要拆我家的房子。"

知了说完呜呜地哭起来。

老高觉得这真有意思：拆迁办与钉子户之间的矛盾，怎么上升到家族高度啦。

老高从半年前就密切关注着这对儿姑娘，张知了对靳潇潇总是硬着脸，而靳潇潇好像并没察觉，一个劲儿往张知了心里钻，徒劳。

张知了学习好，靳潇潇的成绩在班里排末了。老高安排一帮一互动小组，指定知了和靳潇潇一组。

老高要是问张知了，你帮靳潇潇同学学习没有？张知了一定正气凛然地回答："帮了。"

再问靳潇潇，她茫然的脸上反映出截然相反的答案。

张知了和靳潇潇的一帮一互助小组不了了之。教语文的老高在几天前听到数学老师抱怨：张知了与靳潇潇的错题一模一样，她才重新把目光投到两人身上。

这天数学老师生病，数学测验照考不误，老高替监。班里起先安安静静，半截儿不知哪儿起了点小骚动，这很正常，每次测验都有这样的骚动，老高喝了一声：都安静点，自己看自己的卷子，不许交头接耳。

这骚动便被压下去了。

过了一会儿，老高又觉得不对劲儿。哪不对劲儿？怎么张知了做题的时候居然也不老实了，右手笔，左手撕得破烂的小纸条，典型的小抄。这不对啊，这不符合张知了的一贯作风啊。

老高从讲台溜下去，绕到后黑板，那儿瞧得清亮。显然张知了摆弄了一会儿，手从背后伸到靳潇潇的课桌上。

不急，老高告诫自己，继续看。

靳潇潇左顾右盼，她还特别朝讲台瞄了一眼，可惜脑后没长眼。纸条瞬间被抓在手里，小肩膀耸动着，得意扬扬。

老高随之悄无声息地跟进，当她站在靳潇潇桌边时，纸条正被靳潇潇的试卷遮掩着，但仍旧能看到上面英文字母的选项。靳潇潇奋笔疾驰，全然没发现老高站在她身边。

老高轻咳两声。靳潇潇仰起脸儿，惊恐地看着她。靳潇潇听到她顶不愿意听到了的话："考完试，靳潇潇和张知了来一趟办公室。"

张知了没回头，可她脸红了。从脖根儿，红到耳尖儿。

老高恍然大悟地问："知了，是不是靳潇潇逼迫你了？你去门外，把靳潇潇叫过来，我得好好问问她。"

知了低着头，耳根子又热乎起来。知了说："老师我错了，您批评我就行了，别再说靳潇潇了。"知了又说："我认错，我抄课文，补错。"

老高寻知了的眼："真心认错？"

知了故意把眼藏起来："真心认错。"

行，知错就行。老高大手一挥："你走吧，甭叫靳潇潇进来了。你抄一遍，叫她抄两遍，明早交给我。"

门儿一推开，靳潇潇迎着知了走过来。老高看到的最后一个画面，是靳潇潇搂着张知了的膀子，亲密得像半年前那对儿姑娘。

门儿一合，老高扑哧一声笑出来。对桌的老师问高老师笑啥。老高啜了一口浓茶："班里一对姑娘，以前玩得挺好。因为家里的事儿闹矛盾，不知怎么又和好了，今天合伙作弊被我抓住了。我想，姐俩好不容易和好，别再因为被我训一通闹脸子。"

对面的老师摇着笔笑："小姑娘嘛，都这样。咱们不也是这么过来的。"

老高头靠在椅背上，闭上眼睛，想：是呵，都是这么过来的。

而在办公室外面，老高看不到的画面是，门儿一关知了就把靳潇潇的胳膊顶到一边："靳潇潇，今天我再一次帮你可不是为了你。"

靳潇潇说："我知道。"

知了说："你答应过我，不让你爸拆宽窄胡同，说话算数！"

靳潇潇说："算数。"

靳潇潇又说："知了，那一遍课文，我帮你抄吧……"

知了说："不用！"仿佛一个面对敌人的诱惑不肯低头的气节英雄。大刺刺地往家走。

靳潇潇喊："知了，等等我。"

知了不睬，脑袋越昂越高，脚步越走越快。

宽窄胡同的老住户们是在不知不觉中消失的。

早晨还和知了打照面、端着爹妈的痰盂出来清理的小贺，晨练结束锲而不舍地来"知了包子铺"买包子的老李，他们的踪影傍晚就在宽窄胡同里消失了。

知了路过他们家，大铁锁把门，零碎落叶一扫而过。一、二、三……知了一户一户地数着，整条胡同快搬净了。

知了家是第十二户，巷子深处黑洞洞的，知了还想往里数，爸爸从店里迎出来：再里面就剩下一对儿小夫妻，今儿下午我帮他们装车，已经搬走了。

爸爸说，可能过不了多久，宽窄胡同就会在世界上消失了，所以知了家得坚守这块阵地，叫胡同能多活一会儿是一会儿。

包子铺今天晚上没开张，胡同外头的人不知道胡同里面有一家"知了包子铺"，原来胡同里面的人不会只为吃两口包子而回来。

爸爸说，以后肯定还得卖包子。怎么不卖？祖上传下来的老手艺。以后在店里做好了，推到胡同口卖。咱家包子恁好吃，不信招不来回头客。

这顿晚饭破天荒没有包子，妈妈炒了一菜一荤两个菜。知了却不习惯，饭嚼啊嚼，怎么都不香。

爸爸吃了两口就把碗放下了。妈妈说："老张，吃啊，好吃。"

爸爸说："不吃了，吃不下。"

"怎么了？"知了问。

爸爸说："气！"

妈妈这时拽了一下爸爸的袖管："别给孩子说不该说的。"

"什么该给她说，什么是不该给她说的！爸爸正色：知了，不瞒你说，今儿下午拆迁队又来了，要求咱们家搬。我没同意，和他们翻脸了，就差动拳头了。那个老靳真不是东西，在宽窄胡同住了几十年了，自从当上拆迁队队长，立马和咱们这儿撇清关系，天天要求这个搬走那个搬走。宽窄胡同怎么碍着他了，好像这儿有多脏多见不得人似的。"

妈妈一个劲儿拽也没叫爸爸刹住话茬。

爸爸摸着张知了的脑袋说："知了，以后你不仅是咱们家唯一的希望了，也是宽窄胡同唯一的希望了。"

爸爸这话让知了觉得肩头忽然重起来，压得她也不想吃饭了。

知了问爸爸，宽窄胡同的老住户都搬到哪去了。

爸爸说："新区，拆迁办离那不老远。要不老靳能这么着急忙慌地张罗大伙儿都往那儿搬嘛！"

知了又问："都在新区有新房子？那咱有不？"

爸爸说："咱放弃宽窄胡同这套，新区那边自然有咱家的房子。"

知了说："哦，咱不稀罕新区那套房子。"

周末晌午，知了站在熙熙攘攘的人潮中，仰望着新区的新房子好一会儿，抬头抬得脖子都酸了。她没在拥挤的人堆儿中找到宽窄胡同的老住户。据爸爸说，新区的房子里住的都是老城区的老居民，城市要搞建设，老城区被拆得七零八落，新房子里老居民的数量之庞大叫人咋舌。

现在，知了所能做的只是等。等靳潇潇出现，在她妈妈的臂弯里或者在她爸爸的车里。

知了站着等累了就坐在小区门口的石凳上等。她今天非要从靳潇潇嘴里讨个说法，与靳潇潇她爸爸或她妈妈当面对质。靳潇潇怎么许诺她的！只要数学考试给她抄就叫她爸爸不再拆宽窄胡同。怎么说话不算数呢？拆迁队三天两头来宽窄胡同找到知了家，催促他们赶紧搬走。

远远地，靳潇潇家的车露出尖儿。知了一个"大"字横在路口，轿车戛然而止。

"靳潇潇，"知了喊，"当初你怎么对我许诺的，帮你作了弊又不兑现。"

"知了你说什么呢！"靳潇潇硬把知了往一边扯，"周一上学再说行吗？"

"我说什么你比我清楚！"知了喊，"我偏要在这说！靳叔叔，知了冲到车旁，靳潇潇说，只要我数学考试帮她作弊你就不再叫拆迁队拆宽窄胡同，你们说话都不算数。"

"张知了！"靳潇潇的妈妈从车里下来，"你这小女娃怎么回事。以前我们在宽窄胡同住的时候看你这小女娃还不错，这才半年不见怎么就变这样了，长大后还得了。"

知了不服："我怎么样了，我怎么样都比你家靳潇潇强。你家靳潇潇说话不算话。"

靳潇潇妈妈急了："你别血口喷人。"

"我说的是实话，"知了说，"你们在宽窄胡同住了这么些年，说走就走，说拆就拆，你们想过别人的感受吗？"

靳潇潇妈妈说："你再胡说我打你啊！"

围观人群中的宽窄胡同老住户老李头认出了知了，站出来劝架："莫打莫打，这不是卖包子的张家的闺女吗？有啥话，好生说，可别动手。"

一直保持沉默的靳潇潇爸爸，终于开了口。他看看盛怒的妻子，看看手足无措的靳潇潇，看看与他们对峙的张知了还有里三层外三层的围观群众，说了一句话。就这一句话，让气鼓的张知了顿时泄了气。

他说，知了，就算你帮我家潇潇作了弊，她答应你不拆宽窄胡同，我也答应你不拆宽窄胡同，也一点儿用没有。拆宽窄胡同的命令是上边下来的，就算拆迁队听我的，我也必须得听上面的，这个宽窄胡同啊，早晚要拆。你呀，还是回去劝劝你爸爸，叫他搬到新区来。他不是不明事理的人啊。

知了被打了。

叫知了想不通，她居然让自己爸爸给打了。

早晨知了爸爸和知了妈妈正在宽窄胡同门口卖包子，恁香恁嫩的包子。有老顾客回头了。回头的不是别人，正是在新区认出知了并且劝架的老李头。

老李头拎着包子，水蒸气熏手。老李头说，你家知了不孬啊，不想叫宽窄胡同被拆，帮助靳潇潇那个女娃娃考试作弊，条件是不拆胡同；那边没兑现，她自个儿跑到新区，和靳家嚷嚷，叫他们说话算数，叫他们别拆宽窄胡同。

听得知了爸爸和知了妈妈傻了眼。

知了中午放学回家，爸爸二话不说就把她按在床上抽她的屁股。妈妈拦，爸爸嘶吼："你再拦我也抽你腚！"

第一个巴掌落下去知了就嗷嗷地哭起来："爸，你打我干啥！你为啥打我！"

爸爸说："打你干啥？你怎么不问问自己为啥作弊！"

知了哭："我那是帮靳潇潇作弊，我没抄！"

爸爸说："那也不成，那就是作弊！"

知了喊："我还不是为了宽窄胡同不被拆！"

爸爸对着喊："就算被拆了你也不能作弊！知了，你是咱家唯一的希望了！"

妈妈小声劝："孩子也是好心，罢了，罢了。"

爸爸直往知了的屁股蛋子上抽了小三十个巴掌才罢手。隔着裤子抽的，知了觉得屁股和脸都在火辣辣地烧。爸爸喊："你就在床上老老实实趴着，吃晌饭的时候才能动。"知了趴在床上小声哭，床单儿湿个透。

爸爸和妈妈去外头收拾笼屉，知了忍着痛从床上跳下来往门外冲。

妈妈喊了一声："闺女，你去哪儿？一会儿吃晌饭了。"

知了大喊："跳河去！"喊话间已经跑出门外老远。宽窄胡同西边的苇子河这些时日正在涨水，妈妈看清知了真是往西边跑。

知了妈妈拧了知了爸爸一下："干吗呢你，赶紧追！"

知了爸爸坐到小马扎上："追什么追，在外面哭一会儿就回来了。"

"你不要闺女，我还要呢！"知了妈妈嘟囔着，直往明晃晃的门外跑。

约莫半小时知了妈妈回来了，知了爸爸探着头问：闺女呢？

知了妈妈失魂落魄地摇摇头。

知了爸爸颓然，扑通一声坐到地上。

寻找张知了的大队人马从宽窄胡同晃到苇子河然后到新区，不断有人加入，靳家三口，宽窄巷子的原住户，知了的班主任老高，以及学校三三两两的老师学生。

人群里不时传来知了妈妈高高低低的号哭，知了爸爸懊恼地砸自己的脑壳。

大街小巷充斥着"张知了"三字的呼喊。

靳潇潇爸爸挤过来拍拍知了爸爸的肩："老张，报警吧。"

知了爸爸一脸疲倦："再等会儿，再等会儿……"

靳潇潇爸爸派拆迁办的人到苇子河的下游守着。知了妈妈冲过来扯着知了爸爸的衣领："我告诉你老高，闺女要是有个三长两短，我和你没完。"

潇潇爸爸劝："您先松手，您别急啊。"

知了妈妈一把打开潇潇爸爸的手，大喊："还有你们，别以为劝两句这事就和你们无关。我给你们说，我女儿……"

知了妈妈说不下去了，坐在地上号啕大哭。

老高说："都先别说没用的，好好想想，知了还有可能去哪儿。"

靳潇潇说："知了以前告诉过我，她心情不好的时候，就跑到她爷爷的坟边儿，和老人说说话。"

知了爸爸露出醍醐灌顶的表情。老高追问："老爷子坟那儿去过吗？"

没有，压根没想到。知了爸爸一边说一边往宽窄胡同跑，大队人马自觉跟在后面。

知了爷爷的坟安在宽窄胡同后面的麦子地里。夏天收割后的麦地，宽广单薄的土地一望无际。黑黑的坟包耸立其中，几乎正对宽窄胡同的胡同口。知了倚在坟边儿，与黑黑的坟包融为一体。

知了妈妈一看见知了，眼泪控制不住，扑哧扑哧又往下掉。喊着"知了"，扑过去。

知了爸爸回头拱手作揖："既然闺女找到了，大家都回吧，耽误大家时间了，实在对不住。"

留下的是靳家三口和班主任老高。

知了毫无反应。几个人默默地围拢她，一齐坐在地上似乎也没有引起她的注意。

知了的眼神直勾勾的，望着失去麦子的麦地，极远处连着天。

靳潇潇问："知了，你看什么呢？"

知了不睬。

过了好一会儿，知了悠悠地说："爷爷说他死后就把他埋到这块麦地里，他好长长久久地看着宽窄胡同。我在爷爷这儿坐了半天了，爷爷对我说，他还想继续看着宽窄胡同，他还想看着我在里面长大呢。我在宽窄胡同生活了十几年了，靳叔叔，你在宽窄胡同生活了几十年，你对它没有感情？我求求你了，别拆宽窄胡同了行吗？求求你了！"

潇潇爸爸重重地叹气："知了，这不是叔叔说了算的。"

潇潇妈妈说："要不，再往上面反映反映？"

靳潇潇："是啊，爸爸，再和领导说说嘛。"

老高说："小靳，你当我学生那会儿我就看出来了，你心善。看在孩子的面上，看在我这老师的面上，你再努力一把，成不？"

潇潇爸爸环顾四周，他身后是连绵成一片的宽窄胡同。

搬进新区的第一天清晨，知了在梦中醒来。"知了包子铺"搬到了小区门口，生意火爆，爸爸妈妈都得不了空和她一起吃早饭。

知了捧着一个热乎乎的包子，站在窗前张望。宽窄胡同已被夷为平地，唯一坚守的是胡同后面那一片麦子地，她甚至能看到爷爷的墓，远远的，一个小黑点。

知了咬了一口包子，恁香恁嫩，似乎一切都没改变。

不管死亡后的宽窄胡同上面再长出怎样的高楼大厦，知了都打算常去看看。以"知了包子铺"小老板的身份，以宽窄胡同唯一希望的身份。

《少年文艺（上海）》2016 年第 2 期

你来我往

王梦泽

  这个世界总是人来人往,相逢或是错过,每天都在发生。不管你愿不愿意。
  我背着大大的双肩包,一个人站在站台上。汽笛声越来越远,我的心里越来越绝望。
  我并不是个阴郁的人,这一点我身边的所有人都可以为我证明。在他们眼里,我勤奋好学,乐观向上。
  我虽不是个阴郁的人,但心里依旧充满绝望。我实在太厌恶这种生活方式了,我每分每秒都向往着自由,我想要逃离。
  光年就是在我快要崩溃的时候出现的。
  我早已记不清是怎么认识光年的,也不记得初见时打动我的,是那条红色长裙,还是她肩上的吉他。
  现在,这都不重要了。
  我只知道,她拯救了我。
  我是林思夏,遇到光年那年,我十六岁。
  她经常在午休的时候来班上找我,然后我们会跑到音乐教室,要么听一中午的歌,要么弹一中午的吉他。
  我记得她给我听的第一首歌,是老狼的《虎口脱险》。
  那是我和她第二次见面。她依旧穿着红色的长裙,不仔细看还以为和上次的那条一样。敲门声把我惊醒,她的嗓音有些沙哑:"林思夏。"
  那是个晴天,阳光把她的影子拉得很长很长,但即便是这个角度,也完全不妨碍太阳炫耀温度。云淡风轻,天空清一色的蓝,不单调,也不张扬。甬路旁的柳树在初夏就完成了由淡青向翠绿的转换,零零碎碎地透过几抹阳光。
  她忽然停了下来:
  "就这儿吧。"

说完，她直接坐到了那几抹阳光上。见我愣住，她边从包里拿出耳机边招手："坐下，听歌。"

我顺势坐下，她翻了半天手机，终于把耳机递给我。

……说着付出生命的誓言
回头看看繁华的世界
爱你的每个瞬间
像飞驰而过的地铁
说过不会掉下的泪水
现在沸腾着我的双眼
爱你的虎口，我脱离了危险……

她对我的轻声哼唱表现得很讶异，我取下耳机，笑着说："我也喜欢民谣，非常喜欢！"

那天我对她说了很多：我对生活的不满，亲人施加给我的压力，对喜欢的事物没办法坚持；我也对她说了我心里的绝望，我说我想要逃离，我一定要逃离！

她一直没说话，只是静静地听我说。在我激动的时候轻轻地握住我的手，然后我奇迹般地很快就镇静下来。

等我说完她才开口："你知道 S 市的音乐学院吗？"

我一头雾水："啊？"

她沉默了很久，忽然抬头看我，目光坚定，像是下定决心似的："再过两年，我带你逃离！"

我懂了。

回去后我和朋友们说，她们都说我疯了。想想也是，我和她只见了两面。而我对她的了解只局限于高三、艺术生、喜欢民谣、吉他弹得好这几点。可我居然想和她考同一所大学！

时光的沙漏并没有因为我们年轻就停下。转眼已到冬季。而我，很久没有她的消息了。

我依旧和从前一样，朝五晚九地徘徊在家与学校之间，偶尔放假时就背着吉他去老师那补习，一待就是一整天。手上的茧子越来越厚，我的心里也越来越绝望。

我并不知道她哪里这么吸引我，是她的神秘感，还是她略微沙哑的嗓音，抑或是其他？

很久以后我才想通，吸引我的，是她那种自由的生活方式，而那种生活方式，正是我所向往的。

至今我还清楚地记得我们最后一次见面的场景。

依旧是敲门声，依旧是熟悉的声音："林思夏！"

一抬头正对上她的目光，我笑了。

"怎么了？"我走出去。

她没回答我，手却伸进了包里，拿出了两张电影票。

"天哪！真是《后会无期》？"我有点儿吃惊。

她舔舔嘴唇，忽然笑了。

"逃课不？"

我低头想了一会儿，抬头看着她："走吧。"

已经过去太久，电影的内容我已记不太清楚。只记得苏米说的那句"我们听过无数的道理，却依旧过不好这一生"以及片尾的《平凡之路》。

光年转过身来对着我，眼睛里亮亮的："我说我只是为了这首歌才来看的电影，你信吗？"

"当然信。"

朴树还在拼命地唱，电影院里的人已经开始陆陆续续地退场了。我们俩谁都没动，都想听他唱完这首歌：

　　我曾经毁了我的一切
　　只想永远地离开
　　我曾经堕入无边黑暗
　　想挣扎无法自拔
　　我曾经像你像他像那野草野花
　　绝望着也渴望着也哭也笑平凡着……

和光年接触久了，我渐渐发现了些端倪。

她喜欢的民谣歌手都是属于第一代的鼻祖人物：朴树、老狼、叶蓓。再近一点儿的比如李志、万晓利、谢天笑，还有万能青年旅店。而我喜欢的都是民谣音乐的新鲜血液：陈粒、尧十三、花粥、邵夷贝、好妹妹乐队。

虽说有些分歧，但我们都很乐意和对方分享自己喜欢的东西。我给她听《莉莉安》，她很喜欢，说这像是个精神分裂患者的喃喃自语；她给我听《十万嬉皮》，我也很喜欢，说这歌说的就是我这种一肚子理想没办法实现的人。

放了寒假，我有了更多的时间。于是我每天都窝在吉他教室。老师很喜欢郁冬，几乎每天都会放一首郁冬的歌给我们听。直到有一天，他放了《在劫难逃》。

老师说，郁冬的词曲，加上老狼的嗓音，绝对是这个世纪的经典。

我忽然想起了那个初夏，红裙子的女生递给我一只耳机，我们听了一中午的《虎口脱险》。那首歌，也是郁冬的词曲。

光年，你到底在哪儿？

接近年关，我停了吉他课，在家里帮着家人准备过年用的东西。不知怎么，我心里有种预感：光年会找我，就这几天。

果然，过年那天傍晚，她打来了电话。

"新年快乐！"她说。

"新年快乐，你……"没等我说完，她就打断了我，"带着吉他，下楼！我在你家楼下。"说完直接挂了电话。

我想到这么久没联系上她，倒是憋了一肚子火，气冲冲地把吉他装好。到衣柜前我犹豫了一下，最后还是拿出了一件红色的大衣换上。

走到楼下，一抬头我就看到了她。她背着吉他，侧身靠在路灯下。橙色的灯光把她的影子拉得很长。她高了，也瘦了，头发也长长了。她这次穿了一件过膝的羽绒服，当然，还是红色的。

"你就那么喜欢红色？"我大声喊。

她被我的喊声吓了一跳，抬头看到了我，笑了：

"你不也穿了红色吗？"

我刚要问她为什么要我背着吉他，她仿佛知道我在想什么，走过来拉着我的手："带你去个地方。"

华灯初上，街上的人都在三三两两地放着烟花。我被她拉着，心里那点怒火早已烟消云散。她要是想说，自己就会说的，不用我问。我这么想着。

走到一个邻近闹市的十字路口，她停了下来，四处看了看。

"就这儿吧。"

说完，她小心翼翼地把吉他从包里取出来，见我愣住，她倒笑了：

"哎！来唱歌啊！"

我有些不好意思。她看了看我，没再说什么，自己低头调弦。

"我之前，去了外地。集训了半学期。"她调好了弦，把吉他背上，转过身来看我。

"然后就是艺考，我拿到了那所学校的合格证了。"

她轻描淡写地说着，倒是我激动得不行。

"真的？"我的声音有些颤抖。

她嗓音清亮："真的！"

我兴奋地放下琴包，把吉他从包里拎了出来。她瞥了我一眼："轻点儿。"

"哎！没事！我高兴！你说，咱们唱什么？"

那天晚上，我俩从朴树唱到老狼，从陈粒唱到宋冬野。很多陌生的面孔都停下来，静静地看着我们。这些陌生的面孔在这样一个夜晚发着光。我第一次为了青春这件事儿热泪盈眶。我觉得这个晚上大概是我整个青春里最美好的回忆，就像是朴树、老狼歌里那些粗糙的、坦白的意蕴，又像是陈粒、宋冬野歌里那些诗意的、不成熟的感情。而它们最后通通汇聚到一起，流进那条叫时光的长河里，像青春那样一去不复返。

我知道，这样的夜晚，再也不会出现了。

过了年没几天就开学了。光年收了心，一心一意地准备高考。我也即将升入高三。我们很少再聚到一起听歌、弹琴了。

半年的时间很快就过去了。我听说高考后，高三的学生在一个穿红裙子的女生的带领下，撕了所有的书。碎纸片扔得学校到处都是。我真替她高兴，因为她终于脱离了苦海。她自由了。我知道她不用我担心，她一定会考上的。我相信。

通知书下来那天我逃了课，给她发了短信，告诉她我在音乐教室等她。

她果然来了，手里拿着鲜红的录取通知书。我高兴地站起身，望向她。她的眼睛里像是蒙了层薄薄的雾，也看着我。

我伸手抢过通知书，兴冲冲地打开：

光年同学：

  经我校招生委员会批准，你被录取为我院工商管理系本科生。

               ×× 工商大学

寂静……

啪的一声，通知书被狠狠地甩到她面前的桌子上。我居然笑了："恭喜你，这大学真不错！"

她猛地抬头，盯着我："我只考了一所大学的合格证，我只能报那一所大学。文化课分数不够我能怎么办？我没有退路！"

我眼眶通红，瞪她："为什么一定要考那所大学！其他大学不也一样吗！只要是学音乐就行啊！"

"不一样的！"她冲上前来用力地握住我的肩膀："林思夏！那不一样！"

我拼命地甩开她的手，失控地喊道："有什么不一样！都是学音乐啊！起码你是在学音乐啊！"

"你不懂！你不懂！"她开始发疯了，"我只想考那所大学！那是我唯一的信念！像你这种没有信念的人怎么能懂！"

我气得浑身发抖，于是口不择言："是你给我的信念，结果你现在说放弃就放弃，你还好意思说自己有信念？我算是看透你了，你就是个骗子！你根本就不懂得坚持自己的梦想！"

那天最终以光年踹坏了桌子、我拂袖而去收场。我们就像两只被困在牢笼里的野兽，迫切地想寻找个出口。可发现没有出口后，我们唯一能做的，只有彼此伤害。

光年走的那天我没去送她。后来她给我发了条短信，说她在那边也会坚持音乐，不会放弃民谣。她还说要我也要坚持，千万别放弃。我想了想，只给她回了一个字：

"好。"

我成了一个真正意义上的好孩子，每天背着大大的双肩包、顶着干净的马尾穿梭在家和学校之间。父母和老师都很欣慰，他们都说快高考了，我知道用功是好事。只要努力，考个重点不是问题。我也开始渐渐适应了这种生活节奏，也习惯了喝一口咖啡做一套习题的日子。ABCD干干脆脆地写在卷子上，没有犹豫。

有一天我经过那间音乐教室，门口贴着的海报告诉我里面会有一场关于民谣音乐的辩论会。我犹豫了片刻，还是推开门走了进去。可是没到五分钟，我就走出来了。因为我刚坐下，就看到一个说着粗话、染着黄色头发的男生，正盘着腿坐在桌子上，大声嚷嚷着他最喜欢的民谣歌手是马頔（dí），边说还边哼着那段旋律：

　　……你在南方的艳阳里
　　大雪纷飞
　　我在北方的寒夜里
　　四季如春
　　如果天黑之前来得及
　　我要忘了你的眼睛
　　穷极一生，做不完一场梦
　　大梦初醒，荒唐了一生……

一旁几个小女生满眼崇拜地抬头望着他。我坐在后面，忍不住笑了。

那个男生先四处看了看，发现是我在笑之后，满脸厌恶地盯着我，不屑地说："你笑什么！你知道谁是马頔吗？你知道谁是宋冬野吗？像你这种被老师捧在手心里的人，怎么可能懂民谣？"

我摇头："我还真不知道，我平时也就听听周杰伦！"然后转身离开。

我发现我真的变了，原先藏在骨子里的不羁以及心里那些绝望，都随着时间在渐渐地消逝着。我像是在水中的一粒石子，被水流无数次地冲刷、打磨，变得圆滑、发亮。

我还记得我和父母说打算考艺术专业时，他们惊讶的神情。但他们还是同意了，原因是希望我去做我自己想做的事情。

于是我不知疲倦地穿梭在城市的大街小巷，白天在学校上课，晚上去补习吉他和视唱练耳。

高考前的那两个月，我把吉他和琴谱通通锁到了书柜里。我开始每天只睡几个小时，体重也急剧下降。

有一天，我突发奇想，从衣柜里掏出一件红色的裙子，站在镜子前仔细端详自己。我不能否认，我很挂念她。

我们一直没有联系。我不知道她现在是好是坏，是不是在坚持着，又或是早已经放弃。我只知道，我在她看不到的地方，很努力，很努力地坚持着。

有时候我真觉得我们之间的距离就像是她的名字一样——光年。我们之间的距离，不只是几万光年了吧。我悲哀地想。她就像是我遥不可及的梦想，想到却到不了的远方。

我依旧朝五晚九地徘徊在家和学校之间。过了这个6月，让我离开。我对自己说。

对于我来说，6月份发生了两件大事：一是高考，二是光年回来了。

考完试的那几天，我一直忙于各种聚会，玩得甚至有些神志不清，所以光年电话打进来的时候，我竟有些恍惚。

我把她带回家里。很久没见了，我们之间多少有些尴尬。以至于过了许久都没人说话。

"呃……"我企图打破这份尴尬，"要不要看看我的卧室……可能有点乱……"

她点点头："好。"说着随手把大大的背包放到地上，又把两鬓的碎发轻轻别过耳后。

我这才仔细打量她：她把头发剪短了许多，下巴尖尖的。等等！她……

"怎么没穿红色？"我故作镇定。

她倒也坦然："不想穿了，没什么意思。"

我心里猛地一缩，却也不好再说什么。

她没发现我的异常，在房间里四处转了转："和我想象的一样。这——"她在书柜前停了下来，怔住了。

"怎么了？"我发觉不对，连忙走过来，定睛一看，书柜里锁着的是我还没来得及拿出来的吉他和琴谱。

"这……"我想要解释，却又不知道怎么开口。我知道她一定误会了。

她转过头，盯着书桌看。

书桌上摆得满满的，不再是从前手抄的琴谱，而是各种各样的厚厚的参考书。这下彻底说不清了。我心想。

"你还是妥协了？"她转过身，看我。目光灼灼。

我没说话，因为我知道，只要我一开口，一定就又是一场大战。积攒了一年的不满就又会爆发。

房间里安静得可怕，我们都不开口，就这么盯着对方。时间一分一秒地流逝。终于，她忍不住先开口了：

"我先走了，再联系。"

"好。"

是夜，我把衣柜打开。望着满满的红色静静地流泪。抱歉，我不能再穿你们了。我对它们说。

我把吉他从书柜里取出来，找出琴谱，席地而坐。我不知道要唱些什么，于是就随便哼了一首歌。

　　……她总算明白随时都要做好准备
　　一无所有，并坦然接受
　　依然可以义无反顾去放手一搏
　　但必须扛住任何后果
　　她终于开始学着
　　成为生活上的强者
　　柔弱是种侥幸她未能获得
　　她于是像巨浪一样勇敢扑向海岸
　　然后怀着心事渐行渐远
　　呜啦啦听流水唱歌
　　呜啦啦舒适地沉默

呜啦啦就这样不停地挑战生活

再与之言和……

我和光年都是一样的，选择放手一搏，但都必须承担后果。不停地挑战生活，再与之言和。

几天后，老师的电话和光年的短信，是同时到达我手机里的。

"马上来学校，你通知书下来了。"这是老师说的。

"十点半的火车，我走了。"这是光年说的。

我看了眼时间，九点整。还来得及！先去学校取通知书！

我把手机、钥匙还有钱包一股脑丢到书包里，背上书包直奔学校。

老师看着气喘吁吁的我，面无表情地把通知书递过来。

我心里咯噔一声，顿时没了底。但也没办法，只好忐忑地接过来。

一瞬间，我突然想起来上次打开这样一本通知书，是在一年前。光年眼里那层薄薄的雾，我气愤地丢掉通知书，以及我们声嘶力竭的争吵……

我有些颤抖地打开，只见上面写着：

林思夏同学：

经我院招生委员会批准，你被录取为我院声乐系本科生。

S音乐学院

老师没注意到我的失态，用一副恨铁不成钢的模样盯着我："你呀你！非要学艺术！可惜了那么高的文化课分数，考个好的本科多好！——哎，你怎么跑了？"

我顾不上什么礼仪了，把通知书塞进书包里转身就跑。

光年，等等我，别走！

我没放弃，你看啊，我真的没有放弃！

我带着咱们两个人的梦想，考上了！

坐在去火车站的出租车上，我终于忍不住哭了出来。一年多以来的忍耐、坚持和委屈通通迸发。司机是个比我大不了几岁的小哥，见我哭成这样，一直担心地看着我。

"快点开！别看我！"我对他吼。

他撇撇嘴，用力踩了脚油门。

火车站的人非常多，这么多人，想找到她简直就是大海捞针。我一边掏出手机给她电话，一边在心里默默地祷告：保佑让我一定要找到她，让我解释给她听，让她看到我真的没有放弃！

无法接通。

我不甘心地又打了两遍，还是无法接通。

我直奔站台。

站台上空荡荡的。

"丫头，找人啊？嘿！来晚啦，车刚走！"一旁扫地的大爷见我满脸焦急，匆匆忙忙地跑来，善意地提醒我。

我竟有些恍惚。记忆里满是光年的长发，高挑的身材，沙哑的嗓音，刺目的红裙子……我没能留下她，或者说，我根本留不住她。

我一个人麻木地站在站台上。汽笛声越来越远，我的心里越来越绝望。

录取通知书静静地躺在我背后的双肩包里。火车走远了，四周彻底静了下来，像是一切都没发生过的模样。

《黄龙府》2016 年第 2 期

谁见幽人独往来

朱 强

一

2014年国庆节，宝光打电话说他回到了老家，拟小住几日。这些年，他以记者、自由撰稿人、编剧、文秘的身份在外面无头苍蝇似的乱窜。

我约他来家里坐，他家就在隔壁的一个县；自从城镇化按钮开启以后，县就并成了城市的一个区，区与区之间，车程也就半个钟头。那天，他骑了个快要报废的摩托车。因为我家他从没有来过，我就约他在附近一个醒目的邮局等。这年头，出行要么电驴，要么就是四个轮子的。还有谁弄这个破玩意儿。车一打火，简直就像个肺结核病人，狂咳了十几下，也没有见它咳出一口痰，只见浓得呛鼻的黑烟，一团团地从屁股尾巴里往外冒。

吃过了饭，按计划，我们打算去八境台，叙一叙旧。本来叙旧完全可以在家里叙，但我们身上或多或少都有种古来有之的酸文人气，好像聊天非到特定意义的八境台，否则那感觉，卡在喉咙便出不来。八境台在这个城市的最北端，再往北，就没有路了，两条跑了几十公里的江，在台下汇成了一条大大的河，气势汹汹地向北流。我坐在他的这一匹老马上，穿过闹市的灯红酒绿，转几个弯——西津路、县岗坡、涌金门、市供电局……人越来越少，灯火的光明都向后退去了，周围便渐渐冷清起来。车随便地靠在了江边的一棵老榕树下。宝光说：刚在邮局的门口足足等了你二十分钟。在这等你的二十分钟里，太无聊了，只好给自己做游戏。他一直琢磨着，我会从东西南北的哪一个路口闪出。当时他把自己分成了好几个自己，每一个自己都和另一个自己打赌，到底哪一个自己会赢呢。因为这，心始终在怦怦地跳。因为这种紧张的东西，焦躁的情绪暂时就被自己压了下去。

我说，一听这话，就暴露了你这个典型的文青身份。他呵呵傻笑。傻笑的声音，就像一锅热水在喉结的地方煮,两排白净的牙齿在暗夜里挤出一道光。这年头,文青的意思,实在是不好琢磨。意思也不知是贬是褒,它既不像春秋时候的"士",也不同古代的穷书生与幕僚,总之,只要在身体里,有几个活着的文艺细胞,神经敏感,感情细腻,眼神或恍惚或游离,人有一点点儿潮,喜欢神经兮兮憧憬未来理想生活的,都可以算。宝光和我很可能就算是这一类。他带着行李箱,一年四季东奔西跑,从赣州跑到了共青城、南昌,后来又跑到更远的杭州;箱子里除了替换的衣物,还塞着李白、卡夫卡、弗洛伊德以及那些写到了一半又写不下去的狗屁文章。

不过话说回来,历史上所有值得后人仰望的文豪,哪一个不是由当年的文青与芝麻大小的狗屎文人一步步进化来的。只不过,有的只进化到一半就不幸地变异了,成了奸商、污吏、建筑家、律师、革命家或者窃取革命果实的伪革命家。只有很小的一部分,费了吃奶的劲儿,终于长成了大文豪。

我的故乡,是一个比南方北,比北方南的古老城市,这里的土和水一样,常年都是流动的,因此向来长不出什么顶天立地的豪杰与能够写出星斗文章的文豪。但是南来北往的奇异之士都爱在这里逗留一下。久而久之,这里就成了一个十分有名的驿站了。自从秦朝建制以来,中间不知繁华了多少年,又凋败了多少年。现在又轮到了他繁华的时候了。

这个晚上,如果我们不是因为骨子里那一点点儿小文人的情怀作祟,两个大男人,不去泡脚,不去喝酒,不去打麻将,不去K歌,不去鬼混,跑到这黑漆漆的八境台来做什么。要说这地方,确实很对文人艺术家们的胃口。一来是它的"旧",断壁颓垣,楼台码头,通通被时间搁在这,而文人们好像从来都对旧东西情有独钟,总爱到那鬼都怕的地方去,以此显示出自己的清高与非凡本领。再者这里深厚到让人窒息的文化背景同样构成了一种巨大的吸力,让文人们有种在茫茫荒野找到组织的意味。找到组织,文人眼前的清高、骨子里所谓的非凡本领才站得住脚。

中国文人的传统,说白了,也就是一种向别处寻找组织的传统。比如,两汉魏晋的骚客,觉得周围的环境不好,万人皆醉,唯我独醒,待不下去。于是想方设法到更加古老的地方,寻找醒着的人。尽管这样的找,只是一厢情愿,至于长安开封的文人尽管多如牛毛。但其心里,仍觉得寂寞,总觉得自己的组织在魏晋甚至更早的地方。这样一来,文人们的头,就总是往后扭,众里寻他千百度,而文人通常就通过这一个楼,那一个台,去完成他们头往后扭的这个高难度动作。我和宝光,头除了偶尔后扭,多数情况,还要向前看,前面有什么呢?前面有我们需要直面的各种东西。毕竟,生活并不会因为你文人的身份,就被特别地眷顾。

你同样可能失恋，失业，被贫困围剿，遭到朋友的背叛，被时代糊弄得神经兮兮，也许，这就是真实的生活。也是文人的真实处境。

这个晚上，我和宝光都没有登台之想，只想在台下坐一坐，近近古人。水很安静地拍打着岸边的石头，这种啪啪的声音，很容易把人带向沉静的地方。在响亮的拍打声中，时间就开始拼命回溯。如果换成了一般的游客，楼与涛声，也并没有什么特别的，过目过耳即忘了，但是谁叫我们和文人沾一点儿边，对于文人，这可能就是一种神奇的暗号了。涛声与楼，把人的思想带向了遥远的一端，想象那里的人，饮酒放歌，侣鱼虾而友麋鹿。在腥味儿很重的河风中，我想到了河的对岸，也就是虎岗。20世纪40年代，蒋经国在那里开创中华儿童新村，无数的难童，就被这项保护伞留了下来。如按当时的地理位置，八境台每天都将升起在孩子们的视野里，蓝色的天空中，除了飞鸟、白云，所剩的，就是这个楼台高高举起的飞檐了。这些东西，一点点儿渗进孩子们的血肉，然后让其中一部分人，日后有了种不一样的气质。

这就像沈从文在他的回忆录中讲——水这种文化，从小就对他构成了一种深久的影响，他的生命，始终都有着水的痕迹；水就是他的人生了。或许，每个人，从小都被固定在一种特殊的文化中，置身于这个文化语境，渐乎其渐，你就难免地成了某个特定的样子。当初，造物主为了把我打造成一个文青形象，老早就把几个灰扑扑的楼，摆在了我家的附近。左一个八境台，右一个郁孤台，前一个涌金门，后一个建春门；它们等待我出生，就像这个城市的红旗大道，文清路，南市街，皂儿巷，卫府里菜场等待我出生。它们被天造地设地放在我日常生活的后边、前边、左边、右边，然后用漂亮的檐柱、琉璃瓦、赵朴初等人的牌匾对我的麻木不仁进行着一点点儿熏染，它们试图开我的窍。每年春天，楼台周围花木抽芽吐绿。磅礴的水汽从土里窜出，楼台笼罩在空蒙的烟雨里，常常给师院文学院的老教授们制造着一种身在梁朝或者宋朝的幻觉。

可那时候，我脑子里根本就没有梁朝宋朝的概念；也没有李煜宋徽宗的概念，更没有文人知识分子的概念，我只有我自己吃喝拉撒的概念。尽管我生在历史文化名城，早早享有登台的各种方面的便利，可那些楼却始终与我无关。飞檐啦、翘角啦、朱漆的柱子啦，那些玩意儿整天在我妈带我去幼儿园、儿童公园、人民医院、百货大楼的路上伸出头来。可是它们的一番番举措，却并没有撩拨到我的心脏，那时候，我从头到脚都是俗人，俗不可耐；爱吃爱哭，爱玩爱睡。一团混沌。骨子里并没有什么文人的元素。

二

如果不是因为某个下午，表哥从八境台牵着两个金色的氢气球高高兴兴地归来，在我面前狠狠地炫耀了一通这一件事，我爸妈的伎俩很可能就已经得逞了。那时候，爸妈为了对我严加管教，常常在我心里种植着恐惧，八境台是他们用到的咒语。他们扬言要把我放到台上去喂鸟。那地方，蛛网密布，漆黑一片，暗中闪烁着奇异的绿光，那都是些鸟眼，十分恐怖。听起来满身的汗毛孔就往上竖。

真正消解我疑惑的，是我小学的美术老师。按照惯例，每年春天，赣州市教育局都要搞个特别大型的画展。没想到，这年画展放在了八境台，观展的对象，都是从各校绘画兴趣班遴选来的。而我从小就爱涂爱画，这样一来，我便堂而皇之地获得了伟大的登台权。第一次去，想，应该偷偷趁着夜色，从台后面的窗子或者栏杆翻过去才过瘾。但现实情况，我却随着大队伍，趾高气扬、光明正大地爬上去了。说爬一点儿也没有错，那时我只会爬，人模狗样，滑稽可爱。要说登台都是文人们的事，那时我连半个狗屁文人都不是，只是个俗不可耐，俗得白白胖胖的少先队员，我在浩浩荡荡的队伍里，系一根鲜艳的红领巾，身穿校服与白板鞋，过个门楼，里面绿意葱葱，百花齐放；然后是一道高高的青色围墙，有两个卷头发的售票员阿姨在里面一边聊天，一边懒懒散散地打毛线。透过锈迹斑斑的铁门，我朝四十五度的斜上方看了几眼，摇了摇头，既没有看见我爸妈说的什么绿眼睛的东西飞来飞去，也没有看见我想象的那一些东西出没，所谓的台，不过是几个刷了红油漆的柱子，一些钩心斗角，雕龙画凤的构建。它的形象，与我之前对它产生的冲动，可以说，一点儿也不匹配。那时候，我孤陋寡闻，台就是台，我就是我，台不可能利用高高的飞檐把自己载负到唐朝宋朝魏晋南北朝，而我也不可能借助于天马行空的想象把自己想象成苏轼、柳永还有纳兰容若。

进楼，感觉这个半封闭的空间，笼罩着一层薄薄的凉意。20世纪90年代的八境台，里里外外，冷冷清清，游客稀少，隔叶黄鹂空好音。在它前面，是一抹淡淡的浅草荒山，山上聚集点点坟冢，其时间可以追溯到各个年代。我曾祖母曾祖父双双葬在了山头。几条挖沙大船，孤零零泊在江畔。台的后面，是个园子。松柏杨柳香樟苦楝葛藤森森。这很容易让人想起古小说里幽人狐女往来之境，园子前面，是条泥巴夯打的土路，瓦屋夹道，地上依稀可见歪歪扭扭的几条自行车车辙。

那时候，我念书只念到了小学二年级，刚学会拼音字母，连猜带蒙能辨一百多枚生字；对于我泱泱大国的古老文明，鲜有其闻。尽管在我经历了某次小小的病痛以后，立志未来做个医生，救死扶伤，但那一切都属于吹牛，我就像个笨拙的接收器，无条件地接收着各个方向涌来的信息。其中包括了光线、声音、五色，我既接收着这个世界的芜杂也接收着各种文化对我潜移默化的影响。

我很笨拙地跟在同学蔡劼、卢毓江、叶子锐屁股后面，高一脚、低一脚扶着栏杆噔噔地爬上了楼。后来根据我的外公，一个小学校长半信半疑的口吻，他说八镜台的历史，最初可以追溯到北宋的嘉祐元年。因为水患，州守孔宗翰伐石为址，冶铁锢基，搞了个可以登高望远、饮酒赋诗的逍遥会所。后来又约请到当时的文化明星苏轼，题写《虔州八境图八首并序》的广告。台也因此名声大噪了，开始了它招蜂引蝶的光辉岁月。无论是庶民、骚客、狐仙、僧尼都被它招引过来。大家在欢愉中，共享这一个楼。后来，又不知谁，捧来了吕祖的神像，它很快抢尽了风头，远近男女络绎前来奉香。1663年（清康熙二年）的春天，火从香炉里溢出，踢翻了炉子，没过多久，曾经的巍峨就化成了一堆焦土。乾隆、嘉庆二朝，官府又按它本来的面目进行了修复，盛况再一次地得到绽放，1929年，火继续失，1934年，楼继续建。到我出生的前几年（20世纪80年代），火从老化的电线绝缘皮里再一次迸出，粗大的斗拱、大梁、柱、屋顶、彩画、栏杆、檐、枋、檩条以及楼中所藏的文物七百余件都被饥饿的火吞没得一干二净。而当时分管此楼的那个头头也因此被公安局抓了进去。后来呢，人走了，楼没了，政府觉得这个地方空空如也，满城风景缺了个提纲挈领的角色，主题十分涣散，文化局最终决定把一个钢筋混凝土的仿古建筑嫁接到古老的基础上。事情才总算有了点从前的模样。

当时我俗眼所见。便是20世纪80年代重建的那个台。它的窗户楼梯，和我家的窗户楼梯根本就没有两样；窗上嵌着冷冷的蓝色玻璃，踏步栏杆还有扶手一米八宽。我当时弯下腰，特意地敲了几下，发现地板用的也是一种叫磨水石的材料。刚开始，我第一脚迈进这个阴暗的环境，心脏还轻微地收紧了一下，可当我发现楼梯墙壁以及电灯和我家的没有什么差异，神经就彻底地放松了。上楼，看画展，这与我平时上楼吃饭、写作业、上厕所、洗澡、进屋子睡觉，实在是没有什么区别。我觉得看画展实在是太容易了，我出生到现在，看过无数事物，看月亮从云层里出来，看烟火上天，看日出，看动画片，看飞机屁股上冒出白烟，看我外公背对着我呼啦呼啦地撒尿。看就像吃饭喝汤睡觉手掏鼻孔一样轻松简单，它顶多给我制造着一点点兴奋喜悦恐惧，除此以外，大部分被看的对象，都可谓是麻木不仁的一类。

但那一天，所谓的"看"，的确在我的经验外。我借助楼梯，上升到二楼的高度，我发现封闭的空间外有个回廊，于是就偷偷地溜出去。楼下的花坛，重新调整了尺寸。槐树、柳、香樟也都降低了姿态，公园里弯弯曲曲的路，逐渐明亮。

就着兴致，我开始围绕着回廊慢慢走动，我以楼前的一口水塘为标志，然后按顺时针的方向移动视线，最先出现的是几株粗壮的樟与柳树，它们原封不动地站立了大概五百年，并且将继续恪尽职责地站下去。在它们身上，满是留疤与鬼脸。与它们一路之隔，是一道灰色墙垣。无论从宽度与高度考究，都能判断这绝不是一道用来防止鸡鸣狗盗的普通墙垣。那时候，我读书甚微，视力良好，明察秋毫。我看见墙垣上生长着形状奇异的花草，它们的穗啊、茎啊顾长又鲜嫩；而墙垣就像个破旧的玩具火车，沿着江流的方向缓缓开动。大江两岸的广阔土地，在挖沙厂、造船厂、木料加工厂，以及一个灰头土脑的砖厂的齐心协力下，被弄得四分五裂。露天的造船厂里，工人们挥汗如雨，两两协作，拉着锯子。而砖厂的上空高高举起的一个红色烟囱，窑口里滚滚灰烟就通过这个通道被送往了高处。八镜台当时就在这些乌七八糟的包围中，烟熏火燎。身上冒出了一种来自熏肉的古怪气味。

紧接着，我被女老师带到三楼的屋子，屋子里灯光明亮，字画紧挨，垂下的画轴紧靠地面。我们把头抬起，将目光放到了字画上。然后沿墙身缓慢挪步。其中卢毓江东张西望，遭到老师的厉声批评，而我的鞋跟不幸被叶子锐踩脱了几次，对此她不但不赔礼道歉，还瞪着我看。我觉得此人恶毒，不屑一顾，最终墙上的世界，把我引进了一个完全陌生的太虚梦幻。

说真的，这些东西，和我平时所见的那些几笔就可以概括的兰花、竹子、梅不同。他们尺寸都十分的大，花木都已经成精。并且拥有细长的触须，树下是拿大扇子的老人，之所以判断是老人而不是青年的依据，主要是他们都留有顾长的胡须。这些陌生的东西，使我的血液加速，身体柔软，心情愉悦。特别是当一种叫作古筝的乐器奏响，荷、石、奔马、山水、花朵的背后就传出呼呼风声。垂挂在墙上的画轴也随物赋形地飘动起来，声音清脆，敲击四面墙壁，整座楼就像钟磬发出奇妙的回响，产生富有节奏的摇晃。身体里巨大的黑暗就被撕开了一道隐形的口子，大量的光线涌了进去……

三

正当我津津有味地和宝光讲述这一切，码头的黑暗地方，一对年轻男女的爱抚，最终打断了我的回忆。

宝光对着江水吐了口烟，若无其事，好像被来自远年的某位大文豪附体。深沉得让人害怕。水被来自天上的光，弄得一片暗白。满江寒气都钻向了裤管，四周是一种被人遗忘的静。铺天盖地。我觉得文人就像是虚无的空气，始终并不知自己的有，又不知自己的无，只是很自以为是地存在着。他们把周围的事物不当回事，也把它们看成了空气。文人虽可以和天地、江河、断壁颓垣、锈蚀之剑、陈旧人物成为腻友，却容忍不了现实里一粒沙子。哪怕是再小的沙子，假使现实和他们过意不去，他们会觉得受辱的不只是我，还有我所背负的精神道义以及人格尊严。甚至包括了他们身体里那个庞大的组织。

　　说实在话，某年某月某日登八境台的那一件事，并不构成后来我成为一个小文人的因果。因为根据我现在的观察，同时与我登楼的卢毓江，最终成了县人民医院的眼科医生，叶子锐埋没于日常的柴米油盐，以家庭主妇的身份出现，蔡劼在一个精密仪器公司从事质量监督的工作；他们都没有成为和这个楼的气质能够画上等号的一类。但我也并不否定后来我的那些选择和登台没有一定的关联。包括我在现实生活里的那些让人瞠目结舌的举动，也都可能是某年某月某日登台所种下的祸根。我在单位，经常被领导数落成不靠谱，不靠谱最能够概括我的文艺范儿了，记得有年深冬，我莫名其妙地就在人们的眼皮底下失踪了，并且失踪得没有前兆，就像酒精在空气里瞬间消失。我被几个半僧半俗的人，掳进深山的一个破庙，然后和他们一起唱经说道了几日。另外根据同事们的反映，一到晚上，单位走廊的某个地带，总有人在咿哩呱喇地朗诵诗文。尽管他们并不知朗读的人是我。

　　但是我想登台而能够成为文人的概率，就像在路上踩到蛇，本来踩到了蛇也并没有什么稀奇的，顶多被蛇咬而已；不料这却是一条修炼了近千年的蛇精，它在咬人的同时，也把你带到路旁的洞穴里，里面幽深、宽阔，四通八达，处处都是绚烂的光。等蛇摇身一变，体态婀娜，你就迷醉得再不想出来了。就这样，我在一种近乎不可能发生的事态中，最终成了我。偶然的东西太多了，于是你就不得不承认这是命运的安排。幸好中国的文化，最通融也最博大的地方，就是它能够在给你服一粒毒药的同时也喂你一颗解药。八境台最终把我搞成了一个文人。我认了！我就像古往今来的文人一样，愤世嫉俗，不修边幅。在路人甲乙丙来看，简直就像个怪物。但它又并没有把我干掉。通过登台、登楼、拜谒天下名胜，最终我找到身后的那个庞大组织，就像落魄的好汉，最终找到了八百里水泊梁山，在精神层面却并不孤独。当然这都是后话了，一个还没有来得及经历太多事情的人，登台又能够怎样呢。就像我爷爷说的，男人如没有故事，喝酒也等于白喝。没有淌过泪水的眼睛，怎么能够清楚地看见世界。没有饱经忧患的心灵怎么去悲悯众生？这就像天平的结构需要对等的质量才能保持住天平的平衡。说实话，那时候我所见的，只是八境台漂亮的飞檐翘角，琉璃瓦，朱漆的柱子，至于它内在的那个世界，以及它所释放出来的精神能量。我始终看不见，也碰不到。

四

　　廖伯伯是让我把文人与登台两者真正打通的人。廖伯伯来我家的时候，头还没秃，年富力壮，厚厚的眼镜片，好像对他的身份做了一种特别的强调。他把钢笔夹在中山装的前面的那个大口袋上，直着腰杆，一本正经地坐着。就凭他的这一种坐姿，我就能够判断他是个地道的文人。他把小姨子送到了我家，和我爸学裁缝。那时候，整个社会，普遍的风气都在羡慕着人的身上有一门像样的手艺。如果按照那时拜师的规矩，拜师之日，徒弟除了要给师傅磕几个响头，还要奉一个大大的红帖，但我爸却死活不要，廖伯伯又执意地把帖子推回来。后来他们都觉得这种礼节性的东西十分地消耗体力，于是就面对面坐下来语重心长谈天。天很快就黑了，红色的蜻蜓在门外的水面上盘旋，廖伯伯准备将他出版的新书赠予我父亲，他取出了夹在胸前的钢笔，咋了咋舌，本能地将眼镜向上一推，下手一行流畅的字，跃然纸上——"敬请朱益苗师傅惠存，某年春"。我觉得这个行为颇具风度，尤其是"惠存"这种让人觉得稀罕的字眼，里面传递出了一种文人才有的风骨。

　　按照惯例，廖伯伯每年的冬天都要在我家定几套正装，他给我的印象，就是堂堂正正。记得有年的冬天，我爸在我家客厅的天花板上，搞了一个特别新奇的玩意儿，他把买来的金鱼养在了透明的塑料袋里，然后高高地挂在了原本挂电风扇的那个铁钩子上。廖伯伯仰头看着新奇，眼睛一亮，觉得创意很好。金鱼像一种红色的花朵，开在了空中，充满了节日的喜庆。正当他收起仰望的脑袋，不想，水花重重地砸了下来，原本一身的儒雅在一团白花花的冷水中消灭了。当时在场的人，一律瞪大了眼，被弄得紧张兮兮的，搞不清他下一刻将做出什么样的举措。可是他却出人意料地蹲下了身，让我去厨房把盛满水的脸盆抱出来，他把柔软可怜的金鱼小心翼翼地捏在了手上，嘴对着嘴，朝里面用力吹气。最终鱼被救活了，他自己却打出了一个响亮的喷嚏。

　　廖伯伯每次说话，如果距离太近了，他总是要用手把嘴稍微遮挡一下；并不是因为他口中散发了什么异味，只是生怕给别人造成不适的感觉，也许是习惯了。他的这种特别讲究,特别有礼的做派让我对文化人有了一个最直观最基本的认识。我想中国的文人，最初也都是这样的，彬彬有礼，他们十分注重自己的仪表举止与内在的修为，比如我们所看到的春秋时期的士，像孔子、孟子、老子、墨子，他们并不需要依附于哪个权势，向来拥有独立的人格。因为外部自由的空气，让他们的心灵所蒙受的痛苦并不太多，于是即使没有恒产也可以有恒心，但是后来，外部的空间慢慢地受到挤压。文人活动的范围被极大地限制，忧伤的情绪让他们越来越表现出一种玩世不恭的心态。

在我看来，廖伯伯不可能是这一种类型，你能够从他的身上，分明地感受到一种来自春秋时代的士气，意气风发，就像宝剑从剑鞘里拔出来，带着优雅而干净的寒光。但是根据隔壁的环卫工人陈阿姨，一个新搬来的邻居的讲述，又让我们觉得事情十分的蹊跷了。她说这个常来你家做客的矮个子男人，常常一个人闷闷不乐地跑到八境台上，之所以判断他闷闷不乐是他通常独自带一壶酒，然后在城墙上喝得天昏地暗，醉醺醺——以前我们也常常碰见这种因为生活不快而欲寻短见的汉子，于是立马向附近的派出所报警，但是对于这个男人的行为，早已经司空见惯，所以也只管忙于手头的工作，或许他本来就是李白那样的诗人，我们也搞不清楚。

陈阿姨的话，无疑在我的心底掀起了一阵小小的波澜。因为在此之前，我并不觉得廖伯伯内心有什么悲观的地方，但事实上，他最终并没有逃过这种情绪对他的围剿。当这个新闻渐渐扩散，被越来越多的人所知，大家开始揣摩起廖伯伯之所以这样做的缘由。有人猜测是因为他在学术上尽管成果丰硕，却并没有得到外人相应的肯定。这种揣测，并不是没有道理，可是如果从一个更加宏观的角度看，这个推断就显得十分的苍白了。可以想象，一个人，二十出头，就被保送到了省委党校，脸上享有着怎样的荣光。按道理，如果仕途平顺，不栽跟斗，必然是前程广大。但是突如其来的一场政治运动竟让他的梦想全部落空。他在宁都县青塘公社休眠了整整二十年，消耗了人生最宝贵的时期——艰难地回到了原点。作为一个文人，你想想，他怎么可能不感慨万千。特别是文学史上那些闪亮而沉重的名字必然在他内心引发强烈的回响。当这种古今之间的某种相似命运被无形地重叠到了一起，于是他就被一条黑色的纽带拉了过去。我在想，假设廖伯伯一开始，就不在文人的范畴，或者说，不是把文人二字镌刻在骨子里的那种，而是类似宋江那样的草寇或者流犯，那么，他即使登上了台，想到的，可能也不是杜甫，王粲，而应该是陈胜或者黄巢一类的人物，如此，我就不可能迅速地把那个拥有着翘角飞檐、朱漆柱子的台与文人们扯到一块了。

认识林爷爷的时候，他已经九十几了，他已经没有任何外在的身份了，包括归国华侨联合会主席、大学教授、翻译家、知名作家，等等头衔。他在去日无多的路上，变得越来越小，这种小，既包括身体上的，当然也指向了记忆的层面。他就像潮水在一点点儿退去，然后回到海的中心，一个没有人去过的地方。他能够把那些地方的东西像数蚂蚁触须一样一个个搬出来。但是对于上一秒发生的事，很快的，他就像闸刀一样拒绝了，他已经不接收任何新鲜的事物了。他甚至可以把刷牙这样的事，在一个早上接二连三地重复好几遍。

自从迈进林爷爷家的第一步，我就觉得这一个家，确实有别于常理之处，你会觉得所有的事物，都在某个特别的时间刻度上固定了下来，然后就再没有挪动过了，这其中，包括各种材质的家具，英文打字机，钉在墙上的装饰画以及各种锈蚀的笔……一切都像陈列于时间的博物馆。而林爷爷就像一个负责任的保管员，他在精心地维护着这个神圣的现场。

我并不知道是不是因为人老了，就特别地爱怀念过去的事，包括地上的灰尘，也受到了特别的珍视，生怕一旦它们的位置变动，人就无法抵挡住这种汹涌而来的苍老？

尽管日常生活被患有中度老年痴呆的林爷爷弄得颠倒、乱码，完全丧失了原本的秩序，但是十几年来，一个每天都要温习的功课，却在证实着他并没有完全地老掉。他从樟木抽屉的最底层，取出拳头大小的木匣子，又从这个匣子中，取出两层裹得紧紧的油纸袋。油纸袋里套一个皱巴巴的信封。我在想，到底是什么样的东西，需要他这样郑重的对待，而且，竟让他突破了苍老与昏聩的限制。那是林爷爷一家三口在八境台下的合影。20世纪70年代，某日天气正好，作为背景的八境台，一切都还保持着民国时候的式样。罗马柱、低调的檐角。当时他和妻子在经历了人生的各种劫难以后，生活安定，他们作为这个城市的文化阶层，拥有自己喜欢的工作，每天都和书打着交道，工作顺心。不料，几年后，妻子在一起交通事故中的意外离去，竟让这种曾经的欢愉转眼成为云烟。很多东西就是在那一刻悄然发生改变，从那时起，家里的各种东西就再也挪不动了，它们被强行地封固了起来。而登台的习惯就在他日渐复杂的心境中慢慢地养成。刚开始，他还能够一个人跑到台上，自斟自饮，每到春天，楼台周围的花木抽芽吐绿。磅礴的水汽从土里窜出，楼台笼罩在空濛的烟雨里，常常给他颓败的心灵制造着一种身在梁朝或者宋朝的幻觉。但这种幻觉，很快地就消失了，转而一个名叫沈复的人来到了他的眼前，沈复当然也是个文人，他在文学史上的重要性是他写出了一本有关于夫妻生活的随笔——《浮生六记》。那时，这通常是少有人去碰的。他竟然能够写得那样哀婉、详尽。尤其是他们在中年丧偶这一件事上所引起的共鸣让他觉出了这个男人的可爱。此外，还有苏轼、李清照这一干人的经历也都与他的人生表现出诸多的相似，这让他在苦痛中，竟获得一种莫名的慰藉。说也奇怪，这些平常并不出现的面孔，一旦登台举目四望，在苍茫中这些身影就在他背后一个个站出来了，然后构成了一个庞大而复杂的精神气场。

可以说，林爷爷的出现，又一次向我展示了八境台内部无法测知的引力，我突然莫名地恐惧了起来，想到那些曾经被父母所提到的，暗中闪烁着奇异绿光的鸟眼。我突然就觉得自己天生就有一种绕不开它的宿命了。我疑惑，是不是文人原本就带着命中注定的劫难、遍体的伤痕来到了世间——需要楼台给予他们某种精神的荫庇。还是他们本非如此，是楼台一次又一次的召唤让他们掉进了一个古怪的圈套？

可以说，楼台在中国文人的命运里，似乎成了一个可怕的符咒了。它把毒药与解药同时装在了一起。让你对它产生了一种长久性的依附。我越来越觉得那些像鸟的羽翅一样张开的飞檐不再是一个简单的装饰。它就像一个神秘的暗语，像警幻仙姑出示的那些判词一样，指示着无数文士的来路与去路。而那些粗大的斗拱、朱漆的柱子背后，隐藏的是一个个不愿被权贵招安、向现实妥协的精灵，他们承担着时代落差所造成的种种悲剧。最终与醇酒、药、藜藿、落魄与幻想站在一起，一个紧挨着一个的背影，构成了一个特别瑰丽的景深。

后来我又从各个方面了解到八境台与各种文人之间的故事。其中既有像廖伯伯、林爷爷这样的儒雅之士；又有像油画家林道福、考古学家李海根、国画家钟炳芳那样的狂狷之士。他们普遍带着羸弱的病体，带着袖袍里隐藏的孤傲，登到了台上。然后拿忧愤下酒，拿相思下酒，所有负面的情绪，都被堂而皇之地转换成了诗意的成分。表面上看，他们像一些往来的幽人或者孤独的鸿影出现在冷清的气氛中。但是他们身前身后的那些拥有金属气质的文人，当然也包括我和宝光这样的后来人又把这种孤独的气氛彻底地给打破了。

《红岩》2016 年第 3 期

7月，我收获了成长

曾利华

7月，灼人的阳光潮水一般汹涌而来，顽皮的风也不知跑到哪里去了。

这是一天中太阳最烈的时候，我手握镰刀，立在稻田中央，大滴的汗水已然模糊了我的眼睛。望着四周空旷的田野，我突然萌生出一种强烈的责任感：我已经不小了，完全有理由为面朝黄土背朝天的父母减轻些许负担，眼前这一片黄灿灿的稻子不足五分地，我为啥不能在父亲回来时全部收割好？

父亲在将脚撤出稻田时，一再要求我放下镰刀随他回家吃饭，但我委实畏惧来去十里的山路。我说，你回吧！帮我带饭来，我一个人慢慢割。

知子莫若父。父亲自是知道我的犟脾气，他不再言语，独自卷着满是泥巴的裤腿走上田埂，点燃一支老烟，拖着疲惫的身子回家去了。

这个季节是一年中最为关键的双抢时节，于山里人来说，繁忙与收获是这个季节最能触动心弦的音符。父亲曾说，春争日，夏争时。可见，在这个时段，抢抓时间耕作是多么的重要。

但这个鬼天气实在是太热了，似乎只要划一根火柴，空气就将被点燃。这种天气对惜时如金的山里人来说，不能不说是一种打击。特别是村里德高望重的六爷，上午因中暑而被送进医院，多少让拼命抢抓时间的山里人有所收敛。因为他们知道，不顾自身身体条件与大自然做斗争，说不定还真的就会像捡了芝麻丢了西瓜。

但也有玩命的山里人，他们就不信这个邪。天气再热，他们依然在田野里劳作。

我的衣服早被汗水打湿，胸前的衣服早已布满了白色的盐霜，那是汗水结晶后特有的现象。我头上那顶破旧的宽沿草帽虽然为我挡住了阳光的碎片，却也让我头上的汗水流得更加凶猛。汗水流经我的双鬓后在眼角处稍作停留，我条件反射般地眨了眨眼，然而，汗水却趁机侵入我的双眼，同时，在我低头时又滴落在我的眼镜镜片上。我不得不放下手中的镰刀，摘去眼镜，拭去眼角的汗水，胡乱地擦干镜片，如此反复，这让我在这个夏天的午后十分颓废。

我干脆停下来，另一种烦恼却随之升起。我察觉没入膝盖、深陷淤泥的右脚有点儿痛、有点儿痒。我一惊，突然想到了蚂蟥。果然，我将右脚从泥里抽出时，赫然看到了一条五厘米见长的深褐色蚂蟥正紧紧贴在我的小腿上面，津津有味地吸吮着我的鲜血。

看得出，这家伙已经在我脚上潜伏了很长时间，因为，它的身子已经变得滚圆滚圆的。

换作是女孩子，或许早已吓得魂不附体，但作为一个长年生活在大山里的农家孩子，蚂蟥这类小虫子，我已司空见惯，我怎会畏惧它的入侵？

蚂蟥的身子很滑溜，而且具有很强的收缩性，我只得用大拇指和食指掐住蚂蟥，我想将蚂蟥从我的小腿上拽下来，但这是徒劳的。

我想起了父亲的告诫，如果用手去拽吸附在脚上的蚂蟥是不明智的选择，你拽时，蚂蟥的身子会拉长，最好的办法是用手拍打蚂蟥叮咬的上方。于是，我使劲地拍了拍我的小腿，果真，蚂蟥一下子就松开吸盘掉入了水中。然后，我看到，蚂蟥叮咬处，鲜血一丝丝渗了出来。

我决定挪个地方，这倒不是我惧怕蚂蟥的再次叮咬，我只是觉得，蚂蟥的叮咬坏了我的心情。

淤泥太深，以至于我每挪动一步，都费很大的劲儿。况且，经过大半天的炙烤，稻田里的水已经很滚烫了。

这时，我想到了逃离，或许是太累的缘故，炫目的阳光，闷热的天气，单一的弯腰动作，满身的汗水，还有时常被汗水模糊的眼睛……我很想找一片林荫草地，美美地躺下来，然后闭着眼睛美美地睡一觉。我想，那定是人间最美妙、最幸福的事情。

我的喉咙也开始冒烟，我吞了吞口水，同时想到了冷冽的山泉，但这里离山泉太远，我只得提起摆放在田埂上的茶壶，倒满一碗米糟水，然后一口气喝下去。天气这般炎热，不仅将稻田的水烧得滚烫，就连摆放在岸上用稻穗遮挡的茶壶也被烧得滚烫。

我喘着粗气坐在田埂上，稻田中混浊的泥水闪着细碎的金光，顽皮的风终于带着热浪回来了，当它从稻田掠过时，泥水便如鱼鳞一般弥漫开去，那些尚未收割的低垂的稻子，也用嘶哑的嗓子在风中唱着沉甸甸的歌儿。父亲还没有送饭来，但我并不觉得饿，我只是觉得累。

我又想起了自己的使命，我必须在父亲赶回来时将全部的稻子收割完毕。我拿起镰刀，继续走入淤泥中……

  在这个酷夏的午后，近五分地的稻子就这样被我一个人全部收割完毕，而且，凭借我一个人的力量，搬禾、打谷，一切进行得顺顺利利。当父亲提着我的午餐来到稻田时，他睁大了一双诧异的眼睛，惊奇地问，这些稻子，你一个人收割好的？

  看着我自豪的微笑，父亲仍不敢相信自己的眼睛。父亲的怀疑是有理由的，一个十五岁的少年，竟然只用一个中午的时间，就将近五分地的稻子收割好了，这种劳动强度和劳动量似乎超越了一个孩子的承重。

  但这一切容不得父亲怀疑，因为这是千真万确的。

  多年后，我已离开故乡，离开故乡的那片田地。我的脚步时常行走在宽阔的街道，脚底下是干净的沥青马路，乡村那种特有的黄泥水不会再沾湿我的鞋子，衣服上也不会再有汗水结晶形成的盐霜，曾经养育我的故乡甚至只能在记忆中偶尔出现。但时至今日，我仍对那片田地、那次收割念念不忘，那是因为在那个阳光灼人的午后，收割五分地的稻子对一个孩子来说不是一件容易的事。同时，在那个午后，我也惊奇地发现，我已经长大，我不再是那个只会牵着父母的手、嚷着要父母拿钱买书的小男孩儿了，在我瘦弱的体内，也蕴藏着巨大的能量，这足以让我在人生路上面对许许多多无法预知的磨难和挫折。

《千高原》2016 年第 3 期

渔事三题

姚志勇

打　鱼

小柿子盼这一天已经很久了。

小柿子喜欢捉鱼,他也爱吃鱼。大雨下过一场,河里涨水了,水从远处流下来,越流越多,水里的鱼虾也越来越多。小柿子就会提了簸箕,端个脸盆,打着赤脚往河里去。大河里的水流急,小柿子不敢去,就在岸边那些渠道里捉。河里的鱼多了,大水把什么都冲下来了,鱼儿们四处跑,小一些的鱼岔了道,就到渠道里来了。小柿子把脸盆放在岸边,簸箕往水里一铲,一双白嫩的赤脚像是铁铸的,往水里的泥沙啊,卵石啊,瓦片堆里一搅,鱼就纷纷往簸箕里跑了。小柿子把簸箕捞出水面,簸箕是细竹篾条编的,像筛沙一样把水全漏了出去,只剩下鱼啊虾啊,泥鳅在上面蹦蹦跳跳。小柿子这时往脸盆里兑了水,把鱼儿全倒了进去,一个晌午下来,小柿子总是能满载而归。

到了傍晚,等爸妈回来,再把鱼虾一洗,该剖腹的剖腹,该去头的去头,放到锅里,用油一炸,拌了青椒一炒,就是一盘色香俱全的肉菜了。吃这样的饭菜,小柿子往往要多吃两大碗米饭。

雨早就停了,太阳出来了,水涨了又降下来,水黄了又清了,鱼全下来了,小柿子却并不急,吃过早饭,等爸妈出了门,他就在地坪上望。小柿子在等人,村里一个大他许多的哥哥约了小柿子去打鱼。打鱼可比捉鱼来得快多了,打鱼机的电丝往水里一放,鱼就不动了,大鱼小鱼都晕了向,左手抄着网兜一捞,鱼就全进来了。

哥哥是小柿子的一个远亲,长得高高大大的,两膀很有力气,小柿子家里有一台打鱼机,可是小柿子背不动,他爸爸又太忙了,在镇里当电工,天天四处跑维修收电费，哪有闲情去打鱼啊。这时候，哥哥就找上门来了，想要背打鱼机去打鱼，可是小柿子的爸爸不借。哥哥就把主意打到小柿子身上了。小柿子喜欢吃鱼，他相信用打鱼机可以打到更多更大的鱼。小柿子看爸妈出门了，就告诉哥哥了。

哥哥很快就来了，小柿子一早就给打鱼机充好了电，装鱼的背篓他也准备好了。哥哥背了打鱼机，小柿子肩挂背篓，两人就一起往河里去了。

他们是顺着上游走的，打鱼和捉鱼都要逆水而上，再说，鱼都是从上游下来的，走得越远鱼就越多。小柿子他们从村口的河堤一直打到了上游，小柿子在岸上，哥哥背了打鱼机蹚在水里，两根竹竿捆着电丝从左边划到右边，右边划到左边，鱼啊，虾啊，就全来了，大的小的，各种各样的鱼全在网兜里了。小柿子高兴极了，他从来没有捉到过这么多的鱼，尤其是里面还有几条一尺多长的细鱼，翻着大片的鱼肚白，把小柿子喜得尖叫了起来。

他们沿着河道一直打了很远，太阳挂到空中，滚烫滚烫的，把刚刚冲洗过的地面都晒出了一层臭味，小柿子看背篓里的鱼差不多了，他肚子也饿了，他提议先回去吃午饭，吃了午饭再回来。可是这时候哥哥不愿意，他难得用一次打鱼机，他也喜欢吃鱼，他想要打更多的鱼，他高兴得把什么都忘了。

他们走了几个村的河道，再往前就没有村落了，河两边是大块大块的山石灌木，各种各样的树木，只是偶尔才有几户稀稀拉拉的人家。太阳往西边开始倾斜，小柿子肚子饿得咕噜响，他感到肩上的背篓都要扛不动了，另外，他口也渴了，可是一整条河却没有可以下肚的水。小柿子不喝河水，河水太脏了，水一涨，把什么都冲了下来，有死鸡，死鸭，甚至还有死猪，尿啊，粪啊，井冈霉素袋子什么的，就不用说了。他想找一处泉眼，可是找来找去都没有找到，涨起来的水把泉眼也吞没了。

再走下去，哥哥也有些渴了，两人便商量要找户人家讨水喝，又走了一段，还真让他们找到了。在一个山道边，有一座古老的木头房子，房子前的石阶上有一个年轻女人正在舀水梳洗头发，那水珠浮在头发上，像珍珠一样滑了下去，溅在石板上滴答作响。哥哥的眼睛一亮，让小柿子提着背篓在河边等，他一个人就过去了。哥哥走过去和年轻女人说了话，两人有说有笑的，哥哥是个很厉害的人，他很容易就讨得了女人的欢心。小柿子站在河边，太阳火辣辣的，晒得有些头晕了。他看到哥哥和女人进了屋，好半晌没了动静。小柿子想跟过去瞧瞧，可是他又怕打鱼机和鱼篓里的鱼让人提走了。虽然这里没有别人，也不会有人来，可是小柿子还是不放心。

等了很久，哥哥才和女人一起走了出来，哥哥嘴角油花花的，精神饱满，连脚步都迈得很有力了。哥哥走过来，对小柿子说，你把背篓给我。小柿子把背篓递过去，哥哥提着就往回走了。等再回来时，背篓里的鱼就少了一半。小柿子口渴得嘴巴都要裂开了，他张着嘴说，茶呢？茶呢？我的茶呢？哥哥这才想起什么，拍一下脑门儿，又转身招呼女人一声，女人赶紧端来一碗茶让小柿子喝了。小柿子喝了茶，才感到自己又活过来了，干涸的肚腹像进去一条大河，浑身舒舒服服的。

　　两人开始往回走，小柿子提议沿着河岸，拐进路边的田垄走，这样可以少走一些弯路。可是哥哥这会儿说，贼都知道不能走空，我们能走空？于是，小柿子照旧挎着背篓，哥哥又把电竿往河里扎，可是这时是顺流而下的水，鱼根本兜不住，电晕了，就随着河水下去了。不过哥哥是个聪明人，他有办法。河滩边落了许多螃蟹，巴掌大的，一群一群，像卵石一样搁在岸边，网兜一伸，就捞上一来大把。

　　螃蟹捞上来后，小柿子立马把带钳的蟹腿折了，怕蟹钳伤了鱼。小柿子的手可真利索啊，螃蟹在他手上像是玩积木似的，嘎吱一声，就全拆了，四分五裂。不过，小柿子不喜欢螃蟹，螃蟹有什么好吃的，硬邦邦的，哪有鱼虾味美啊。

　　两人到太阳快落山才回了家，赶在小柿子妈妈回来做饭前，终于把打鱼机悄悄放了回去。哥哥放下打鱼机，就把背篓和背篓里的鱼都带走了。哥哥对小柿子说，你就在家里等着吃吧，我做好了，给你送过来，让你吃现成的。

　　小柿子饿得要不行了，想到有现成的吃，高兴极了，于是他就开始等。等到太阳落山了，牛和鸡鸭回笼了，小柿子妈妈回来了，爸爸回来了，又做了饭，炒了菜，菜是一条两尺多长的酸菜鱼，鱼是小柿子爸爸从外面买回来的，可是小柿子今天没什么胃口，他在等他打的鱼。他扒了几口饭，心里愈发吃不下，像是被什么东西哽住了。

　　到了晚饭快吃完的时候，家里的门敲响了，小柿子第一个跑过去，他打开门，哥哥的妈妈端了一大碗青椒炒鱼过来了。小柿子的爸妈不知道情况，还以为亲戚心好，送鱼来吃了。就又是恭请，又是端茶送水的，只有小柿子，赶紧把碗接了过来，放到桌子上大吃起来。

　　刚吃了几口，小柿子牙齿嘎嘣一声山响，那是螃蟹腿被咬开的声音，小柿子吐出来，饭粒上还沾了牙龈的血渍，他拿筷子往碗里一挑，果然，哥哥妈妈端来的那碗鱼，上面飘了几条小细鱼，下面堆的全是螃蟹，全是张牙舞爪的钳子。

　　爸爸和妈妈的目光都看了过来，有些不明所以，小柿子顾不上了，他嘎嘣嘎嘣地大吃了起来，累了一天，他实在太饿了。

炸　鱼

　　还是那个哥哥，他又找到了小柿子，不过哥哥这次不是来借打鱼机的，哥哥这年已经找到了更多好玩的东西，哥哥长高了，头发也长了，他的兴趣和爱好也越来越多，头发染了颜色，黝黑的胳膊上文了一条大青龙。哥哥总是能引起小柿子的好奇心，比如掏鸟窝，摘野果，做游戏，最有趣的是进山狩猎。哥哥家里有一只废弃的土铳，枪管锈迹斑斑，木托柄也被砍掉了一块，哥哥把他拿到小柿子面前炫耀。那种土铳是用来狩猎的，填充铁子，火药，射程不远，威力也不是很大，在旧时代，几乎家家都有一把这样的土铳。哥哥的土铳既没有火药，也没有子弹，也不知他是从哪儿弄来的，反正就算是一根铁管子吧！

　　小柿子告诉哥哥，他家也有，但是被他爸爸锁起来了，不过抽屉里有许多铁子。哥哥像发掘宝藏一样，他总是能从小柿子身上挖出许多秘密来。他让小柿子从家里把铁子偷出来，他去弄来了火药，简单地填充一下，两人就一起进了山。

　　在山上，野物多了，野鸡、野兔、野猪，据说还有老虎。当然，他们不敢去打野猪。野猪很凶，得好几个精明的老猎手才能围剿。野兔跑得太快了，枪刚对准，它就一跳，钻灌木丛里去了；野鸡倒是相对好打一点儿，可是野鸡太少了，并且野鸡会飞，虽然飞得不高不远，可是山上的灌木很多，野鸡扑棱一下翅膀，就没影了。最好打的要算是麻雀了，麻雀总是成群，麻雀的胆儿大，一土铳下去，几十颗铁子雨一样射出去，麻雀就落下来了。

　　哥哥带小柿子进了好几趟山，开枪的次数总是不多，哥哥的射击技术很烂，有时一天只打到一两只拳头大的小鸟，不过这也够小柿子开心的了。还有一次，哥哥居然意外射中了一只野鸡，那只野鸡是从灌木丛里飞出来撞到枪口下的。小柿子还没有吃过野鸡呢，只是，这只野鸡被哥哥带下山，就不见了。哥哥跟小柿子解释，说他把野鸡卖了。

　　卖了？钱呢？钱哥哥存下来了。哥哥慎重地告诉小柿子，他要娶老婆了，他要自己挣钱娶一个老婆。

　　由此，小柿子对哥哥很钦佩，他觉得哥哥是一个很有理想的人，居然敢想自己娶老婆这么大的事。这样小柿子就不问钱了，小柿子恨不得哥哥能天天打到一只野鸡，那样哥哥很快就可以娶上老婆了。

　　然而，小柿子家里留下的铁子不多，土铳开一枪，要费掉几十颗铁子，就是一抽屉都不够开的。很快，狩猎就行不通了，哥哥打不到野鸡了，心情有些低落，一连十几天都没有来找小柿子。小柿子感到很委屈，他觉得自己不能帮到哥哥。

这样过了一个月，有一天，哥哥忽然又来找小柿子了，他把小柿子带到了大河岸的独龙潭边，独龙潭是附近所有河流主道上的一处积水地，河面宽阔，挨着峭壁凹进去一大块，在两山之间，潭水静静地流淌，像是一大块翠绿的镜面，深不见底。哥哥告诉小柿子，河里的鱼都快打光了，就这个独龙潭水太深，没有人敢来试，里面的鱼估计都要成精了。

小柿子舔了舔嘴唇，他长得很皮实，身上黑油油的，矮小精悍，一双大大亮亮的眼睛不停地闪烁，"成了精的鱼，那肉该有多鲜美啊，吃上一条说不定能长个了"。小柿子已经迫不及待想要长大了，长大了，他就可以背打鱼机，撒渔网，捞更多更多的大鱼啦，或许还可以开个鱼市。小柿子觉得他和鱼天生就结缘，要不然他怎么那么喜欢吃鱼呢。他的每块肌肉里都有鱼的养分哦。小柿子兴奋地说，哥哥啊，这里的鱼能捞到吗？

哥哥笑着说，只要它还不会飞，我就能把它逮上来。哥哥问小柿子，你水性好是吧？

这话可问到点子上了，小柿子从小就泡在水里，水对小柿子来说，就是母亲的怀抱了，小柿子觉得他在水里简直比鱼还要灵活。

此时，太阳高高的，空气里有一股燥热的气息，小柿子就脱了衣服，露出一个白光光的屁股，两个小巴掌一搓，就一个猛子扎进了独龙潭。进了独龙潭的小柿子很快就消失在水面了，就像一块石头沉了下去，被茫茫水面拉扯进潭底了。哥哥在上面吓了一跳，他拼命呼喊，急得脸都白了，毕竟小柿子出了事，多少和他脱不了干系。他还是有些担忧的。

可是没过多久，潭的另一端，平静的水面晃悠了一下，一股水波像喷泉一样涌了出来，小柿子就在喷泉里，在水花的烘托中，露出了一个白亮的牙齿。哥哥这才宽下心。

可是接下来的问题是，潭太大，水太深，大鱼都在底下，像是一滴清水掉进了墨汁，如何才能把鱼捞上来呢？哥哥这时解开他随身带的一个皮包，翻出几管黄黄的大炮仗，哥哥解释说这是他做的鱼雷，专门用来炸鱼的。小柿子惊讶极了，他看着哥哥点了一管鱼雷，朝水里一扔，鱼雷冒出一大串水泡，像是要把水都烧开了，紧接着，潭底就轰的一声暴响，水面冲起几米高的水柱。这些水柱落下来后，慢慢地，就有一条条几尺长的鱼翻着肚皮漂在水中了。

小柿子见了，就赶紧一个纵跳，又扑向水中，飞快把鱼捡了，一条条朝岸上扔。小柿子捡得可欢实了，他像一只青蛙，张着四肢，在河里来回穿梭，鱼像是纸糖果，被小柿子一颗颗地捡走了。

哥哥等小柿子上了岸，又点了几颗鱼雷扔进去，这次是连着扔的，像是拍战争片，梭地一下一串炸弹丢下去，尘土飞扬，轰隆隆的，水浪激起千层高，然后，那些鱼就挺翘翘地浮在了水中。

一个上午，小柿子都不知道往岸上扔了多少鱼，他觉得独龙潭就是一张撑开的大嘴，不停地在往外面吐鱼。这些鱼颜色乳白，鱼鳞像银子一样闪闪发光。小柿子馋得口水都淌到潭里了。

等小柿子爬上岸，哥哥已经找来两个大背篓，把鱼都装进去了，满满的两背篓鱼，鱼草和阳光披在鳞片上，把大地都抹出一片丰盈来。

哥哥让小柿子穿好衣服，他背着一个鱼篓，提着一个鱼篓，脚步蹒跚地走在前头，领着小柿子往镇上去了。

到镇上后，哥哥独自去了鱼市，哥哥让小柿子在车站的花坛边找块草地休息，说鱼市太吵腥味太重了，小孩子不要去。

小柿子疲倦极了，他捞了一上午的鱼，游泳固然不需要花费多少力气，可是当一件玩耍事变成一种任务，花费的精力就很大了。小柿子两只眼睛发红，那是他睁着大眼在潭水里摸了一上午鱼的后果。小柿子笃定，有些鱼沉到潭底了，不是他不想捞出来，而是潭水太深，到了最下面，眼睛根本看不见光。而且，水都被鱼雷搅浑了，就更难辨认。

哥哥一直到傍晚才又出现，他提着两只空鱼篓，兴高采烈地走到小柿子面前，说，现在鱼价都涨疯了，野生鱼贵死了。然后，哥哥把小柿子带到一家商铺前，给他买了一支老冰棍。小柿子问，鱼全卖掉了？哥哥说，是啊，抢着要了。小柿子撕开冰棍包的纸皮，放嘴里舔了一下，一股凉意浸上舌尖，他三两下就抓紧嚼完了，大股的冰水化进肠子，像是把整个腹部都打空了，发出一阵咕噜声。哥哥咧着嘴笑了笑，说，我们赶紧回家吃饭吧，都饿了一天了。

走在回去的路上，夕阳从山头瞥了过来，把两人的脸色都染得黄亮亮的，哥哥说，要是能一直这样炸下去，离哥哥娶媳妇的日子就不远了。刚还疲沓的小柿子陡然兴奋起来，他说，哥哥，我们明天还来，潭里鱼多着了，大鱼生小鱼，小鱼变大鱼，永远都捞不完。哥哥点了点头。

后来有一次炸鱼，哥哥把他的女朋友玲子领过来了，那是很好看的一个女人，腰细细的，屁股大大的，胸脯，像是两个小山丘。哥哥先是教玲子放鱼雷，玲子很害怕，玲子尖叫起来，哥哥把鱼雷丢进水里，砰的一声巨响，水花溅出一个塔状，玲子更加大声尖叫起来；她一尖叫，那胸脯就晃来晃去的，哥哥一连放了两个鱼雷，玲子喊得脖颈都红了。这时，小柿子发现哥哥的脸也有些红，他喘着气，把余下的鱼雷一股脑塞到他怀里。等他抬起头，哥哥已经带着玲子往岸边的一个草地去了。

小柿子握着鱼雷，心里紧张极了，他抖着手点燃一枚鱼雷，学着哥哥的样子飞快把它扔了出去，鱼雷在水里咕咚咕咚地冒泡，像是张开了一张饕餮大嘴，然后砰的一声，又吐了出来，溅起好高。试了一个，小柿子的手脚就放开了，他觉得放鱼雷好玩极了，他又在四周放了两个，嘴里模仿着飞机飞过，重机枪扫射的声音，哒哒哒，轰轰轰，把鱼雷箭一样射向了潭中。

　　再说，哥哥把玲子带进了草丛里，哥哥已经迫不及待要做点什么了，玲子顺从地被哥哥按倒在草皮上。哥哥摸索起来，他总是很容易就能找到玲子的死穴，很快他就比玲子更熟悉她的身体了。玲子是个很胆大的女人，她的尖叫声时常让哥哥不停地颤抖。这种尖叫和惨叫声一样，一浪叠一浪，分不清是痛苦还是舒服。等两人平静下来，哥哥才蓦然发现，尖叫声还在，像是从岸边飘过来的，到此时，他惊慌地站了起来。

　　岸边，那是小柿子惨叫的声音，像棉布一样撕裂开来……

水　鬼

　　夏天一到，小柿子就往河里跑，他颠着屁股，会找一条比较安静的河流，然后，一个猛子扎到水里，要捂上好久才肯冒出头来。从水里冒出来的小柿子，脸憋得通红，嘴巴张成一个圆圈，嘴唇上面有一层细细的柔软的绒毛，像是画上去的。小柿子已经不捕鱼了，他也捕不了鱼，鱼雷炸掉了他的右掌，他只能凭着一只左手和两条腿，在水里踢踏，他游泳的姿势很难看，他不再比鱼还要灵活，显得笨拙，像是一只怀了崽的螃蟹。小柿子喜欢扎猛子，一头钻进水里，从水面上看不到人影，然后，他在水下行走，走到需要换气，憋到要窒息了，才肯冒出头来。他觉得水下安静，那是一种母亲肚皮带给他的安宁，源源不断的水流冲洗着他的身体，母乳一样浇灌；现在他也不吃鱼了，反而因为在水里待得久了，他和鱼成了好朋友。

　　在岸上，小柿子是没有朋友的，他们不肯和他交朋友，取笑他是个残疾人，没有巴掌的手，像一截光秃秃的树干，丑死了。在课堂上，小柿子只能用左手写字，写出来的字行总是反的，老师得念好大一会儿才能弄明白字的意思，所以老师也不喜欢他。并且，因为缺少一个巴掌，小柿子多了许许多多的麻烦，比如上厕所啊，穿衣服啊，吃饭啊，拎东西啊，这些都是小柿子的麻烦。

　　有时候，小柿子甚至会想，如果人本来就只有一只手，这些还会不会是麻烦了？如果人都像鱼一样，是没有四肢的，只要喝点水，也不做游戏，不会生气之类的，那还有麻烦吗？这个问题没有人能回答小柿子，也不会有人搭理他。倘若他真敢找人去问，人们只会更加讥笑他，或者以为他脑子也出问题了。至于这个孩子为什么会断手，人们只当他太调皮了，时常拿他引以为戒，督导自己的孩子。

小柿子在水里久了，他发现鱼儿们也喜欢他，好像认识他了，闻到了他身上有鱼的气味，把小柿子当同类了。鱼儿们会欢快地从他的脚底板，腋下，头发里，肚皮上穿过，或是轻轻地搔搔他的皮肤，然后，一个闪身离开了。鱼儿们并不怕他，小柿子欢喜极了，他烦了的时候，就会跑到河边，来找鱼儿们耍闹，陪鱼儿们说上一会儿话。小柿子觉得他吃过许多鱼，身上全是鱼的养分，那他也应该算是一条鱼。他能从水中感受到鱼儿的心情，倾听到鱼的气泡里是有声音的，有着强烈的表达和诉诸能力。只是人们忽略或是无视了鱼的话语。人们对鱼的喜爱，更多地停留在吃肉上面。

小柿子有时也会想，人吃了那么多鱼肉，身体里留下的全是鱼香，怎么性子就没有一丝同化？鱼是多么可爱啊！

小柿子对鱼有了怜惜，他就决定要保护起鱼来，他觉得自己身上承担了对鱼的责任，这是大河告诉他的。因为河水总是像母亲一样围拢着安抚着他。

此时，河岸人家的经济条件越来越好，对鱼的讲究也多起来，他们不再喜欢池塘，水库里放养的那些大鱼——他们吃腻了，他们喜欢野生鱼，河鱼，这些个头小，但是味道更加鲜嫩的鱼。尤其是当某户人家有宴席，或是哪家办红白喜事的时节，总是要提前收购一批野生河鱼，为餐桌上添一道绝妙的好菜。可是河里的鱼哪有那么多，岸上的人家都不比河里的鱼虾数量少了。可人口还是在拼命地增长，像加工厂在日夜不停地赶货。年头到年尾，都有人背着打鱼机，渔网，鱼雷在河里四处摸爬，恨不得把河水全部蒸干了捡鱼。

鱼一天天减少，小柿子也着急起来，他在水里听到大河不停地央求，听到鱼儿们睁着眼睛看着同伴被摆上餐桌，这是一件多么残酷的事啊！可是鱼居然没有哭诉，更不会掉泪。鱼的眼睛是闭不上的，一河的水都是鱼淌出的泪。

就这样，有一天，小柿子照常在水底游走，他来到了独龙潭，潭里的水深，河流并不湍急，小柿子喜欢这样安静的河道。尽管他是在这里丢掉了一只手掌，可小柿子认为，他丢掉的是一把屠刀。如果手掌还在，他哪里听得到鱼的呻吟。

他在潭里泡了一个中午，身子都被晒得暖暖的，河面平静，波光荡漾，山水是明晃晃的一幅古画，忽然，小柿子听到水里一股骚动，似有成千上万的鱼在水底嗡嗡地喊了起来，他赶紧一个猛子扎了进去，水面抖起一阵涟漪，潭面就平静了。

这时，岸上有两个人走了过来，一个人望了望说，听说这独龙潭里有水鬼的。

另一个人说，这潭里的鱼都要成精啦，水鬼算什么，只要它还不会飞，我就有办法把它逮上来。

一个人说，哥哥啊，这里的鱼怎么捞上来呢？

另一个人说，药啊，洒上一瓶药，这一潭的鱼都得翻出来。

一个人又说，鱼毒死了，还能吃吗？

另一个人说，又不是给你吃，卖到镇上给别人吃。

一个人说，会吃死人吗？

另一个人说，毒不死人吧，药性没那么大。

小柿子躲在水里，他听不到岸上的声音，他已经能憋很久的气了，鱼儿们都簇拥在他身边，在他的肚皮，头发，裤裆，脚底板亲吻着，身上的鳞片银子一样闪光，小柿子忍不住笑了起来，他想，只要他们敢下潭，包准要抓住他的脚底板，吓死他们。

扮成水鬼，小柿子已经不是第一次这么干了。

河面沸腾了一下，像是有人往水里加了一勺糖精，被四处搅拌着。很快，小柿子惊慌地看到，鱼儿们开始四处乱窜，晕头转向，有的刚张了一下鱼鳃，摆了个鱼尾，划拉两下，就不动了，时间也像是被凝固了，鱼儿们像是被摄了魂，突然间脱了力，慢慢地飘荡起来，在水中没了活气。小柿子游了两下，他张着眼睛朝水面望去，不知道发生了什么，水面上是一片银白，这片银白异常刺眼，他迟迟未等到有人下河，只感到眼睛已经越来越灼痛，像是眼球裂开了，渐渐陷进了黑暗。

再说岸上，岸上的人已经欢腾了起来，他们拿出网兜，潭里的鱼像是河水干涸后，裸露在河道的卵石，已经是随处可见了。只是这些鱼的鱼鳞和肚皮很苍白，绝不像银子一样放光。但是他们也不在意，他们把鱼一网一网地捞上来，每一条鱼在他们眼里都是泛着红光的钞票，是女人，是礼品，或者是别的什么东西。

鱼很快被捞光了，潭面泛着一股刺鼻的气味，潭水浑浊，死寂。

等到他也浮上来，岸上的人才惊叫起来，哇，真有水鬼啊。

哪里，另一个人面露惊恐地说，应该是一个死人。

《湖南文学》2016 年第 3 期

从战痘开始聊起

辛晓阳

读书时因缘际会，有一阵子住在台北。葱葱郁郁的树木散发着的清脆又恬静的气息，静静地笼盖着整个城市，带着一丝亚热带的温润，和淡水河潮湿的柔情。然不知为何，从到那儿的第一周起，一向令人难堪的皮肤好像火山喷发似的，每天清晨起床都能看到几颗新的痘痘在脸颊各处耀武扬威地肆虐，旧的痘痘也愈发红肿，好不容易消退的那些又留着难以遮掩的痘痕，整张脸像被痘痘军团完全征服似的，彻底沦陷了。

我苦恼，好好的女孩子，谁不希望自己脸上干干净净，白白嫩嫩，可现在是整张脸偏偏折腾得如同月球表面似的，坑坑洼洼，痘印深深浅浅。不应该啊，我暗忖着。这张脸好歹也在北京的雾霾里挣扎了好几年，从未出现过诸如此类的情况，顶多是一两个月冒出一颗痘，不用留意就又自己匿迹了。难道它有受虐倾向？

朋友提醒，或许是过敏了呢！北回归线附近的气候，对于一个土生土长的北方糙妹子来说，好像有点儿过于湿润了。我深以为然，拒绝了所有的保湿品，每天只靠芦荟胶与痘痘大战。说来也怪，从前冒痘的时候，晚上敷上一层芦荟胶，第二天痘痘便不见踪影。而现在，我把芦荟胶像砌砖头抹水泥一样在脸上糊了好几层了，皮肤简直像回到了激素旺盛的青春期，一脸大痘小疤，无论如何都不见好转。

挣扎得久了，也就懒得再操心。我放弃了自我拯救，每天早晨上课之前瞅着一脸红肿的痘痘，只能自我催眠，让自己视而不见。遇到出门旅行需要拍照，就戴着帽子，帽檐压得低低的，像是在脸上打了一层阴影，唯恐一个咧嘴大笑，脸上的群痘们就会在温润的镜头里崩裂开来。

谁知放任自流了一个多月后，那些可爱的小家伙们竟然偃旗息鼓，慢慢不见踪影了。恰逢那几日放春假，我在花莲玩得不亦乐乎，而后高烧倒下，进了诊所。那位认真负责的大夫帮我开好了处方，突然无意地问了一句："你脸上之前长痘痘？"

我点点头，很是懊恼地答："长得满脸都是，怎么都消不下来。"

他笑着摇了摇头，满脸温和："你在北京读书？"

尽管问题跨度稍大，我一时怔然，但还是很快地点了点头。

"哈哈，那就对啦。"他耐心地核对了一遍处方上写得工工整整的药名，转而微笑着解答了我的疑惑，"我们都有看新闻的啦，那边空气质量不太好，久了都留在毛孔里的脏东西散不出去。而一旦环境改变，你的皮肤自然而然地就开始排毒了。"

"所以我的这些痘痘都是之前储存在皮脂下的脏东西啊？"我的天啊，如果真的是这样，那我脸上得存了多少污染物啊？毕竟我这痘痘可是不间断地长了一个多月呢！

医生不置可否地浅笑了一下，转而嘱咐了几句病情，没有再跟我探讨战痘的问题。

虽然不知道是否靠谱，但那位温和面善的中年医生的话还是让我宽心不少。从那之后，脸上似乎真的不再受痘痘的困扰。一直到我离开台北，都没有再见到一颗大痘小痕。

不过是短暂地变换了生活环境而已，脸上就出现了这样明显的反应，令我始料未及。不禁想，环境之于人的改变，真是一个神奇的过程。这种感觉，似乎早就有之，似乎早有体验。

大概是高二的时候，我经历了学涯中最浮躁痛苦的一个时期。那时候作文比赛刚刚得了大奖，又机缘巧合上了电视，瞬间成为学校炙手可热的风云人物。但是，随着掌声和关注一起到来的不只有为人歆羡的欢喜，还有更多被无限放大的症结。

比如我那不甚理想的成绩，便成为大家课间午后的谈资。在这之前，并没有人关心我名次如何，分数多少；但是现在，所有人都对我蹩脚的数学成绩和不及格的作文分数议论纷纷，认为我配不上作文大赛带给我的高考加分优势，认为我是一个只会写些矫揉造作文章的白痴笨蛋。

现在想来，他们的指摘不无道理，但对那时的我而言，这些"流言蜚语"简直将原本就迷茫不堪的我推向了更深的深渊。要知道身为学生，成绩好坏原本就是衡量优秀与否最直接的标准。在这个高考制胜的时代，特长能让你出众，却很难让你出色，甚至有时会带来一些副作用，比如让人讪笑，令人尴尬。由此，我陷入了深深的自我怀疑甚至自我厌弃之中，觉得自己正如他们所说，是一个除了写作什么都不会的笨蛋。

哪怕是很多年后，我还能很清楚地忆起那时焦虑懊恼的感觉。并肩而行的掌声和奚落，把我挤在了成长的角落，让我无路可退。

终究选择了暂时离开。我告了假，背上行囊，搭上了京广线上一路南行的列车，穿过罗湖口岸赶集一样密密麻麻的人流，到了香港。那是我第一次出境，第一次见识到和自己生活的小城迥然不同的"外面的世界"。

完全陌生的环境，一窍不通的粤语，鳞次栉比的高楼大厦，都让之前那种茫然和空虚变得愈发熟悉。被质疑时困乱的心情不但没有因为一个崭新的环境而消弭，反而在记忆中更加清晰，更加深刻。

就像那些脸上的痘痘一样，到了一个陌生的地方，跳脱出原来的环境，反而猖狂得不得了，简直是耀武扬威了。可是它，它们，终究要偃旗息鼓的不是吗？

经历了短暂却又漫长的"排毒期"后，我几乎忘记了曾经那种真空一样被人非议的经历，调试了心态和想法，重新回到了久违的校园。"痘痘"后遗症早就消却，没有人再关注我这样一个有特长没成绩的"异类"，没有人会堂而皇之地对我的数学成绩指指点点，没有人会让我觉得活在众人的眼光里是一件如此痛苦的事。可是回想起来，那段在香港街头揣着闷躁的心情漫无目的地奔走的时光，既是痛苦，又是良药。

人这一生，是不是总要经历这样"排毒"和"释放"的过程。这被很多人当成逃避和懦弱的过程，其实根本就是身体代谢和精神代谢无比迫切的需要。跳脱出原本的环境，纾解压抑的心境，自然会逼得那些隐藏在皮脂之后的"痘痘"无处遁形。

痘痘此起彼伏地出现固然令人痛苦，但战痘之后的重生，才是于心而言真正的解放。

皮肤如此，心态亦然。

《中学生百科》2016 年第 4 期

唯有美好与你不可辜负

乱了夏天

一

教室门啪的一声被踢开，许念一在所有人惊讶的目光里，走上讲台，然后用白粉笔在黑板上写下了自己的名字，环视一圈之后在段琳的后面坐下。

段琳坐在倒数第二排，她身后的座位许久都没有人坐过，许念一坐下后，皱着眉头，嫌弃地看了一眼桌面。

段琳扭头将包里的纸巾递给她，许念一犹豫了一下，才伸手接过，段琳回了一个微笑，腼腆地说道，"别客气，以后有什么需要帮忙的你都可以找我。"

许念一愣了愣，低着头有些别扭地回答，"谢谢。"

放学的时候，段琳看见许念一和她走一个方向，她抱着书包追上去，笑眯眯地和她打招呼，许念一却只看了她一眼，十分冷淡，段琳被她全身不良少女的气息吓到了，开始她以为她们两个因为那包纸巾已经达成了可友好共处的前后桌关系。

许念一沉默地走在前面，左耳上还挂着一只耳机，没有说话，段琳便也沉默地跟着她，"你要跟着我多久？"

她突然低头摘下了耳机，段琳抱着书包愣愣的，她突然开口跟自己说话，让段琳一下子都没有反应过来。

"我要去酒吧，你也跟着吗？"她冷淡地打量着段琳。

段琳下意识地点头，却见边上的许念一带着嘲讽的笑容看了她一眼，"你敢吗！"

"有，有什么不敢的。"但是说实话，段琳从小到大规矩惯了，从来没有做过什么出格的行为，可是十几年都规规矩矩的长大的段琳，却不想做一个乖乖女。

比如今天，她希望自己在闯进教室时也可以像许念一一样一脚踹开门，而不是战战兢兢地推开门。

当然她只是想想，她并不敢这么做。

二

酒吧并没有小说里描写的那样音乐震耳欲聋，镁光灯闪得看不清路，相反，里面的纯音乐优美得能让人安静下来，昏黄的灯光柔和到使整个酒吧都渲染着一股清静的氛围。

吧台边三三两两地坐着几个人，许念一带着段琳挑了个光线好的地方坐下，段琳怯生生地靠着许念一，心里忐忑不安，许念一点了两杯鸡尾酒，把其中一杯推到她面前，"喝吧，这个喝不醉的。"她有些生硬地解释了一句。

那天下午，段琳是在酒吧写的作业，鸡尾酒甜甜的，有一股水果的清香，就像果汁一样，还有钢琴手在台上弹着优美的天空之城。

段琳觉得自己喜欢上了这样的氛围。

对面的许念一却只是撑着下巴看着窗外发呆，偶尔低头看一眼手机，或是看一眼她的作业。

"你不写作业吗？"段琳咬着笔头问她。

许念一没有摇头也没有点头，就看着本子上的题沉默，段琳见她没有理自己只好继续写起作业来。

"你放学不回家，家里人不担心吗？"许久，才听见许念一说话。

段琳摇摇头，想了想又接着补充了一句，"没关系的，我妈工作忙，不怎么管我，她对我的要求就是学习，只要学习成绩不落下，其他的她都不关心。"

"那……你爸爸呢？"她沉默了一阵才再次开口。

"爸爸？我爸走的早，现在那个是继父，他也要工作。"

"继父吗？"她突然说了一句。

"恩，我跟我继父关系不亲近。"段琳一边写着作业一边回答道。

对面的许念一听了这话后，定定地看了她许久，然后才收回目光，把杯子里的鸡尾酒一口气喝完便站起身来。

段琳看着她起身，睁大了眼睛看着她，惊讶地问道，"要走了吗？等等……"段琳话还没有说完，许念一便径直走了出去。

她只好手忙脚乱地收拾了东西跟着。

三

　　许念一的书包不知怎么掉进了学校的喷水池,因为长得漂亮而陆陆续续收到的情书使她成了整个年级的女生的公敌。

　　她不愿意告诉老师,而导致因为没有交上作业受到了处罚。数学老师姓齐,是年级里出了名的喜欢体罚学生的老师,动不动就把学生骂个半死。

　　老齐训她时见她一副事不关己的模样更是气得冒烟,段琳看他那样子,急得不行,伸手到后面扯着许念一的衣角,希望她赶紧说清事实,这样就不会被老齐体罚了。

　　谁知道许念一根本不甩她,果然老齐伸手指向她,伸出来的手气得都哆嗦了,"你,你给我到走廊蹲马步去。"

　　许念一抬眼看他,然后起身走了出去,老齐看着她起身,满意地点了下头,以为她知道自己的厉害了,谁知道却看见她走出去后,脚步没停地经过走廊,从窗户前走过,然后下楼了。

　　气得老齐一口气没缓过来,拉开门就站在走廊上往下开骂了,"你走,有骨气就不要上我的数学课,我看你数学考不过,还想不想毕业了。"在段琳她们的学校要每门课都得及格才能拿高中毕业证。

　　老齐第一次在学生身上吃了瘪,一节课都跟吃了火药一样,逮谁训谁,大家却不像许念一一样敢得罪他,全都战战兢兢地上完整节课。

　　段琳却也通过这件事,再次认识了许念一。

　　下课后她是在操场上找到许念一的,她坐在树下,抬着头看着天空,细长的两条腿穿着深蓝色的牛仔裤配着宽松的卫衣,脸上是一贯的生人勿近的表情,那种不食人间烟火的气质让其他人都不敢亲近她,可是段琳从第一眼看见许念一就喜欢上她了。

　　"念一,你真厉害,竟然敢跟更年齐对着干。"她在许念一边上坐下,小心翼翼地搭话。

　　许念一当然没有理她,但是段琳已经习惯了,"我都不敢这样,不然要是因为数学不及格而拿不到毕业证就完蛋了。"她有些不好意思地摸了摸头发。

四

　　数学每次都是段琳最头痛的科目,每次考试都很不理想,她被老齐叫去了办公室。

听着老齐源源不断地啰唆，她只觉得耳朵痒痒的，太阳穴突突地跳着，这样的话从小到大听得太多了，如果她也能像许念一一样一脚踹开门离开的话，她就站起身，不理老齐，然后一脚踹开刚才坐着的凳子，哐当一声，在老齐惊愕的目光里，抬头挺胸地，留下一个高傲的眼神离开。

但是，她却只能在心里想想，她不能，她也不敢。

她耷拉着肩膀走出办公室时，许念一靠在班门口的走廊那里等她，手里还拿着她们俩的书包。

段琳有些怏怏的，垂着头，没有精神地跟着她走出校门，许念一却带她到了对面一家奶茶店挑了个靠窗的位置坐下。

"在这里干吗？"段琳不解。

许念一抬了抬下巴示意她看向校门口，两人默默无语地坐了一阵后，许念一便起身了，段琳急忙背着书包跟上。

对面校门口老齐正提着公文包走出校门准备回家。

许念一带着段琳跟踪着老齐回家，段琳一头雾水地跟在许念一身后，老齐先是买了菜，然后走着走着又随地吐了口痰，走到家楼下时，楼道口那里趴了一只流浪狗，老齐向空中踢了一脚吓跑了狗之后，上楼。

段琳全程都不明白为什么她们要跟踪老齐，直到两天后她才终于明白许念一的用意。

五

高中部教学楼的布告栏处围了一群学生，段琳上学的时候路过布告栏，看着大家围在一起叽叽喳喳地讨论着什么，好奇地挤进去想看看。

却见布告栏上贴着两张照片，照片上的主人公都是老齐，一张是老齐站在路边吐口水，一张是老齐踢狗。

但是段琳知道老齐并没有踢那只狗，只是因为角度问题而看上去像是他踢了。

大家议论纷纷，段琳却偷笑，她终于明白许念一带她跟踪老齐是什么意思了，这是帮她报仇呢。

她压抑住激动的心情跑向教室，看到许念一正坐在座位上整理着书，她激动地一把扑到她桌子上，"念一，你太厉害啦……"话还没说完，便被许念一恼怒地捂住了嘴巴。

她不好意思地吐了吐舌头，知道自己声音太大了，她压低了声音，偷偷地伸手比了个大拇指，然后用口型说了个"高"字。

上课的时候，老齐带了根教鞭来教室，"啪啪啪"地把桌子敲得震天响。

"谁！谁干的！给我老实站起来！"他气急败坏地怒吼。

"你……你们太无法无天了！"当然不会有人站起来。

这只是一个恶作剧，但是老齐依然被教导主任警告了，要他多多注意形象，不要老是骂学生以至于拉仇恨被人捉弄。

老齐敢怒不敢言，只好把气撒在教鞭上。

她扭头看了一眼许念一，恰好和许念一的眼睛对上，两人相视而笑，那时段琳突然发现，这好像是她第一次看见许念一笑，原来这么惊艳。

六

许念一像一阵风，她在段琳心里还是一个神话。一场来了又走的传奇。

高三那年，她休学了，然后消失。

段琳想起许念一在新学期开始前一天来找她，两人在第一次一起去的那个酒吧坐了一下午，走的时候，许念一给了她一个拥抱。

什么也没有说，什么也没有做。

于是直到今天，段琳才知道，许念一是在告别。

高三开始了一个月后，段琳收到了许念一的第一张明信片，是厦门的鼓浪屿，沙滩和海浪。

然后又过了两个月，她收到了许念一的第二张明信片，是凤凰古城，穿越千年的建筑，仿佛一砖一瓦都在低语着它们的故事。

然后新疆的大草原，西藏的经幡。

那些段琳长这么大从来没有见过的美景，都靠着许念一的明信片展现在她的眼前，每一个地方她都向往着去，可是到底只是向往罢了。

她没有许念一的勇气可以一个背包，自己去走遍大江南北。除此之外，许念一还在明信片里介绍了，她在旅行的路上交了一个男朋友，叫苏牧。说是下次有机会一定要介绍给段琳认识。

但是高三结束后，段琳就再没有收到过许念一的明信片，她和许念一之间仿佛突然就失去了联系，一直都是许念一寄信来，段琳有时也很想写封回信，却没有固定的地址可以寄去。

那时候她才发现，这个世界有时候很小，随便在街上遇见一个人都有可能和你扯上些关系，这个世界有时候却很大，想失去一个人的联系，原来这么简单。

再次见到许念一，是在大学的时候了，在她生日的那天，她和室友买了一个蛋糕在寝室庆祝，然后她接到了一个陌生的电话。

那头可以听见风声，许久她听见许念一的声音，"琳，下来吧，我在你宿舍楼下。"她的声音有些兴奋，却也带着疲惫。

段琳不敢相信地往窗户外看去，许念一站在楼下仰着头，找着她在的那个窗户，天空下起了小雪，纷纷扬扬的，许念一就站在雪里冲她挥手，段琳急忙披上外套跑下楼去。

她看见许念一的那一瞬间，眼睛都红了，她依然是那么瘦，那么单薄，细长的两条腿穿着一条牛仔裤，脚踝露在外面，只穿着一双帆布鞋，她把围巾递给她，围在她的脖子上，然后又转身上楼，把自己的雪地靴带了下来，让她换下，她的脚冻得大约已经没有知觉了。

段琳那一刻觉得，那阵风吹了一圈终于又回来了。

八

第二天许念一在和段琳吃饭的时候，给她介绍了自己的男朋友，是在旅行的时候认识的，因为和段琳一个学校，许念一便和他熟络了起来，然后他追了她，她便顺理成章地答应了。

段琳在看见苏牧的时候惊了一下，苏牧长得很好看，和段琳一样是经济管理系的，只是不同专业罢了，他在系里是很有名的人，早前段琳便知道他了。

毕竟长得好看的人，就是有能够让人一眼便记住的能力。

整顿饭吃下来，段琳都不敢看许念一的眼睛，许念一要在这里待一段时间，她和出版社有工作要商量，所以吃完饭便打车离开了，拜托苏牧送段琳回去。

他在路边拦了一辆车，很绅士地帮段琳开车门。他们坐在后座的时候，段琳几乎可以闻到苏牧衣服上的洗衣液的香味，她觉得自己的心脏几乎快要跳出来了。

隔天，段琳在图书馆拦下了苏牧，她对苏牧说的第一句话就是，"甩了许念一，做我男朋友吧。"

段琳觉得她说出这句话的时候，她都不敢相信这句话是从自己的嘴巴里说出来的，那一刻她觉得自己太陌生了。

苏牧用着审视和玩味的目光几乎要把她看穿了，"你不是和许念一是好朋友吗，是好朋友还抢她的男朋友吗？"

段琳甩了一下头发，带着满不在乎的口吻说道，"好朋友就没有追求的权利，谁规定的？"

事情终于闹开了，学校的论坛里出现一位匿名的网友发帖，八卦了这件事，内容大约就是谴责段琳追好友的男朋友，攻击苏牧脚踩两条船。

但是许念一什么也没说，一周后，她才接到许念一的电话约她出来吃饭，"我要走了，这边的工作结束了。"

"你真的追了苏牧？"她很直接地挑明了问她，段琳捧着酒杯不敢看她的眼睛。

那天晚上，她把自己灌得神志不清，抱着许念一大哭，然后被许念一送回了宿舍，她被室友抬回了寝室，迷迷糊糊地感觉许念一拿着湿毛巾帮她擦脸，有些温热的毛巾敷在脸上很舒服，然后她就睡了过去。

并且做了一个梦，梦里回到了高二那年，天空很蓝，操场边上的香樟树长得很好，坐在树下总能闻到一股淡淡的绿叶的清香，许念一就坐在树下，晃着她那双修长的腿，白色的帆布鞋洗得很干净，她戴着耳机仰头看着天空，还有风吹动她的长发。

就像画一样，美好得她都忍不住掉了眼泪。

等到第二天醒来时，许念一却已经离开了，她的号码也打不通了，电话那头是机械的女声提醒着她"对方的手机已关机"。

那辆绿皮的火车载着她生命里曾出现的那场传奇，轰隆隆地再次离开了她的生命。

九

我是许念一，是段琳最好的朋友，我想在你心里也是这样觉得的，但是如果你知道了，其实我从转来这所高中时就知道你了，你会不会还是这样想呢。

段琳不要惊讶，因为你是我父亲的继女，仅此而已。

若要说实话，最初对你没有敌意当然是不可能的，在我初中的时候，我的父母就觉得我已经长大了，大到可以独当一面了，于是他们在民政局的见证下结束了他们岌岌可危的婚姻，迅速地重组了家庭。

在我心里我是被抛弃的那个，而你是半路杀出的那个程咬金，所以我怎么可能还对你带着友好的心态呢。

但是你，为什么第一次见我，就给了我一个微笑，竟然再次杀得我措手不及。

你和我打招呼，甚至还敢在我的挑衅下跟我去酒吧，可你这个傻瓜竟然真的相信那是酒吧，哪有酒吧放天空之城的，那只是一家安静的咖啡馆罢了。

你甚至还怕我被老齐教训而帮我写掉了数学卷子，从那个时候起，我就知道，你成了我唯一的朋友。

　　但是我却始终记得，高二那年，有一天下着好大的雨，我站在校门口的屋檐下躲雨，我知道不会有人给我送伞的。

　　然后我看见我父亲撑着伞把你接上车，你直到车子启动后才看见我站在屋檐下，你对着窗户挥手，然后打我的电话，但我没有接就把它挂断了。

　　那天我是淋着雨一路走回家的，但是那场雨，之后的许多年在我的世界里它都没有停过。

　　段琳，你真是个骗子，你不是说和继父关系不好吗，你看他都会在下雨的时候来给你送伞，可是他却不知道，他的亲生女儿那时却站在屋檐下躲雨，她只能等着雨势变小，因为她知道，永远都不会有人给她送来一把伞。

　　这些年我走遍大江南北，看了许多此生没有看过的美景，觉得累了，想休息的时候，恰巧因为工作的事宜，我便在你生日那天赶了回来。

　　那天看见你，我才知道这一年来，你始终没有变，变的一直是我。

　　知道你追苏牧后，我便和苏牧分手了，但你似乎觉得是你的原因，你喝得一塌糊涂，抱着我大哭，说你并不喜欢苏牧，说苏牧不适合我。

　　我知道的啊，苏牧并不是你喜欢的类型，因为你曾经说过，长得太帅的都没有安全感。

　　但我想你这么做一定有你的理由，而我尊重你，段琳，我尊重你所有的选择。

　　你从前就常常和我说，你觉得自己总是被生活束缚，你羡慕我敢做你不敢做，所以你只能带着自己从小一直保持的乖乖女形象往前冲，但是我却觉得，你这样就很好，不必满身戾气，带着一副生人勿近的表情去生活。

　　坏女孩走天涯，而你天生就是宜室宜家。兴许有一天你会明白的，明白一个人的孤单，但我又愿你永远都别明白。

十

　　我是段琳，从小我就觉得自己的生活一成不变，但是从高二那年开始，却变得不一样了，说不上哪里不一样，许念一，你知道是哪里不一样吗？

　　我想也许是因为遇见了你才不一样的吧。

　　从第一眼看见你时，就被你的气质击倒，你啪的一声踹开教室门的时候，我就觉得你很特别，和我身边认识的所有人都不一样。

　　你带我去听了很美的天空之城，带我去捉弄了老齐，这是我一直想做却不敢做的事。

然后你像一阵风一样走了，在我眼里，你就像一阵风。

比如高二那年，下了一场好大的雨，我在继父的车上看见你一个人站在屋檐下躲雨，天地茫然，你的身影孤独得仿佛整个世界只剩下你一个人。

我打电话给你，你却挂了我的电话，我只好叫继父停车，拿了车上的伞下来找你，可是等我跑到你站过的那个屋檐后，却再没有看见你的身影了。

那天我叫继父开着车在回家的那条路上转了两圈，都没有看见你，那天你淋雨回去了吗？有人给你送伞了吗？

这些我都担心了一个晚上。

后来，你走了，漂泊在各个城市，我又开始担心你的钱够不够用呢？下雨的时候带伞了吗？衣服有没有穿暖？去过的那些地方是不是都很美？这些我都好想知道。

可是我最想知道的是，这些日子你在外面是否平安。

直到你回来的那天，站在我的宿舍楼下，雪花纷纷扬扬地落在你的头发上、肩上，你依然像从前一样，还是那么瘦，还是那么漂亮。

你给我介绍你的男朋友苏牧，可是我却知道，苏牧他脚踩两条船，因为我曾在街上看见苏牧搂着别的女孩子。

可我不确定你对他是否真心，所以原谅我选择了最坏的办法，我去和苏牧告白，匿名去网上发帖，我只是想逼你亲自和苏牧分手。

唯有美好与你不可辜负，我怎么能让苏牧辜负你，所以你去和他提分手对你才是最好的。

这些年我总会想起，高二那年你孤单一人站在屋檐下的身影，后来我就一直想，希望你以后能遇见这样一个人，他总能随身备一把伞，不再让你一个人站在屋檐下躲雨，那么是不是会有那么一天，你心里突然就雨过天晴了。

《青春风》2016 年 4 月

舌尖上的亲情

机智的若曦子

在我的印象里，外公每次来我家都要拖来几麻袋的特产。

我知道，一个袋子一般是放橘子的，看似普通的麻布袋，一打开，金黄的橘子咕噜咕噜地就滚了出来；一个袋子准是放大饼的，外公最爱做饼，在外卖饼的那些个小贩的手艺跟他可是比不得的。

人们常说，饼的味道取决于馅的味道，外公做的甜饼，里面的馅可香了。他的一个饼，由十层薄饼组成。每烙一层饼，外公就会撒一层芝麻和细白糖，这样的饼，哪怕吃到最后，都还有香味儿和甜味儿。外公做的咸饼以皮薄馅多著称。他养的猪都不喂饲料，所以饼里的猪肉，带有一股自然的鲜味儿，让吃货们久久难以忘怀。

外公常教育我，不要小气，要做一个乐于与别人分享的人。只要看到他在烙饼，我们就知道村子里的人有口福了。每年橘子丰收时，他会笑眯眯地把橘子送到村里的每户人家，与他们一同分享丰收的喜悦。外公家隔壁住着一位很老很老的奶奶，儿女常年不在家，自己又腿脚不便，吃了上顿就可能没下顿，外公吃饭前常要盛上满满的一大碗饭菜，送到老奶奶家。村里的人都说，我外公是活雷锋，是菩萨转世。每当别人夸他的时候，他总是不好意思地笑一笑，不知道该说些什么。他的笑，那么慈祥，带着阳光。我想，这样的笑，就算是千年寒冰也会融化了吧。

在我的印象里，外公的脚步从未停歇过。他从邵东来我家看我，没住两天，便要去我姨妈家带我的表弟。外公年轻的时候常年在外工作，妈妈、姨妈和舅舅都是外婆一手带大的。退休了，却要一把屎一把尿地带表弟。表弟调皮，每天从这里跑到那里，外公也跟着他从这里跑到那里。表弟需要玩具，外公会顶着炎炎烈日到高桥大市场一家铺子一家铺子地找他想要的滑板或飞机。外公有糖尿病，基本上只敢吃些馒头、黄瓜、海带之类，可他在带表弟之余，还要想尽花样给姨妈一家做好吃的。他做的糖醋排骨与红枣扣肉，我现在想起来，还是口水长流。

但是，外公，您怎么能骗人呢？我们说好在一起，永远永远不分离，您怎么能这么早离开我们呢？外公去世的那天，老天下起了大雨，我们围守在外公的床前低声哭泣，外公用尽最后一点儿力气指了指床头柜上的一包东西，妈妈哭着说："爸，您安心地去吧，我们明白的。"外公勉强做出一个想笑的表情，却两眼一闭，身子渐渐地凉了。

那天晚上，村里所有的人都来了。隔壁老奶奶的儿子骑着摩托从几千里外的广州回来了，他扑通一声跪在外公的遗体前磕了三个头，哭着说："羊叔叔，您的大恩大德，我唯有来世再报。您安心去吧，观世音菩萨会接引您老人家进天堂的！"

大家都在葬礼上哭成一片，我和妈妈却没有哭。我们知道，外公在看着我们，他不希望我们为他难过。我们打开了外公床头柜上的那包东西，里面是几个橘子和几十个大饼。妈妈把饼分给了村里的人，只留下最后一个。看着那个饼，我还是没忍住，眼泪不争气地流了下来。伴着泪水，我把饼吃完了，苦涩中带着一丝甜味儿。就像外公一样，过得那么苦，给别人带来的却永远是甜的余味。

舌尖上的亲情，滋养了胃，焐热了心，化作血液流进血管，让我一遍又一遍地回味，深深地留恋。

《湖南工人报》2016 年 5 月 6 日

桂花结

何　姗

　　好久未见过开得如此繁茂的桂花了。
　　早晨，我真切地感觉到，一丝清凉的香，冉冉升腾着，蹑手蹑脚地攀上我的脖颈，又顺着我的发丝，滑到我的枕边。
　　于是，起床去寻觅。愈走，愈觉香气馥郁，可在那小院里，只见一树树青郁。
　　我不灰心，继续向前。终于，发现那苍翠背后，一滴滴的黄，娇羞如待字闺中的旧时小姐，藏在叶间。
　　我忍不住得意地偷笑。
　　桂花，我找到你了！
　　这时的它们，似乎还想隐藏住自己，却已不可能了；想矜持，又忍不住惊讶地扭动身子，朝我傻笑着。
　　咦？你怎么找到我的？
　　像一个捉迷藏时被同伴找到因而百思不得其解的憨童。
　　我隐隐一笑。伸出手，拨了几朵花在手心。
　　那花瓣，薄如纸，脆弱又羞涩地展开，对着清风丽日梳理那透明纯净的容颜。
　　不浓妆艳抹，不披纱戴巾，像有些稚气的小孩子，三个、五个挤在一起，嚼着悄悄话。它们的笑声是金黄的，波浪状的，鲜嫩多汁的，像蝶儿在晴空里低低地展翅。
　　好像，她也是呢。那时，尚年轻的她，就喜欢在这样的日子里，着一身浅浅的桂花色衣裳，挽一小篮，牵着还不算老的外婆，在那条金色香气喧腾着的小路上，笑盈盈地走着。
　　我也记得，在那小小的墙院里，在那淡淡的桂花香里，她牵着我的手，带我去摸地里白菜肥肥的叶片和萝卜嫩嫩的缨子，带我去找母鸡下在小棚里的蛋。她还抓住一只雄赳赳的大公鸡（它惊慌地企图啄她，却被她敏捷地缚住），让我去摸它尾上的鲜艳羽毛，乐得我"咯咯"地笑，她也笑。

我现在居住的地方，并非我的故乡。老家的桂树仿佛永远也长不高，煞是玲珑，带着些憨厚和萧瑟。而这儿潮湿的土壤和空气似乎更适合孕育这些芳香的精灵，让这些阳光的碎语开得温暖又陌生。

接下来的日子，下了好几场雨，可花香竟愈发浓郁。我打算再去会一会桂花。

雨水折射着青苔的光辉，来者不拒地拥抱那些匆忙的脚步。我不回头，只顾寻找那些金黄的芳香影子。

桂花已落去小半，但在树叶下受庇护的，却更努力地释放着比前几日多几倍的芬芳。

地上的落花，在被无数次践踏后，蔫蔫的，似在不甘地挣扎。

她呢，就是多年前这个时节走的。那天，桂花也碎了一地。

我此时的心情，恐怕就是"绿肥红瘦"的一怀悲戚吧。然而我骤然发现，那桂花开放的形态，很像中国传统的盘花结。

一树繁英，都在浅风细雨中微晃着，有她笑的味道。

《初中生·作文》2016 年 5 月

十四岁的夏天

露 娃

一

林子林今年十四岁,上初三。她的爸爸林三宝是个大胖子,整天精神抖擞,见人就笑呵呵的。弟弟林小俊才六岁,一双又圆又大的眼睛,说起话来一眨一眨的,一身的调皮劲儿都从这双眼里显了出来。

林子林的性格像妈妈,文雅温顺,与爸爸林三宝截然不同,不过她很爱和弟弟、爸爸待在一起。妈妈不在家的时候,他们父子三人玩得疯,总要将家里弄个底朝天。妈妈回来了也不生气,只狠狠地瞪爸爸一眼:"林三宝你瞧瞧你,多大个人了,没个当爸爸的样子!"

林三宝在家排行老三——老大林大宝也是个大块头;老二是个姑娘,长得最俊,叫作"二宝",可惜身体不好,年纪轻轻就去了。林子林常常听爸爸说姑姑小时候的事情。林子林常在心里想象着姑姑的模样,想象着她穿青色碎花裙子在田间干活儿的情景……她想,姑姑一定有一双美丽的大眼睛,和奶奶的一样。

姑姑就葬在奶奶家后山的竹林里,从林子林懂事以来,姑姑的坟前就长出了几株野杜鹃,花开的时候红艳艳的,特别漂亮。有一件事,林子林一直觉得奇怪——姑姑的墓碑上只有"林二宝"这三个字,其余的什么都没有。她问过爸爸原因,爸爸说那是因为姑姑喜欢简单。林子林还想问些什么,却看见爸爸眼睛一片湿润,也就没问了。

二

林子林五岁时就随着爸爸妈妈住到了城里,在城里上学。从那时候起,她每年暑假都要和堂哥堂姐一起回乡下，到奶奶家过。每年夏天，爷爷早早地就打电话来催了："鸡都养大了，有三四斤重，梨也熟了，枣子今年也结的多得吓人，快点儿让孩子们回来！"以前他们是"三人行"，今年林子俊也加入了这个队伍。

前一天晚上，妈妈就把回乡要带的东西都准备好了，第二天一早就把林子林和弟弟送到大伯家里，吃完中饭，再由大伯开着他的三轮摩的，把他们送到宁远汽车站，送上去乡下的大巴。林子林和弟弟到大伯家的时候，堂姐林子琴和堂哥林子祥早就在门口等着了，一见面就抱成一团。林子俊最喜欢堂哥了，林子祥到哪儿他就到哪儿，黏在屁股上，甩都甩不掉。到了大巴上更是不得了——去乡下的大巴很空，四个人堂堂正正地占了最后一排，一开始还斯斯文文的，当大巴一开进山区，堂姐就野了起来，带头唱起歌，一首接着一首。堂姐今年十六岁，和大妈的性格一样，能干又泼蛮。于是，四个孩子把大巴里闹得热火朝天。车上多半是同乡人，他们都回头看看、笑笑，只觉得可爱。

歌声绕着山路，弯弯转转，好不容易到了林家墩。一下车，堂哥就拉着林子俊，叫着喊着往奶奶家飞奔过去，安安静静的村子一下就被他们搅乱了。鸡鸭一顿乱飞，狗也叫个不停。和往常一样，爷爷在屋前的枣树底下站着，奶奶则坐在台阶的椅子上。林子俊扑到爷爷怀里，爷爷往后退了两步："哎呀，你这个淘气鬼，爷爷要被你撞倒啦！"

三

乡下的日子特别好玩，尽管夏天太阳烈得很，可他们基本上不着家——一会儿扛着竹竿去敲梨，一会儿拎着篮子去采花生，一会儿去田里摸泥鳅，一会儿去港里抓鱼……有时连吃饭也要到处找，爷爷说要在他们腰上套根绳才好。

这一天傍晚，刚吃过晚饭，堂哥就带着林子俊上二爷爷家找他的孙子玩去了。林子林和堂姐则坐在院子中央的竹床上叠衣服，突然，老远就听见堂哥在喊："姐，快点儿，上柏树坡看戏去啦！你们去不去？都等着呢！"林子林和堂姐立马穿上鞋就跑。

"奶奶，我们看戏去啦！"堂姐冲着猪栏大喊。奶奶家的母猪快要生猪崽了，爷爷奶奶正在猪栏里做准备呢。

"拿上手电！看好林子俊，别把他丢啦！"

"知道啦！"

柏树坡离林家墩不远，沿着公路往上走，再拐两个弯就到了。他们一路上"叽叽喳喳"的，像雀儿一样，有说不完的话。到那里的时候，戏已经开始了。戏台就搭在一户人家的晒谷场上,底下摆满了长条凳,都坐满了人,有的调皮的小孩儿爬到树上,得了最好的位置。二爷爷家的孙子在前边开路,他是个天不怕地不怕的家伙,三下两下就把他们带到了最前面。然后,大家都一屁股坐了下来。林子俊缩在堂哥怀里,林子林则搂着堂姐的胳膊。台上唱的是桃园三结义的故事,林子俊可喜欢了,虽然他听不懂。

林子林和堂姐正看得津津有味,突然背后有人拍了拍堂姐的肩膀:"你是林大宝的闺女吧?"说话的是一位上了年纪的老婆婆。

"是的!林大宝是我爸!"堂姐林子琴回过头大声回答着,因为太吵了,她怕老奶奶听不到。

"那这个孩子呢?"老奶奶又指着林子林问道。

"她是我三叔的女儿,那边坐着的是我弟弟,他抱着的小孩儿是她的弟弟。"回答完老奶奶的问题,林子琴又被戏台吸引去了。

"这个穿黄褂子的就是二宝的女儿,如果二宝还活着,当爹的见女儿这么大了,该多高兴呀!"虽然吵,但这话还是被林子林听到了,她穿的就是一件黄色的衬衫,那是爸爸给她买的。

林子林感到非常奇怪,二宝是她的姑姑,为什么老奶奶会说那样的话呢?或许是记错了吧,毕竟她那么大年纪了。

戏散之后,他们打道回府。天已经黑透了,几个人打着手电,穿过公路,走在田间的小道上。萤火虫伴着星光,青蛙在田里叫个不停。

"哎呀,这戏真是好看,只是晚上吃多了奶奶炖的扁豆,老想放屁。我使劲儿地往回憋,硬是还有几个没有憋住。"林子琴这话一出,堂哥和二爷爷的孙子都笑得人仰马翻了。林子俊则捂着鼻子:"难怪那么臭!"

林子林只是淡淡地笑着,她的心里多了一桩事情。

四

这一天中午,奶奶正在烧饭,林子林和堂姐在后院的井边洗衣服。这时院子里来了人要找爷爷。林子林出来一看,原来是村头的王大叔。见了林子林就问:"林子,你爷爷在家不?"

"在堂屋铡猪草呢。"林子林往堂屋指了指,又回井边洗衣服去了。

"圣爹,先别铡猪草了!把村里的账算一算,明天要开村大会。"林子林的爷爷是村支书,全名叫"林圣宾",村里人都称他"圣爹"。

"来了来了,你先进屋坐,我洗洗手就来。"爷爷放下手中的活儿,走到后院，让林子林从井里舀了两瓢水，给他淋手。然后，他给了一串钥匙给林子琴："琴儿，你去里屋把账本拿来，是个绿皮本子，在衣柜右边的抽屉里。钥匙给你，我先去招呼招呼。"

林子琴刚从后院进来，准备去里屋拿账本，奶奶就吩咐道："琴儿，赶快泡茶。"于是，林子琴把钥匙给了林子林："林子，你去拿账本吧！我要泡茶。"

林子林把手上的水往衣服上擦了擦，接过钥匙，就进了里屋。她打开抽屉，一下子就看到了绿皮本子。她拿了本子，正准备关上抽屉时，一个黑色的小木盒引起了她的注意。她轻轻地打开木盒，一张黑白照片映入眼帘。她一眼就认出了照片上的女人，是年轻时候的妈妈，她那么漂亮，脸庞那么圆润。可妈妈旁边的男人林子林从没见过，他鼻梁高高的，有一双深邃的眼睛。他是谁？和妈妈有什么关系？想到这里，她又记起了那晚老奶奶的话。林子林的脑子里顿时充满了疑问。就在这时，堂姐进来了："找到了没？怎么找了这么久？"林子林赶紧把照片放回盒子里，合上盖子。"找到了，在这儿呢。"林子林大声回答。

"快拿出去吧，我来锁上。"

林子林把账本送给了爷爷，接着坐在堂屋的竹床上像丢了魂儿一样。那个男人看上去那么面熟，似乎在哪里见过，可就是想不起来。他到底是谁呢？

这时候堂哥带着林子俊回来了，他们抓了好几只知了。林子俊老远就朝林子林跑了过来："姐姐，你看，你看，好多知了！"

五

林子林已经连续好几个夜晚睡不着了，她决定要把事情弄明白。不过，她知道，一切只能悄悄进行。

奶奶家的母猪前天生了十一头小猪，那些小猪崽肉嘟嘟的，可爱极了。今天一早，奶奶就起来忙活儿着打豆腐了。这几天买猪崽的人就要陆陆续续来了，凡是来的人，不管买卖成不成，奶奶都是要留下他们吃了饭再走的。奶奶又是个好客的人，既然留了人吃饭，就不能怠慢，不管桌上多少菜，一定要有碗豆腐才觉得全了。堂哥早早地起了床，林子林和堂姐不一会儿也起来了，大家帮着泡豆子、磨豆子，快到中午的时候，一大块白白嫩嫩的豆腐就出来了。奶奶把豆腐切成四四方方的小块，选了几块好的放在篮子里，让堂哥去白石岭的舅爷送去。这时林子林站出来，说："我去送吧，我很久没去舅爷家了，正好去看看！"

"也好，你去吧！下午买猪的要来，你堂哥还能帮着做些事。"

林子林戴上爷爷的草帽，从奶奶手中接过篮子，撒腿就跑起来。

"林子，你慢点儿，不急，别摔着！"

"知道啦！"林子林嘴里这样回答着，腿却越跑越快了。

8月的风带着三伏天的热度迎面向她扑来，莫名的紧张和激动在她心里翻涌着。

林子林就这样一路奔跑，不一会儿就到了白石岭舅爷家。她见了舅爷，打了招呼，把篮子递过去并上气不接下气地说明了来因后，就立马像只鸟儿，"扑棱扑棱"翅膀飞走了。

"林子，就在舅爷这儿吃饭，这么急着是要干什么！"

"不啦！回去啦！奶奶在家等着呢！"

林子林并没有回家，而是一路跑到了柏树坡。林子林从堂姐那里知道了，看戏那晚和堂姐说话的老婆婆以前是村里的老师，还教过伯伯和爸爸。

"你知道柏树坡的土庙吗？叶婆婆就住在土庙旁边的那个屋里，就是那栋红瓦白墙的房子，屋前还有一颗大柏树。"堂姐一边对着镜子扎马尾，一边回答。

"哦，知道了。"

"你问这个干什么？"堂姐回过头，一脸疑惑地问。

"没什么，随便问问。"

林子林一下子就找到了叶婆婆的住处，她经过土庙，走到叶婆婆家院子里的时候，正好碰见叶婆婆在晒玉米。她的心"扑通扑通"地跳着，不知道是因为奔跑的缘故，还是因为紧张。

"叶婆婆，您好。"她站在院子的角落，怯生生地打了声招呼。

叶婆婆立马回头，她一眼就认出了林子林来。"哦，二宝闺女呀，快来快来进屋坐！"叶婆婆停了手中的活儿，把林子林牵进了屋。

"坐坐坐！"叶婆婆搬来椅子。林子林坐下来，朝四周看了看，屋梁上有一窝燕子，"叽叽喳喳"直叫，不知道在聊些什么。

"你看，家里又没什么吃的，只有这个西瓜，刚从田里摘的，甜着呢！你妈妈还好吗？你跟你妈妈长得真像，一个模子刻出来的，我一眼就认出来了。"叶婆婆一边切西瓜一边说。林子林坐在椅子上，边听边望着屋外的风景。屋外是一大片棉花地，几个带着草帽的妇女挎着篮子，正在地里摘棉花。

"可是你妈妈命也真苦，二宝出事的时候，你才六个月大。也亏了你妈妈，才二十出头的年龄，不知道怎么熬过来的。"叶婆婆把西瓜切好了，又进屋里去找盆子装。

"你奶奶，怕你娘儿俩出去受苦，把你和你妈妈护在身边。你三叔把当时订了的亲都推了，照顾着你和你妈妈，后来两人感情好，就结了婚。你呀还……"

叶婆婆的声音从屋里传来，伴着她找盆的声响。林子林早已捂着嘴哭成泪人了，听到这里她再也忍不住，冲出了屋子。

六

林子林在"姑姑"的墓前坐了很久。天渐渐黑了，她用手在墓碑上写下女儿林子林这几个字后，最后望了一眼墓碑，起身往家走去。她双手在脸上搓了搓，深深地呼了一口气，似乎做了什么决定。

家里，奶奶开始有点儿急了。

"林子怎么还没回来，天都黑了。"

"不用担心，丢不掉的。肯定是舅爹留着吃了午饭，又留着吃晚饭了。"爷爷话音刚落，林子林就回来了。

"说我呢？舅爷非要留着吃午饭，我就吃了。他还要留我吃晚饭，我不肯，就回来了。"林子林一脚跨进屋子。

"快快快，来吃饭吧！"

"你的眼睛怎么了？"林子林刚坐下端起碗，一旁的堂姐就问。

"回来的路上，被一只不知道是什么的虫子咬了一下，没事。"

"疼吗？"

"不疼。"

本来，晚上是爷爷、林子俊和堂哥睡一床，林子林和堂姐睡东边的房间，奶奶怕热，一个人睡在西边的里屋。这天晚上睡着睡着，林子林突然跑到了奶奶床上。她缩在奶奶怀里，像只小猫。

"我们家林子今天怎么啦？黏起人来了……"奶奶一边把林子林搂在怀里，一边说。

不一会儿，堂姐也跑了过来，一下子就蹦到了床上："哎哟，不行不行，我试了一下，总觉得有什么东西在那里，我一个人睡会被吓死的。"

"鬼丫头，胡说什么！"奶奶说着就冲着堂姐大腿一掌拍下去。

"哎哟，疼死我啦！"

七

暑假快结束的时候，爷爷把他们送上了回城里的大巴。奶奶就这样站在枣树下目送他们出了村口，林子林不断地回头望，眼里闪着泪珠。

这一天大巴很挤,林子林抱着林子俊坐在第一排窗边的位置上。林子林把下巴顶在林子俊的头上:"林子俊是个大笨蛋。"

"姐姐才是个大笨蛋,姐姐比窗户还要笨!"林子俊没头没脑地来了这么一句。

车子就这样在山里转悠,不知道过了多久,堂哥堂姐在他们前一站下了车。林子林和林子俊坐到了终点站,下车就看见爸爸妈妈等在那里了。林子林一下子就扑到了妈妈的怀里。

现在两年过去了,林子林已经上高二了。她还是跟爸爸、弟弟一起玩呼啦圈,还是津津有味地听着爸爸林三宝给他们讲"姑姑"小时候的故事。她知道将来要代替"姑姑"照顾好家人,还要代替"姑姑"去去那些他来不及去的地方,看看那些他来不及看的风景。

《小溪流(成长校园)》2016年第5期

李 宅

史冰梅

　　李老汉家是一座快上百年的老木房，屋顶的青瓦是去年年前才翻新的仰合瓦，当地人们又称仰合瓦为"哭笑瓦"，在仰合瓦铺设时，先在椽木上将板瓦两端的瓦翅朝上放置，这就是所谓的"仰瓦"，仰瓦两端微微上扬的弧度看起来像人微笑时的嘴角，人们就叫它"笑瓦"；仰瓦之上再用板瓦瓦翅朝下放置，弧度向下的便是"合瓦"，这合瓦看起来像哭脸的嘴角向下撇，因此大家就称为"哭瓦"；仰合瓦在当地还有一个优美的名字叫"蝴蝶瓦"，这也许是因为两片合瓦和一片仰瓦组合起来就像蝴蝶的样子。当然，铺瓦是一门精细的技术活，一行一列既不能太宽，也不能太窄，仰瓦和合瓦一反一正，一上一下，相互契合，十分讲究，李老汉年轻时就是村里铺瓦的好手。

　　屋顶下面是由木龙骨固定下榫卯连接木结构拼接而成的木墙，古老的松木、椴木和杉木散发着富有年代气息的木香，隐隐约约浮动于周围的空气中。老屋中间是堂屋，堂屋是这一大家子公用的地方，堂屋正中最里设着神龛和祖先神位，墙壁上挂着久经沧桑的中堂画，中堂两侧贴着已经褪去红色的泛白的破旧对联，写着"祖德源流远，宗功世泽长"，横批"祖德流芳"；左边是一顶石磨，磨钩的手柄已经被磨得光滑发亮，石磨上扇上反扣着一个罗筛，两扇中间的接缝处和磨盘里还残留着一些未完全扫去的玉米面粉；右边立着个有些年代的风簸，墙角下堆放着许多才割回来的新鲜猪草；堂屋左右两边墙壁的中间地方还各竖着一架木楼梯，爬上楼梯便可从一道小门进入两边屋子的楼上，楼底面用细绳子编制固定的竹片铺成，秋收的农作物就堆放在上面，下面屋里生起的煤火就可以炕干粮食的水分，而不至于发霉腐烂，屋顶的椽木条上结着许多沾满灰尘且破破烂烂的蜘蛛网，一不小心就会弄得满头皆是；堂屋两扇大门后各立着一只大石水缸，水缸上面都横放着一根削去树皮的树杈，上面放着一个大木水瓢，手柄很短。堂屋两边是暗间，右边两间住着李老汉和他老伴儿以及还未成家的老幺李林，左边两间住着三儿子李峰一家子，老大李强和老二李文家分别在老屋的左右两边各自建了新的石砖瓦房，房檐下都用绳子吊着一根长长的竹竿，竹竿上面乱七八糟地晾着些大大小小的衣物，苍蝇飞得累了便在上面嬉戏玩耍，留下了点点褐色。

这样的房屋，不只是李家，镇子的大部分人家都是如此，一片一片地点缀在大山之中，于浩渺的大自然中增添了丝丝缕缕的炊烟，鸡鸣狗吠，也增添了些许恬静，些许和谐之感。虽有吵闹，却也不至于侵扰这份闲淡之感，反倒为这山这水这村庄涂上了几抹泼辣劲儿，显得俏皮。

喜儿未至家门，远远地便听见她家里传来的阵阵吵闹声里夹杂了孩子们的哭声和女人们的咒骂声，她便小跑进院子，只见二弟李文的媳妇琴珍和三弟李峰的媳妇菊玉正披头散发地扭打在一起。

李文和李峰以及老爹李老汉今天都去自家地里锄草还没回来，李强回来得早看见两个弟妹吵架就叫孩子赶紧去找喜儿，四弟李林每天放学回来放下书包就不见踪影，李老太太佝偻着身子扶在堂屋门框上用孱弱的声音说着："别打了，别打了，别吓坏了孩子们，哎，哎。"这样吵闹的环境谁会听得见她的言语。

琴珍身子骨虽瘦小，但有一张骂人的好嘴，不管对不对，骂起人来三天都不用歇息；菊玉嘴慢，生了一副好骨架，做起事来雷厉风行。菊玉的衣服右肩那里被扯破了一道长口子，琴珍那六岁大的女儿提着琴珍跑掉了的一只破布鞋站在院子的墙角只顾大声哭着。菊玉一用力，琴珍被迫向后退了两步，刚好踩进了院子里经常倒废水的臭水沟里，脚上那只灰色破布鞋被浸湿，黑泥浆从光着的那只脚的脚缝里冒出来敷满了脚趾头和脚背。琴珍的女儿看见自己母亲处于下风，哭得更加厉害，拿着她母亲那只鞋跑过去往她三娘菊玉的屁股上和大腿上打了几下。

"滚开！回屋待着去。"琴珍朝着自己女儿大声吼叫着。

李强站在檐埂上看见喜儿走进院子便说："赶紧把她们拉开，这俩女人简直是疯了，一点儿也不听劝。"喜儿这才赶紧把琴珍的孩子一把抱到李强旁边，费了好大劲才把琴珍和菊玉两人拉开，才知道打架是因为两家孩子在一处玩闹的时候不小心弄哭了菊玉的孩子。

不多时李文和李峰都相继从山里回来吃午饭，李林从小被宠坏，这会儿也不知道跑到哪里去了。李老太太左等右等都不见李老汉回来，心里着急坐不住，就去了老二李文家，想让李文帮忙去山里看看李老汉是不是出了什么事。

老二一听要自己去山里找李老汉，脸便一沉，说："我这才回来，饭都没吃上一口。"

"就是，我们老二累成这样，你不知道心疼一下，还要命令他做这做那的，大哥不是早早就放工了吗？再说就算是孝敬老人也要有个顺序。"琴珍阴阳怪气地说着，瞥了李老太太一眼，就去收拾东西准备吃饭。

李老太太又慢慢来到老大李强家说了同样的话，李强一句话没说，也不表态到底是去还是不去，只在那里继续抽着叶子烟。这时老三家的开门探出个脑袋朝着李强家这边看了看，接着嘭的一声把门关上了。

喜儿看老太太还扶着门框眼巴巴地站着，这才笑容可掬地赶紧扶老太太进门坐在床边，"妈，老爸现在还不回来，做儿女的我们也着急，按理说李强是老大，什么事都得做个榜样，但他们三个弟兄现在都已经分家独立出来了，而这四弟李林还和你们二老住在一起，他到如今还一天到晚游手好闲，白吃白喝你们二老的口粮，你们二老有什么要紧事都应该是他先站出来呀。"

"你们都有理由，可这小林子一天也不着家，要是他在，我是怎么也不会来找你们去的。"

"妈，你也别太着急，我爸人老了，走得自然要慢些，你再回去等等，说不定这会儿正在路上。"

"哎，哎，要不是我这把老骨头不听使唤，我也不用这么低三下四地来求乞你们，哎……"说着李老太太拄着拐杖走出院子，慢慢向村口走去。

村口，核桃树旁的石榴花已开得浓艳，未开的也似一个个火红的小葫芦，这颜色似火在绿叶之间静静流淌，红得绝艳，红得凄冷，多看几眼，准让人打寒战。

胡麻子牵着他那头老黄牛向溪边走去，在村口看见李老太太扶着石榴树，呆呆地朝着村口的拐弯处望去。

"在等老头子啊？"

"是啊，都这时候了也见不着人。"

"还在地里，我回来的时候遇见了，别急，估计就快来了。"说着胡麻子牵着牛走了。

《海燕》2016 年第 5 期

老榆树的担忧

葛小明

我知道我的担心是多余的，老榆树一直都是这样子，比其他树高出了不少，却谦卑地弯下了腰，我童年的记忆大多与此有关。小时候，哥哥在外地上学，父母永远一副年过半百的样子，我的担忧自小而生。我总是担心外出打工的父亲晚上回不来，担心母亲的药吃着吃着就没了，担心哥哥回来时看不到一个完整的家。有时候淘气，被母亲骂，我忍着不敢出声，生怕气坏了她，有时骂得厉害我就回几句，然后哭着跑到老榆树下。我甚至会在树下的石头上刻下母亲的名字，然后狠狠地踩一脚。哭完了，我会去抱着那棵树，摸着那些沧桑而粗糙的树皮，不用太久我就开始后悔了，母亲都那么老了，肯定活不过这棵老榆树。

夏天的时候，滚一个简单的麦场，收割完的麦子会被临时拉到这里，母亲独自在老榆树下等着打麦机的到来。那时候的收割原始而简陋，几十个村子用一家打麦机，机器打完这村的麦子，再去另一家。由于路途遥远，机器的主人通常是要留下吃饭的，饭菜不用多么丰盛，吃饱就行，但有一点，水要管够。夏天的庄稼人浑身是汗，最需要的就是水了，往往是刚刚喝完水，一会儿就渴的难受。我年纪小，干不了重活，烧水的任务，自然而然归我了，地点就是老榆树下。

老榆树因为树冠较大，阴凉地儿格外多，所以打麦和休息都在老榆树下。他们还没休息，我便提前开始烧水。从附近找来几把柴火，用石头支一个简单的炉子，便生起火来。烧水的过程是快乐的，这种体验只有农村人才懂。当你把火生起来，看着火从底下熊熊地包围水壶，烟慢慢爬上树梢，最后冲到云端消失不见，那种胜利感便开始了。十几分钟后水壶响了起来，像一只哨子，吱吱，呜呜，有节奏而又充满韵律。这种美妙的乐音持续不了太久，几分钟后水便沸腾起来，哨音哑住，随之而来的是低沉的沸腾声，我想那是胜利的声音。

不用倒进暖瓶中，只需一一分给树下的碗里，大家都有些迫不及待，活有多累人就有多渴。母亲喜欢靠着榆树休息，有时候父亲打工回来帮忙，靠着榆树的便是他。不一会儿，炉子的烟和他旱烟袋锅子冒出的烟便混合在一起了，盘旋在树的周围，久久挥之不去。父亲抽了几口，又咳了几口，他的后背不时地跟树皮摩擦。这时候我会格外注意父亲布满伤痕的后背，就像那棵树的表皮，纹理深刻，沧桑而久经风雨。我曾经偷偷学着父亲母亲的样子，靠着那棵树坐下，但总会被树皮硌得生疼，一阵一阵，直接入心。很快，我的担忧便又被提了起来。

夏天一过，更忙的时节就到了，父亲从工地上回来，全身心地投入到秋收大军中。花生和玉米是一前一后开始收割的，鲁东南一带，花生是最重要的经济作物，花生收得多，后半年的花销就会宽裕些，我的学费往往也是在这个时候开始凑的。父亲从很远的丘陵地把花生挑到老榆树下，堆成一堆，等花生干得差不多的时候，便开始"收"花生。同样简单而原始，挑一块较大的带尖儿的石头，母亲一手拿着花生秧，一手握紧拳头，使劲地往石头上"摔"。随着母亲有节奏而又有力的动作，花生很快就从秧上掉了下来。有时因为过分用力，花生会飞出很远，飞到老榆树的阴凉外，母亲便命我去捡回来，哪怕一颗，都是庄稼人的命。有时母亲气力不济，花生掉不下来，母亲便需多用力摔几次，那种反复摔打的声音，城里人也是听不到的，它美妙而又让人心疼。可是，我宁愿永远都能听到这种声音，上学的时候，睡觉的时候，老了走不动的时候。

后面便是玉米，相比花生，玉米的收割要省力得多。玉米地在老屋的后面，近得很，收割也就方便。玉米的收割远没有花生那么烦琐，把玉米从杆上掰下来，放到用完的化肥袋子里，运回家即可。只是，玉米需要很长时间的暴晒，不然会发霉且不容易脱粒。暴晒的地点还是那棵榆树下，农家的院子虽然很大，但是空不下来，鸡鸭鹅整天在院子里乱跑，玉米放在院里很快就被弄脏了，这还不包括鸡的偷吃。你也不用担心树的叶子会影响阳光的直入，因为秋天一到，榆树的叶子就稀疏起来，秋风一吹，叶子便摇摇晃晃，落了下来。有时落到金黄的玉米上，有时落到母亲的白头发上，有时被风吹到很远的地方，消失不见，我又开始担忧了。

随着年龄的增长，我的这种担忧愈发加重了。外出上学的时候，我总会梦见我们搬出的老屋和那棵越来越老的榆树，梦见母亲的头发上落满了榆树叶然后变成木头一动不动，梦见哥哥和父亲匆忙地往家里赶，却总也赶不回来。所以每次回家，我都会跑去老屋看看，到老榆树下站会儿，什么都不用想，什么也不用说。好像只要它还立在那里，这个世界就是完整的。我一次次地做梦，一次次地回家探望，一次次地虚惊一场，渐渐地，我开始放下心来，我相信，那棵树是有灵性的，它佑护着我们一家。

直到2012年秋天，我接到了一个不好的电话，是哥哥打来的。这些年，哥哥在外漂泊，我们之间联系也有限，哥哥主动给我打电话，往往是不太好的消息。果然，是父亲。父亲病了，被当地医院查出恶性肿瘤，已近晚期。我永远都不会忘记，那个电话以及我接电话时旁边的那棵树。那是一棵泡桐，比老家的榆树粗壮很多，陌生得很。城市的树受到人们的爱护，总能长得格外高大，不像老家的那些植物，自生自灭，死的时候也没有收到过一寸注视的目光。挂断电话，我几乎瘫了，手不由自主地扶了扶那棵树。它的皮肤是光滑的，大概习惯了这样的爱抚或者是求助，它经历的沧桑连老榆树的万分之一都没有。我看到它满树的叶子都黄了，但却牢牢地站在枝头，风吹不落，秋带不走。我多么想，它就是我年过六十的父亲啊，永远不倒，哪怕再大的风雨，哪怕四面八方的寒意。我的手用力地抓了几下，指甲渗出血来，我希望这种痛感能够让我忘记那个电话，忘记电话另一端的人。可是没有，那棵树一动不动地站在那里，对我的一切无动于衷，我的血也染不红那些纵横交错的漠然。

　　买了最快的车票，第二天就赶了回去。第一个见到的人是哥哥，我朝思暮想又同病相怜的哥哥，我一样要失去父亲的哥哥。哥哥说，基本已经确诊了，当地医院很确定，父亲和母亲都还不知道。说着说着，眼泪就不由自主地流了下来，我们没有拥抱，有时候拥抱并不能解决问题，那都是骗人的故事。我们甚至不敢去面对父亲和母亲，因为那两双眼睛里还充满了希望，那两双眼睛里想的是早点出院，少花点住院费。那几天，仿佛就是我的一生，我已经看到所有的结局，想好了怎么土葬父亲，怎么让母亲一个人度过剩下的日子。两天后，我和哥哥又去找了那个大夫，反复追问父亲的病情，大夫一脸平静，头都没抬，说很确定，误诊的概率极小，你们来几次也是这个结果，如果还不放心可以去省城复诊。带上门，走出了那个审判我们的房间，谁都没有说话。窗外的天，暗了下来，不一会儿整个世界黑透了。

　　那晚，我和哥哥回了一趟老家，好像只有回到那里，我们才能得到安慰。我们买了一些纸，去祖坟烧了烧，又去老榆树下烧了烧，毕恭毕敬地磕了几个头。我们并不迷信，其实中国人上坟也不能算是迷信，祭奠的时候就是祭奠自己。上坟烧纸，人们更多的是寻求一种心理上的慰藉，每年总得找个由头回出生地一次。寻根问祖，如果没了这些仪式，怎么寻根问祖呢？那晚，我和哥哥站在老榆树下，没吐一个字，有些痛苦，我们心知肚明。老榆树还是原来的样子，只是在夜里显得格外低。我们站在树下，影子一下子就黯淡了许多，甚至把我们整个人都覆盖住了。很小的时候，我就希望能够抓住一个可以吞噬影子的虫子，把它放在树下，吃掉父亲与母亲的影子，因为我看到那两个劳作中的影子，是那么的无力。我想如果虫子可以吞掉影子，那么它就能够吞掉正午的太阳，让他们少留点汗吧，让他们多活几年吧，我还没有完全长大，还不能够尽一个儿子应该尽的义务。终于，老榆树变成了那只虫子，只是它没有吃掉太阳，吃掉的是我和哥哥的悲伤。像儿时一样，我过去抱住了它，粗糙的纹理，硬硬的沟痕，风声到这里突然变了调子，平静了许多。

　　我和哥哥决定去一次省城，我们拿着父亲身体里取出的液体，走进了省城的医院大门。大夫拿着样本进去了，很长时间没有出来，那个等待，足足有一个秋天那么长。我想起远在医院的母亲，这个时节，她本应该在地里进行秋收的，早出晚归，累与喜悦同在。可是她现在却在医院里，一无所知地陪护着病床上的父亲。她会不会抱怨今天我们哥儿俩没有去病房呢，会不会念叨老家的那棵榆树呢，会不会想起刚刚嫁过来时的样子呢。哥哥心里想的什么，我不得而知，不过我想，他的沉重绝不亚于我。大夫出来了，有两个字是最响亮的，"没事"。其他的话，我一个字都没听到，但是这两个字，瞬间把我们哥儿俩无罪释放了！

　　事后，我和哥哥也没搞明白到底是怎么回事，只能理解为当地医院的误诊。可是那一年，让一生改变。以后的几年里，我们回家上坟，都要去那棵树下烧烧纸，对于那棵树，对于这个世界，我们心存感激，我们不相信鬼神，但是我们敬畏鬼神。而那棵树，长盛于我们心中，永远不老。这时候，我想提一下幸福，什么是幸福？老屋旧了，却还站在那里；榆树老了，却还经得住秋风。父亲跟着母亲吃起药来，但是还能在花生地里挑起扁担，一步一步，走到离家最近的老榆树，这就是幸福。而我所谓的担忧也从未消失过，但正是这种担忧，保佑着那棵树，成全了一个家。

《千高原》2016 年第 5 期

琉璃弄花

徐 衍

但凡头一回听到"琉璃弄"的，无一不被其字面蒙蔽，下意识里都会往"金碧辉煌""流光溢彩""玲珑剔透"的盛名上靠。许多年前，小城确有一间琉璃瓦厂，工厂迁址后，琉璃弄就名不副实了，只剩一些通俗人家撑门面，多是从前琉璃瓦厂的职工，功成身退，又安土重迁，就通通遗了下来。

资历深的遗老们，虽已身退但技艺未曾闲置，砌个鸡棚焊个防盗窗不在话下，他们多是厂里第一代第二代的元老骨干，承接加工了最早一批来图定做的异型件，经他们的手造出来的青瓦、青砖、琉璃瓦、砖雕、仿古面砖，行销各地，尤其琉璃瓦，主要有青蓝、明黄、红褐三色，不论日晒雨淋始终簇新明亮，即使阴天，也是这个灰扑扑的城市里罕有的一抹亮色。当然这是俯瞰的效果——专注添砖加瓦的他们，无缘高屋建瓴，自然视野所及也只是手边脚边的那一砖一瓦一饭一线；至于遗少们，工龄不长，其实是没赶上琉璃瓦厂的鼎盛期，人和厂之间就谈不上什么交情了，有的时候，反倒是这群阅历相对浅薄的遗少脑袋活络，帮带着拉遗老们一把，怎样买基金风险最低啦，哪只股票前景最好啦，谁家明明只有一个人口却多拿了一份低保，以后要是你们死了也可以考虑不销户的啦……作为相帮提携的报偿，也是一种出于自尊的自卫，遗老们就要好汉提起当年勇，袒露一点儿历史真迹，让不知深浅的后生们开开眼，也就知深浅了。两拨人马亦敌亦友共生共辱于琉璃弄，说起来还真是：花开两朵，各表一枝。

说到花，琉璃弄自然是有的：仙人掌、宝石花和盆栽的葱姜蒜们毫无成见地混迹一块，绿意森森地霸住了各家的墙头房顶，都是廉价易成活的品种，不操心，即便用心也是针对更贴近生计的葱姜蒜：老姜叶长阔绿，日头一晒，一蓬一蓬辛辣浮散，颇符合遗老的做派，经事还谙事，阅人如阅川，毫不讳言，直戳软肋，虽免不了刺耳辣目，到底让人长记性，小一辈的也就一点点儿耳聪目明了，姜还是老的辣。邻市出过一位民国才子，写了一本《今生今世》，里头讲，小孩亦不过像初阳里的新枝，或刚刚会吃食及嬉逐的小猫小狗，凡幼小生物皆有的一种可爱，却是还要约于礼。

原以为光是遗老一派做对头，谁知琉璃瓦厂迁址没几年，就有人补进了这条富有独裁专权色彩的里弄，要知道，这一整条琉璃弄就是因琉璃瓦厂而起的，遥想当年简直是开天辟地，平地起了这一切的一切。

新住户们的口音不一样，口味不一样，口口相传的"野史"也和这里、和遗老遗少毫无瓜葛。这使得遗少们很受伤，惊觉他们才是彻彻底底的反叛者，连琉璃瓦都没见过几块。所以他们一旦大施拳脚生活开来，轻易地就别开生面了。琉璃弄种的都是小葱，葱叶细细尖尖养在盆盆罐罐里，形同一丛丛小型针叶林，耐受严冷酷寒似的。琉璃弄当然不在寒带，他们和小葱们一样虚张声势地自做手脚，挖空内里，维持针叶形貌，背负私密的个人史，荫庇于姜蒜之下，耐苦又圆通。

新到的外来户落脚伊始就挑战了琉璃弄趋同的口味习惯，几个破脸盆里培上土埋下辣椒籽，一周不到就发芽抽长起来，这地方太过潮湿，尤其春夏，随随便便丢粒什么种子都能随随便便成林成荫的。起初，辣椒的茎叶细细弱弱，总以为活不长的，谁曾想添叶、开花直至最终结果，每一步都挺过来了，饱胀的红椒垂挂而下，是森森绿意里的一点儿热烈火气。

说到底，作料才是琉璃弄人家的花，平易如仙人掌、宝石花左不过是点缀，是过日子尚有余裕的一点儿算不得高明的小才小情，所以突然有一天，弄堂里晒出一块嫣红阔达的百合花，人们的惊讶也就情有可原了，那是洒扫庭除的新嫁娘洗刷了家中的绢花，一朵一朵摘下来，一朵一朵地用牙刷刷干净，搁到同样被拆下来清洗的纱窗上，晾到屋外。绿底纱窗上，粉白花朵袅娜展开，开在太阳下，一下子从弄堂人家洗晒的各色衣物中升华而出，看看这户人家，在晒花朵，有意思，有意思的……也只是看一看，叹一叹，回家衣服照收，尿片照晾，要是保养了半晌"日光浴"的蚕丝被上粘了几点儿鸟粪，那真是要掉眼泪，肉痛个把分钟的。因此，葱姜蒜才是正儿八经的"三大件"，每家每户必栽必种，连公厕附近的花坛都不放过，花开不败，兴兴隆隆。

还有后生带回学校劳技课发的蓖麻种子，兴冲冲回到家，依葫芦画瓢地埋进脸盆里，盖上土就回自己房间写笔友信轧马路谈朋友去了，不管不问不知不觉脸盆里已是蔚然成林，蓖麻树一天天在壮大，结出一个个硕大毛刺的果实，几乎要撑破脸盆了。这样强健的生命力显然超出了弄堂平日供养栽种的经验，理当划入奇花异草一列，而始作俑者这才记起来被他抛到脑后的劳技课观察日记，亡羊补牢安抚大家，义务普及蓖麻的种种实用价值，可终究都是寻常人家，哪里晓得提取蓖麻油的工序，更别提医用泻药、工业润滑油了。那后生努力支吾半天，这棵横空出世的蓖麻还是难逃被人连根拔起的厄运。

仙人掌、宝石花、葱、姜、蒜、灯笼椒、甜椒、蓖麻，琉璃弄的花花草草，就这样在人们无知无觉中悄然生息，格外自足。及至收获时节，便轮到人们后知后觉了，大家一面故作"无心插柳"的天真豁朗，一面不手软地采收这些泥土里飞出来的横财：

居然快长得比脸盆都大了。

谁说不是呢？我还以为长不大的，你看看这个蒜，多粗壮啊。

你装什么蒜。

真是弄错了，是葱是葱，比蒜还粗壮的葱。

少装蒜。

……

逼仄的格局里，也能有大丰收，是琉璃弄惯会的一套——螺蛳壳里做道场，寒酸匮乏里也自有物华天宝，小门小户的生活也可以是道场里面食螺丝，哪怕面目狰狞人神共愤，也依然气定神闲一吸一吮，再一咂嘴，有味的。就像老早病退回家的阿明伯伯，他的绝活不光在手上，嘴上功夫也是相当了得，年近八旬了依然中气十足，声若洪钟，脑袋也不糊涂。吃过午饭的空当里，经常能听见他坐在家门口的板凳上，哇啦哇啦说个天花乱坠，真是天花乱坠，他会背一整套的《百花历》——

正月兰蕙芳，瑞香烈，樱桃始葩，径草绿，迎春初放，百花萌动。

二月桃始夭，玉兰解，紫荆繁，杏花饰靥，梨花溶，李花白。

三月蔷薇蔓，木笔书空，棣萼韡韡，杨入大水为萍，海棠睡，绣球落。

四月牡丹王，芍药繁于阶，丽春花，木香上升，杜鹃归，荼蘼香梦。

五月榴花照眼，萱比乡，夜合始交，檐卜有香，锦葵开，山丹颖。

六月桐花馥，菡苗为莲，茉莉来宾，凌霄结，凤仙绛于庭，鸡冠环户。

七月葵倾日，玉簪搔头，紫薇浸月，木槿朝荣，蓼花红，菱花乃实。

八月槐花黄，桂香飘，断肠（秋海棠）始娇，白蘋开，金钱始落，丁香紫。

九月菊有英，芙蓉冷，汉宫秋老，菱荷化为衣，橙橘登，山药乳。

十月木叶脱，芳草化为薪，苔枯萎，芦始荻，朝菌歇，花藏不见。

十一月蕉花红，枇杷蕊，松柏秀，蜂蝶蛰，剪彩时行，花信风至。

十二月蜡梅坼，茗花发，水仙负冰，梅青绽，山茶灼，雪花六出。

……

暗淡的琉璃弄仿佛真有百花齐放。那些素未谋面的花朵，渐次漫过屋门、砖墙、石板路，溢出琉璃弄外。更老的遗老有感而发，主动透露古史一般遥远的往事。小屁孩愣头青闻所未闻，遗老一列的部分亲历者也是经事不谙事，阅人如忘川，不愿再闻其详，可谈兴上来了，该讲的还是要讲，阿明当年啊，也是一枝花赛潘安，后来犯了错误，稀里糊涂打了一辈子光棍，红颜祸水，不论男女哇……

　　口述的历史远了，个中纠缠已无人计较也无从计较，距离口述史不远的就是口述史里面的主角人物，活化石一般，哪里赛潘安，赛母猪还差不多，两颊松垮下垂，好像两坨溃烂的多肉植物。擅养宝石花的后生说，夏天的宝石花最丑了，高温一蒸，全绿，还摊，软塌塌死沉沉。阿明伯伯兴致不减地自赏百花，四季轮回的音节顽抗了四季轮回，好像才刚刚是第一个春天，第一个夏天，第一个秋天，冬天尚远，琉璃瓦厂也好，琉璃弄也罢，又变得名副其实，如琉璃一般"金碧辉煌""流光溢彩""玲珑剔透"啦。

《浙江作家》2016 年第 5 期

蜻蜓之翼

温文锦

　　我的生母长了双薄如蜻蜓翅膀般的耳朵。我遗传了她。这种遗传是极其吊诡的遗传，除了那双薄薄的透光的耳朵，我和母亲毫无相似之处。从样貌到神态，从动作到表情。意识到这一点，其时我已年满十八，拥有两个女友，五双价格款式不等的耐克运动鞋，一件吉普森牌电吉他和三百多套摇滚乐唱片。

　　母亲是个双性恋。我十一岁那年她同我正儿八经地解释了恋爱的含义，言之凿凿地告诉我，爱情是没有性别区分的，同性爱和异性爱一样美好——我没有对此不满，反而如释重负。至于为何如释重负连自己也不知晓，记得那年我在课堂上写了篇作文《我的母亲》，开头是这样的，"我的母亲有一位漂亮的女朋友，她的名字叫作紫霞姐姐。"

　　见的姐姐多了，实际上我很盼望有另一个母亲。这个母亲同我实际意义上的生母区分开来，成立另一种形式的母爱——我是这么想的。可是，随着年岁渐长，这种可能性是愈发地淡漠了。毕竟，长成一名男子汉后，同女人之间那方面的关系就愈发地微妙起来，这也是没办法的事儿。

　　生母——我的母亲极其中意我的耳朵，有时候我很是怀疑自己除了那对薄而又薄的招风耳简直一无是处。就这样，我蓄了长发，耳朵卷在头发里，非到必要的时候，绝不把耳朵给露出来。与此同时，我拥有两位女友，一位中意我的耳朵，另一位中意长发飘飘没有耳朵的我，在这两个女友之间游走，我感受到了一种毅然决然的温暖。

　　再一次见到紫霞姐姐是在深夜时分空旷的地铁车厢里，这个女人一面挠着卷发一面用低低的声音半歪着脑袋讲电话，皮肤细洁，神态婉转，趴在她膝头的白色漆皮提包驯服得像只猫咪。我想她怕是已经不能再被称之为姐姐了。她仍光洁如昔，而我已历经七年的起承转折变作半意义上的成人。我拎着破了皮的吉他包，隔着五六个座位的距离远远地看着她，感到喉间发涩——没有理由不发涩，她一定不可能再记得我。对于昔日情人的孩子，怕是没有什么可供记忆的理由。

打完电话，她将手机放回提包，极其自然地抿了抿嘴角，将目光转向对面的地铁广告荧幕，用略略松懈又忧愁的表情盯视荧幕。我的心脏怦怦跳得像拉布拉多犬，仔细看过去，她已经不能再与我记忆中的那个紫霞姐姐吻合了，落入时光深处反复磨灭又亘生的她的形象，经由此时的校正得到一种新的体验，这种体验令我诧异，简直差不多快要连我的少年都要遭到全盘的否定和更新。

母亲年轻时候是个美人，那种美在某种程度上阻碍了她对现实世界的认知——至少我是这么认为的。骄纵地与父亲恋爱订婚而后移情别恋，爱上的对象是大学网球社的学姐，这种做法让当时尚在腹中的我成为一种多余的、尴尬的存在。母亲带着腹中不满五个月的我与那位学姐开始了新的生活——与其说我一出生就没有父亲，倒不如说我是不配拥有父亲的人，很多年来我都一直这么想着，有这样一位不需要男人的母亲，等于我从根本上就丧失了拥有父爱的权利。

所以，双重母爱有何不可？

时至今日，母亲的美貌仍然发散出一股经久不息的魅力。梳着干练而精致的短卷发，持之以恒地练习瑜伽和游泳，吃清淡的饮食，穿着素雅但凸显线条的真丝连衣裙，说话缓慢而又圆柔，没人不喜爱这样的女人，包括作为儿子的我。四十多年来，母亲一直以这样的端庄得体的形象示人，其骨子里深深的骄纵和任性，大约只有在人生关键的时刻才会得以凸显。

对于母亲，一开始我的爱法就不对。这也是没有办法的事情。从我四五岁记事起，那位当初同母亲爱得难以自拔的年轻俏丽的大学学姐早已在我和母亲的生活里失去了影踪，取而代之的是一位健壮厚实的，让我称之为"彼得叔叔"的男人。

彼得叔叔尝试在我生活中扮演父亲的角色已久，然而母亲同这个男人一开始就未能形成应有的默契，同住在一个屋檐下若干年，连维系关系的方式都模模糊糊，现在想起来，怕是由于母亲身上固有的强烈但不自知的自我意识造成的。母亲与彼得叔叔的关系维持到我七岁那年，猝然中断之后便有了不少姐姐。记得十一岁那年母亲用闪闪发亮的眼神告诉我，爱情是伟大的。

如释重负的年纪。打那以后我同小伙伴们的关系变得简单，无论周围的同龄人怎么质疑我和我父亲的存在，我都表现得满不在乎。实际上也是如此，我拥有如此之多的温柔的介于姐姐和母亲之间的爱怜，整个人像被一股糖心鸡蛋样儿的空气所包裹。那样式的童年简直像明信片里的场景，温馨狡黠可人但充满了可疑之处。

紫霞往我这里望了一眼，用同样轻松、乏意但忧愁的眼光扫视了这边——我的心脏一瞬间升到了喉咙，鼓得快要掉出来。但是，很显然，她对我的存在没有丝毫的印象，用没有存在感的目光撩过这边之后，她转而继续注视广告荧幕。

空杳无人的地铁车厢有种末日般的温馨，人潮褪去后的铮亮的座位和扶手杆闪着孤寂的光。从我的这个角度看过去，紫霞的侧脸轮廓像不经意走失的母马的痕迹，淡而有致。我想她一定是抽烟的，她的脸有股抽烟的人特有的韵致。可能是见过的母亲的女朋友多了，在这一方面，我从小就很敏感。

我静静地用眼角余光盯视着她。时而低头，看手里拎着的吉他盒子上破败的绽线。有好几次，我以为会与她的目光相撞，哪知双方极快地交织一瞥之后又归复各自的世界。大约她平日里也习惯了这种被陌生男士所瞄视的目光吧。

屏息静气地感受着鼓荡在我与她之间的沉寂空气，喇叭播出了横沙的到站提示，紫霞遂然起身，一径随她起立的还有那白色挎包，走起来同小白狗似的追随在她身畔。下车前她往我这边瞥了一眼，也许是无意的，也许是在确认某种状况也未可知。我下意识地追随她的步子下车尾随她而去，待惊觉过来时，她已转头静静地看着我。

"星仔？"她说。

万籁俱静的地铁口，只得交垂寥落浑黄的路灯照亮我和她的身影。

"是我。"我说。

"个子好高啊，都快认不出来了。"紫霞的话语中有种置疑样儿的哀愁，像是要确认不存在之物之存在似的。

在附近的一家小酒馆落座后，端坐我面前的紫霞真切到难以置信。她从提包里取出一盒七星，衔在嘴边，打着了火。我笃笃实实地注视着她，乍一看去，坐在我面前的紫霞同七年前没有太大差异，然而如此真实具体地消化她的存在花了我相当长的一段时间。毕竟这以前她存放在我的记忆深处的时间太长了，长到我已经不能将其作为真实的人物予以接受。

"吉他弹得很不错吧。"她说。

我点头，"练习差不多一年了。"

"抽烟吗？"她递过来那盒七星，纤细的小指上戴着一枚花戒。

我默默摇头，一时想不出该说什么。

她漂亮得像幅风景画，并非女演员或是模特那种举目可见的美，而是隐匿微薄五官下的耽美情致。这种温润又璀璨的气质，同我的母亲完全是两码事。母亲那种端庄触目令人过目难忘的美，远没有紫霞这种好看来得真实和予人安慰。紫霞的好看，是在她离开我和母亲的生活很长一段时间后，我才蓦然发现的事实。

她把烟头朝烟灰盅磕了磕，"还住在屯门？"

"嗯，不过换了公寓。"

"初美有这样一个儿子，真棒啊。"她像是自言自语，又像是在对我说。"一开始没认出，但总觉得眼熟到挂心。直到下车你跟过来，我才不太敢肯定地问出声来。如果我不问的话，你怕是不会同我打招呼吧？"

"嗯，一直在犹豫来着。"我慢慢转动眼前的啤酒杯，注满气泡的金黄色啤酒在灯光下现出粉色的色泽。"一眼就看见了你，但不知说什么好，我想你肯定不会记得我了。"

"哈，光顾记着小时候的你了。小时候的星仔，可爱吃星洲炒米粉了。每次去你家，我都从楼下夜市打包一盒带上去。呃，吃起来连附带的海带例汤也不放过。说起来，你小时候的事我差不多都记得。"

我望着紫霞说话时眸子里透出的光，不出声。

"嗳，我现在还保存了一张照片，是我同你妈妈还有你在海边野餐时拍的，那时候的初美，真美啊。"她说。

我搓了搓鼻子，端起啤酒小酌了一口。

"初美她现在还好吗？"

"妈妈那人吧，和以前差不多，还是老样子。"

"这样嗳。"紫霞说着沉寂了下来。"初美好久没见到了，这七八年发生了很多事。自从我和你母亲分开后，几乎再没见面。但我常常想她，想你们来着。"

我默然点头。

"说实话，你母亲那人，原本就是个天性自然，无拘无束的人。任何关系都不适合她，母子关系也好，恋人关系、夫妻关系也罢，她不可能堕于那种过于确定的固定关系里。我们最后走到这步也是因为这个缘故。你晓得吧？"

"多少明白一点儿。"

"作为儿子来说你也够为难了，和你们在一起的那段时间，我总在想，你要是我儿子该有多好。"

我牵强一笑："原来你还有过这样子的想法。"

"可不，"她笑了，"星仔可是个乖巧的男孩子。"

说不清是高兴还是失望，我一气灌了一大口啤酒。

"怎么，我做你妈妈的话不满意？"

"不成，紫霞姐姐还是太漂亮了一点儿。"我说。

"真认为我漂亮？"

"肯定。打小就这么认为。现在也一直都是。"

紫霞笑了："对于自己的长相这一点我还真不怎么晓得。从镜子里看去感觉自己平平实实、普普通通的一个人，总之一般说来我这种长相总被女孩子认可的为多，成年男子夸我漂亮的可算是少之又少。今天被星仔这么一说还真开心。"

"嗯。你的样子一点儿都没变。"

"你就好，变成帅小伙了。"

"对了，紫霞姐姐结婚了吧？"

"两年前离了。说是这个那个的没有相同的志趣。"紫霞孑然一笑，"看我都跟你说些什么啊。"

"噢，是吗。我觉得你还蛮适合家庭生活的。"

"你这孩子，晓得的可真多。"

"不，"我摇摇头，"一直以来印象里的紫霞姐姐就是那样的人。"

"现在也挺好。没刻意追求什么。"紫霞淡淡地说，拿起鸡尾酒极其小心地呷了一口。

我想不出说些什么好，又不甘心这样沉默。邻桌突然有人在大声喧哗，迅速绽开的热闹冲击着四周的空气，连光线也随之波动。

"星仔长这么帅气，该谈恋爱了吧？"紫霞转换了话题。

"还行。"我说。

紫霞微微一笑，对我回应的这个词表示出相当的默契，搞得我有些不好意思起来。不知为什么，在她面前我始终无法成功转换少年时期的相处模式。

"有空的话，常过来玩就好了。"我抬头注视着她。

紫霞没作声，我这话好像石子投进了她的眉心。她像扶住什么似的捏住高脚杯，稍举起轻轻摇曳，欲喝不喝地打量着杯心。

"嗯，也有想过，"她说，"好几次想到你们家找她来着，太寂寞了，寂寞得受不了，但终究还是转念作罢。最后过了几年，我想通了，觉得还是不见初美为好。"

我用极其细小的声音"嗯"了一声。

"原因我想你可能也能猜出一点——猜不出也没关系。总之，"她放下杯子抬头凝视我，"我觉得这样已经很好了。你长大了，且长得相当尽人意，母亲的影响固然有，但你处理得相当妥当，是个潇洒平实的小伙子，真让人高兴啊。"

一瞬间我多少明白了紫霞不再联系母亲的缘由。从我这个角度看过去，紫霞细瘦的肩膀微有些颤抖，我很想一下子把她搂紧到怀里，又觉得自己根本没有这样的权利，再想说点什么时她已经端起高脚杯仰脖喝了一小口。

"味道真不错啊。好久没有喝到协调得这么细致的酒了。"她微笑着说，"如果可以的话，欢迎你来找我玩。我在这附近开了一家服装定制店，招待喝上两杯咖啡可是没问题噢。"她说着拉开提包，捏出一张颜色淡雅的名片递过来，"只不过，今晚的相遇，就只当作我们俩的共同秘密，好吗？"

"明白了。"我说。

紫霞托着腮，微有满足的样儿眯眼细听钢琴布鲁斯。她一点儿都没变，眼角稍稍聚拢的美妙的细纹看上去像我少年时代的印记，无论看多少遍，我都不厌倦。

此后很长时间我都未能与紫霞联系。我把她给我的名片夹在碎南瓜乐队CD的封套里——那是母亲永远不会去收拾和留意的地方。然而同紫霞的重逢让我一下子确认自身的存在，十岁、十一岁、十二岁、十六岁、十八岁所有的存在。母亲固然爱我，然而她越爱我我就越无法确认自己，她大概就是那种人——紫霞也说了的，我们都理解她，爱她，充分地尊重和包容她，除此之外，又能怎样呢？

一个阴郁的下着雨的傍晚，母亲在家炖了萝卜牛腩汤。我回到家时发现她坐在沙发上抽烟看电视，银白的电视荧幕发出惨淡的哑然的光，播的是一出才艺综艺节目，喧闹哗然的电视场景并未在家里客厅投下什么热闹气氛，只是厨房里的萝卜牛腩持续咕嘟咕嘟地散发出倔强而熟悉的香气。母亲总这样，一有什么事儿便神经质地放下手头的事情沉郁地抽烟，几个钟头过去便会好。我拎着背包想回房，母亲唤住我："星仔，你父亲死了。"

我停了脚步，转而望向母亲。穿着深白镂花衬衫和灰色细脚裤的母亲拢着双膝坐在沙发角落，神色平静。

"噢。"我说。我从来未曾确认和了解自己也会有个生物学意义上的父亲，而现在他死了。

"这个你去一下。"母亲递过来一封白色信封。

抽出来看，是陌生名字陌生地址的葬礼通知书。林浩然。我念念有词地对着那个陌生名字重复了几遍，以期取得某种实感。

未果。

"好的。"我说。此外想不到什么词。一直以来母亲从未告诉过我关于父亲的一切，这种做法有些任性，却是她对事情的惯常处理方式。说到底，母亲一贯以来都认为我是她一个人的，男人固然在制造我的生命过程中起了某种作用，她却宁可把他看作无。她是这么做的，久而久之我也逐渐接受这一点，不接受不行，母亲她太过柔弱而又善良了。凭这一点，我就必须接受母亲的安排。

我拿了信封，回到房里，仰倒在床上。可能是由于饿过头的缘故，嘴里泛着苦味儿，厨房里牛肉汤的香味儿一股一股来袭，而我什么也不想吃。

母亲同我打点了一套用料不菲的黑西装，中规中矩地连同塑料罩和领带一起摊放在床头。我暗暗叫苦不迭，这原本是为参加成人仪式准备的衬衫西服，岂料成人仪式还未参加，就成了父亲的葬礼西服。

扣上衬衫纽扣，结好领结，套上黑外套的我看上去远比实际年龄要大得多。西装的肩膀有些松旷，也许我的躯体远未到实际能够承受这套衣服的年纪，感觉上是合适西装里住着的不合适的人。我拢起头发，转而又放下，齐肩的头发黑而有致，较我身上的任何一部位都与之更为配搭。我将白色的信封揣入兜里，拿了公交卡、钥匙和零钱出门而去。

父亲的家位于麒麟寺街深处的老巷子里。因为路不好找，又无人可问，我兜头兜脑地在巷子里穿行了大半个钟头。

第一眼看到这个男人的作为"家"的房子，我心里有稍许的惊栗。毕竟是从前差点成为我"家"的家。深褐色屋檐，红色砖瓦及小而有致的细洁庭院，怎么看都像是一所符合正常家庭气息的温馨房子。

在来宾表上签上名字，放下奠金，坐在桌前的系着黑色袖章的中年妇女看了我一眼，她的眼神极其深刻，晦暗，不明所以。同父亲的妻子握了握手——那是温婉得只剩黑色裙装的女人，有股清洁的哀意。两个结着白花穿着白裙的女儿在一旁看我，我甚至连头也没多抬高，径直进了灵堂。

坐在座位席的最末尾，尽可能地不引人注意，然而仍有不少人有意无意地朝我这边瞟视，让我感觉喉咙涩得要命。罢了，我松了松扣得发紧的领结，索性干巴巴地坐着。

进来的第一眼，我就意识到自己同遗像上那张脸几乎如出一辙——除了隐藏在头发深处的耳朵。那种微笑中无不蕴含着某种普世性的宽容，是我不太明白的、通常出现在遗像上的那种笑法。

在这帮亲朋好友之间，唯独我孤零零与之毫无关系毫无维系。除了那张脸，标志性的生物学意义上的脸。目睹父亲的容颜，好长时间我回不过神来。

我感觉自身在不合适的窘迫的西装里产生了一种挥之不去的难堪。额上沁出了细汗，早上吃进去的火腿热狗在胃里隐隐开始泛酸。突然想喝啤酒，或是任何一种能让身体为之平静深邃的液体。我把手插进兜里，半低着头，双手尽情地体验崭新的裤兜特有的熨帖气息。

有人在念追悼词，宣读父亲的生平，我在众人间垂首听着。那些词汇、句子所形容的人如此陌生和不切实际，我边听边遗忘它。偶然抬头看，发现父亲的结着白花的小女儿正在看我，好奇、迷离兼而有之。那是一张清稚的、与我血脉相关的脸，如果妹妹的实感上得来的话，她应该是我的妹妹了。

我喟叹一声，转开脸去。四周传来嘤嘤的泣声，我低头看地板，泣声很小，地板的颜色很真切。

不太记得最后是如何告别出来的，临走时那些关注过我的脸的人都忙着哀伤，未有人再留意我。

在街角的自动贩卖机买了两罐啤酒，不冰，但凉凉的足以慰人。一气灌下去，沿着来路慢慢地走回去。

父亲的名字忘在了脑后。唯独容颜挥之不去。

我褪下西装外套搭在手上，领结也略略松懈了些，一罐啤酒落肚，我和周遭的现实的关系才多少缓和到正常的地步。正值5月的某个上午，风和日丽，艳阳高照，喧嚣稳健的汽车和行人在我身畔流利穿行。半个钟头前的一切，基本上已恍如隔世。

上了地铁，在拥挤的人群中闭目沉思，人间的喧嚣在这里似乎比其他地方来得更深一些。我没有地方可去，在未能打通思绪之间哪个熟悉的地方我都回不去。几站后，地铁驶上地面，流丽的日光经由厚厚的玻璃投到车厢里，感觉整个列车温醺得惊人。阳光移动得很快，一幕幕穿过车窗的光，在地上投射下疾驰的影子。

当广播报出横沙站名时，我跟着下车的乘客以有些跟跄的脚步出了站。莫名的刺目的天光深邃且透蓝，在地铁口我扶着树干伫立了许久。上一次在此出站是因为紫霞来着，我想。这个地方，四下里的生活气息远比市中心来得淡薄。街心花园、便利店、游戏室、水果铺、茶餐厅和邮政局，因为过于稀疏而显得像是梦中虚拟的场景。我沿着意识中的路走下去。

微微的沁凉的风吹得人警醒，却又像有什么在一点点儿地褪失。我不以为意，只沿着人烟稀少的街道往更深处走去。没有人注意我，连我自己都不会注意自己，脚下的影子在接近正午的日光下退化成极小的一坨，犹如丢不开的宠物狗。

不多时，细汗从身体各处渗出来，肌肤粘在白而坚挺的衬衫上，有股溃然的不适感。我想停下来，找一处避阴的地方静静地待着。然而极目四望，便利店，咖啡馆、小型超市、银行、糖水铺、美容院、招揽生意的店面一个连着一个，似乎哪儿也不存在这种幽静之地。我愈想歇息，就愈走不停。最终我看见一个装潢细巧，招牌上印着褐色猫咪的小书店，没头没脑地钻了进去。

推开玻璃门时，自动门铃发出"欢迎光临"的悦耳声音，恍然把我拉回了现实。虽说是5月，店里开着哒哒的冷气。穿着绿色T恤衫的店员在收银台有条不紊地算账，除了我，十来平方米的店内没有任何顾客，只漾着静谧安逸的读书氛围，感觉一下子让人放松下来。

《冰与火之歌》《花鼓歌》《漫长的告别》《东京昆虫物语》《枕头人》《希望之国》……书摆放得齐整精致，一个接着一个书名看过去，却得不出什么连贯的印象。我拿起一本《关于来洛尼亚王国的十三个童话故事》翻了翻，又转而翻开那本《希望之国》，最终转头读起了雷蒙德·钱德勒的侦探小说集。

硬邦邦的铅字，冷涩的文字，在读到第五页时我感觉一股困意遂然来袭，那并非常态的困，而是出于困顿情境下无可挣扎的困倦。空调的冷风咝咝地吹着，意识时不时地粘连成一片，身体一点点儿地变重，手肘上的西服往下滑，书拿在手里感觉像是某种突兀的异物。罢了，我想，自己无论如何得找地方休息了。转头望了望收银台上方的挂钟，时针与分针稳操胜券地走向十二点。在街上晃了快有两个小时，我想。突然一声突兀的"欢迎光临"将我惊醒，接着又是一声"欢迎光临"，还没等我回过神来，接二连三的"欢迎光临"之后，偌小的书店挤满了穿着校服大声喧哗的初中生，感觉自己像被包围在一片鼓噪的蛙声中无处可去的路人甲。我无奈地闭上眼，静静地承受刺激耳膜的喧闹声，任周围少男少女嘈杂的话语和自身的困意在脑海中交织成挣不脱的网。

　　十五秒后，我睁开眼，第一眼看见的是街角款步而来的紫霞。透过书店的落地窗看出去，她穿着一身黯蓝间墨绿纹路的旗袍，拎着挎包寂然无声地由远处走来。由于隔得太远，她的表情看不真切，只隐隐地感觉紫霞走路时眉眼深处的韵致，那是旁若无人，独处时分的她。

　　捧着书，拎着西装外套，我站在窗边细细地看着这个女人，看着她由远及近，一秒钟也不想浪费。她的穿着细巧扣带高跟鞋的脚在混凝土路面以轻巧的步调走动，我突然发现紫霞走路的样子有些像我的母亲，隔着深而又深的正午太阳和厚玻璃窗，那姿势让人得到某种程度的抚慰，这女人走路的样子抚慰了我。她走得愈来愈近，面容也愈来愈真切。我低下头去看书，书里写道——"比尔和阿琳·米勒是对快乐的夫妻。但有时他们觉得他们被他们所属圈子里的人超过了，留下比尔做他的簿记员，阿琳忙她例行的秘书事务。"

　　当我抬头时，紫霞只留下一个美妙到近乎优柔的背影，如果不是因着她走路，我怕是不会想起母亲，如果不是想起母亲，怕是没有办法释然。屏息静气地看着她在街角消失，我合上书，将书拿到收银台，问："多少钱？"

《山花》2016 年第 6 期

爸爸回家前

曹 丹

　　　　也许，你应该早点回家。

　　　　　　　　　　　　——题记

　　天气很冷，外面的黑夜中飘着雪。一家人坐在暖炉旁，除了爸爸。
　　妈妈拨了电话，我在吃柚子。手机放在桌子上，震动着响了很久。妈妈盯着它，嘴里念叨着："是在回来的路上了吧……应该是了。"于是挂了电话，把手机放进口袋："十分钟后还不回来，再打电话。"
　　我不自觉地将手中的柚子皮啃了又啃。
　　弟弟开始默写诗词了。妈妈一边抠手指甲一边督促。妹妹在一旁洗脚。她总爱把水搬到暖炉旁，洗完脚后，再慢条斯理地在炉上烤干。脱下来的臭袜子，被随手丢在地上，像两只耷拉下来的狗耳朵。妈妈抬了抬眼，什么也没说，又低头抠指甲。过了一会儿，妈妈似乎是觉得没指甲可以抠了，便将落在桌上、衣服上的指甲屑拍落。灰白色的指甲屑纷纷扬扬，像一场小雪。而制造这场雪的女士，又开始拨弄手机了。
　　我继续啃柚子，毫不费劲地一撕，饱满的果粒便在日光灯下闪闪发亮，向我招手。我心想，还没三分钟吧。
　　一口柚子还没咽下去，妈妈那边电话已经通了。手机里传来爸爸的声音。
　　"还在朋友家！""哦……你喝酒了？""就一点儿。""你今天不回家了？""回啊。""那你还喝酒？""就喝了一点儿。""好，我等你回来。你高血压，回来又是骑摩托，小心点。""嘟——"电话挂了。
　　妈妈一边收手机，一边自言自语："是在唱歌吧，那边吵死了。"
　　我看了看她，不知她心情是否好了点。她抬起头，正好对上我的眼睛。我有点儿尴尬，她则劈头盖脸地数落起来："你就好啊，天天跟个大爷一样悠闲。背英语单词去！"我一愣，对她做了个鬼脸——我招她惹她了？刚拿起英语书，又听她在说弟弟："奥数做了没？早该做完的啦，硬要拖到今天。"弟弟哀怨地看了她一眼，鼓起腮帮子。

　　我低头，笑了笑——看来她心情不是特别坏。

　　背单词的时光总是枯燥而漫长。中途妈妈好像又打了两个电话，但没打通。估摸着一小时过去了，我装模作样地打了个哈欠，眯着眼说："太困了，我要睡了。"弟弟、妹妹有样学样，皆道："我也要睡觉！"

　　妈妈来来回回看了我们几眼，叹了口气，没好气地说："去去去，我真是养了三只猪，这么能睡。"

　　弟弟、妹妹欢呼一声，飞一般地跑了。我收了收桌上的东西。走前，我问："养了三只猪的老母猪不去睡吗？"

　　妈妈头也不抬，凶巴巴地说："等你爸！"

　　我不以为然地耸耸肩——凶什么凶？走到卧室门口，我顿了顿，回头看她。

　　孤灯下，她微弓的背影，有些落寞……

《初中生·作文》2016 年 7 月

鹿角巷忘记了六便士

繁　浅

> 陪他风霜雨雪，陪他仗剑天涯，陪他共饮江水。喜欢一个人的感觉，不外如是。

我只是为了赢

说起来，许优知道柯卓的秘密是在去鹿角巷那天。

4月近末，点点星光嵌在如墨的夜色里，许优停稳自行车，从车筐里拿出叮叮作响的链子锁和一把老式大锁，认真把那辆世纪古董横梁自行车锁在巷前的桂花树上。

那是刚过谷雨的季节，暖湿裹着春花清淡的香味儿在空气里飘荡，她围着厚厚的羊绒围巾站在鹿角巷口，踮着脚去摸挂在墙上《哈利·波特与混血王子》的巨幅海报。

就是这里没错。

许优还在反复端详海报上的那句台词，手机突然响起《命运交响曲》的铃声，把她吓得哆嗦了一下。

"你怎么还不到？"电话那端柯卓相当不耐烦，"拖拖沓沓难成大事！"

"就你行！"许优反唇相讥，"你那么有本事，别下凡啊。"

"你！"柯卓气结，还没等他再辩上两句，许优就利落地挂了电话。

与柯卓斗其乐无穷，她原本抑郁的心情终于缓解了一些，脚步轻快地走进巷子里。

2016年1月14日，《哈利·波特》系列电影中饰演斯内普教授的艾伦·里克曼因癌症去世，柯卓组织了一场纪念活动，就在今天晚上八点钟的鹿角巷。

鹿角巷并不宽敞，两侧低矮的墙面上爬满了青藤，一串串灯泡似乎就长在那片绿色里，闪着暗淡的光，许优走了几步，觉得稀奇，凑过去仔细看灯泡上细密精致的欧式花纹。

许优还没看出个所以然来，柯卓就站在了她面前，他提着一盏炭烧玻璃风灯，微微皱着眉头："公告上不是说了要穿霍格沃兹学院的校袍吗？"

许优托着下巴审视了他一番，柯卓穿着黑丝缎面烫着金边的巫师长袍，外面罩着墨绿色银扣的斗篷，风灯微弱的光亮衬得他脸色苍白，稍稍一低头，细碎的星光便挂在他纤密的睫毛上。

"这不穿了吗，"许优撩起外套的衣角给他看里面那件堂哥的肥大破旧的学士服，"心意不分价钱，这件看起来也说得过去吧。"

柯卓冷哼一声，揽住她的肩膀："我说许优，我今年的梦想就是你能变得体面一点儿。"

许优瘦瘦弱弱的，像一株刚抽芽的细柳，柯卓轻轻松松环住她的肩膀，垂下眼睛和她对视。

隔着极短的距离，许优可以清楚看见柯卓黑曜石般的眼睛里满是讥诮。

"那礼尚往来，我今年的梦想就是让你一个人去花滑表演赛。"许优冷笑一声，拍掉他搭在她肩上的胳膊。

"怎么还较起真来了，花滑那个事儿明明是双赢，你是为了那个瞎子……哦，抱歉，"柯卓声音愈发冷淡，"是那个弱视，而我只是为了赢。"

许优刚想说些什么，忽然沉闷的钟声击破夜色，原本暗淡的灯泡瞬间大亮，十几个穿着黑色长袍的男女生聚到他们周围。

"纪念仪式正式开始，"柯卓一改刚才冷嘲热讽的模样，虔诚地从口袋里抽出细长的魔杖，极小声地说，"教授，再见了。"

"永远的斯内普教授。"所有人低声道。

如果这个时候有人经过鹿角巷，一定会觉得他们疯了。

十几个年轻人穿着黑色长袍伸直手臂高举"魔杖"，魔杖顶端的小灯泡全都亮起，他们嘴唇翕动念念有词。

许优也举起手里的魔杖，心惊胆战地看着空荡荡的巷子口，小声问旁边的柯卓："我们大晚上的进行这种纪念方式，不会被过路人打死吧。"

柯卓目不斜视，伸过右脚轻踢了她小腿一下，咬牙切齿地小声呵斥她："闭嘴，就你话多。"

灯光璀璨，许优侧过脸偷偷看他，柯卓一副黑巫师打扮，长长的眉尾斜飞入鬓，头发梳得一丝不苟，像欧洲中世纪的贵族，骄矜中又有一种说不清道不明的邪气。

的确是很好看的男生啊，许优心里泛起细微的涟漪，如果没发生那件事，他们之间也不会这么针锋相对吧。

活动结束，柯卓和许优主动留下来做清扫，一直到收尾工作结束，柯卓才看到她手里拿着的"魔杖"。

"许优！"柯卓怒气拔高，"你手里是什么？就算我没指望你能从奥兰多的主题公园买到定制版，起码也在淘宝买个高仿的吧！你就这么来参加纪念仪式？"

"可是……"许优摊平掌心，委委屈屈地看向他，"这么长的筷子还要五块钱一双呢，我很需要钱，你又不是不知道。"

"你……"柯卓说了一个字又顿住，无奈地按住太阳穴，"算了，明天训练，冰刀穿我送你的那双行吗？求你了，我必须得赢。"

许优终于低眉顺眼地点点头。

柯卓叹了口气，揉揉她的头发："走吧，送你回家。"

我从未改变，是你走得太远

晚上九点，天空中浮着一层微暗的月光，柯卓抱着手臂站在一边冷眼看着努力和链子锁搏斗的许优。

那把大锁还是从月亮镇张奶奶家的废品回收站淘来的，又丑又沉，整把铁锁锈迹斑斑，每次打开都很费劲，许优努力转着手里的钥匙，倔强的锁纹丝不动。

"就这还用锁树上？这种自行车我爷爷都不骑了好吗！"柯卓恨铁不成钢，一把抢过钥匙敲了敲锁身，轻而易举地打开了锁。

街上行人很少，带着暖意的风迎面拂来，似乎吹得人心里也草长莺飞，许优轻荡着小腿坐在车后座，抓住正奋力蹬车的柯卓腰间的衣服："柯卓，你不是说柯爷爷都不骑这种自行车了吗，那你怎么骑得这么熟练啊。"

柯卓一时语塞，慢下速度回过头恶狠狠地凶她："不说话没人把你当哑巴。"

许优笑得前仰后合，揪住他棒球外套的领子大声说："几年不见，你脾气怎么还是那么坏啊！"

"我从来都没变过。"柯卓心里顷刻间一片寂静，不由得脱口而出。

"你说什么？"许优没听清楚，抓着他的胳膊，把耳朵凑得更近一些。

"我说，这两个月的训练期你给我好好表现，能不能去伦敦的花滑表演赛就看我们俩的默契程度了。"柯卓把车子稳稳停在许优家楼下，若有所思地盯着她，"我姑父已经好多年不看诊，你可要好好把握机会。"

许优收了笑容，一言不发地抢过他手里的自行车拔腿就走，几步之后突然回头，只见他还站在原地。

"柯卓，你为什么那么喜欢《哈利·波特》？"许优轻声问。

"那你呢？这么暖和的天气为什么还要戴羊绒围巾？"柯卓的眼睛如同一汪不见底的深潭。

许优沉默了很久，叹了口气："回去吧，已经很晚了，路上小心。"

他们都知道，有些秘密就像断了线乘东风远走的纸鸢，它终会落地，但不是现在，不是这一刻。

许优把横梁自行车锁在楼道栏杆上，声控灯应声而亮，柯卓双手插在口袋里，听她的脚步声越来越远，楼道又重新陷入黑暗。

他突然陷入漫长悠远的回忆，似乎又回到了那个冬天，四下一片银白，许优扎着稚气的羊角辫把石榴红羊绒围巾绕在脖子上，偌大的冰场只有她一个人，她轻轻巧巧做了个蹲踞式旋转，右脚落下时，眼睛恰好对上他的目光，笑盈盈的模样像一簇火苗轰的一声点亮他心里的火树银花。

"双人自由滑到现在还没做好节目编排，时间已经很紧了，"柯卓接通嗡嗡作响的手机，那端教练一如既往的严厉终于让他回过神来，"我可以帮你找到更好的搭档……"

"不用。"柯卓打断了教练的话，"如果我要复出，搭档非她不可。"

他紧紧攥住手机看向二楼透出暖黄灯光的那扇窗口。

许优怎么会明白，他一直都不曾改变，是她，是她走得太远了。

她终于下定决心

回到家已经九点半，许优打开门看见乔煦就坐在客厅里，清苦的中药还在桌子上冒着腾腾热气，住在对门的姨妈应该已经来过了。

"回来了，"乔煦将目光精准地定在她身上，笑意温柔，"斯内普教授的纪念活动还顺利吗？"

许优坐在桌边仔细看着他，乔煦那好看的眼睛像浅褐色的琉璃珠，看久了才能发现那眼神里其实空无一物："嗯，仪式很简单，但是感情很真挚。"

"真好，"乔煦看见眼前模糊的影子，知道她就坐在自己对面，"我也想去看看。"

"很快，你再等等，"许优紧紧握住他的手，"如果田迟医生愿意主刀，你的眼睛大有希望康复，你还有机会站在赛道上。"

"你还不知道吧，田医生已经申请了无国界医生远赴非洲，近几年不会回来。"乔煦轻轻拍了拍她的手背，声音低了下来，"看不见也不要紧，我只是不甘心，如果……唉，算了，优优，我最怕你为难。"

她和乔煦相识十几年，他总是这样，事事为她着想。

许优从来没想过柯卓会骗她。

年久失修的水龙头每次都要狠狠砸几下才有水流，许优掬了捧冷水拍在脸上，两扇窗户大开，过了很久她才觉得有点儿冷。

乔煦已经睡了，自从许优来到这个城市读书，他成了她的房东以后，每次都要等她回家，他才能安心睡下。

许优拖着沉重的步子回到卧室，她想了很久，还是从书柜的底层抽出一个精致的盒子，慢慢打开包装拿出那双冰刀鞋。

这是柯卓提出要她做他的双人滑搭档的要求后送来的礼物，Wilson花样冰刀，许优细细摩挲着每一处纹理，宛如在同自己几年前的梦握手，原来他还记得。

"如果你再敢滑冰，就给我滚得远远的，别再回来！"好像出现了幻听，爸爸声嘶力竭的怒骂又回荡在耳边，还有妈妈的啜泣："优优啊，你把他害得还不够惨吗？"

许优的双手剧烈颤抖，她努力了几次才把冰刀鞋装进背包，沉吟片刻终于下定决心。

六便士想得久了，你会更渴望月亮

好在许优在大一时就修满了选修课的学分，现在时间也算充裕，第二天她连午饭都没来得及吃，一下课就跳上K01公交车，在心里默默数过十五站下车，来到和柯卓约好的新世界冰上运动中心。

这家滑冰馆刚建成不久，还没对外开放，柯卓正在做热身活动，几个利落的自旋后稳稳停下来，他活动了几下手腕，懒洋洋地指挥她："愣着干什么，穿好冰鞋过来。"

小心翼翼地踩在冰面上，许优不断提醒自己要放松，可腿还是微微发抖，每滑一步都可以听见窸窣的声响，走了几步后，她再也支撑不住，停在原地，脸色煞白，汗如雨下，不能再移动分毫。

过往的画面一帧帧从眼前飞快地盘旋而过。

"柯卓……我滑不了……不行……"许优突然以手掩面坐在冰面上开始痛哭。

"你好好听我说，"柯卓几步滑过来也蹲下身握住她的手腕，轻声细语地安慰她，"你还记得林教练说过的话吗，你是为冰场而生，不要再想那件事，生活绝对不会因为你的逃避而止步，要向前看，你明白吗，许优？"

许优眼睛里有几道明显的红血丝，她迷茫无助的样子像只因为一根胡萝卜迷失在田野里的海棠兔。

柯卓向后滑开一步，单膝跪地，温柔地看着她："把手给我。"

许优搭上他的手，明明眼泪还未干透，可似乎就在瞬间，所有的惧怕烟消云散。

说来也奇怪，那种感觉就像希望的种子忽然落地生根，然后池塘生春草，有一种力量在细软的草叶上滋生。

没关系，有他在，好像一切都没什么大不了。

柯卓说得没错，许优在滑冰上极具天赋。

虽然她已经几年没有进行过花样滑冰的训练，但在半个月的短暂磨合后他们可以搭档得非常默契，一些高难度托举动作也完成得行云流水，连一向不苟言笑的教练也频频赞叹。

背景音乐是柯卓自己坚持要用的，《罗密欧与朱丽叶》的插曲《A Time For Us》，一首缠绵悱恻的小提琴曲，弦乐的韧与绵把一段爱情悲剧表现得愈加凄婉动人。

越是这种叙事式的音乐就越需要极富感染力的表现，他们把所有课余时间都用在滑冰馆里刻苦训练。

"真的决定要复出？"许优踮起脚正对着休息室里的镜子练习圆圈自旋，从镜子里看到柯卓正往膝盖上缠绷带，"你的伤……"

"没关系，能再站上赛场，哪怕只有一次也好。"

许优双手紧紧攥拳，视线固定在镜子中自己的脸上，有一刹那突然觉得陌生得可怕。

作为曾经的花样滑冰运动员，柯卓现在的状态她不是不明白。

在巅峰期受伤，这几年饱受伤病困扰，再加上年龄逐渐增加，想像之前那样回到国际赛场的可能性很小，一直没有正式宣布退役，现在反而要复出，他到底在执着什么呢？

"是不是很不理解我的选择？"柯卓站在她身后，把一直沉思的许优吓了一跳。

"是不理解，但我选择尊重。"许优微微一笑捶了下他的肩膀。

"许优，"柯卓顺势轻轻握住她的手，"你还记得在月亮镇时我对你说过的那句关于六便士的话吗？"

许优的左手蜷在他的掌心里，似乎她整颗心也像手掌那样渗出薄薄一层汗，变得潮湿起来。

当然记得，她在心里偷偷回应。

"六便士想得久了，你就会更渴望月亮。"

许优一直没有忘记当年柯卓说的这句话。

于是她懂了。

我是真的很喜欢

十八岁以前，许优一直生活在月亮镇。

那是很靠北的一个小镇，夜幕垂临，圆盘似的月亮就从小镇后面的青山上爬出来，轻飘飘地挂到树梢上。

记忆中小镇的月亮很美、冬天很长，乔煦住在她家隔壁，他们从小一起学轮滑，后来她选择了花样滑冰，他则开始训练短道速滑。

那时候的乔煦每天都会在许优家楼下扯着嗓子喊："优优哎，训练了——"他喊得抑扬顿挫，把尾腔拖得很长，像走街串巷卖糖人的大叔。

许优特别喜欢站在窗台上，她经常推开窗户，猫一样轻巧地爬上去倚在窗棂上，眯着眼冲他笑："乔煦，我今天不想训练，要不咱们去学冰雕吧。"

这种在乔煦看来纯属无理取闹的要求当然不会被应允，他板着脸竖起三根手指："我数到三，如果你还不赶紧下来，今天的训练增加一个小时。"

许优手忙脚乱，赶紧爬下窗台飞奔下楼，赶去和他会合。

乔煦心中有个英雄梦，她知道，他希望短道速滑的历史上有朝一日也能刻上他的名字。

"如果没有柯卓，我们应该会有很好、很安稳的生活。"乔煦无数次说过这句话。

可就在那个冬天，柯卓的出现如同一道光，照亮了一个她一直企盼却从未到达的世界。

刚到年底就是几场接踵而至的大雪，许优最不怕冷，照旧打开卧室的窗户，呼吸雪后冰冰凉凉还带点甜味的空气。

"喂，楼上那个，"柯卓恰好站在她家的栅栏前，看见窗后的少女披着湿漉漉的头发正好奇地探出头来，"你快给我扔件外套下来，我要冻死了。"

零下十几度的天气，他居然只穿着薄薄的牛仔衬衣，英俊的面孔冻得惨白，嘴唇泛青，尽管说话恶声恶气不招人喜欢，许优还是不忍心看他被冻死在冰天雪地里，拿了自己最厚实的一件碎花棉袄丢了下去。

柯卓用拇指和食指夹住那件棉袄，一脸嫌弃，不过认真摸了摸衣服厚度，还是套在身上，他本就瘦削，长相又清俊，穿着粉色的碎花小袄，俏生生立在那里，像个眉清目秀的小姑娘。

看他不伦不类的样子，许优拍着窗台哈哈大笑。柯卓本来怒气冲天，可远远看她笑得眉眼弯弯，轻灵的笑声叮叮当当洒下来，他原本的暴脾气刹那间消弭。

"喂，"柯卓冲她招招手，鬼使神差地提议道，"你要不要和我一起去看个好东西。"

许优对上他的目光。

天空是冷冷的灰青色，雾气缭绕，懵懂少女和乖戾少年遥遥对望，那一眼大概就是电影开场前的伏笔。

本来已经和乔煦约好了半个小时后去冰场训练，可面对柯卓的邀请她不免心动，眼睛骨碌碌转几圈，掰着手指数了半天，最后还是答应下来。

于是许优第一次坐上了那么时髦的二八自行车。

来到月亮镇的第三天，柯卓就偷偷改装了爷爷那辆永久牌二八大杠，整体刷成明亮的黄色，车轮涂成粉色，又把后车轮换小了一码，看起来又时尚又拉风。

柯爷爷做了一辈子军人，威严的做派根本接受不了孙子不着调的新潮，一拐杖把柯卓逐出家门，让他好好反省。

"老头子对我太狠了，"柯卓努力蹬着那辆改装过的自行车，冷风呼呼吹过来，他打了个哆嗦低头交代许优，"快把这个外套扣子给我弄紧，冷冷冷。"

许优坐在自行车的横梁上很是拘谨，整个人看起来像被他的长臂圈进了怀抱里，她微微抬头可以清楚看见他下巴清晰的线条，不知为什么，她突然觉得两颊滚烫，把手从衣袖里伸出来，仔细给他系好衣扣。

"哎哎哎……"车把剧烈晃动，在柯卓一连串的怪叫之后，自行车撞上路边的石头，两个人狠狠摔在地上。

"你到底会不会骑车？"许优两颊热度未消，手掌蹭破了一大块皮，龇牙咧嘴地质问他。

"第一次骑这么个破车子，难免影响我发挥，"柯卓把她拉起来，"不过也到了。"

柯卓带她来看的居然是刻在山脚下的一处冰雕，虽然算不上精细，但也能大概看出英式古堡的轮廓。

"霍格沃茨魔法学校，怎么样？"他一脸得意。

"特别棒！"许优高兴地跳起来，"《哈利·波特》简直是我全部的青春啊，你也喜欢吗？"

柯卓也笑起来："嗯，很喜欢。"——是真的很喜欢。

如果我不曾推开那扇窗户

许优也不知道柯卓和乔煦之间的对立是从什么时候开始的。

或许是她逃掉训练和柯卓出去爬山,也或许是柯卓在乔煦面前揽着她的肩膀开玩笑:"咱们俩一个卓一个优,简直不能更配了。"

又或许是两个天才少年不甘示弱的自尊心。

柯卓跟着教练来月亮镇集训,在 ISU 国际赛事上,他曾经完成过 4Lz3T 的超高难度连跳,短节目和自由滑一共完成六个四周,勾手四周堪称完美。

随着他的到来,乔煦原本的光芒顿减,更何况许优看向柯卓的眼神,乔煦比任何人都懂其中的深意。

两个人的剑拔弩张终于在那场事故里爆发。

国家花滑队教练来冰馆看他们训练,隐隐透露出要收个拔尖苗子做关门弟子的意思,天赋固然重要,但能得到经验丰富的教练指导更加关键,大家心照不宣,明白这个名额必将在最优秀的柯卓和许优中产生。

柯卓虽然获奖无数,可因为合约问题无法自主选择教练,而且他也听说教练更加倾向一经打磨便会大放异彩的许优。

从某一天起,柯卓突然疏远了她。

"赢就真的那么重要吗?"周五校本课结束后许优在学校琴房堵住正在弹钢琴的柯卓。

"你读过《月亮和六便士》吗?"柯卓在琴键上十指翻飞,"最高领奖台既是便士,也是我想要的月亮。"

"就算放弃我?"许优咄咄逼人。

音乐声一顿,柯卓的双手悬在半空久久未落,很久之后他终于开口:"就算放弃一切。"

许优摔门而去。

柯卓的功利让她伤透了心,许优将大把时间耗在训练场,有两次甚至累得虚脱,躺在冰面上起不来。

乔煦看不下去她自虐式的训练,周末时帮她约柯卓出来在学校羽毛球馆见面。

"把话全部说清楚就好了,"乔煦拍了拍许优的脑袋,"不要怕,还有我呢。"

柯卓还没到,许优转头看向窗外,许久不见的明媚阳光倾洒进来,她的心情一瞬间豁然开朗,乔煦说得对,说清楚就好了,大不了把那个名额让给他,反正她也没有想过要在花样滑冰上有多大成就。

一直笼罩许优的那朵阴云终于散去，她心里欢喜，又犯了老毛病，提起脚尖轻轻巧巧攀上窗台，刚趴在紧闭的窗户上，打算仔细看看外面的风景，只听见一声裂响，她整个人摔了出去。

羽毛球馆在二楼，乔煦反应迅捷，一把抓住许优，但也被重力带了下去。

许优脚踝骨折，可乔煦却摔在花坛上，被枯枝划伤了眼睛，做了几次手术才勉强保住微弱视力。

医院走廊灯光昏暗，许优听到管理羽毛球馆的老师反复向乔煦的爸妈道歉，最后极小声地说："我明明跟柯卓说过那扇窗户坏了，让他通知一下大家。"

许优就在那一刻心如死灰。

眼巴巴要把机会让给他的自己真是可笑，许优使劲掐住右手背，努力不让眼泪掉出来。

如果不曾攀上那扇窗户，许优还以为自己看到的就是全世界。

他们都不懂什么是爱

一晃几年过去了，许优没有再见过柯卓，乔煦来到 A 市接受治疗，她也离开月亮镇来这里读书，找到就住在姨妈对门的乔煦，执意要照顾他。

"田医生已愿意为你主刀，你康复了以后，我再离开……"许优对抗拒她照顾的乔煦承诺道，"就当是为了让我心安。"

许优那个时候还不知道田迟医生已经不在国内。

田迟是极负盛名的眼科专家，不过早几年就专心做关于治疗视神经萎缩的病例研究，很少接诊，更何况他居然是柯卓的姑父。

当年因为那场事故，许优和乔煦双双离开冰上运动，听说因为乔煦的事柯卓在队里遭到排挤，一次训练时被恶意推搡造成严重摔伤，一直在国外复健。

许优没想到在大二一开学就遇到了柯卓，他还是那样英俊，眉眼之间却透露出历经世事的沧桑，他找到她，表示自己想借即将在伦敦举行的花滑表演赛复出，要她做搭档参加选拔赛。

"只要我能参加表演赛，作为报酬，我可以恳求姑父帮乔煦做手术，"柯卓挑了挑眉毛，"怎么样？"

这个诱惑，许优根本拒绝不了。

后来即使知道他骗了自己，许优也无力抗拒。

选拔赛那天人山人海，室内冰场坐满了观众，他们是最后一组选手，开场前许优特别紧张，柯卓把她拥进怀里，小声说："不要紧张，相信我。"

如泣如诉的小提琴音响起，许优以卢茨跳跃开场，微笑着偏过头来牵他的手。

她穿着白色镶钻的表演服，腰肢纤细，脊背挺直，如同在清晨亭亭而立的雏菊，柯卓又想起那天她推开窗户，漂亮的少女像是披着星光的森林精灵，让他再难忘怀。

再难忘怀。

就像这是最后一次相见，她拼尽全力，几乎要把自己燃烧殆尽，时嗔时喜，或怒或悲，柯卓也完全被带入到音乐中，双人旋转、螺旋线、托举都很顺利，观众席静寂无声，每个人都为这场飞蛾投火的爱情揪心不已。

音乐接近尾声，最后一个动作是死亡旋转，她一个转身和柯卓贴在一起，她双手揽住柯卓的脖颈，在倾下去的那一瞬间，她清清楚楚看见柯卓落了泪。

对不起啊，柯卓，对不起。

"放手吧。"许优低声说，对上柯卓不知所措的目光，她松开了紧搂住他的手，任自己失去控制摔向坚硬的冰面。

柯卓最终没能复出，他膝盖的伤本就严重，经过这次重创以后能正常行走就已经是万幸，他必须要和挚爱的花样滑冰告别。

是啊，最后一刻，柯卓拼命抓住了失去控制的许优，两个人都摔得很重。

"放手？许优，我绝对不会放手。"柯卓躺在担架上，看向她的目光仍旧清明，"哪怕我死了。只是你对我……"他抬起左手覆在眼睛上，轻轻哽咽了一声，像个委屈的孩子，"你对我也太狠心了。"

"既然这样，你就别执迷不悟了。"许优拽下教练刚帮她裹上的围巾扔进垃圾桶里。

所有知情人都觉得她狠心，为了报复柯卓，要毁掉他的复出计划。

没人会相信她不恨他，就连乔煦那天晚上想说的也是"如果柯卓再也不能滑冰就好了"。

他们都不懂什么是爱。

柯卓刚来月亮镇的那天，许优刚好也在训练场，她戴着那条厚厚的羊绒围巾，在十几个人的队伍里一眼就注意到这个满身骄傲的男孩子。

第一眼就喜欢的人，无论时光怎么变换，怎么会恨他，怎么能恨他。

许优无意中听到柯卓教练和医生的谈话，说如果柯卓执意复出，以后在比赛中无论是心理压力还是身体负荷都不容乐观，失败和伤病极有可能会击垮他。

唯一的办法就是阻止他复出，许优下定决心故意在选拔赛中出现致命失误来绊住他入围的脚步。

反正柯卓也不会在意她，毕竟当年他间接造成了她和乔煦的坠楼。

起码在看到乔煦的那封信之前,她是这么想。

真相知道得太晚了,等她养好了伤,才知道乔煦被乔家父母接到了英国进行精神治疗。

他留给许优一封信。

年少时可怕的嫉妒心让他做了错事,他太喜欢许优,害怕她被抢走,又极讨厌不可一世的柯卓,于是偷偷在柯卓的冰刀上做了手脚。

那段时间柯卓不能适应月亮镇过低的气温,一直反复低烧,他浑浑噩噩地去训练,本来保护措施就没做好,在练习四周跳时重重摔下,造成双膝粉碎性骨折。

他是特意在琴房等着来兴师问罪的许优,那个时候的他根本不能站立,更别说去赴约。

许优在这座城市绵长的雨季里放声大哭。

他们错了太多,也错过了太多,不过还好,在这场感情里,彼此都不曾辜负。

就让鹿角巷忘记六便士

许优知道柯卓的那个秘密是在去鹿角巷那天。

谷雨过后,暖意融融,她踮起脚去摸巷口那张巨幅海报,上面用很小的字体写着:"致我非常爱的小姑娘。"

下面印着那句经典台词。

邓布利多问:"After all this time?"

斯内普回答:"Always."

《花火》2016 年 7 月

黑洞之城

韩一杭

楔 子

数字黑洞 153 是数学里一个很有趣的现象。

任意找一个 3 的倍数的数,先把这个数的每一个数位上的数字都立方,再相加,得到一个新数,然后把这个新数的每一个数位上的数字再立方、求和……重复运算下去,就能得到一个固定的数——153,我们称它为数字"黑洞"。

例如,63 是 3 的倍数,按上面的规律运算如下:

$6^3+3^3=216+27=243$

$2^3+4^3+3^3=8+64+27=99$

$9^3+9^3=729+729=1458$

$1^3+4^3+5^3+8^3=1+64+125+512=702$

$7^3+0^3+2^3=343+0+8=351$

$3^3+5^3+1^3=27+125+1=153$

$1^3+5^3+3^3=1+125+27=153$

……

继续运算下去,结果都为 153。如果换另一个 3 的倍数,试一试,仍然可以得到同样的结论,因此 153 被称为一个数字黑洞。

一

153号城市是一个有着将近六百年历史的城市。在这六百年岁月之中，它纹丝不动地屹立在同一个地方，做着它所生长的这片土地最虔敬的守护者，仿佛扎了根似的。由于待的时间太久，它有幸见证了周围许多城市的变化。那些一个又一个的城市总是在某一个夜晚之后骤然拔地而起，如雨后春笋般忽地就打破了许久的沉寂。造高楼，筑大厦，迎居民。朝夕之中，人来人往，沸反盈天。然后再像一道春天的闪电一样，不过弹指须臾，声色犬马一并没了声息，烽烟尽散，人去楼空。将尽未尽的风沙随着那些进出城市的人们一并起起伏伏，辗转落地，像是一声叹息。

有来客向这些城市的市长询问过人们离开的原因，然而市长们总是步履匆匆的样子。哪怕自己管理的城市里只剩下零零星星、可怜巴巴的人数，这些市长也照旧事不关己高高挂起。他们好像总是走得很快，活得很急，旁人一眼看过去，有时分不清他们是在急着生还是急着死。比起停下脚步去看一看城市里还剩下多少人，他们似乎更关心这些人交了多少钱。即便最惨的时候全城只剩下孤零零的一个人，那些一脸油滑的市长脑子里装的似乎也是怎么看紧这一个倒霉家伙，不让他偷税漏税，或是想方设法地让他多缴罚款。想来想去，就是从来不去想怎么让这一个市民的城市变得更大，更热闹，吸引来更多的人。

相比周遭这些在飞速发展中起起落落的城市，153号城市实在是个太过老实巴交的存在。它从不和周围的朋友们一起一哄而上地追捧那些眼花缭乱的股票投资期货基金，也没怎么听这座城市的市长念叨过什么GDP。但是这座城市就是六百年如一日地热闹，大有一种"任尔东西南北风，我自横刀向天笑"的气魄。或者应该这样讲，六百年的时间里，凡是来到了这座城市的人，基本都留了下来。他们买房定居结婚就业，好整以暇地在同一座城市里细水长流，在此成长亦在此老去。当然这些人也时不时地有出城的时候，可最神奇的事情便是——按周围城市的观察来看——那些离开153号城市的人，好像到了最后，全都会一个不落地再次回来。尽管153号城市周遭围绕了一圈山清水秀、发展迅猛的高级城市，美食众多、景点繁盛，经济发展水平高出153号城市一大截，生活所需应有尽有，娱乐设施一应俱全，但是来过153号城市的人们，就是邪了门儿似的总会回来。

没有人知道原因，就连153号城市一天到晚养花喂鸟的市长本人好像对此也没有一个清晰的头绪。于是周围城市的市长们便不怀好意地有了这样的猜测，他们私心觉得这座城市的市长必定是给它下了什么破解不开的咒语，一辈子绑着那些曾涉足过它那片土地的人们，控制着他们，捆绑着他们，无论这些人走到哪里，最终都会被这咒语吸回最初的地方。

人们好像总是很乐于听到这样没有根据却又极具叙述魅力的胡说八道、离奇怪谈。于是三人成虎，流言四窜。久而久之，这样的一个名为"黑洞之城"的都市传说便没头没脑地流传起来。而传说的内容便是：153号城市是一座被诅咒过的城市，凡是曾经踏进过这座城市城门一步的人们，兜兜转转行千里路，最后也终究逃不过回到这里的宿命。

这样的传说在其他城市人的眼中，似乎因为他们自己的"幸免于难"而多多少少带有了一种戏谑的美感。153号城市的大部分市民自己倒是全然没把这样的怪谈放在心上。——然而，所谓"大部分"的意思便是，总还是有那么小小一部分的"异数"存在，极易被人忽略，却也极易横生枝节。比如说，打从一生下来就恨透了"黑洞之城"这个传说的小六。

小六是个女孩子。就像大多数人所熟知的那样，女孩儿好像一生下来就二话不说地成了每家每户悉心供养着不轻易出售的高价商品。不许外人磕碰的同时，家里人也是不乐意看到这商品自己出去晃荡的。他们对于家中的女孩子似乎从来没有过什么硬性要求，说来说去不过是希望你好好活着，别瞎折腾。不求你有什么报效祖国、拯救地球的凌云壮志，只希望你本本分分地把鸡毛蒜皮、狗皮倒灶的小日子过得风平浪静，之后正常地结婚生子，相夫教子，从此一生何求。大多数家庭对于女孩儿的期待基本莫过于此，这一条无形的规律无论在153号城市还是它周围那一圈儿城市都是行得通的。那些心怀猛虎却在钢筋水泥的城市里困缚了多年的大人，似乎总是把最低的期望值投掷在女儿身上。仿佛在他们眼中，性别从一开始就是一种局限。

小六的父母也并不例外。奈何小六她自己好像打从生下来就比同龄的女孩子多出好几分莫名其妙的野心。比如说生日宴会抓周的时候，她对于自己屁股底下这小小的一方圆桌甚是不满意，硬生生地力压桌上摆放的各类玩具，奋不顾身地爬出桌子外，二话不说地一个猛子扎下去，"咕咚"一声摔到地板上，又吭哧吭哧地继续往前爬，愣是看傻了旁边的一圈儿大人。没人知道她到底想爬到哪儿，也没人敢拦她。比如说小朋友们一起扔纸飞机，一不留神扔到了他们都不敢去一探究竟的小树林里。她兴冲冲地把拉着她喊"危险"的小孩儿全都推到一边儿去，颠颠儿地就跑进树林里探了足足四个小时的险，直到太阳落山才万般无奈地被爸爸拖出来，她还带着一脸对于小树林里没有任何"好玩儿的"这件事情的不满与愤懑。

他们的女儿大概会是，这么多个年月以来头一个这座城市留不住的人。小六的爸爸妈妈似乎早就意识到了这个事实。因而当小六长大了一些,"探险"的胃口也变大了一些,看腻了旁门左道的新闻上对于153号城市"黑洞之城"的大肆渲染,执意要破除"黑洞之城"的诅咒走出这座城市的时候,她并不知道其实她的爸爸妈妈是丝毫不意外的。或者说,好像自从她爬出周岁宴的那张桌子,一路鼻青脸肿地在地板上匍匐前行的那个时候,她的父母就已经做好了准备,等待着这一天的到来。

所以,事情的发展和小六自己预料的并不一样。她原以为让自己走不出这座城市的最大障碍不过是爸爸妈妈,却未曾想到阻碍她的拖油瓶会是和她从小穿一条裤子长大的隔壁男孩三三。小六大概是看到三三的时候才意识到,原来男生哭起来也可以这么恐怖。她只不过是说了句她想离开这里出去走走,三三往日的一副面瘫扑克脸就猝不及防地轰然坍塌,还算看得过去的五官拧巴成一团,眉毛和鼻子胡乱皱在一起,丑得惊人。她只好把后半句"然后再也不回来了",默默地咽回了肚子里。

他们分别的时候,互相喊了对方的名字三遍。小六,小六,小六!三三这样喊。三三,三三,三三!小六没忍住,哭成了小花猫,却还是吸着鼻子用力地朝对面回应着。像小时候第一次听到他喊自己那样。三声连续的"六"和三声连续的"三"相互交叠着,回荡在仲夏的晚风里,连吹过小六家门口那棵樱桃树的那阵风都不由得沉了一沉。

三三当时并不会想到,他再一次见到小六,竟是六十三年以后了。

二

出发那天的大清早,小六把三三告诉她的最佳乘车路线仔仔细细、一笔一画地认真抄在了一张白色的小卡片上。从她溜出门的那一刻起,就小心翼翼地攥在手里攥得紧紧巴巴的。第二百四十三大道第二车站,四号列车,三车厢。二,四,三……二,四,三……二,四,三……身为一个称职的路痴,这三个数她反反复复确认了三遍才有了足够的把握确保自己不会记串走错。

列车来得很慢,若不是它的车头灯打得太亮,小六几乎要靠在站牌上睡过去。提着行李上车安置好后,她靠在车窗上望着外面没什么新意的景色,忽然有种没来由的直觉。她感觉自己会像那个都市传说中说的那样,即便带着再也不回头的心走了世界一大圈,最终也还是要逃无可逃地回到这里。后来司机一脚将刹车踩得过狠了些,全车的人出于惯性都不由得猛地向前一倾。在这突如其来的摇晃之中,她也就将这个念头搁到了脑后。

车子一路颠簸，最终不急不缓地靠站时已是凌晨了。小六仍然攥着三三写给她的那张卡片。一路舟车劳顿，薄薄的纸片已经被她手心里的汗水浸湿得皱皱巴巴。她小心地靠在路灯柱子上，把手上的汗往裤子上蹭了蹭，又轻轻用手抚平了纸片上的皱褶。她将纸片拿在手里等着风把上面些微的汗水吹干，身子软塌塌地倚在路灯杆上，盯着脚尖发呆。许久，她才回过神来转身向前走。一抬眼就看到了一个写着"九十九通来电"的牌子。这个牌子想来是有些年头了，她离得不算近，却还是能从它边边角角的磨损之中嗅到一丝破败的气息。

她紧张地咽了咽口水，壮着胆子推开门走了进去，里面竟是一家电台，而且还巧得不能再巧的是一家正在招募接线员，并且为接线员提供住宿餐饮服务的电台。大概是这个电台最近生意实在火爆得不行急需人手，负责管理接线员的那个中年女人浮皮潦草上下打量了一下小六，走过场一样地问了问她一些无关痛痒的个人基本信息，便就这么简单地给她分配了工作岗位、办公座位、电话机、床位以及员工饭卡。女人给她别上工作名牌的时候，别针还穿过小六的衣服扎了她一下。她觉得有些疼，想叫出声来，猛然想到自己现在是背井离乡异地闯荡，人生地不熟，表现得太柔弱会讨嫌，犹豫了一下还是忍住了。

做接线员的日子起初惊喜而愉快，至少对她来说是这样。小六总是很享受电话中来自五湖四海的信号声，尤其是那些带着刺刺拉拉的杂音的越洋电话。同样的杂音，别人听了觉得烦闷闹心，在小六听来却像是来自远方最逼真的问候。

杂音是瑕疵，瑕疵让这一通通遥远的来电显得真实。

最开始她总是仔细地留着心眼，用她那一个数字要重复三四次才记得住的傻记性吃力地记忆着每个来电号码前的区号，趁着负责人不注意，再偷偷地上网对应那个区号所在的位置。第一年的时间里，她接到过距离自己的城市最远的一个电话是来自智利，区号是0056。开始的日子就是这样的清闲适意，她的时间富余到连这样琐碎的细节都有心留意。就是从那个时候起，她开始通过一通通电话寻找离自己最遥远的地方。电话机上显示的每个陌生的区号在她都成了一次抽奖游戏，如果够幸运，这通电话离她比智利还要远一点点儿，她就能一整天都开心得不行。

然而事实是，一定时间以后，人们对任何最初兴致盎然的人、事、物，都会逐渐产生倦怠；看区号猜地点这个弱智得只有小六一个人乐在其中的游戏也是一样。在已经能熟练背出一百个国家的来电区号以后，她渐渐厌倦了一再地寻找地理位置上离她最遥远的地方。一个个枯燥无味却又组合多变的区号让她不由自主地意识到，她想要探索的这个世界实在是太大了，A 地与 B 地只差一公里乃至一厘米，兴许就陡然成了两个世界，而在这样庞大的版图之中企图搜寻那唯一一个离她最远的地方，仿佛是一场看不见尽头的旅行。旅途贫乏而单调，她或许是地球上绝无仅有的一个孤独的旅人，姿态一如朝圣者。

世界如此之大，而她一开始竟只把它当成了又一片平淡无奇的小树林。

三

她就这样兴味索然地过了很久。很久以后，她接到又一个以 0056 开头的来电时才恍然发现，她一直追逐的，所谓的"最遥远"，从来都不在于地理意义上的遥远，而是那个地点与她之间的心理距离。

几乎是同时，她懵懵懂懂地意识到，这竟然已经是她当接线员的第四年，而她还没有给家里打过一个电话呢。

她用四年的时间背下了一百个区号，却从来不曾给她的家里打过一个电话。尽管电台有规定，接线员不可以打电话回家，但其实如果她非常非常想，她还是有机会的。她们平日里接电话，转接服务只需要用到一至八这八个数字，摁两下数字九是结束当前服务，再摁一下九，是直接拨通相应位置的接线员家里的电话。小六总以为自己从小到大一直勇敢，却未曾想过跨出了家乡以后，孑然一身站在江湖上，她竟然如此懦弱。那些刻印在她记忆之中密密麻麻的各地区号零零碎碎地散落在地球的每一根经纬线上，它们各有依附，各有归属，却从来没有一个号码属于她。三个九而已，四年来她从来都没有拨过。

小六做接线员的第一千四百五十八天，她终于摘下了那枚当初刺得她疼了一下的名牌，辞职离开。

临走之前，她看着墙上被她日日夜夜画下的一道道正字，竟有一种恍如隔世的感觉。1，4，5，8。她喃喃地念了这四个数字三遍，像是给自己的成人仪式。

她拉着行李像四年前离家时那样，头也不回地离开了。她的身后，是她稀里糊涂地住了四年的 702 寝室。四年不长不短，那是她现实意义上茫茫人海之中的一个容身之处，可她心知肚明，那并不是家。

那么她的家在哪里呢？小六感觉自己也说不清了。是 153 号城市吗？当初那么急于逃离的地方，想来应该不能算是家吧。可是她一意逃离远走他乡，急不可耐地企图冲破那个荒谬的"黑洞之城"的诅咒，不就是为了寻找另一个容身之处吗？

人在迷茫的时候往往也是最有行动力的时候，因为漫无目的，反而可以不受局限地抵达更多的目的地。小六仍不知道她当初离开时想要"抵达"、想要"走到"的那个地方具体是哪里，它在哪个国家，哪个地区，哪个温度带；开着怎样的花，卖的水果甜不甜，空气里弥漫的是什么样的味道。可是她知道，答案永远只在更遥远的路上。

于是她开始用四年不眠不休地接电话攒下来的钱一路旅行。

四

她看过了很多很多的城市，有的城市的城门紧锁，访客需要根据墙上刻的谜语输入正确的密码才能让门打开；有的城市看上去空无一物，却于处处空白之中暗藏玄机，每一个机关背后都藏着城市中各不相同的一方水月洞天；有的城市的守护神是两只三耳神兽，整日在天空之上飘来荡去，时不时吓游人一大跳。光怪陆离，五光十色，人神共生。小六一路追随，一路赞叹。在此之前，世界于她而言仿佛只是一串又一串片面而单薄的区号，而现在这些区号都好像一瞬间有了血肉似的，化成千姿百态的样貌抽离于00××的区号之中，拔节成形起来，变成了鲜活而具象的、她触摸得到的实体。她再一次更加深切地感受到了世界的辽阔与浩大，像没有尽头的钢琴键盘，点点滴滴万事万物都融在了她的眼睛里，和她共同呼吸。

她用曾经在702号宿舍时一模一样的方式，画着"正"字做记录。唯一的区别是，之前她用正字记录时间，这一次她所记录的却是经过的城市。从五十到一百再到一百五十，从一百五十到两百到三百五十，她只身走过三百五十个姿态各异的大小城市，有时定居，有时只是短暂经过。她做了只是三宿桑下的过客，以及停留时间更久一些的过客，然后终于按图索骥，停在了第三百五十一个城市面前。

她动作娴熟地放下行李摘下墨镜，再抬起头时，映入眼帘的三个数字让她不由得怔了怔，之后却又觉得，一切都是这样地顺理成章。那三个数字就是153。

下一个瞬间，她还没从方才的怔忪中回过神来，却已经被一个人颤颤巍巍地抱在怀里。她呆呆地愣在原地，冰凉的手脚在带着熟悉气息的怀抱里渐渐回暖。小六笑了笑，轻声说："三三，我回来了。"

五

所有颠沛流离的故事都往往会搭配一个岁月静好、现世安稳的结局，小六的故事也并不例外。晚些时候，她趁着三三在她身边熟睡的当口在黑暗里屏住声息静静地看着他，这么多年，三三好像一丁点儿都没有改变过。就像153号城市一样。原来一个人、一群人真的可以和一座与他们共同呼吸的城市这样地相像,他们都是这样顽固又偏执地十年如一日,六十年如一日,六百年如一日,仿佛从未老去,仿佛永远年轻。而她,这个垂垂老矣却野心不死的老姑娘,走过了大半圈地球,也终究还是要好死不死地回到这里,仿佛从未离开过……

就在年迈的小六沉入梦乡的同时,深夜的153号城市之中,另一个像曾经的她一样痛恨着"黑洞之城"的传说的孩子,正蹑手蹑脚地翻过栅栏,踩过窗台,敏捷地翻进了市长办公室。在市长办公室左手边,书柜第五层的格子里,一份名为"水仙之城"的企划吸引了他的目光。孩子凝视着眼前的企划书许久,轻轻地拿起来,翻开了它的第一页。一串串宛若神迹的数字与公式投映在他的眼睛里,像是漫无边际的漆黑宇宙里一朵朵盛放的蔷薇星云。

六

很久以后人们才知道,那个大半夜撬了市长办公室的孩子名叫卡普耶卡。不过,那又是另外一个故事了。

《青年文学》2016年第7期

○六八任务

孙雨婷

平俐先生炉子上的水烧开了。

他取出自己最喜爱的一套茶具,开始慢条斯理地为自己泡茶。

茶叶还没在水中完全舒展开,电话突然响了。

一声似比一声急促,平俐叹了口气,暂时舍弃他的茶。接电话的时候,平俐先生的语气可不怎么好。

"平俐先生,您好,我需要您的帮助。"听声音是个处在变声期的少年,应该是十二到十六岁左右,口音应该属于本市南边的那个小镇。平俐作为一名享誉全市的私家侦探,已经开始为对方进行侧写。他注意到,这个少年似乎并不像一般求助的委托人那样慌张急促,反而很是沉稳,估计不是什么大事。

可惜,他错了。

"我的事,和智能机器人有关。"

平俐先生的假期提前结束了。

在这个时代,国家严格监管着机器人研发的每一个环节,低级智能的机器人是唯一获准研制的"机器人",它们按照程序,替代人类进行繁重高危的工作。至于智商或外貌都无限趋近人类的高级智能机器人,则是机器人制造领域的禁区,任何组织和个人都不能进行研发。

机器拥有思维和感情?这不仅可笑,还可怕。一旦机器拥有了智慧,就是人类走向灭亡的开端。

从小到大,每个公民都在这样的教育下成长。

智能机器人是违禁品,处理起来确实比较棘手,稍有不慎就会引发舆论的巨大争议。这种情况下,私家侦探的优势就体现出来了。

平俐赶到侦探所门口,第一眼就看到门口站着一个瘦高的少年,怀中抱着一个大箱子。

看到平俐，少年迎了上来。

比自己想象中多了几颗雀斑，平俐暗想。

"平先生。"少年率先打招呼："我就是刚刚和您通过电话的人，我叫小明。"

"你好，小明。"平俐的目光从小明的脸转移到了他手上那个引人注目的箱子："这是什么？"

"一台老式发报机。"

注意到平俐脸上的表情似乎有一丝失望，小明笑了："您不会以为我随身带着一个违禁品到处跑吧？那样只怕您会直接把我移交给警察署。"

"进入正题吧。"平俐把小明带到了自己的车上，"具体发生了什么事情？"

"这台发报机，是我一个月前从旧货市场搞到的，我花了五天的时间修好了它。"小明把箱子打开，将里面那台方方正正的机器拿了出来。

"您知道它的工作原理吗？"

平俐接过发报机，前后左右打量了一圈，又递还给小明："据说是一种使用无线电波技术来进行通信的设备，在历史上发挥了很大作用。"

但是这是多少年前的玩意儿了，现在早就没人再使用。

"这和智能机器人有什么关系？"

"这就是我找您的原因。"小明说完，打开了发报机，调节了几个按钮，随后把耳机给平俐戴上了。

嘀嘀嘀嗒嗒——长短不一的声音从耳机里传了出来，带着独特的律动。

电码。

"我修好这台发报机以后，发现不同于多数机子，它只能收到一个频段的信号。连通后，我就听到了这段信息。"小明解释。

平俐下意识找纸笔记录，没找到。

小明递过来一张纸，上面抄着几行用点和线组成的符号。

平俐听了一会儿，发报机传出的电码和小明纸上记录得一样。

摘了耳机，平俐盯着那串符号："既然你已经准确记录了这段信息，应该会翻译吧？"

"我试了，但它使用的不是通用的规则，所以我什么也译不出来。我试着找了几位研究摩尔斯电码的人，可是缺少密钥，他们也无法在短时间内破译。"

"我不是这方面的专家，如果众多研究者都无法破译，我更无从知晓它的意思了。"平俐又看了一眼纸上的密码，将它还了回去，"你找错人了。"

"没有找错，他们无法破译不代表您不可以。"少年坚持着，把那张纸又举到平俐眼前，"一开始我以为是和我一样的发烧友。可是我发现，对方每天都会坚持发出这段信息，并且持续好几个小时，到目前为止，从未间断。"

"你觉得这是智能机器人做的？"想起了小明在电话里的话，平俐询问。

小明点头："我试着发过一些信息，可对方没有任何回应，只是机械地重复着这段信号，每天如此，不像是人工操作。"

"普通的机器人也可以完成这样机械化的操作吧。"

"即便是普通机器人，在这个年代使用发报机，不奇怪吗？"

平俐又把耳机戴好，仔细听着电码。

"这个频段上有别人吗？"

"没有，现在怎么可能有人还用这个，对方大概是现在唯一的……人或机器人。"

"能确定对方的位置吗？"

"我试着多点定位过，大体位置在西郊。"

"西郊？"

平俐考虑片刻，发动汽车。

西郊在上个世纪就已经被改造成本市最大的林场，普通人很难进入。

平俐以办案为由进入林场，慢慢开着车。副驾上的小明正在全神贯注地听着发报机的信息，随时给平俐指方向。

"信号清晰了不少，应该是往那边。"小明指了指森林的深处，一排排高大的白杨树在阳光下挺拔而立。

车无法继续前行。

两人只好徒步，抱着发报机在植被茂盛的林区穿行，有些艰难，但他们不知不觉已经走到了围栏前。

越过这个围栏，就到了尚未完全开发的荒地，野生的灌木肆意生长，多数已及人高。

"信号更强了，我们得通过围栏。"小明看向平俐。

带着委托人进入可能有危险发生的调查现场是很不明智的行为，但现在让他独自返回车里也不明智。

平俐只好继续带着小明前行。

谁也没有想到，这里居然有一个小木屋。

林场管理员有统一的宿舍，不可能住在没有开发的荒地。

"你在这里，先不要动。"

平俐走到门口，敲门，没回应。他掏出了枪，试着按下门把手，门竟然就开了。

眼前的场景让他吃惊。

老旧的房间中，摆放着简单的家具。房间中央的桌子上，有一张照片，照片上是一位老人和一个机器人。

这个机器人此刻就坐在照片旁边，正在操作一台发报机，它的脚边堆放着好几枚老旧的电池。

它似乎没有注意到有人闯了进来，继续着自己的工作。它身上的材料已经失去光泽，一些部位甚至破破烂烂的，颈后明显被打开过，露出了一半电路板和两根电线。它每发出一个信号，关节处就会发出吱吱的声音。

平俐注意到它胸口的电源指示灯下方有一个小小的编号：68。

小明这时候也跟了进来："这就是发电报的机器人。"

机器人这才将头转向了他们，它冲着平俐和小明点点头，似乎在和他们打招呼。接着它拿起了那张照片，仔细地端详那张照片。拟人机器人可以做出简单的面部表情，平俐看出，它此刻是在微笑。

突然，它的电源指示灯熄灭了，机器人倒在地上，一动不动。

平俐拿起照片，照片虽然被精美的相框保护着，但是颜色已然泛黄。

照片上的老人和机器人相互依偎，笑得欢心。

右下角显示着这张照片的时间，大概是五十多年前。

68……智能机器人……五十多年前。

"重生计划？"这个词仿佛是由最锋利的针尖推动，瞬间扎进了平俐的脑中。

"什么？"

平俐看着小明，不知道该怎么叙述。

重生计划，和智能机器人一样，现在是不该被提及的。况且，说出来很多人也不一定会相信。

不是所有人都知道，智能机器人这个违禁物品，在上个世纪，曾在这个国家大放异彩，它们的身影一度出现在社会的各个角落，为人们排忧解难，是人类忠实可靠的朋友。

那时候，数不清的智能机器人研究在如火如荼地进行。由政府主导、国家多个科研院所合作而成的国家人工智能署就是其中的中坚力量。七十多年前，他们尝试在机器人的思维中植入人类的感情，经过几年的努力，他们终于研发出了在情感上非常接近于人类的机器人，并且，可以个性化编码不同的性格。

在通过了初期测验后，一批这样的机器人被制造了出来。他们的性格是按照在战争中牺牲的士兵们设计的，目的是将这批机器人派送给在战争中失去亲人的孤寡家庭，作为政府对他们的补偿。

这个计划就叫作"重生计划"，代号〇六八，因为当时一共有68个家庭参与了这个计划。

被派出的68名智能机器人的主要任务，就是在每个家庭中，担任起父亲、丈夫和儿子的角色，陪伴每个家庭的成员，直到死亡，任务才算结束。

重生计划在当时广获赞誉，人类一度将之视为智能机器人发展的新纪元。

可谁也没想到，这竟然也是智能机器人最后的辉煌。

正当人们积极朝着这个方向扩展智能机器人研发应用的时候，一波又一波突如其来的电脑病毒入侵了各地的智能机器人系统，大范围的系统瘫痪、恶意篡改造成了诸多不可挽回的损失，甚至频发不良事件，智能机器人被不法分子利用，站在正义和秩序的对立面，成为恶魔最有利的帮凶。

一时间，社会各界都在呼吁停止智能机器人的研究。终于，在几次议案通过后，所有智能机器人的研发全部被叫停，其中也包括重生计划。渐渐地，再也没有任何智能机器人存在于世，这段往事也就不可能再被提及。

如果不是平俐对智能机器人领域深感兴趣，有过大量研究的话，他也不会知道，历史上，智能机器人竟然曾与人类那么贴近过，而现在，证据就在他眼前。

平俐先生看着地上的小机器人，轻叹："谁能想到，最后一个智能机器人并不是那时候消失的，是刚才。"

"它也可以不消失的。"小明低头说出这句意有所指的话，不知在想些什么。

平俐把老人的照片用手机扫描下来，举着手机出了木屋。

"您准备怎么办？"小明不久也从木屋走出。

平俐没回答，低头查看屏幕上老人的资料。

在战争中失去了孙子，一度患上了抑郁症。重生计划的机器人出现后他的病情大幅好转，可在国家叫停所有智能机器人计划后，老人的病复发并伴随心脏病，最终因为心梗发作没有及时送医而去世。

"我准备维持原样。"

平俐把木屋的门关好，带着小明离开了。

回市区的路上，平俐给在警察署的好友打了一个电话。

"你要报警？"小明急了，试图拦他。

平俐躲开了小明的手，对着电话那头开口："孙探长，麻烦帮我调一份档案。"

小明这才放心。

从档案里，他们得知，当初〇六八计划的机器人在召回时，受到了极大的阻力，因为那批机器人有了自我认知和感情，它们已经成了各自家庭中不可缺失的一员，况且最初它们的任务设定，是直到家人死亡，才可以回到研究室。最后为了终止它们的任务，不得不出动警方。

然而在〇六八计划的机器人全部被抓捕回来、准备报废的时候，警方清点后却发现只有67个，一个机器人不知道何时逃了出去。为了避免被追捕，它甚至销毁了身上的定位系统。这件事后来被压下，只有极少数参与了〇六八计划的科学家和负责抓捕的警察知道。

"那68号机器人入住的家庭呢？"平俐问。

"它的任务是陪伴一位独居的老人。据说当时警方试图通过那位老人来寻找失踪的68号，可惜老人在它被抓走后不久不幸离世，这条线索断了。"

老人去世的原因是送医不及时，如果机器人没被抓走，老人也许就没事。平俐挂掉电话的时候心情复杂。

"你可以搞到68号用的那种老古董电池吗？"平俐问小明。

"可以试试。"

平俐将车掉了个头，又驶向林区。

"您要把它交给警方？"

"把它交给你，你帮它复原。"

再次来到木屋，小明把68号连同它身边的电池都收集起来，将它抱上了车。

车飞奔向市区，小明这次坐在后排，鼓捣着机器人身上的零部件，不时瞅一眼平俐，终于，他忍不住发问："为什么救它？"

"我想知道电报的内容。"

"那您为什么把它交给我？"

"你可以照顾好它。"

"您这么相信我的能力？"小明笑了笑。

平俐这次没有回答，他平稳地开着车，车窗外的夕阳无限美丽。

"小明。"良久，平俐通过后车镜和他对视："即使智能机器人的技术存在缺陷，很可能把原本的朋友变成敌人，但这不是机器人的过错。"

小明没说话。

"人类和智能机器人，其实可以友好相处。"平俐收回目光，专心开车。

小明看向窗外，他脸上的小雀斑在夕阳的照射下，格外明显。

回到市区，小明要求在一条无人的街道下车，他把那台发报机送给了平俐。

"谢谢您，平俐先生。"

"我并没有帮你破解电码，谢什么？"平俐的目光在小明和被装进盒子里的机器人之间游移。

小明笑了："谢谢您没有报警，看来我当初选择您是对的。"

"因为没有值得我报警的事情，我希望以后也没有。再会。"

街灯下，汽车离去，留下了一高一低两个黑影。

平俐看着前方没有多少行人的道路，思绪飘到了今天下午查找的资料上。在查看老人的信息前，他还翻阅了另一份资料。

几十年前被媒体大肆报道称赞的智能机器人研发成果中，除了○六八计划外，还有一个项目也颇令人瞩目，那就是高仿真的拟人机器人。他们的外观与人类无异，人工皮肤的仿真程度甚至精细到连雀斑都可以栩栩如生。当时一批这样的高仿真机器人被送到了很多家庭中，陪伴独生家庭的小孩成长。

这批机器人的外形被设计成十几岁的少年模样，他们有一个统一的名字：小明。

回到家里，平俐先生发现自己白天煮的茶还没有凉透。

他一边啜了口茶，一边瞧着那台发报机，无意间发现它底部残存着一家医院的名字，怪不得只能收到固定的频段，大概是用来接收医疗求助的专线。

几乎是同一时间，平俐先生收到了一封匿名电子邮件。

小明原先抄下的那串电码下方多了几行字：

  呼叫救护车
  爷爷需要救助
  请尽快赶来
  ……
  我不希望我的任务结束

《延河》2016 年第 7 期

时光的预谋

叶 灵

时 钟

　　我始终固执地认为时光是有脚的，有着一双巨大而隐形的脚——在无尽的时空里，它能无所不至，永不疲倦。从儿时起，我就一直这么认为，并把它悄悄藏在心里，以为守着一个永远的秘密。

　　无论对谁，时光都永远守口如瓶。

　　孩童时，脑海里还没有什么时间概念，只会单纯地去感受世界的一切。那时，时光并没有因为物质的贫乏而黯淡消逝，回忆总是被一种单纯的快乐所牵引，如一块刚刚出炉的金黄面包，泛着诱人的光泽和香气。冬日的清晨，阳光总是那样矜持。北方的黄土高原上，天干冷干冷的，一张口说话，喷出的热气就化成了白白的雾气，弥散在眼前。村子上空，已此起彼伏地升起了青色的炊烟。西墙的槐木楔上，一只只倒挂着的锄头镰刀，整齐地排列着，在这农闲时光中，平静地诉说着陈年的往事。透过稀疏的桐树枝丫，斑斑驳驳的光影洒到地面，院子里犹如平铺着一块巨大的印花染布。那只趾高气扬的公鸡，总是顶着血红的鸡冠，雄赳赳地转来转去。母鸡懒洋洋地踱着步子，偶尔仰起脖项，"咯嗒咯嗒——"炫耀地叫上几声，然后拍打着翅膀，纵身一跃，跳到鸡棚上，或搔首弄姿，或惬意地躺着晒暖儿。就连前院猪圈的花猪，也来凑热闹卧在墙根晒暖儿。

　　遇到这样的好天气，母亲总是不愿错过。她翻起被褥，搭在院里的铁丝上，用一根细长的竹篾"吧嗒吧嗒"地抽打。透过光线，隐约看见许多微尘在空中漫无目的地漂浮，我常一个人傻傻地发呆——要是自己能坐上神话中的飞毯，自由自在地飘在空中，去一个连自己也不知道的地方，多好！阳光趁机把温暖塞满了被褥，晚上，被窝里满是阳光的味道，连梦都成暖的了。现在，一到秋冬季节，只要有太阳的日子，我就会习惯性地翻晒被褥。与其说是自己的一个癖好，不如说是一种莫名的情愫在作怪——企图收藏每一天的阳光，交给黑夜，给梦想，也送给自己。

快晌午时，老奶（方言称呼，这里指曾祖母）常常搬着小板凳，坐在墙根开始剥蒜头。剥完后，她就靠在墙上，眯着眼晒暖儿，不一会儿，轻微而有规律的鼾声就会传来。调皮的我常常跟着鼾声的节奏，模仿应和着，谁知半天工夫，老奶睁开了双眼，看了看我，又眯上了眼。老奶沉浸在自己甜美的梦里，竟然毫无察觉到我的恶作剧，我在一旁窃喜不已。实在无聊，我便拿着馍花喂虫子——或者钻在被褥之间窜来窜去，与姐弟捉起迷藏——或招来几个小伙伴，一溜儿地紧靠着墙根玩"挤暖儿"。

然而在冬天，这样让人享受的暖日毕竟不多。如今，每每有阳光的冬日，我总是恍惚着不可阻挡地穿越到——有着暖暖的太阳，弥漫着浓浓的炊烟味道的一派生气的老宅子。

冬日里总盼着太阳。有太阳了，就有暖儿，玩时手脚就不畏畏缩缩。看着阳光从西墙根慢慢地移到东墙根。我目不转睛地注视着，即使这样的认真，阳光还是在我的专注下不知不觉地偷偷溜走——它一定隐藏了脚丫和我捉迷藏。好奇的我常常拿着一截木棍，在阳光与阴影的界限刻上记号，然后写上一页作业，看看阳光走了多远，又在地上画条线做个记号，接着再读上几页书。在光与影的不断变幻中，阳光还是不小心暴露了自己的形迹。半天工夫，地上一截一截的线条，就好像是钟表上一格一格的刻度，日子久了，地上划的痕迹也深了，成了一个圆盘展开的钟表——属于我的特制钟表。以后，阳光走到哪一格该干什么，我都一清二楚。阳光虽然隐匿了时针、分针、秒针，但它却以自己特殊的方式，每天善意地提醒着我，不要荒废了时日。

阳光从刻度上一点点儿地爬过，我也一天天地长大。只是，不管我怎样贪恋儿时的美好，时光总是不紧不慢地朝前晃着。不经意间，一晃就是几年，十几年，几十年。感觉就和小时荡秋千一样，荡着荡着，在忽忽悠悠间，就把一大晌的时间荡在了身后。在不易察觉中，岁月冲蚀着一切——环境、身体，还有人的精神意志等，鲜明的棱角在一次次冲刷中，抵抗着，疼痛着，一点点儿消磨，最终直至变得圆润。

每天清晨，睁开眼，看着窗外的阳光，我如孩子一样心里盛着满满的憧憬，开始盘算着一天的活计。就如在新买的日记本扉页，工笔正楷地写下第一个字、第一篇日记，字里行间都充盈着无比的喜悦。到了晚上，躺在床上时，才发现在一天的忙碌中，时光已被虚无的匆忙所充塞。于是，在不安与懊悔中，我又开始了对明天新的向往。日复一日，就这样，我一如既往地满怀着小小的憧憬与日子对峙着。人生有时或许就是这样，以一种方式的虚无抵抗着另一种虚无——明明知道一生漫长的等待到头都是一场海市蜃楼的虚幻，最终一切都抵不过时光的无情吞噬。但即使如此，我们还是要在跋涉中保持行走的姿势，也许只有这样，才不会辜负了光阴的眷顾。

回老家见到儿时的闺蜜，沧桑的皱纹过早地爬上了她的脸庞，昔日白皙的肤色早已消失殆尽，变得粗糙黑暗，她成了一个普通的农妇。已有两个孩子的她，看起来显然比我年龄大了好多。和所有的农村妇女一样，她和我絮絮不止地谈论着她的两个孩子，地里的庄稼，院子里养的猪牛，还有在南方打工的老公的收入……她一脸幸福与心安理得。这时的我，突然觉得自己这些年在小城里混着日子，除了每月工资卡上固定的收入，那个仅能维持温饱的阿拉伯数字外，似乎变得一无所有了。

如今，我在小城里，每天上班下班，手头永远是忙不完的活计。不知什么时候，我已习惯在疲惫中惯性行走，憧憬与喜悦早已遗落，日子开始潦草，没了从容，没了更多期盼，一切按部就班，径直来到了中年的门槛——为了生活而不知疲倦地向前奔着。

日　历

赶着太阳，赶着日子，赶大了儿女，也赶老了自己。我的父母就是这样，一辈子在无尽的操劳中渐渐蹉跎，直到白发满头，腿脚蹒跚。

中年了，在时间与现实的挤压下，肩上的重担迫使人不得不疾步于逼仄的空间。我常想起父母当年是怎样的艰辛——为了让我们姐妹穿上毛衣毛裤，一宿一宿地熬；春节时，一大家人，老老小小都穿着新衣，唯有父母穿着那身穿了好几年的衣服；每年开春，只要田地里野菜一冒出新芽，不同的野菜就被母亲变换着花样端上饭桌……如此的日子，被父母侍弄得井井有条，全家人过得有滋有味。父母以一颗草木之心，从容面对生活的风雨雷电、四季的变换轮回以及人生的苦难坎坷。绵长的岁月中，他们锻铸着生命的另一种坚韧。

时光很慢，总是一天天地走过。时光又很快，恍然就把几十年抛在了身后。

关于时光的最早记忆，是我在村子里上一年级时，刚学会数数，会写十个阿拉伯数字，我就到处想显摆一下，生活中凡是和数有关的问题，都要饶有兴趣地打破砂锅问到底。问得大人不耐烦了，母亲就让我去数炕头墙上贴着的年画上的日历。我撅着屁股，手指着日历，一个月一个月地数。那是一张1981年的年画，画上画的是白蛇传的故事。好奇的我就续着这年号的后面，一个接着一个认真地写，1982，1983，1984……写到1999时，我停下来问母亲，到这年时，我就能长很大很大了，就能帮您干很多活了。母亲像一位熟稔时光秘诀的智者，没有说什么，只是笑笑点了点头，眼光中充满了期盼。我怎么也不会想到，眨眼的工夫，仿佛穿越一般就到了跟前。我已为人母，母亲已两鬓斑斑！

上初中那年，家里的老宅背墙上裂出了一道宽缝，不得不拆旧盖新了。为了盖房，父母欠了好多外债。一袋烟的工夫，老房子就在稀里哗啦的混乱中倒坍，成为一片废墟。那张年画也埋在了废墟之中。我的念想就如夜空上的星星，在某个时间的断点，突然间哗啦啦地掉下来，周围一片黑暗。为了早日还债，父母没日没夜地侍弄着几亩田地。早上天还灰蒙蒙的，父亲总是吃碗开水泡馍，背上锄头去地里。每逢夏收秋耕，晒得黝黑的父亲常常累得腰都直不起来，母亲就给父亲拔罐。一个个圆圆的紫红印记，仿若一枚枚苦难的勋章，挂在父亲背上。1982，1983，1984……一年又一年就这样真切地来到了我的跟前。年画上的这些数字，一个个地走近了我，又走过，然后就把我远远地甩到身后。与我并行的时间总是那么固定而短暂。这些年来，它就如黑夜中一点莹莹闪烁的亮光，给孤独的我，以持续的温暖与动力。我向时光更深处漫行。

每年元旦，父亲都要买本日历，小摊贩上卖的最简易的那种。父亲把它挂在堂屋正墙上方形广播匣子的下面。匣子是墨黑色的，黯淡而没有光泽，中间是五角星形状的镂空，用网状的东西隔着。那些年月，从黑色广播匣子里传来最令我振奋的消息，莫过于队里分瓜分菜的通知了。一听到广播吆喝，小姑就提着篮子撒腿朝麦场跑去，全然不顾我在后面大声追喊。瓜菜都是提前称好分成堆的，早到者可以挑拣到好一点儿的菜。每到晚上，我都记得踩着小凳子爬上去撕去一页，仿佛这是一种告别仪式，我就是仪式的主持人。村里谁家婚丧嫁娶，都要提前招呼父母去帮忙，母亲翻翻日历，念叨着，然后把那一页折起来，以免遗忘。到了那一天，我都会准时提醒母亲，其实我更多的希冀是来自于肠胃对所谓美食的向往。因为母亲每次帮忙回来，主家都要送上几碗油腻腻的杂烩菜，这在那时，对于我来说就是无上的美味了。后来，个子长高了，我就不再踩着凳子，只要稍微踮起脚尖就可以够着了。那时的我，每天撕着薄薄的纸张，就好像是工厂流水线上的产品检验员，前后翻看着，验证着，让每一个日子从手中合格通过。

一本本日历，一天天变薄，又换成厚的，再一天天地变薄……每撕掉一页，就感觉日子捏在手心，被自己一点点儿捋过，又珍藏起来。时光就是魔术师，神奇地把日子变短又变长，变方又变圆。一个个美好的憧憬，在无穷的变幻中翻飞起伏，开始更远地追逐。

再后来，我就不用每天撕日历了，因为父亲买了本台历，放在床头柜上。过一天只要翻过一页就可以了。现在，更难得见日历了，手机的普及，看时间查日期也是很方便的事了，有什么事只要在手机上一设置，到时就会自动提醒。通信的发达，让日子的节奏也提速了许多，我渐渐忘了，在时光深处还有另一面曼妙的美好。家里已有好多年没买过台历了。

只是父亲，现在还固执地保持着看台历的习惯。听母亲说，父亲每年一买到新台历，就像个孩子一样翻看自己和她的生日。要是母亲的生日遇到了周末，父亲就有点儿遗憾，对母亲说："今年我生日还是随你过吧。"要是自己生日遇到了周末，一辈子都不苟言笑的父亲就很开心地对母亲说："今年你的生日就随我过了！"父亲和母亲的生日仅差两天，每年，我和姐弟都是给他们一起过的，谁的生日赶在了周末就随谁过。也许父亲深谙生命的规律，人一出生，口袋里就装着固有的几十张或成百张船票，每过完一个生日，船票就要少一张。父亲将近七十，经历了太多世事沧桑，看惯了无数人情百态，他懂得如何珍惜路过的每一道风景。人生之中有太多的不确定性，常常会打破人们所预设的种种可能性。父亲就这样以自己的方式让每个日子踏实地从手中走过，这是岁月深处一种无言的抵抗，抑或是一种释然后的从容，沧桑后的淡然。

父亲每天撕掉一页日历，这样的日子就看得见，摸得着。就如在田里种庄稼，种瓜必得瓜，种豆能得豆。父亲站在时光的岸边，与涛涛的河水对峙着。他明白，力量如此悬殊的对峙，是不堪一击的。但对父亲来说，至少自己还曾亲手抚摸过每个日子，或精致的，或粗糙的，都一一清楚。就如一个盲人，能准确无误地找到自己生活中的每个细小物体，甚至熟悉它的质地，它的气息。父亲的这种方式，是熟谙日子秘密后的一种智慧面对。而我，匆匆忙忙中，在随身的包里，手机是从来不会缺席的。哪一天要是忘了带，瞬间就感到与这个世界完全隔绝了一般，心里发慌。我也不再是当年时光的产品检验员了，合格不合格的，快乐抑或悲伤，都被自己仓促地全抛在了身后。

不管素年还是锦时，过活日子就好比人在旅途，高铁自有高铁的便捷，步行自有步行的乐趣。匆忙大多时候往往是扼杀诗意生活的刽子手。一张张日历，轻轻一撕就没了，就如一天天的时光从身边飘过，与每个人不经意地打招呼："哦，你好！我要走了，永远不会再回来啦！"——还是让日子慢下来，再慢点。在这慢中，我们才会感受到日子棉布般的温暖，心灵在无限中自由舒展，最终直抵生活的本初。

奔 丧

生活中有很多东西都是个人所无法预料和抵抗的，比如，自然界的风雨变幻，刚才还是大雨倾盆，这会儿又是艳阳高照；比如生命的生死轮回，昨天还好好的，今天说没就没了，有时生命脆弱得就如深冬枯树上飘荡的树叶，随时都会被风卷走。

过完春节没有多长时间，就接到老家的电话，说本家的三娘不在了，让我们回去奔丧。

"三娘不在了？不可能不可能，是不是电话听错了呢？春节回去看她时，她身体挺硬朗的。"我连声说道。当确定这消息肯定无疑的时候，我的脊梁骨倏地感到一丝隐隐的凉气。原来三娘是自己不小心跌了一跤，结果得了脑溢血，送到医院，不到半个月人就不行了。想起前几年五叔去世时，就是正在院子里干着活，不知怎么突然间倒地，不到一刻人就走了。

在这世上，创造生命是一个何其艰难与漫长的过程。一个细胞与另一个细胞在千万次的机遇中邂逅。经历了十月怀胎的漫长，一朝分娩的艰辛，才来到这个世界。然而，生命的消逝，却大多都是那样突然，就在一念之间，消失与存在便分明了然。

人生无常。无常的人生中或许有几分冥冥之中的注定。春节时，我们去看望三娘，已将近八十高龄的她，仍然自己一个人住，一个人吃。她关心地问候孩子，还有我们的工作。说话时，声音高亢而洪亮，絮絮不止。她告诉我们，自己现在特别能吃，每顿都要吃差不多一个馒头，怎么老了老了，还这么能吃，真是浪费。没想到她就这样走了。

我总以为，三娘一定是在村子里待久了，她想出去看看，决定这次出趟远门，去看看儿孙们口中常谈论的外面的精彩世界。于是，她就这样使了个诈，骗了所有人的耳目，有了一个出门的理由。

在我们本家里，他们这一辈的几个老人也走得差不多了。公公家一共弟兄五个，他排行老四，现在只有公公、婆婆、五妈三个健在了。一大家人，枝枝叶叶的，到我们这一辈上，我已是排行老十了。如今，侄孙都好几个了，我都开始应奶奶了，虽然觉得特别别扭。但他们还是坚持称呼，说这是铁打的辈分，说什么也不能乱的。平时不太见面，每次见面，我只得硬着头皮撑着长辈的身份。

丧事按部就班地进行，本家的大大小小，光孝子就好几十个，大的小的，挤满了院子，白花花一片，很是热闹。当然，嫡亲的儿孙都显得没有太多的悲伤，更不用说其他的人了，大多也只是去凑凑事情了。其实，平时除逢年过节看望本家长辈一回，其他的时间，各忙各的，也不怎么来往。时间久了，即使是本家的，也自然疏远了。但再疏远，一旦遇到事情，亲情又会把他们聚在了一起。

哀乐奏响，一路白幡随风飘荡。我跟着送葬的队伍，来到坟地。坟地是一片平整的土地，栽有一排排已有碗口粗的梧桐树。树下，就是我们本家的坟地。一个个坟堆排列着，坟上长满了荒草，还有不知名的灌木，在这暮春时节，茂盛得有点荒凉。我数了数，有十几个吧。随手指着一个坟堆问妯娌，不知这是谁的？所问者一脸茫然，虽然她们整天也生活在这片土地上。就连前几年才去世的五叔的坟堆，他们指指点点，半天也不敢确定是哪一个。下葬，填土，围堆，扎花圈，烧纸，哀乐……一切按部就班地进行。只有三娘最疼爱的小女儿在悲戚地哭着，大部分人面无表情地站在旁边，身后传来几个女人喋喋不休的谈论，关于孩子在城里买房子、考学之类的这些与自己息息相关的话题。这哭声本与她们关系不大，或者毫不相关。还有本家的一个妯娌说自己的儿媳这两天就要生了，言谈中，将要当奶奶的喜悦溢于言表。我发现自己成了多余的人。

去的去了，来的来了。岁月就是这样简单往复轮回。生命的消失不过就如一个流星从空中闪过般短暂。消失与出生，除了至亲的人，对于别人来说，似乎是可有可无、自然而然的事了。就如一滴水瞬间消逝、一棵树轰然倒下般正常。或许人们已经习惯用一种无所谓的态度去面对人生的无常，逃避抑或超然，或者其他。

年长的妯娌告诉我说，这块地就是我们这一大家的坟地。那口气，好像是生前一家子，死后我们还要聚集在这片土地上，继续作为一家人。不知怎的，我瞬间感到了一种莫名强烈的恐惧。若我将来眠于这片土地，和这些不太熟悉的长辈、妯娌一起，会不会感到尴尬与不适？然而，这又是肯定的。从内心深处，我从来没有把这里当作自己的故乡。我不在此处，又能在何处？我想起爷爷奶奶，还有父母，想下辈子还做他们的亲人。可是，这又是怎么可能的呢？想到这些，固执的我久久地陷入一种深深的无奈与绝望之中。或许，到时成为土灰一把，随手撒在任何一片草木河水之间，生命源于大自然，又归于大自然，也许这是最好的归宿。想到此，自己岂不是庸人自扰了？人生几十年时间里，茫茫人海中，熙熙攘攘地你来我往，留下念想的，莫过于生活中细小的琐碎所堆积成的质朴的温暖——生前有暖可取，身后一切也就无所谓了。

生老病死，本是人生常事。每一个人，从一出生，都会向着一个目标——死亡慢慢走去。其间，不过是有的人走得慢点，有的人走得快点。病魔，有时也会携着死亡朝着每一个人慢慢相向而来。任何人无一例外。时光慈爱而又残忍。它就如一个巨大而幽深的黑洞，每个人的生命、财富、青春等等所有的一切，最终都会被时光这双无形的巨手扼住咽喉，毫无例外地一一卷走，化为乌有。纵然我们有太多的恐惧与无奈。

你我注定是时光的匆匆过客。

只有臣服命运的安排，一切顺其自然了。或许俯首，不是人性的懦弱和逃避，而是熟谙自然规律后的一种认同与对话，从而多一些智慧去参悟，去从容面对。

老　宅

提起老宅，我总想起老家院子的那座老老宅。

老老宅里的光阴，足以让我回忆一辈子。

现在的老宅是一座二层的楼房，这也有三十余年的时间了，是在父亲的手里盖的。虽然三十多年漫长的时光，相当于一个人的半辈子光阴，但也足以让一座新房子涂抹上岁月的痕迹，称之为老是一点儿也不为过的。

在我的记忆里，最想念的却是儿时的那座低矮瓦房，它陪我度过了十几年的时光。那座瓦房是爷爷在世时盖的。相对于现在的老宅，它显得更老，所以我总习惯叫它老老宅了。老老宅是一座典型的北方民居，坐北向南，一明两暗，中间是堂屋，东西两边各一间住房。东屋是老奶住着，西屋是爷爷奶奶住。堂屋大门的上面，是一面深红色的匾额，写着"耕读"两个隶书大字。屋顶统一是用厚厚的木板棚着，从中间堂屋踩着梯子上去，上面就是一个很大的储藏室。每年，晒好的小麦、玉谷、黄豆之类的粮食，就全部用蛇皮袋子装好，扎紧口袋，扛上去放置好，这便是全家人一年的口粮。院子的东侧则是一座三室的平房，父母和二叔分别住一间。最靠边的一间，是牲畜的草料房。

农家人的收成都在储藏室里，那里丰盈了，一家人的底气就有了。而储藏室最怕的就是老鼠，为了防老鼠，家里想尽了各种办法。如放置老鼠夹子，用电猫，用老鼠药等等办法都尝试过，但诸如此类的办法总也不能完全阻止老鼠的偷食。老鼠既然生存于这个世界上，这个世界总有它们活下去的理由。到了晚上，一听到老鼠在头顶的板楼上窸窸窣窣地猖狂，老奶总要心疼地嘟囔骂上几句，这该死的小东西，又要糟蹋粮食了。第二天一早，老奶便要叔叔爬着梯子上去看看，看装粮食的袋子是不是咬破了。最后，还是老奶专门从邻居家抱来一只猫，养在家里，到了晚上，便把猫放到板楼上面，自此以后，每晚睡觉就踏实了许多。

自记事起，我们姐弟三个，就轮流地跟着老奶、爷爷奶奶、父母睡。弟弟年龄小，跟着父母，姐姐有时跟着姑姑。我有时跟着爷爷奶奶，后来烦爷爷晚上打呼噜打得响亮，我就跟着老奶一起睡。尤其是冬天，每天傍晚，老奶的土炕热乎乎的。冻得手冷脚冰的我，一钻进暖和的被窝，老奶就不由分说地把我冰凉的脚丫子抱在怀里暖，我不让，怕冰着她，她说不怕，抱着我的脚丫子就不放。老奶常拿出别人送她的好东西让我吃。老奶的屋子里，印象中总有吃不完的好吃的。老奶是菩萨心肠，村子里谁家要是有坎有难暂时过不去了，她就三元五块的帮扶，从不小气。老奶每月都有大爷的抚恤金。谁家生活改善了，自然不忘时不时给她送点好吃的。老奶常对人说，我行善积德，不为别的，就为我将来老去的时候不受太多折磨。结果，老奶去世时，就是很平静地走了，没有受到一点点儿病痛的折磨。

　　老老宅对我还有一个谜，我一直解不开。老老宅里，常年总住着一窝鸽子，湖蓝色的鸽子，一身通透的蓝，除过一双小小如豆的忽闪忽闪的眼睛是黑色外，其他全是蓝洼洼的，仿若刚刚从染缸里飞出来一样。而我却喜欢叫它灰鸽子，这样叫似乎与老老宅更妥帖一些。就如家里养的黄狗，叫上虎子之类的名字，亲切顺口。城市那些宠物沾着洋味儿的绕口名字，在村里倒是不合时宜了。

　　刚开始有几只鸽子，接着十几只，后来几十只，蓝洼洼的一片。尤其是每天早晚，老奶嘴里"咕咕——"地边喊着，边朝院子里撒上几把玉谷喂鸡。鸡群争先恐后地啄食，房顶上的鸽子三个一群，两个一伙儿，"咕咕"地叫个不停。这时，总有几只胆大的鸽子，扑闪着翅膀也落在院子来抢食。每每看到这，老奶总是笑着，又从口袋里抓出几把玉谷撒到院子里，念叨着："吃吧吃吧，都吃吧。"后来，这些鸽子连人都不怕了，竟然大模大样地，好像自己也成了这院子的一员。只要一喂食，它们就像商量好似的"呼啦啦"地飞下来，一顿饱餐后，又欢快地扑闪着飞到房顶或者树上，情形很是壮观。当然，我们全家人也把鸽子看成了家里的一分子，专门在房顶放置了一个木笼子，给鸽子安了窝。奶奶总说，鸽子是吉祥之鸟，就和喜鹊燕子一样，住进了谁家，谁家的日子就会红火。就连平时最爱干净的父亲，看着屋脊上、院子里到处都是白花花的鸽子屎，脏兮兮的，也从来不说什么。

　　有一次，我们缠着二叔用弹弓打麻雀，不知怎的，后来竟然误打死了一只鸽子。等到晚上时，我们偷偷把火炉提到前院一角，悄悄开始收拾了——拔毛，剖开，清理内脏，一遍遍冲洗，用调料腌制好，然后放在烧得很旺的炉壁上，找个破洋瓷盆，倒扣着，给外面再糊上厚厚一层泥巴。一切停当，耐着性子等上半天，一股股的清香就会从炉缝中钻出来，诱惑着我们的肠胃。等到肉香越来越浓时，蠢蠢欲动的肠胃实在按捺不住，二叔经不起我们纠缠，就小心地扒掉边上一小块泥巴，凑上前，用鼻子使劲闻闻，闻了好几次，才终于说熟了，准备开吃。那天，我吃上了唯一一次最好吃最美味的烤肉。最后，虽然我们把善后工作做得几乎是"天衣无缝"，没有留下一点儿作案的蛛丝马迹。但这件事还是没有包住，爷爷知道了，他把二叔大骂了几天，差点没揍他。这也是我们对鸽子唯一一次的残忍。之后好几天，我都不敢站在屋檐或树下，甚至院子里——我怕失去亲人的鸽子，会闻到自己身上餐食的肉味儿，会不会有十几只鸽子一起冲下来啄我的头脸，或者把屎拉在我的身上来报复？但最终，这些担心都是多余的。谁让那个年代，营养不良的肠胃对于肉食的向往，是那样的强烈与不管不顾。其实，这一切都瞒不过几十双鸽子黑豆似的警惕的双眼，但它们最终选择了宽容和原谅。这几十只鸽子，就是从来不去别人家，几十年来，一直热热闹闹地挤在我家老老宅里。

我对鸽子充满了愧疚。

再后来，老老宅就拆了。父亲盖起了二层楼，这是我们村子第一栋楼房。那些鸽子还住在我们家，蓝注注的一房顶。原来鸽子也和我一样，喜欢怀旧。鸽子们整天在屋顶或树枝间"咕咕——咕咕"地低声商量着，谈论着人所不知的许多秘密，或者吃喝拉撒，或者分工协作。这些秘密对于它们来说，就是一些至关重要的大事，不然它们怎么整天絮絮叨叨地讨论个没完。我常常听着它们嘀嘀咕咕的声音，从叫声的节奏和音调的高低来判断它们的欢乐忧伤。只是关于它们谈论的内容，我始终一无所知，成为永远的谜。我想，它们中间肯定也分年幼尊长，也有分工合作，也有争论不休。要不，这几十口的大家庭，怎能不离不弃地相处在一个屋檐下呢。

住上新楼房了，我喜欢得不得了。夏天每到傍晚，我都会早早把二楼天台打扫得干干净净，等父母收拾停当后，一家人就在天台上乘凉，喝着茶，看着夜空上的星星，唠叨唠叨家事，不觉就睡着了。直到第二天太阳出来了，等到鸽子在屋顶扑闪地飞来飞去，我才肯起来。

父亲把院子西边的鸡窝拆了，开垦出一小片菜园子。栽上西红柿、辣椒、茄子、黄瓜、豆角、韭菜之类的蔬菜，家里天天能吃上新鲜的蔬菜。而母亲爱养花，则在园子垄旁栽上几株月季、兰草、绣球花、菊花等，每年春夏秋三季，姹紫嫣红，满院清香，惹得门外过路的邻居，总是在大门外，探着头伸长脖子，边朝里望边大声喊："他婶子，种的什么花啊？这么好看，明年记着给我家也移上一株哦！"话音还未落，人却已走到了院子中间，看到红红绿绿的一片，不禁啧啧称赞起来。这时，母亲总是很开心地一一介绍着花儿的品种及栽培的注意事项。

父母一直守着老宅，守着村子，一守就是几十年。前些年，父母年龄大了，身体又不好，在我们的再三劝说下，父母才恋恋不舍地锁上老宅的大门，离开了村子，来到了小城。可是，到了城里的父母，每隔半个月，不嫌路途奔波，总要找借口坐着公共汽车回老家一趟。到家了，总是要把屋子前前后后、里里外外打扫一番。我们劝说家里又不住人，打扫干什么呢？可是说了好几次，父母依然我行我素。有人曾提出要买老宅，而且出了一个很不错的价钱，父母一听，马上就摇头，说这怎么行呢，老宅是我们的根，做人不管什么时候都不能丢了根本，等我们老了，还要回去。是的，他们惦念着老宅，怀念着老宅的光阴。虽然住进了小城，但内心深处，总会滋生一种莫名的寄居感觉。

也许就如父亲说的，房子再老都不怕，最怕的是没人住。没人住的房子就会老得更快。前些时日因其他事，回了老家一趟。大门铁锁已锈迹斑斑，房子外面的墙皮也开始掉落，菜园子早已荒芜了。猪圈里空荡荡的，屋檐下的角落已布满了一些蜘蛛网。甚是荒凉。才几年时间啊。老宅终究敌不过光阴的纠缠。

正伤感之时，突然间，从房顶飞下两三只鸽子，落在院子里，用那双黑豆似的眼睛呆呆地望着我，片刻之后，就欢快地在空中飞旋几圈，落在院子当中不停地啄了起来。似曾相识，鸽子一定认识我！我和它都是怀旧的。不然，守着空空的老宅，还有长长的光阴，一定会寂寞的。

面对鸽子，我心怀感激！

照　　相

去年腊月初九，在一场漫天纷雪中，我送走了八十多岁高龄的奶奶。

元旦时，我回老家看望奶奶。奶奶愈发显得瘦了。孱弱的她已说不出话，只是眼神里充满着莫名的渴望，紧紧拉住我的手不放。没想到，这竟成了诀别。

雪花飞舞。冷风刺骨。洁白的田野上留下了一行行歪歪扭扭杂乱无章的脚印。黄土高原上，老奶、爷爷、奶奶一排紧挨着，周围是漫天的白。时光的河流奔涌着，往昔的一切如梦而来。

照片上的奶奶，柔和的轮廓，安静的眼神仿佛洞悉了世间的所有，一如平日那般亲切。这是奶奶六十多岁时照的相片，照相时的情景依然历历在目。

从记事起，每年大年初一，我们姐妹三个都要早早穿好新衣，在家门口焦急等待摄影师的到来。父亲已提前和做摄影师的同学约好了，要来给我们照全家福。那时的全家福真是壮观。三个姑姑，一个叔叔，加上姥姥爷爷奶奶，父母还有我们姐妹三个，总共十几口人。先照全家福，然后给老奶、爷爷、奶奶单独拍。给奶奶拍的时候，很少照相的奶奶把头发梳得一丝不乱，衣襟整齐，端端正正地坐在太师椅上，显得很拘谨，好像这是一场无比隆重的仪式。半天她手不知该放在什么地方，最后只好规规矩矩地把手平放在腿上，一只手里还捏着叠得整齐的手绢。摄影师很有经验，这时，他并没先急于拍照，而是边调焦距边和奶奶拉着家常，在奶奶神情最自然的状态下，趁机"咔嚓"一下就好了。奶奶的笑容就永远被定格在胶片上。

后来，全家福上的人就不断变换着，先是几个姑姑出嫁退出了，接着老奶走了，但又多添了婶婶。再接着，又多了堂妹堂弟。再后来，爷爷奶奶相继而去，弟媳和侄女又加入了全家福。时光就是这样，晃来晃去，一声声"咔嚓、咔嚓"，四世同堂的幸福就镶嵌在镜框里，它见证着我们家族的光荣，多少人生的故事与艰辛，都被全家福上的笑所消融。

我家的堂屋中间，一直摆放着一张冲洗放大的黑白照片。照片上是一个年轻英俊的小伙子，脸部棱角分明，刚毅又不乏清秀。老奶告诉我说，这是我大爷（爷爷的哥哥），当飞行员的。

当年，老爷（指曾祖父）去世得早，就留下了老奶拉扯着两个儿子过日子。日子过得极其艰难，这些自不必说。有一年，因为家里交不起公粮，为了抵债，大爷被拉到县里当了人质。谁知，大爷因祸得福，正好被县上的某个官员遇见，他见大爷眉目清秀，聪明乖巧，甚是喜欢大爷，于是就把大爷认作了干儿子。从此，大爷有了读书的机会，聪慧的大爷读书刻苦又勤奋，后来去了部队当兵，接着就进了黄埔军校，当了飞行员。"文革"期间，大爷又因福得祸，不能避免地也遭受迫害，说他是国民党潜伏特务，日夜批斗。大爷不能忍受屈辱，写了封遗书，把衣服整整齐齐地叠好放在黄河岸边，便跳进了黄河。后来家里不管怎么找，也没找到大爷的尸体。也有人说，他去了台湾。但最终怎么样，谁也不知晓了。终于，含冤跳河的大爷，最终也平了反，洗清了冤屈。大爷的一生让人唏嘘不已。

生活如此的突变，老奶一个妇道人家，又能怎么样。这成了她心头最痛的伤疤，从来没人敢在她面前提这事。之后，老奶拉扯着爷爷，颠着一双小脚，辛苦地经营着每一天，把日子过到现在十几口人的大家庭，其中的艰难与不易又有谁能体会与知晓？老奶泡脚的时候，我见到过她的那双因裹脚而已变形的小脚，脚也只有三寸多长，小指与无名指的骨头已完全折断变形，朝里贴着脚心，凹了进去，惨不忍睹。泡完脚，老奶总喜欢用剪刀仔细地剪去脚底那一层厚厚的老茧，仿佛剪去了岁月留下的所有沉疴。每年一到大爷的忌日，老奶都要独自拄着拐，去村子前的沟底，悲怆地大哭一场才回来。也许只有到了这一天，老奶才能找到理由把内心积压的委屈全部释放。后来，哭得多了，老奶眼睛不好使了，常常让我给她拔眼睫毛。

大爷在世最疼父亲，父亲也想念大爷，有次，父亲去郑州出差，碰见有一个人的背影特像大爷，就一直紧跟在那人后面，结果差点被人家误解成坏人要报警。

看到照片里英俊的大爷，平时从老奶、父亲的嘴里零星地知道关于大爷的一些情况。我从未见过大爷的面，却常以大爷是飞行员，而在小伙伴面前多了一份炫耀的资本。当别人问及大爷后来怎么样，我总是很神气地回答，现在在台湾呢。是啊，一家人的心中何尝不是期冀着大爷好好的呢？

　　一张张薄薄的胶卷照片，是禁不住时光冲蚀的。那时，难得去照相馆一趟，寻常的日子里也没有照相的条件与理由。哪像现在，手机"啪啪"一拍，传上微信微博，晒晒秀秀，自得其乐。从记事起，我就一直以为照相是过年很隆重的一个节目。因为，作为长房长子的父亲，把照相当成了一种仪式。

　　春节时，我去看望父母。姐姐一家，还有弟弟一家都难得聚在了一起。父亲就对我们几个说："今天咱们家人最全，就照个全家福吧？"父亲征求我们的意见。他的话刚一出口，姐姐就知晓了父亲的心思，赶忙说现在照相这么方便，以后随便什么时候都成。听母亲说，奶奶走后，父亲的心思就更重了。我晓得父亲在想什么了。爷爷奶奶走了。长辈在世，就好比挡在生命最外围的一堵墙，即使再破败再不经风雨，但只要他们挡着，子女心里就觉得踏实，觉得一切都还很遥远。对于父亲是这样。对于我们更是这样。这才发现，时光原来无疑就是生命的最大预谋者。

　　时光一定是有脚的，我依然这样固执地认为。不然，昨日的父母年轻美丽，而今天额头不知何时已爬满了皱纹，脚步开始蹒跚；我还没顾得上体味青春年华的甜美，就仓仓促促地迈进了中年；昨日儿子还在襁褓之中嗷嗷待哺，如今个头却已高出我许多；昔日门前的柳树细弱得不经风雨，现在却高大得绿荫葱茏……这一切的一切，或许都是时光赐予我们的印痕，成长或衰老，艰辛或苦难；同时它又不会空手而归的，它要带走一些什么，幸福或青春，生命或财产。生命从来都是这样残酷而公平。人最终可选择的，或许就是在对时间不断地无效抵抗中，渐渐参悟人生的真谛，在生命面前俯首倾听，在漫长修行中逐渐抵达人生的圆满。

　　不管岁月如何蹉跎，我想对父母说声，你们一定要好好的，好看着我们幸福。也想对儿子说，我们一定会好好的，因为要看着你幸福。

《散文选刊》2016 年第 8 期

亲爱的爸爸妈妈

马 亿

在二十二岁之前，我完全没有领会"欲哭无泪"这个成语的力量。每每参加一些长辈的葬礼，看着手臂上缠着白纱的死者家属一脸淡漠僵硬地站起来答礼，仿佛他们正在参加一场淡而无味的公司集会，有什么好说的呢。现在想想，葬礼都是死亡发生几天之后的事了，确实是没什么好说的。这个明摆着的时间差竟困扰了我好多年，事后想起，不禁让人感慨唏嘘，也许真的是像老莫开玩笑说的那样，我女儿的心生得可真大啊。

关于死，老莫从来没正儿八经地跟我谈过这个话题，只是偶尔碰到电视上报道哪里发生了地震车祸空难之类的天灾人祸，他会特别注意死者的年龄，有几次他甚至叫我把死者的姓名和年龄打印出来给他看看。他认认真真地戴上眼镜，像研究大会提案一样严肃地盯着那些陌生的名字，粗短的手指在纸面上滑动，不时地还提起笔来在笔记本上记那么一下。出于好奇，我曾经偷看过他记笔记的那个本子，全都是一些无规律的折线，那些稀奇古怪的人名和数字就夹杂在这些折线之中，有的线和线之间还留有缺口，像一块块木板搭起来的山路，中间缺失的地方便是万丈悬崖。有几次，我把其中几张折线图拍成照片微信给男朋友，他说他用计算机数学建模给那几张折线图设计了一个模型，通过复杂求解，最终从纯数学的角度来证明折线，发现老莫似乎是在求证某种回归，只是数据不够多，图形无法进行下去了。

我想，如今我大概能猜到他那时是在干吗了。

我曾经幻想过无数次，老莫在闭上眼睛的那一瞬间，脑海里是否跳出了那段他苦苦求证的折线。而那段折线，正像是架起悬崖两头那关键的一块木板。

出事那天，我正坐在北四环的出租屋里看一本情节复杂的日本旧侦探小说，窗外暴雨已经下了大半天，门口低洼的地方早已积起了一大摊水，大红色的拖鞋垫子浮在水面上荡来荡去，像一条断了缆绳的小舢板。我一天都没吃东西了，僵硬地靠在床背上捧着书等待着。那些天我就是在这样的等待中过来的，早上和陈郁一起在住宿区外的小摊上吃完早餐，然后绕着附近的一个小菜市场转一圈，听听大妈们今天是怎样抹去那两角钱的零头，或者强行"饶"来一颗价值四毛钱的蒜头。不是有社会学家说过么，看一个城市的文明程度就得去菜市场转转，菜市场是城市生活的一个窗口。

从菜市场回来之后，我便了无心情地开始拖地板、擦窗台、洗衣服，然后对着灰蒙蒙的天空长久地发呆，或者随便拿起一本什么书，一看就是一天。我收集了附近所有餐厅的外卖单，以应付陈郁中午打电话过来问我午餐吃什么的任务，沙姜焗鸡、韭黄叉烧炒蛋、烧鸭腿、五香牛腩饭……我随意组合着这些远在天边的食材，那语气真的像它们已经通通滚进了我那颗无所不包的胃袋里。陈郁当然没有发现任何异样，他还偶尔夸我吃这么多肉怎么都没长胖，他爱我的方式就像爱他未来的儿子一样，细致入微，且威恩并施，他是这么跟我说的。男人都得忙于应酬，接单，或者叫项目，不久前陈郁刚跳槽到东三环的一家广告公司做实习策划，他忙是很有道理的，我不怪他。从另一个层面上来说，实际上那段时间是他在养着我。

打开春兰发来的短信时，我的手一哆嗦，手机摔在了地板上。我紧紧地抱住自己的双腿，把头像鸵鸟一样埋进手臂里，我的大脑被洗劫一空，具体的感觉就像是要睡着了。我感到好累，眼睁睁地看着窗帘外的天光渐渐收缩成一小团，压瘪，变得厚重，直至消失。我陷入了某种类似神游的氛围里。

有个比喻句叫仿佛过了几个世纪，说的就是当时的我。

我终于醒过来了，有那么一两秒钟我天真地以为我真的只是睡了一觉，做了场梦。但为何我的膝盖上满是泪水。伸手摸摸眼睛，我并没有在哭。

我弯腰捡起地上的手机，大脑也慢慢恢复了理智。这么大的事，难道不值得她打个电话给我？这一毛钱承载的信息未免太过沉重了。

我拨通了她的电话，她的周围似乎很嘈杂，有很多人在叽叽喳喳，但是她没有说话。我知道她在电话那头，我听到了她的呼吸声。

"你还好吧？"我强忍着泪水，挤出了一丝笑脸。我的脑袋马上反应过来，这是在接电话，又很快收住了那点笑。

"呜呜呜……"

"呜呜呜……"

我的这句话好像是导火索，把电话两端的人都给惹哭了。听到她那孩子般的声音，一种亲人般的温暖猛然袭上我的心间。

挂掉电话。以后我和她就要在这世上相依为命了，我心想。

半个月后，事故责任终于理清楚了。老莫当时正在右转，速度很慢，一辆SUV越野车刚刚等完红灯冲了出来，SUV的车速很快，听交警说那辆车加速到一百码只要三秒。老莫的别克被完全压瘪了，SUV的车头冲到了别克的引擎盖上，由于不是正面撞击，别克连安全气囊都没来得及完全弹出来，事故的目击者都说这场车祸挺惨的。

　　再次见到老莫时，老莫安安静静地躺在太平间的铁架床上，脸上被整理得很干净，只留下几个被指甲掐破了似的细微痕迹，头发也梳得一丝不乱，他甚至还用了头油。嘴唇饱满坚毅，额头的皱纹都少了很多，这使得他整个人显得非常有精神，像一个化好了妆在后台等待上场的演员。老莫长得还挺帅的，之前我怎么没发现呢。

　　我在太平间门口的那排铁椅子上坐了很久，春兰默默地陪在我身边坐着，既不安慰我，也没有哭。

　　送别老莫时，我的心里倒很平静，我想起了老莫时常提起来的菜园。他说等我有了孩子他就回老家，帮我带孩子。他最想要的就是一块菜园，他说这几年老是梦到年轻的时候跟着奶奶一起到菜园浇水的情形。夏天的傍晚，太阳失去热力之后，菜地里的茄子秧黄瓜秧都被烤软了，全都趴在地上。这时候你就用葫芦瓢把一满瓢温热的塘水泼在挖好的水凼里，你猜怎么着，那一根根小小的瓜秧会马上神奇地立起来，就是那么快。老莫每次说这段话时我的脑海里都会自动浮现出一幅领导下乡搞调研的场景，穿西服的老莫站在一个老农民面前抓起一把黄土，大声地问，老乡啊，今年的收成怎么样啊。我把老莫的梦想当成了一个笑话。

　　现在说说春兰。

　　我是大三那年才认识她的，在这之前，她是以一个类似远方仇人的形象存在着，亲人们提到她的名字，都是跟一些最下流的词放在一起。在我很小的时候，身边的人经常提到她，他们一边感叹我和老莫的命运悲惨，一边咬牙切齿地骂她，我却并不喜欢这些人说的话，毕竟老师教导骂人是不对的。后来我慢慢长大了，身边几乎没人再提起她了，反倒是我，时不时地在心里狠狠地骂她一顿，似乎是缓解压力很好的方法。这两年和她有了一些交集后，心里对她竟产生了一丝丝同情，也许是人生阅历的提升，也许是因为对命运不定的伤感，谁知道呢。

　　她其实是被迫嫁给老莫的。老家那一带当时非常流行"换嫁"，也就是亲上加亲。你家儿子娶了另外一家的女儿，那另外一家的儿子就自动有了娶你家女儿的优先权。她刚嫁到杨树大街时，就有人指着她的背影说，莫家这个儿子怕是降不住啊。老莫年轻时也算是长得还不错的，家里的老相集上老莫一张标准的国字脸配两条又黑又浓的眉毛，很是英武。缺点是人有点儿憨，话也少，用奶奶的话形容就是"八竿子打不出一个屁来"。也正是因为这一点，爷爷和奶奶才坚决在嫁出最小的姑姑的同时要娶过来一个媳妇，那年老莫已经二十八岁了，爷爷和奶奶是真的急了，二十八岁在当时是一个足够让父母夜夜睡不着的年纪。

据当年的大人讲，她的容貌在整个里镇也是排得上号的，一张标标正正的瓜子脸，加上一对圆溜溜的大眼睛就足够让人受的了，再配上小巧玲珑的鼻子和微微摆动的大屁股，哎呀，连出差路过杨树大街的县里干部都直了眼睛，有人夸张地说，竖在我家门前的那根木电线杆硬是撞瘪下去。

这样一个漂亮的可人儿，偏偏性格又极乖张，见人就喊大哥，上至六十岁的老汉，下至还没结婚的小伙子。本来就已经快走不动路的人了，被她这么一喊，就只得坐下来了。她刚嫁过来那一阵，据说我家的那个小院子都快成了城里的聊天室。刚开始还只是杨树大街上的一些闲人坐在院子里扯话皮儿，老莫默默地为他们添茶，很少搭话，非得有人问到了不得不答一句的程度，老莫才会羞涩地回上一句。一两个月之后，聚会竟然发展到了要在门外加座的程度。奶奶本不想管，因为老莫结婚的时候就分出去过了，但是现在不管不行了，奶奶在杨树大街上走一圈，那些阿姨婶婶们都拉着奶奶不让走。

那天早上，吃过早饭刷完碗，奶奶悄无声息地去杨树大街东头的公共厕所挑了两担大粪，她走在路上就引起了别人的关注。因为田地都在东头，而奶奶是往回走。奶奶把两担大粪放在院门口，然后搬一把椅子出来坐在院前的门槛边，眯着眼睛看头上满树开得正盛的槐花，就像是在乘凉。所有人一下子都明白了，奶奶这一招可真够狠的。

老莫对奶奶的行为既不支持也不反对，权当是没看见这回事，闷头在田地里干活，把豆大的汗粒滴进土里。

从那之后，春兰足足有半个月没出门。半个月后，她再次出现在杨树大街上时，人们发现她已经不是从前的那个可人儿了，整个脸成了圆盘不说，腰也不见了。有好事的人不怀好意地问老莫是怎么弄的，老莫呵呵地一脸羞涩，就都不说话了。

次年 5 月，我就出生了。故事就是因为我的出生才转折的。

生产的过程很顺利，但是孩子拿出来后在场的人都呆住了，孩子的心脏竟然像布袋一样挂在体外。外公当场就建议把孩子扔到后山上，这才是第一胎，而且又是女孩。躺在床上的春兰坚决不同意，坚持要把孩子留下来。就在大家陷入沉寂时，老莫发话了，说，送医院吧，大不了多干几年。说完抱起我就往镇上的医院走，我这条小命才算保住了。当时住院花了 1200 元，是老莫求村支书开社员大会之后挪公款垫付的。1200 元当时能在杨树大街盖起一栋房子。

待我满月之后，从没走出过里镇的老莫不得不踏上了去南方的火车，他要撑起这个家。

后来的故事情节就有点不堪入目了，有的人说她是对那事上了瘾了，离不了男人，有的人说她是收了钱的，说法不一。但大体上还是能反映出当时的一些情况：她成了一只破鞋。爷爷和奶奶不愿听风言风语，整日不出门。当年中秋节的早上，她把不满半岁的我用棉被裹好装进大菜篮子里，静悄悄地放在爷爷家的门口后不告而别了。又有人说一大清早看到她和另一个男人急匆匆地走了，那个男人的背影有点儿熟悉，好像是县农技站的。

爷爷奶奶自然是无脸见人，找到外公外婆家。外公外婆遭遇如此奇耻大辱，当场发愿不认这个女儿，就当没生过。

杨树大街上流言四起，有人说早看出来不是什么好东西，那脸蛋那鼻子，哪一点儿像正常人，还有那走路的姿势，就找不出来其他这么走的人。

老莫好几年都没回来过年，年底工地发了工资就直接汇给村里。老莫后来对我说，他是用那几年流的汗买了一个我。

还是有关于她的消息。在汉正街做"扁担"的田春说他好像碰到过她一次，做的是文具批发，因为当时背上压着货，看得不真切。第二天他再去那个铺子时，铺子改成了卖成衣的，看来她是逃了。爷爷奶奶本不想再管她的事，但人家好心好意特地上门告知，爷爷不得不咬着牙说，要是找着了，一定要打断她两条腿。

此后十几年再也没她的消息了。

爷爷奶奶早已仙去，守了祖坟山。老莫混成了一个建筑公司的二级承包商，有车有房，算是事业有成，我也没给家里丢脸，拼死拼活好歹考上了一个二本院校。这么些年下来，老莫也遇到了几个女人，但他就是没提到领证。在法律上，老莫已经单身了二十几年，当初的婚姻关系早已自动解除。

这时候又有了她的消息。

我上大三那年，她突然出现在杨树大街。听街面上的人说她是被几个人抬下车的，一个男人从车里抽出一张折叠椅在地上支好，然后把她架到椅子上坐着，她傻呵呵地望着杨树大街上的行人。起初人们以为是乞讨的，但是她一身衣服干干净净，满身的肥肉显得人很富态，脸色也很红润，她面前也没有"求六元钱坐车"的字样。

天黑了，街上的人都出来乘凉，她还坐在那里，人们就围了过来。

又是田春先认出来的，当"扁担"赚了一笔钱后他在街上开了一间小水果铺，"这不是莫家三小子跑掉的那个媳妇儿吗？"田春吃惊地叫了起来。

所有人都来了兴趣，每一双眼睛都仔仔细细地盯着她，虽然脸形完全变了，但是每个人还是凭着记忆中这一点那一点的特征凑出来了，没错，确实是春兰。

"傻了吧？"终于有人发现她一直没说话了。

有人当场打电话给老莫，当时我正在洗澡，老莫敲着卫生间门跟我说了。我把花洒调到最大，温热的流水一遍一遍冲刷着我的脸，一种窒息的快感流满全身，原来泪水可以流淌得这么欢快。

第二天老莫带她去协和医院检查，是阿尔兹海默症，就是通常说的老年痴呆症。她1966年生，四十九岁，离开杨树大街那年她二十四岁，她离开了自己一半的人生，和整整一个我。

不知道是医院误诊还是怎么的，经过一个暑假的休养，她的病竟然好了起来，以前的事也断断续续地记得一些，但记得的都是二十四岁以后的事，她刚好把我给忘记了。以她现在的理解，老莫是她的情人，我自然是她情人的女儿。她的性格很开朗，就像一个邻家大姐姐，经常约我出来吃饭，还送一些很贵的化妆品给我，看来她是在贿赂我。我偷偷问过老莫给了她多少零花钱，这个老男人竟然很羞涩地笑了起来，不多不多，钱花完了再去赚嘛。

私下里，春兰非得要我喊她为兰姐，就像她的其他闺蜜一样。老莫仿佛对我和她的关系很满意，他私下跟我说，幸亏她得了这个病，要不然还真不好弄。混熟之后，她跟我讲了很多以前的事，什么深夜摆地摊遇到黑社会斗殴，都吓傻了，等到打完了回去收地摊，在地上捡到了一条断开的金链子，她送到金器店熔成了一对耳环两个戒指，说着她就把一只戒指框进了我的指头；什么在大西北的草原上替人放了两年羊，羊肉吃伤了，现在闻到羊膻味儿就吐……她还是一个很细心的人，大四毕业我和陈郁去四川旅行，出发之前，她把陈郁单独叫到房里教导了好一阵，房里嘀嘀咕咕的，不时传来陈郁的笑声。在火车上我问陈郁，她跟你絮叨了些什么。只见陈郁畏畏缩缩地从荷包里抽出一个盒子角，我一看要疯了：杜蕾斯。我问她还说什么没，陈郁的脸一下子涨红了，在我耳边说了三个字，让我彻底崩溃了：性教育。

老莫走了之后，她的心情挺不好的，光窝在家里看韩剧，哭得跟那个什么似的。

老莫走了快一周年，她突然打电话给我，深有感慨地说，"哎呀，老莫找我算是找着了，哪家的情人能像我一样忠心啊，照顾了老的还要照顾小的，他这是提前给你找了一个妈啊。"

我的鼻子一酸，狠狠地冲向了卫生间。

《小说月报》2016年第8期

五角星

刘雨涵

"阿弥陀佛，佛祖啊，你一定要保佑我丈夫早日归来。"女人站在村口的小路上，看着丈夫的身影逐渐融入人群中消失。残阳的最后一滴血氤氲了大半边天空。

昨日夜里丈夫归来就一直愁着张脸，"这可怎么办，村里头说鬼子要打进城了，我明天要跟着村里的人打日本鬼子去。只是你们娘儿俩在家可怎么办啊！"男人坐到炕上，把六岁多大的女儿抱到怀里。"宝贝，爹把这个留给你，想爹的时候拿出来看看。"男人从口袋里掏出一个红红的五角星。

"不，爹，我也要跟你一起去打鬼子！"

"小孩子家家的打什么鬼子。女孩子在家好好学刺绣就行了。"女人把热好的饭菜端上来。

"哼，老师说了，木兰还替父从军呢！"女儿挣脱父亲的怀抱，摆了个很酷的姿势。

"老师，老师，真不知道你爹是怎么想的，把你送到那个什么破学校去。"女人瞪了男人一眼。

男人乐了一下："不说喽，一家人好好地吃这最后一餐饭吧。"

良久……

"孩子他爹，在外面要记得写信回家啊！"

"哦"

女人沉默了。

回过神来，女人嘴中喃喃着，牵着女儿的手向家中踱去。

战火果然很快就漫延到全国各地，女人的心一天比一天揪得紧，丈夫的信还没有到，他是不是遇到了什么不测，女人不敢深想，只有女儿坐在门口的板凳上，手上拨弄着那个五角星。

"阿爹怎么还不回家，老师今天说日本鬼子快来了，明天不用去上课了。"

女人叹了口气，赶紧念叨了几句"阿弥陀佛，阿弥陀佛……"

"嫂子！大哥的信来了。"村里专门负责送信的小张停住单车，拿着信站在门口挥舞。

女人停住了张罗饭菜的手从屋里小跑出来，"小张，信来了？！"女人从小张手里抽过信件，又讪讪地递了回去，"要不留下来吃顿饭吧，顺便帮嫂子把信读一遍。"

"嫂子，饭我就不吃了，"小张往屋里的桌子上瞟了一眼，惨淡的一碗粥，上面漂着几根菜叶，旁边配着些咸菜，"我帮你把信念一遍吧。"

"好好好。"女人的手不停拨弄着身上的围裙。

孩她娘：

  原谅我到现在才写信给你，目前事态有些紧张了，本来我们以为战争很快就会结束的，但鬼子很快便打来了，我们只好撤退。不过，你放心，我没有受伤，好好照顾我们的女儿！

女人长吁了一口气，对里屋里供的佛像拜了几拜。"阿弥陀佛，感谢你保佑我丈夫平安！"

几天后的清晨，急促的敲门声响起，女人惊醒，"鬼子来了！"还来不及思考，她抱起女儿躲进了屋下的地窖里。

"砰！"门被撞开了，一群人闯进来并连续带上了门。

女人透过窖盖的缝隙，看着眼前的景象，牙咯得吱吱响。"万一被鬼子找到了，老娘就拼了。"

女孩儿从母亲怀里醒了，揉了揉眼，顺着光泻下来的方向往外瞧，眼睛突然有了神采，伸出手："五角星，五角星，爹回来了！"女人赶紧捂住女儿的嘴，却已被屋里的人注意到了。

"有人在吗？"

见有人在慢慢朝自己靠近，女人把女儿朝里边黑暗的角落放下，一把将盖子掀开，"我跟你拼了！"却在看清那人外貌后呆住了。

一张清秀的脸庞，穿戴着整齐的军装，更重要的是帽檐的上方正是与丈夫给的一模一样的五角星，哦！是八路军。

女人把手放下，就像看到了亲人一般，眼睛里闪烁着些许的泪光，"小兄弟，你知道我丈夫在哪吗？你们是不是一起的？他还好吗？"

"您是李大哥的妻子吧？他很好，是他告诉我们到这来的，您可以帮我们找个安全的地方吗，我们要开个会，鬼子正在后头追赶……"

女人把他们领进了柴房，抱着女儿坐在门前放哨。

会很快就开完了，年轻的战士们将要离开的时候，看到了小女孩手中的五角星，亲了亲，郑重地对女人说："大嫂，这个可要收好，千万不可以给鬼子发现了。我们走了，放心，大哥很快就会回来的"。

"胜利会属于我们的！"女人望着小战士帽檐的五角星，坚定地说，转身从柜子里摸出几双布鞋，塞进小战士的手里说："这是我亲手做的，请帮我转交给你们李大哥！"

女人搬过来一把梯子，把女儿手中的五角星放进了供在神龛上的佛像的肚子里。

"佛祖啊，你一定要保佑我丈夫啊，哦！你还要保佑外面的那群兄弟们也平平安安的，让战争早点结束吧！阿弥陀佛……"

夜悄无声息地来临，黑云从天际翻滚而来，一声枪响撕破天际。女人颤了一下，孩子也吓哭了。

鬼子真来了。

女人赶紧带着女儿又一次躲进地窖里，同时紧紧地捂着女儿的嘴巴，女儿虽然吓得浑身发抖，却也懂事地紧紧靠着母亲，用小手捂着女人的嘴巴。

砰的一声，门被撞开了，一把刺刀首先出现，紧接着传来的是一阵杂乱的脚步声，桌上的杯壶被扫落在地上，碎了，桌凳被砸了，这个家实在太贫了，鬼子没找着一点儿吃食或有价值的东西，一群人叽叽噜噜着听不懂的叫骂声，步子离女人越来越近，女人不敢看了，把女儿的头埋进自己的怀里。终于，步子渐远，砰，一声枪响，神龛上的佛像被打碎了，五角星从佛肚里坠落，轻轻地弹落在桌脚里边，恰恰落在女人的视线处。

女人心想完了，脚发软，竟无力地晕了过去。

不知过了多久，女人被女儿叫醒，外面寂静无声，鬼子早已走远。

两人从地窖里爬出，拾起那颗五角星，女人把它紧紧地贴在心口，"呼，幸好，幸好你没有摔坏，幸好你没被那群鬼子发现。"虽然屋子被砸得乱七八糟，但女人心中反而舒坦了，她抱住女儿，大滴的泪水从眼眶滚出，浸湿了手中紧攥着的五角星。

一天又一天，一年又一年……

终于，抗战胜利的消息传来了。

女人喜极而泣，牵着女儿奔向村口，太阳已落了山头，余晖却仍徘徊在天际，路的尽头那个熟悉的身影又重出视野，一身灰布军装，头戴灰色军帽，帽檐的正上方有一颗闪亮的红五星。

女人奔上去，却猛地收住了脚步，来人并不是自己的丈夫。她愣住了，那人跪在了她的面前，把一个包袱塞在她怀里："嫂子，这是李大哥叮嘱我给送回来的……"

女人只觉得天旋地转，包袱掉了，散落在地上的是一双布鞋和一枚浸满了血的五角星。

《神州时代艺术》2016 年 8 月

傻 妮

冯靖雅

"你认识林慧吗?"
"林慧?林慧是谁?"
"那你认识傻妮吗?"
"哦,当然认识啦,她经常在幸福街右转第一个路口处那里捡垃圾。"
……

其实,傻妮是有名字的,她叫林慧,十三四岁的样子,后脑勺扎个小马尾辫,一走,辫梢左右一摆一摆的,是我们城郊乡后梁庄村人。据母亲说,她和我年龄相仿,在她八岁那年,傻妮因抱住一坏人的腿不放,让警察叔叔来抓,坏人情急之下,抡起拳头朝傻妮头部猛砸,结果傻妮落下个脑震荡后遗症,没过多久便辍学了。因为我们这附近的人都习惯喊她傻妮,时间长了,"林慧"这个挺诗意的名字也就逐渐被人淡忘了。

终于等来了学校过大休。这天,我沿着幸福街漫步,风微吹,但没有一丝凉意,抬头,空中一朵云挽着一朵云的胳膊,好不缠绵。我一直往前走,不知走了多长时间,竟然穿过了幸福街右转第一个路口。瞧!离我大约一百米远的地方那个硕大的深绿色大垃圾桶旁有个模糊的瘦小身影,我加快脚步走过去,那身影逐渐清晰起来——她就是大家所说的傻妮,这是我第一次见到她的真面目。她上身穿一件略显宽松的灰色花格子衬衣,下身穿一条有许多破洞洞的旧牛仔裤,似乎很长时间没有洗,左手拎一条编织袋,右手和头深深埋进垃圾桶里,翻腾着垃圾桶内异味熏天的垃圾。

她好像已经察觉到有人站在她身旁,便使劲地连头带手从垃圾桶里慢慢抽出来,扭头,抿嘴,冲我笑笑。我赶紧递给她一瓶矿泉水,刚开始她推脱不要,她看我拧开瓶盖才把手往编织袋上来回蹭几下,接住,昂头,"咕咚咕咚"地喝个底朝天。喝完,她顺手把空瓶子塞进编织袋里,和我说声谢谢,继续朝下一个目标（垃圾桶）走去。

　　回到家，我跟母亲说我在街上遇到傻妮了，她就是一个捡破烂的女孩儿嘛，除了穿的不太好外，我看一点儿也不傻。母亲说，"因为你不了解她。有人拿一张十元和一张一元的钱让傻妮拿，她不假思索地伸手捏了那张一元的，那人笑傻妮真傻，傻妮看了看那人，没吭声，随后也学着那人笑了起来，很灿烂。"

　　我就纳闷了，她认识钱，为什么不选择数额大的钱呢？

　　一天，我再次路过傻妮捡垃圾的地方，正巧碰见几个调皮的孩子在和傻妮玩选钱。傻妮和往常一样，不紧不慢地坚持只选择面值小的钱币。随后，空气中弥漫着银铃般的笑声。

　　我俯身叫她的名字："傻妮。"

　　她抬头不解地看看我，半晌说了句："啥事？"

　　"你为啥只选择面值小的钱呢？"

　　她先是咧嘴一笑，后四周张望一下，小声地告诉我说："你傻啊？要是我拿了那张大的钱还会有人来找我玩吗……"

　　我鼻子不由一酸，慌忙背过身去。

《作文指导报》2016 年 10 月 10 日

将爱藏于心底，永远不说再见

宁永顾

　　母亲不是个漂亮的人，按照现在的审美标准甚至有点儿丑。她腰很粗，加上个头又矮，远看就像个皮球；而近看，头发枯燥，皮肤粗糙，脸颊被晒得很黑，手指粗大布满老茧——她真的和美丽这个词沾不上边儿。

　　外公去世那年，她还不到十八岁。哥哥姐姐各自成家、弟弟还小，外婆身体又不好，于是她便开始操劳整个家。她像其他农民一样，根据时节忙里忙外，整年基本没有空闲之时，春播、秋收、冬藏，而自己亦不曾在那样的花季年华得到本该有的无忧无虑。后来有了我，她更不能闲。

　　我小时候不懂事，没有什么爱美的意识，自尊也没有那么强。直到上了初中，看见别人的母亲都是裙子、高跟鞋，再看看自己的母亲，穿着裁缝店里缝制的质地一般的衣服，自己熬夜纳的布鞋。一身衣服穿起来显得特寒酸，于是我通过长久的沉默表达心里那种失落。

　　然而，在我还来不及让青春期的虚荣心发作时，就陷入了另一种长久的孤独与无望——父亲去世。后来，我与母亲度过彼此生命里的不幸年华，在吵闹与隔阂中慢慢懂得珍惜。但说来不孝，那几年彼此仍然伴随伤害，如今看来，令我痛心疾首。

　　父亲刚去世的那几年，我从来没有和母亲度过我完整的暑假。第一年，祖母看我可怜于心不忍，撇下了家里的一切，带着身体羸弱的我去她的娘家小住，住在祖母的妹妹家。在那里，我度过了第一个失去至亲的夏天，初次品尝了孤苦的滋味。

　　后来的几年又辗转于几个舅舅家，直到我十五岁。现在回忆起那样的生活，便如黛玉住进大观园，但是黛玉身边还有宝玉和一些能说话的姐妹，而我则是孤身一人。

　　大人常常以为给了你安稳的环境便是幸福，然而孩子的敏感又岂是物资能够代替的？或许当时的我要的不过是母亲一个温暖的怀抱，和丝毫没有隔阂的纯真的爱。长大以后我才明白，那个时候的我从心底里厌恶那种生活——大人独裁般的自以为是的举措，表哥们居高临下的不悦眼光。与他们生活相处会时时产生细小的摩擦，折磨着年少而多愁善感的我。那种寄人篱下的感觉严重撞击着我脆弱的自尊，滋生出连我自己都不曾发现的不满情绪。可是，一切都由不得你。也许从那个时候起，我就渐渐明白，所谓的现实点便意味着妥协。于是，我渐渐变成了沉默寡言的人。

十五岁那年的暑假我待在三舅家，长到了懂得人情世故的年龄，虽然知道他们对我好，但我仍然受着自己内心的折磨，有少年维特式的烦恼。但是我知道这种生活快到尽头了——这便是成长的好处——就像漂泊已久的船终将要靠在码头上，只是还不知道以怎样的方式停靠。

在我整天郁郁寡欢的日子里，母亲用六百块钱买下了一辆女式摩托车。在我赌气想回家的时候，母亲正日夜学习骑车，终于她用最快的速度学会了，然后在那个暑假的尾巴出现在我的面前，在阳光惨烈的马路边，大声叫着我的乳名，我看见意气风发的她开心得快要哭鼻子。

于是，我收拾好一切，跟着母亲回家了。坐在母亲的后面，我们谈论起家里发生的事情，稻子收割、西瓜熟了、谁给我买了十五岁的生日礼物，我们像是久别重逢的故人，完全不是孩子与母亲的角色。也就是在那个夏天，在夏天的阳光里，我终于算是告别了我的童年。

风从脸上快速地刮过，我们穿过厚厚的沙土路，远处是绵延而平静的湖水，我突然明白过来，家才是我这艘船适合靠岸的码头。坐在母亲的车子后面，可以跟她去很远的地方走亲戚，有很多好吃的好玩的，那段时间是我最快乐的时光。

直到我小学毕业升上初中，坐在母亲车子上悠闲且惬意的时光才停止。母亲不再去哪里都带上我，总是要我在家写作业——事实上我也因为学习任务沉重，再不能跟在她身后。

幼年时期迅速过去，我跟母亲终于渐渐有了隔阂。我们经常不能开心地说话，有时候她说着说着就是一顿大骂，我时常委屈到不知道怎么发泄，于是我就慢慢深陷小说的天地，有时候看得忘我，被母亲发现后便一记响亮的耳光打得我说不出话来。她站在我面前，一直数落我如何如何不争气，最后往往以她的眼泪结束。

初一下学期，我开始隐隐滋生年少的虚荣。莫名地厌恶母亲频繁来学校看我，讨厌她总是鸡毛蒜皮的小事都来找我倾诉，担心我这担心我那的。那个时候，因为害怕被同学看见自己的母亲长什么样子，我回家就和她大吵大闹。

让我难以想象的是，当初我是全镇前十考进那所初中的，而初一下学期成绩猛然下降，这导致我不得不转学。母亲在别人面前装作"那所学校不好才转学"的神情，与别人批判中国教育的失败之处，回家就对我无比冷漠，时常刻薄到让我难以接受，但是我知道她是太想让我考上一个好的高中了。

8月，我们忙着转学的事情。那所初中离我家更远了，母亲再也不能像以前一样，随时随地来看我。有时候十天半个月回家一趟，因为家所处的地理位置偏僻搭不到车，母亲便去借摩托车送我去学校。路程遥远，母亲骑车要骑一个多小时。我仿佛又回到了小时候，坐在母亲的后面，伸手牢牢地抱着母亲的腰肢，任风吹打在脸上，幸福之时也不免吹嘘岁月残忍。而她现在已经是一个中年妇女了，身体上的赘肉扯着她，让她站在我面前越来越矮。

骑到离学校快两百米的地方，我便叫母亲停车。母亲一脸难堪，又十分理解地说，你快去吧，妈妈知道。又是一阵叮嘱的话，然后我低着头说你路上小心，我走了。

其实我并没有走多远，就回头看着她，看着她熟练地穿梭在人群之中，像一条鱼，摆动着肥胖的身姿直到消失不见。内心的愧疚久久挥之不去，我便决定要用最好的成绩来报答她。说来也是奇怪，年少的结竟然只因为同学一句"你有什么资格嫌弃你父母的长相"而豁然开朗，解开心结的我发现我们都长大了，平常私底下都不再议论谁的父母难看了。后来，随着知识和阅历的增加，学会了理性思考，那群厌恶父母是农民的孩子渐渐明白了上一辈人的艰辛，从而决定要认真读书，出人头地，让父母过上好日子。

初二结束，因为我成绩拔尖，又转回了我家附近的初中。

去学校有很长的一段泥巴路，下雨天就不能骑车过去。而南方又偏偏多雨，母亲便总是帮我提着大包小包，跟在我后面。她用最原始的办法，送我去学校。

初三那年，不管晴天下雨，她总是送我到学校前面几百米的地方就停止脚步，让我赶快进去，我知道她是怕自己长得不好看会让同学以此来嘲笑我，而在初二的时候我竟如此狠狠地伤害过她，一想起来就觉得自己当初很不争气。她像往常一样叮嘱一些类似于"好好学习、好好吃饭"的话，脸上带着不舍而坚定的笑意。

然后，谁先转身呢？

总是她先转的。我常常走在转弯的地方，频繁地回头看她，有时我就站在那里木讷地看着她的背影，流下没有缘由的泪水。她被雨水淋湿，衣服黏着身体，更加凸显出她的矮小，她的腰肢不再粗壮，这种感觉带有一丝孤寂的味道，那一刻我是多么心疼与难过。直到她拐进一个转弯，就再也看不见她了。

她与别的母亲不一样。她总是提前转身，不愿看着我的背影缓缓离去。我们母子不像天底下别的母子那样，别的母亲看着自己孩子的背影是幸福，而我的母亲不是。她独自扛下生活的重担，她再也受不了生活里的亲人渐渐在她面前消失不见的过程——在那么多短暂的离别面前她只能早早回头，装作不再牵念。我不知道在无数个落寞的夜晚，她会不会哭着醒过来？而身边，亦无他人。

高二暑假，偶然看见一篇散文是写给母亲剪指甲的，我被作者言语感动，便决定学着去给母亲剪一回指甲。然而当时母亲在午休，我便蹲在床尾，拿起她的脚端详，才发现她的十个脚趾盖全部已经发黄了。因为长年累月做农活，脚指甲已经变形，深深钻入脚趾的死肉里——这是我见过最丑的脚了。那种感觉难以言语，坐在地上听着这个深爱我的中年女人打着和男人一样的鼾声，我不禁鼻头一酸。

往事已经模糊，但脑海里却也清晰地想起她曾经风轻云淡地说，在农田里干活被玻璃划伤脚便用泥巴裹住止血，炎夏在田里锄草的时候没有水喝便去水沟里喝那些不干净的水……好像她一直在委屈自己，但唯有在我身上，她一直都在不计得失地付出。

这几年，外婆住在我家，时常跟我说起家里人的过去，更多的是关于母亲。她说母亲从小就可怜，跟着她受尽孤儿寡母的苦。本指望嫁个人享福却又未能如愿，现在只能指望我长大后能孝敬她，让她的晚年过得好些。我自然是连连点头，但外婆却总是异常扫兴，说我现在还小，说不定以后就变心了，为此总是惹得舅舅不悦，埋怨她净胡说八道。但我却明白外婆的那种心理，正如爱之深责之切，她只是太疼爱这个女儿了，以至于在任何人面前都是一副不相信的样子。

记得更小的时候，我打赤脚跑出去玩，不小心被碎玻璃割了脚，脚不能下地，之后我坐在竹床上整整半个月，都是母亲早上把我背出来，晚上又把我背回房间。她每天干完农活回来还要给我端饭倒茶，那个时候的我以为这是她应该做的事。后来我的脚底板上便有一块疤痕，很多很多年以后我看见她的一双脚时，才明白我的这块疤让我多么难堪。母亲从来不把自己的痛苦展现在我面前，而我亦不曾真的关心她，或许外婆说得对，我不过是在嘴上逞能，将来不论我对她多么好，也报答不了她今生的付出——这是一件很残忍的事实。

如今我在外读书，每个月按时给她打电话，要是有时候忘记了隔了太久的时间，她也会给我打过来。她不会直接问我为什么不给她打电话，而是问我最近很忙吗，有没有给家里的老人打电话，等等。生怕惹得我不开心，她的话总是绕许多弯，却独独不敢说一些直接的话，比如她想我，比如我为什么不给她打电话，不想她吗？

母亲用她能够做到的一切，小心翼翼地守护着自己爱的人。却又敏感地生怕对方发现自己的秘密，但是母子连心，世界上有哪一个人不知道挚爱心里想的是什么。她不过是想我了，年近五十还要去外地打工挣钱，她不过是想我过得好一点儿，将来有个体面的工作，不必像她那样从小就过得艰辛。

这些年她已经习惯了，在离我很远的时候就黯然转身，一副理解的神情，只让我一个人独自前行。而我却有深深的愧疚，我知道她是怕她亲爱的孩子，再次伤害她，所以她强忍着所有的爱意，保持着两代人难以把握的距离，只留下一个深深的回眸。

我知道，不管我们去了哪里，一定都会有一个人，在你不注意的时刻，投以深深的回眸。那个眸就是整个世界，就是你长大的背影。

将爱藏于心底，永远不说再见。

《中国校园文学》2016 年 10 月

朝之菜市场，夜之便利店

残小雪

菜市场与便利店，在我的世界里是永不会相遇的一对伙伴，如同太阳与月亮的交叠，承载着我的世界里的黑白更替。

它们与日复一日的生活息息相关，无论困苦和喜悦，无论忧愁和舒适，我们总要继续生活，我们总要在其中找寻时间的闪耀时刻。

如果食物能够给漂泊的日子一点点儿抚慰，那么菜市场和便利店，便是某种自怜当中所寻觅出的幸福出口。

菜市场，吸收这城市真实的烟火气

在北京换过许多次房子，从西到东，由南到北，反反复复地带着自己越来越多的行李，辗转于各个不同的小区。

每到一个新的小区去生活，最先去寻觅的，一定是周围的菜市场。

最好是那种又大又热闹的早市，在习惯了夜生活的年轻人还没有外出活动的时候，那些摊位老早就摆好了最新鲜的蔬菜和肉类，等着中老年的邻居来光顾。

"今天的娃娃菜新鲜呀，要不要来一点儿。"

"刚到的花生，拿些尝尝吧。"

我喜欢混在汹涌的人潮中，听他们讲话。平日里挤在电梯里，挤在地铁里，听到的都是深夜加过的班，下午和投资人喝的咖啡，这一个季度的业绩指标。那些声音像个紧箍咒一样从周一到周五一层一层地缠过来，我只能在这个时候，一个刚刚开始苏醒的周末，在这里寻得片刻的放松，比放着爵士乐的文艺咖啡馆有用得多。

一直想得到一个老年人用于买菜的那样的小拉车，新鲜的蔬菜水果塞进去，回家的路上鲜绿的菜叶子露在外面有精神地一晃一晃，像是胜利的旗帜一样。遇到邻居老友，别人问，买了芹菜呀，怎么吃？

混着肉馅包饺子。

好像这么说着日子也变得比别人都幸福了一大截似的。

后来想想我总是做一人份的餐食，一颗圆白菜足够吃一个星期，哪里用得上用一个小车子呢？

有时候工作闲暇，会突发奇想周末要买什么原材料去做一道自己喜欢吃的菜。哪知真的到了周末，去了菜市场却买回来了许多其他的菜，自己也不知道做什么好。

只是在把它们拎在手里的时候，觉得离自己创作的温馨那么近。

那是自己做饭的意义，在意的不是节省了多少伙食费，也不是口味有多么的好，而是自己靠着自己的双手来填饱肚子，这是关于努力的最直白的表达。

到陌生的城市旅行，也喜欢早早起床到菜市场去看看。每个地方的菜市场，都能读到这个城市的某种气质。

记得在越南的菜市场，那些花农把大把的新鲜花朵连根摆在摊位上一起出售。人们捧着花回家种在花盆里，把这种绽放的浪漫深深地植根在生活里，尽管日子因为贫穷难免有些凄苦。

在柬埔寨的菜市场里，因为天气炎热，有小贩背着扁担，前后的筐子里装着用塑料袋盛好的冰柠檬汁。折合人民币大概一元五角两袋，那样潮湿炎热的夏天，挤在菜市场里喝上一口，真是透心凉的舒爽。

国内北方的菜市场，喜欢用大数字标明价钱合理，比如十元五斤，却不会写两元一斤，以吸引大家买得更多，可以早早收摊休息。

而南方的菜市场，商贩们则用一斤的价格标注清楚，不介意你买多买少，一头蒜一棵葱都高高兴兴地给你称量。不忙的时候，还会把蔫掉的菜叶子择干净，让售卖的品相更加美好，像是对生活所有细节的一种优秀的态度。

秋天到了，前几天去菜市场的时候，在水产区看到新鲜的皮皮虾和螃蟹。我站在那询问价钱，老板说都是一样的价格，可以搭配着买。

回家时我拎着一小黑袋子活蹦乱跳的海鲜，觉得自己已经被秋天的恩赐包围。

刚好是新鲜的红富士收获的季节，那天站在一个摊位拎着空袋子细细挑选。一个头发白了一半的阿姨问我，这种苹果好吃吗，应该怎么挑呢。

让我想起在我很小的时候，小到还没有上幼儿园，由奶奶在家里照顾的岁数。她早晨要出去买菜，不放心我一个人在家里，就常常带着我一起去菜市场里"看风景"。她和我现在身边出现的那些陌生的邻居一样，挨个摊位挑选品相最好的蔬菜，计划着今天午餐和晚餐的菜色，问我想吃什么东西。

然后时间呼啦啦就在一日三餐里过去啦，奶奶很久都没有力气下楼去买菜了，而我也不再是那个见到每一个城市细节都觉得是新世界的小女孩了。

我们一边聊着一边挑苹果的样子，让我觉得自己终于融入这个城市了。

便利店，抚慰夜归人的避风港

经常凌晨下班的我，尽管每次都是疲惫不堪，总是要到二十四小时营业的便利店去转转。好像那里面有种莫名的气场，我一走进去，那些倦怠就被莫名地吸走了。

之前在朋友送的一本养生书里看到说，为了身体健康，尽量不要在深夜去便利店，因为此时容易忍不住买零食吃，在睡眠后无法消化，影响身体的休息。

看到这部分的时候我想，深夜去便利店买的是一份安慰，没了这个安慰，精神的健康如何保障？

记得有一年的夏天，连续几个星期加班到凌晨三四点，那时回家的路上路过一家7-11，好几次遇到同一个夜班职员，是个微胖的哥哥，他无精打采地站在收银台旁，用手机悄悄地看视频打发时间，脸上带着的怨气和我一个样。他有一个很瘦的搭档，搭档看到我经常会大声说"欢迎光临"。

他充满活力的声音，好像会给我一种力量，让我知道在这个消沉的夜，有许多陌生人跟我一样辛苦为生活打拼，他们在发现同类时会用这样的形式彼此打气。

冷藏柜里的过期食物在凌晨被清理干净，然后等待晚一会儿的新鲜补货。

有时我会买些好炖的，或者一杯酸奶，结了账就站在门口吃光。如果三明治还足够的话，我最喜欢的是金枪鱼蛋黄酱的味道，冰镇的最好吃，通常凌晨的时间段，哪怕是盛夏，也透着些凉气的，再吃一个冷藏的三明治，感觉冷飕飕的很提神。

单纯从口感上来说，便利店里的统一制作运输的加工成品没有太多的美味可言，但又有一种始终如一的安全感，在这一方面和家里的餐食是一样的，比如我们吃妈妈做的面条，从小到大的味道从来没有变过。

一个城市便利店的数量代表着它的发达程度，我猜想越发达的城市越需要高速的运转，一个小小的便利店就能满足所有的需求，剩余的时间足够做许多更重要的事。

记得在香港，每走几步就会路过一个便利店，各个五脏俱全。午餐的时间段，穿着西装套装的白领们蜂拥而至，买几个便当或者沙拉，甚至有不少人就站在门口吃杯面，连吃饭的时间还戴着蓝牙耳机谈论工作。

而到了晚上，又成了那些疲惫夜归人的一处歇脚的驿站，在这里补充好了力量，把回家的脚步再放慢一些。

夜间便利店的魅力，在于它明亮的白色日光灯。二十四小时都是一个样子，永远生机勃勃，永远蓄势待发。那是我们所有人都期待的一种姿态，站在便利店里，似乎也能成为这姿态的一部分。

有些营业到深夜的小卖部，售卖的物品也齐全，可总有些昏黄的灯光让店铺深处透着些幽暗，在夜深人静时多了些鬼魅的气质，令人望而却步。

谢谢城市里每一个转角的便利店，让漂泊的灵魂在夜色沉沉中，有束光明可以期待。

《中国青年》2016 年 10 月

青春不会因高跟鞋而变美

夜空君

第一次知道高跟鞋这种"物种"的存在，是在小学时订阅的一本杂志上，文章的名字已经记不得了，留在脑海里的也就是故事的大概——讲的是一只红色高跟鞋被它的主人弄丢了，它想要找到另一只高跟鞋，好让主人继续穿上它们行走。最后，它在垃圾桶旁边找到了另一只。

故事的配图是一个长发女孩儿脚边残留一只流线形状的红鞋子，小孩子的天性让我的目光首先流连于图片，于是看完故事后，我除了知道图片里那只好看的红鞋子是高跟鞋以外，也暗暗地在心底萌生了"如果我有一双这样的红鞋子，我一定会好好爱护它"的想法。

我抱着这种想法开始辗转于商场里的鞋柜区，看到好看的带跟的鞋子总会停下来看好久，只是妈妈以为我纯属是对高跟鞋好奇，在给我买鞋子时还是选择千篇一律的白色或黑色球鞋。那个时候的我在美术课上学习了"艺术细胞"这个词，开始怀疑妈妈的审美，却也不得不接受那些我不怎么喜欢的鞋子。

小升初的时候我进入了一所私立的重点中学。学校无非有两种学生，一种是成绩特好的，一种是家里特有钱的。虽然一开始的我好像属于前者，但这个学校的氛围太过极端，我又属于那种自制力不是特别强的人，很容易地就因为别的同学的一点意见就对自己产生怀疑。我常常因为自己穿着太过于朴素而自卑，趴在桌上细细打量那些明明身上披着校服外套，里面却依旧穿着漂亮衣服的女孩子们。她们总是说着我不知道的牌子，所以我觉得我注定融入不了她们的圈子，也注定不会成为她们那样的女孩子。

青春期的敏感情绪影响了我的学习和生活，我的成绩也直线下降，这可急坏了父母，他们找我谈话，而我心里想着的却是如果我穿着一双好看的鞋子出现在那群女生面前，会不会不一样？我承认那时候的我变得有点儿虚荣，父母训斥我说我进了这个学校好的不学，学会了攀比。我也只能低下头，默默地答应他们一定好好学习。

几经波折，我的学习状态才趋于稳定。父母依旧遵照他们的审美给我选衣服，我也照单全收。等好不容易上了高中，因为两个礼拜才回家一次，我每个月有了多余的零花钱。

身边的女孩子大多已经开始自己买衣服穿。我没有忘记小时候的那个想法。于是有次周末回学校的时候，以班级有事情为由，早了一个小时从家出发，然后在学校附近的那条街上逛了一圈，我攥着攒了好久的钱，在一家精品店买了一双粉红色的高跟鞋。那时候恰逢打折，我以为自己得了便宜，没有思考太多就买了。没有想到的是，那双鞋子我穿了没几次就"夭折"了。其实它的鞋跟不算高，也因为我是学生，不想太过分，我只想实现一下穿一双自己喜欢的高跟鞋的梦，然而，我完全没有想到鞋子会从前面裂开。虽然不能再穿了，但是想到曾经那篇文章，我还是决定将它留在身边，好歹我还穿过它，好歹我还是喜欢它的。

我将它安放在鞋盒里后，因为忙于学习，慢慢就忘记它的存在了。等到放假父母来宿舍接我，收拾东西的时候，妈妈发现了它。我不好意思地挠头，准备随便扯个谎掩饰过去，妈妈却一言不发地放下了它。她说："一定是哪个孩子忘记把鞋带走了吧？你先帮忙锁在柜子里，下学期再给她。"

妈妈不会相信高跟鞋是我的，我也只能沉默着配合过去。不过之后这双鞋就被我扔到了垃圾桶里，面对它的最终宿命，我心里微微酸痛，觉得自己违背了最初的想法，可能我也是喜新厌旧的类型吧，可能我也真的不适合拥有一双高跟鞋吧。

自此我也没有再在高中时穿过高跟鞋，妈妈也开始听从我的意见给我买我喜欢的衣服，虽然偶尔还会怀念自己兴致勃勃地溜去买高跟鞋的时光，但是那样的时光过去后，我才慢慢明白，青春里的样貌不会因为一双高跟鞋而变美，也不会因为父母的审美而丑到哪里去。

《中学生百科小文艺》2016 年 10 月

吃蝌蚪的人

蒋新磊

一

现在很少有游手好闲的职业了。不过我很幸运，有一个游手好闲的职业。

白天我到城里去，和一群娘儿们挤在一起，听她们背地里嚼别人的舌头。晚上我就回到乡下，听那些老头儿给孩子们讲那些让人毛骨悚然的鬼故事。我把它们记在脑子里，等到星期天去告诉王明。王明是一个作家，他会把我告诉他的故事写下来。他每个星期天都在茶馆里请我喝茶，给我五十块钱，听我讲一段故事。

他说："老郭，没事多到民间走动走动，那里的素材取之不尽用之不竭。"

我一直把这件事当作商业机密，因为只要是个人，这个职业就可以做得比我完美。虽然我油嘴滑舌，可文化水平低，写不出小说来。王明曾经告诉我，什么狗屁小说？你把现在讲的故事记下来就是小说，生活就是这样，远比小说更胡扯。但我拿起笔来就大脑空白，王明说我朽木不可雕也。

我不是到处搜集材料吗？经过几年的挖掘，不管是城里还是农村，可以卖给王明的实在是不多了。他们也开始讨厌我了。刚开始他们见到我会递给我一个板凳，绘声绘色地给我讲他们的故事。现在，躲得远远的，他们常说的一句话就是："那个喜欢听故事的人又来了。"我成了一个人人讨厌的家伙。

那天，我一个人走在街上，正是收麦子的时候，没有一个人愿意和我说话。我就四处游荡，远远地看到一个人在水湾里蹲着。我走过去，看到他正在抓蝌蚪。我说："你不去收麦子在这里干啥？给我讲个故事吧？"

他继续抓蝌蚪，根本没有注意我的存在。我觉得他是一个很无聊的人。无聊的人是不会讲出有趣的故事来的。我转身就走，可听到他说："我忙着呢，不干活哪来的饭吃？"

我说:"你不收麦子,吃个屁呀。"

"你不是也没收麦子吗?"

我觉得这个人有趣,他和我一样,不用去地里干活就可以吃好的穿好的,肯定有一套绝活。我就走过去,蹲到他旁边问他:"蝌蚪多少钱一斤?"

他看了看袋子里的蝌蚪说:"够了,够了。"然后看了我一眼说:"老子留着吃的,我不卖。"

"我听过有吃田鸡的,从没有听过有人吃蝌蚪的。"

"那是你饿得太轻,饿极了屎都吃!"

他个子很高,瘦骨嶙峋,很像一只在街上到处找屎吃的野狗。我觉得他有意思,想要把这件事记下来讲给王明听。一个人不去干活,饿疯了,到水湾里来抓蝌蚪。这个故事王明会相信吗?别以为我是胡编乱造的。

我说:"你给我在纸上写个字。"

他说:"写字干吗?我都十年没碰那玩意儿了。"

我说:"我是作家,我觉得你的故事很有趣,想写成书。"

他说:"你滚蛋,老子没工夫搭理你。"

我说:"我给你钱,十块钱可以买好几个馒头,还能买几张油饼呢。"

他不相信我的话,拎着装蝌蚪的袋子就走。我抓住他胳膊,我说:"你走吧,你走了我把你塑料袋扯烂。"

他看了我一眼,头也没回地爬上了岸。他说:"我告诉你,我杀过人。你要是再敢胡闹,老子弄死你。"

都说和气生财,我也没有必要为了赚王明五十块钱把命搭上。随他去吧,有钱不赚,难怪他饿得抓蝌蚪吃。

你们不会相信这件事吧?这不怪你们,王明也不相信这件事。他在听了这个故事以后把塞给我的五十块钱又抢了过去。他说:"君子爱财取之有道。你这就不好了嘛。"

我说:"这是真事。"

他不听我的话,站起来甩了一下袖子就走开了。我赶紧追上他,在大街上把这个故事重复了一遍。

他说:"你有完没完?"

"我说的都是真的。"

"你哄三岁小孩呢?他饿了就去吃蝌蚪?他怎么不去偷呢?怎么不去抢呢?就算不偷不抢他为什么不去大街上打死一只野狗呢?"

我让他问得无言以对,愣在那里看着他走远。

或许那个人真的是骗自己呢。看着王明离开的背影，我突然想起那个人在爬上水湾时的那句话。他说："我告诉你，我杀过人。你要是再敢胡闹，老子弄死你。"

我冲着王明喊："他是个杀人犯！"

这一招果然奏效，王明停住了脚步，小跑到我的面前问："你说什么？"

我重复了一遍："他是个杀人犯！"

王明这回不走了，他请我到茶馆里去坐坐。

我说："不坐了，你忙你的。"

"为什么？可以给我详细讲一讲这个杀人犯的故事。我给你双倍工资。"

"我知道的就是这么些了。"

王明马上蔫了："要是再知道得多点就好了。"

我决定明天再去水湾里看看那个杀人犯还在不在。他肯定在，除非他不想吃饱饭。

二

我没有想到这个故事白讲了，不过还有一线希望。希望能从那个人口中挖掘出更有价值的故事。于是晚上我早早地睡下了，以便第二天打起精神来做事。但是当早上醒来时，我突然有了一个想法。

我找到了王明，我说："你先给我点活动经费。"

王明说："你爱干不干。"

我就重复了那句话："他是个杀人犯！"这一招比较管用。我看到王明低着脑袋半天没说话，然后猛地抬起头来问我："你确定他在水湾边？"

我说："确定！每天都在。"

他要求和我一起去。我觉得我动笔能力不行，可不代表我是傻子。如果他跟去了我不就失业了？我说："那不行，老子白忙活了，一分钱没捞着。"

王明就塞给了我一百块钱，相当于我讲了两个故事。

在这里我说一句，这个故事，王明去和不去，其实结局都是一样的。但是前面我说了，我不会写小说。平时王明告诉我的，该唠叨的地方猛唠叨，不该唠叨的地方屁也别放。可是我觉得我不是在写小说，是在叙述这件事情，所以我把记起来的都写下来，管它该不该，一视同仁。

不过，王明是作家，确切地说是城里人，就是比我这个乡下人有脑子。他害怕白跑一趟，让我先去看看那个人在池塘边上没有，"省得浪费我宝贵的时间。"——他是这样说的。

我去了,走得飞快。我也希望早日见到那个人,从他身上找到一点儿故事。

果真,他在池塘里蹲着,像上次一样。这次不用看我也知道他在抓蝌蚪。我清晰地看到他抓起一只,没有往袋子里放,而是扔在嘴里,就像吃花生米一样。

我喊:"嗨,吃上了!"

我们彼此就像熟人一样,他扭过脑袋来,冲着我笑了笑。他的屁股看起来比脑袋大多了。如果不是那张笑脸,我只会注意到他的屁股。

他没有说话。我就又冲着他喊:"没啥,就打个招呼!我走啦!"

我跑回去找王明。王明跟着我。他跑得比我快,嘴里还嘀咕:"跑不了你!跑不了你!"

我说:"你慢点。他抓不满袋子是不会离开水湾的。"

"万一走了呢?那我咋办?"

我想,这倒也是,那个人跑了,王明的小说写不成了,我的工资就泡汤了。我也跑起来。

可是怕什么来什么,水湾里空荡荡的,连只鸭子都没有。王明跑到水湾旁边,从东边跑到西边,围着水湾转了一圈,并没有发现水湾旁有什么人。

一个过路的人推着一木车麦子,看到王明在转圈,就冲我喊:"喂,喜欢听故事的人,你带着的这个是什么东西?"

"你看到有个人在水湾里捞蝌蚪吃没有?"王明问。

过路的人冲我喊:"以后别把疯子傻子往村里领,吓着孩子。"

王明恼羞成怒,他冲着我的屁股猛踢两脚说:"你耍老子呢?不带这么玩的。"

我说:"你是财神爷,我就是骗我爹也不敢骗你!"我看了他一眼,继续说,"可能咱们来晚了,他抓完回去了。"

"那你告诉我他住在哪儿?"

"不知道。"

"不知道?难道他是天上飞下来的?他肯定住在附近,要不能跑大老远来抓蝌蚪吃?"

"还有一种可能,你骗老子的钱。"他补充一句说。

不带这么玩的,我怎么觉得那个人在耍我?或者是他俩联合起来耍我?这是不是一个阴谋?

现在想来,那个时候是多疑了。事情不是想象得那么简单。当这个故事发生到某一阶段突然出现大转弯时,我比现在傻多了。

闲话休叙,书归正传。那天王明气冲冲地回去了,我跟了去,他一句话不跟我说，自己开车回了城里。也许你会说，你们不是在城里的茶馆谈生意的吗，怎么跑到乡下来了？我这个人讲故事没有全盘考虑，很多事情忘了叙述。他这几天来到乡下，主要是为了亲自见到那个人，向他咨询一下他心中的迷惑，例如为什么杀人？怎么跑到这里来了？王明来到乡下的那天，还给我看了他的写作提纲。现在我却让他扑了个空，可见他的心理落差是多大。

好了，该接着说这个故事了，他走之前把我的工资要了去。他说："咱们合作这么长时间了，我什么时候拖欠你工资了？可是这一次你居然编造一个故事骗取工资。我不知道你以前的故事是不是真的，还是你自己编造的小说糊弄我。我决定停止和你的合作。"

这最后一句话，其实成了我想成为小说家的一个引子。他既然不和我合作了，我就另谋高就，而且他都说了我有能力用小说糊弄钱。我就有了想法。现在讲述的这个故事，就是当时萌发的一个点。但是在当时我确实懵了，我习惯了游手好闲的这份职业，再让我另谋高就，这比让我吃苍蝇还难办。我想我以后该怎么活？难道像那位仁兄一样去吃蝌蚪？

那天我躺在床上睡不着，想：到底水湾边有没有这样一个人？是不是自己看花眼了？是做梦的时候遇到的事？我不确定。我有种预感，他肯定还会出现。现在证明，那时候的预感是准确的。王明之后的故事还有很长的一段路要走。从那时起，我便每天都去水湾那里，像守候兔子的傻子一样守候那个人的出现。村里的人不再叫我"喜欢听故事的人"了，而是"在水湾边跑步的人"。

三

我没有等来常在水湾边吃蝌蚪的人，却等来了王明。那是在他离开乡下不长的一段时间，他就火急火燎地来了。他去我家没有找到我，听到村里的人说："你是找那个在水湾边跑步的人吧？"那是他后来告诉我的。他说他听到这句话愣了一下，之后就明白过来了，他就到水湾这里来找我。

他问我："到底有没有那么个人？"

我知道他放心不下那个充满神奇色彩的人。我就故弄玄虚地说："这要看你有没有诚意了。"

他说："你放屁。我实话告诉你吧，他是一个杀人犯。"

"这我知道。"

"你知道个屁，他在城里杀了人，逃到乡下来了。"他看了我一眼，然后吹起了口哨。他朝着西边。那时候太阳还没有下山，一片红通通的景象。

他看我没有回答，继续说："他用锤子把一个女人的脑袋砸烂了。"

我不敢想象那样惨烈的场景，望着西边的太阳，仿佛是满天的女人的鲜血。我不敢说话。

他说："我要把它写进小说里去。一个人一锤子把一个女人的脑袋砸烂了，满地都是血，就像夕阳染红了天空。"

他沉浸在小说的构思里。我觉得他一定受了什么刺激。这个人好像变了。

他突然说："就是那个人杀了一个女人，吓得跑到乡下来了。我要报警，让警察把他抓起来，那样我就可以高枕无忧地写这篇小说了，它一定是传世杰作。"

我说："你别乱来，没有什么证据你怎么报警？"

"老子有的是办法。我要以采访他的名义将他的罪恶调查出来。"

"我一定要找到那个人。"他继续说，"我就可以安心地写小说了。"

我再次觉得王明脑子有毛病了，他就在那里傻乎乎地重复着那些话，仿佛他的后半生全靠那个人了似的，那个人就是他的蝌蚪。

我说："天晚了，明天再说。"

他说："你先回去，说不定他一会儿出来抓蝌蚪吃。你先回去。"

我守一天了，又累又渴。起先是害怕他不相信我的话，所以急于找到证据证明给他看，保住自己的工作。现在看来不用了，他已经相信了。我一直纳闷，王明脑子真坏掉了，他不是不相信我的话吗？难道他在城里遇到他了？或者经历了什么不为人知的事情？

想这些有个屁用，我回到了家里看电视。电视上没有什么好玩的事情，还是那些家长里短的。今晚倒是有一个新闻，说是城里某个地方发生了命案，一个女人让人砸烂了脑袋。

我靠，怎么和王明说的一个样？！

新闻上说，十年前这里发生了类似的案子，还让一个作家写进了小说里。

会不会真是他？那个吃蝌蚪的人杀了人跑到乡下来了？可是命案是刚刚发生不久的，这与逻辑不符。

我懒得去想，不过满脑子还是水湾那里夕阳西下天空中那些鲜红的颜色。

这段时间没有什么好讲的了，反正在我的记忆中没有什么值得记住的故事了。总之，王明开始代替我，经常在水湾旁边守株待兔，等着那个人现身。我担心王明的身体吃不消，也担心他的写作事业会一落千丈，那样我的收入就没有保障了。

我也很久没有到大街上去听人讲故事了，心里发痒，就常去水湾边找王明。他果然是一个善于讲故事的人。讲那个人是如何砸烂一个女人脑袋的，讲得绘声绘色，就像是他经历的一样。有时讲着讲着，他的脸色发白，非常吓人；有时会异常兴奋，面带红润，像是刚从女人身上下来似的。我这段时间做的事情就是听他讲这个杀人的过程，他呢，就是将这个故事讲了一遍又一遍。最后，他不忘补充一句：“听仔细了吧？他就是那个杀人犯。赶紧报警，警察把他抓起来，我就可以安心写小说了，亲身经历写出来会更真实。”

我总感觉他得了妄想症，不然怎么编造出了这么多真实性很强的杀人故事呢？他又不是那个吃蝌蚪的人。

而且这几天电视台总是跟踪报道那起杀人案件的调查。报道说很可能它和十年前的案件是同一个人所为。——我觉得新闻记者比王明更富有想象力。不过，值得注意的是，报道这件事的记者对于杀人过程的妄加猜测同王明说的如出一辙。

我想不通，没事就胡思乱想。我在想，这件事有三种可能：

一、王明知道事情的内幕，记者同样也知道。他们出于一种不可告人的目的都没有揭穿事实真相。

二、王明告诉了记者。他一直以来就想呼吁媒体尽快侦破此案。不管王明的话是真是假，记者相信了他的话。

三、他们都得了妄想症。

而一直困扰我的有三件事：

一、王明为什么非要报警，想方设法把那个人抓起来。他们从未谋面，似乎有很深的仇恨。

二、那个水湾里吃蝌蚪的到底是什么人？他去了哪儿？是不是永远消失了？还是会突然出现。

三、到底谁砸烂了女人的脑袋。

现在故事讲到这里是不是有点不能相信了？你们会说你胡编乱造的一些什么呀？可是我负责任地告诉你，这都是事实。我到现在想起这些事情来脑袋里还是乱哄哄的。乱了我就不去想，我这个人懒，不喜欢想这样的事情。之后我就又回到大街上去听人讲故事。他们都躲我远远的。他们说："喜欢听故事的人又来了。"

我不再叫"在水湾边跑步的人"了，那个称号被转移到王明身上。

四

村子里突然来了一辆警车，这可是不常见的事情。孩子们奔走相告，追着警察吆喝："警察抓小偷咯，警察抓小偷咯！"

那时我刚从别的村子回到这里，大老远就听到孩子的喊声。警察拉着警笛横穿村子，正向南边驶去。我以为警车只是路过，可是它没有，它停在了水湾边。

我没敢靠近，挤在孩子们中间，看到车上下来两个警察，对着正在水湾边等吃蝌蚪的人的王明说了几句话。我没有听清他们说什么，只看到王明乖乖地钻进了警车。

孩子们喊："抓小偷咯！抓小偷咯！"

他怎么会是小偷呢？难道他报了警，警察找他谈话？我一头雾水，跟着孩子们跑，孩子们跟着警车跑。经过村子里时我才感觉到村里从没见过这么大的事情，他们都在议论纷纷。

警车跑远了，孩子们各玩各的了。搞不明白怎么回事，我就一路走，走到水湾边。我看到那个吃蝌蚪的人了。他蹲在水里，和我第一次见到他的时候一模一样。他撅着屁股，抓着蝌蚪，小心翼翼地放在口袋里。时不时地像吃花生米一样把一个蝌蚪扔进嘴里。

我说："嗨！你来了！"

显然我们已经是熟人了，他没有任何的拘束或者说戒备。他回过头来冲我笑了笑说："来一个。"

我说："我不饿。"他就继续抓蝌蚪。

我说："听说过吗？"我瞅了他一眼，看他的反应。他没有任何反应。我就接着说，"城里有个女人死了。"

"让人用锤子锤烂了脑袋。"他冲我笑了笑说。

我就不知道该怎么把话对下去了，于是彼此沉默。我坐在水湾边看他抓蝌蚪。他已经是很熟练了，一把捞起一个来，准确无误地扔在塑料袋子里，时不时地扔一个在嘴里，咀嚼得津津有味。

我说："最近几天去哪儿抓了？"

"一直在这儿。"

"我每天都来，从没有看到你。"

他不再说话，继续他的工作。

我说："我想弄明白你这几天去了哪儿。我对你充满了好奇。"

"我一直在。只不过你没注意。"

他补充说，"你那个小伙伴一直在水湾边坐着，就是你坐的这个位置，他今天没来。"

"他说没有见过你。"

"他是个小说家，整天给我讲故事，用第一人称。他让我讲给别人听。"他说。

"他让我告诉别人我是故事的主角。"他继续说。

"他让我把故事重复给他听,用第一人称。他说每给他讲一遍故事,他给我五十块钱。"

这时王明出现了,他急匆匆地往这边走来。我正好对着他,吃蝌蚪的人背对着他。

我就对他说:"那个大作家来了。"

我去迎接他。

王明显得很气愤,他说:"抓错人了?抓错人就完事儿了?老子打出租回来的。操!"

"那个人来了。"

"哪个人来了?"

"你等的那个人。"

他向那边跑去,一边跑一边打电话。他报了警,说那个杀人犯抓到了,就在抓他的地方。

他跟我说:"我早就跟警察说过,那个人就是杀人犯。警察不听我的。"

当我们走到水湾边的时候,什么人也没有,空荡荡的水湾荡漾着涟漪,好像在嘲笑我再一次戏弄了王明。

王明冲着我的屁股连踢了三脚。他说:"你个混蛋,老子都报警了,你耍老子。"

我说:"他确实在,他还跟我说每天都来,每天看到你坐在水湾边。"

"你放屁,老子压根就没有见到过这里有人。"

我说:"他不会是鬼吧?"

"什么鬼?他就是杀人犯。"

我们就坐在水湾边上,等着警察来。他又给我重复那个用锤子砸烂女人脑袋的案件的经过。这一次比上一次更加详细。他说:"我要把它记录下来,写成一篇小说,旷世奇作。"

我说:"新闻上说你写过一篇这样的小说。"

"我不记得了。"

他继续说,"唯有真实的才是艺术。我现在发现你告诉我的故事都是胡编乱造的,没有号召力。我的小说需要真实。"

我们彼此不再说话。他的意思很明显,我告诉他的故事都是我胡编乱造的,所以他的小说没有产生影响力,他想把我炒鱿鱼。

好吧,现在再讲别的就没有什么意思了。我直接跳过去,开始讲警车来的时候。当时同样跟着一群孩子。他们喊着："警察抓小偷，警察抓小偷。"他们停在了原处，看着警察走到我们这里。

警察问："谁报的警？"

王明说："我。"

"杀人犯呢？是他吗？"警察指着我说。

我连忙解释说："不是，不是，我是他的助手。"

警察看了我一眼问："那杀人犯呢？你跟我走一趟吧。还是那件事。"

警车开走了，孩子们追着警察直到村口。他们喊："警察抓小偷，警察抓小偷。"

我愣在那里，这是哪门子事呀？我跳下车，往家走。在路上遇到几个以前经常给我讲故事的女人。

一个问："那个人是杀人犯吧？早看出来了，不是什么好人。天天在水湾那里自言自语。"

我说："没有证据，可别乱说，小心烂舌头。"

她们就笑起来了，说："啥时候想听故事了，老娘给你讲两段。"

我没有闲心听她们讲故事。现在我陷在那些莫名其妙的事情里不能自拔。我哪有闲心听人讲故事。或许我过于热心了吧？别人的事，我管个毛线。

可是让我哭笑不得的是，当我准备转进胡同回家时，我往水湾那边瞅了一眼，那个人竟然在水湾里蹲着，脸正对着我。我清晰地看到他在抓蝌蚪，时不时地将一只蝌蚪像花生米一样扔进嘴里。我似乎听到了喷嘴声。

五

我本以为这一次和上一次一样，王明会很快回来，我都给他准备了饭菜，可是他一直没有回来。我在房间里走来走去。我想，不能再这样下去了。我已经陷入了一个无底洞，这都是咎由自取。想一想，多大的事啊，那个在水湾吃蝌蚪的人，管他是谁，只要不来用锤子砸烂我的脑袋就行。城里的杀人案关我啥事，又不是我杀的人，也没有杀死我的兄弟姐妹。至于王明嘛，我倒是有些担心。他和我一样，自己陷进去了，拔不出来了。是不是别人杀了人和你有什么关系呢？闲得难受。

我就一直等他，直到天亮。我打开门，看到王明坐在门口。我赶紧把他拖到屋子里。我说："你怎么不敲门？"

他说："警察说那个吃蝌蚪的人不是杀人犯。他们说我是杀人犯。我说我是作家，他们就笑我。他们说，作家就是天天坐在家里胡编乱造的人。我和他们讲了文学的意义，他们压根听不下去。"

我听出来，他喝酒了，显然是醉得满嘴胡话。我安抚了他一番。

我多想回到从前——我整天游手好闲，做着天底下最轻松的职业；他呢，写他的小说，谈他的人生。现在呢？我们让一个可有可无的人搞得焦头烂额。

他在床上继续说胡话。他说："真难办！人就是老子杀的，最多挨个枪子，走运了还是注射呢，老子不就是想写好小说吗？"

我把被子盖在他身上，他翻了一个身睡过去了。

我在想，我一个啥本事没有的人，以后该怎么办？不干游手好闲的职业我对不起自己这身肉。

我得劝说他，像我一样，从这件事情上脱开，过正常人的生活。怎么劝告他，我都想好了词。可是，到了第二天，他酒醒了说："我出去一下。"他就出去了，我跟着走。他向水湾那里走了过去。那里空荡荡的，什么人也没有。我听到了青蛙和蛤蟆交相呼应的鸣叫声。

王明站在那里，一动不动。他说："那个人是杀人犯，我一定要找到他。"

我说："是又怎么样呢？你又不是警察。"

我说："你还是从前的王明吗？"

他不回答我，重复的仍然是那句话。他每天都在水湾边等候着吃蝌蚪的人。

从此，我开始游手好闲起来，我是真正的游手好闲了。那时候，游手好闲是一份职业，到了现在，它屁都不是。

某天傍晚，我冲着水湾那边看了一眼。我看到，王明蹲在水里捞蝌蚪——他手里有一个塑料袋，他把蝌蚪放在塑料袋里，时不时地往嘴里扔一个蝌蚪，就像扔花生米一样。

《青年作家》2016 年第 10 期

草原往事

何君华

父亲的眼泪

父亲把他所有的精力都花在了那架只存在于他想象中的飞机上。

之所以说只存在于他的想象中,是因为截至目前,那架飞机还远远没有被造出来。它还只是一个丑陋的破壳子,但父亲并没有为此感到沮丧——这反而激起了他更大的热情。父亲花在它上面的时间更多了。

父亲干脆不再去放羊,他把一百八十只羊交给额吉打理,一头扎到他那荒诞不经的飞机制造事业中去了。额吉起初以为父亲只不过是一时意气用事,他终究还会回到我们的生活中来。所以一开始,额吉对父亲的荒谬行为并不在意,只是听之任之。直到三个月后,额吉才意识到问题的严重性——她的丈夫不仅对他们的生计毫不关心,甚至再也不肯出来跟大家一起吃饭了。

父亲不出来吃饭,额吉自然不会给他送。额吉心想,看这家伙能坚持到什么时候。

额吉显然忽略了一个事实,那就是我。每当额吉出门之后,我便偷偷拿出额吉已经烧好的食物送到正在忙碌的父亲身边。父亲向我投来感激的眼神,但是并不跟我说一句话。一撂下碗,父亲就又埋头干起他那不知什么时候才能完成的活计来。

父亲虽然没有出来吃饭,但是厨房里的食物却在明显减少,额吉当然察觉到了这一点。额吉为此恼怒不已。终于有一天,额吉忍无可忍地冲进了父亲的工作间,将凝结了父亲全部心血的、看起来已经有些眉目的飞机砸了个稀烂。父亲对此震惊不已,但是丝毫没有生气,只是默默地转身离开了。

令我们所有人都没有想到的是,父亲竟然就此失踪了。额吉焦急不已,不得不第一次将那一百八十只羊单独交给我打理，然后头也不回地踏上寻找父亲的茫茫旅途。

每当晚上我把羊群赶回羊圈的时候，额吉也拖着疲倦的身体回来了。这样的生活持续了很久——额吉每天出去寻找父亲，而我出去放羊，我为此感到孤独。

直到有一天，我突然发现羊圈多了一只羊。从它那清澈如水的眼睛里，我一眼便认出那就是我失踪已久的父亲。

我兴奋地从地上跳起来，准备立即把这个惊人的消息告诉额吉。这时父亲的目光却一下黯淡下来，他似乎在祈求我不要这样做。我明白了父亲的意思，他并不想让额吉知道他在这里，我答应了父亲的祈求。父亲的眼睛里立即噙满感激的泪水。

额吉每天忙于寻找父亲，显然还没有察觉到羊圈里多了一只羊。而我为了避免让额吉发觉，每天都早早地赶着羊群出发，然后头也不回地跑到遥远的乌日根草场放牧，直到天完全黑下来才慢条斯理地回来。作为科尔沁草原上最勤劳智慧的牧人，额吉当然能够轻易地认出她的每一只羊，甚至能嗅出它们每一只不同的气味来。我只能这样做，才有可能避免让额吉发现父亲就混在她的羊群里。

从父亲那清澈的眼神中，我能看出他对我的良苦用心感激不已。令人感到欣喜的是，额吉对她的羊们越来越疏于关心了。这让我感到心安。只是这样的相安无事让我不得不心生怀疑，此前把羊们照顾得无微不至的额吉是不是已经知道了我的秘密。她其实早就知道父亲混迹其中，而为了不揭穿我们，她有意避免了所有与羊群接触的时间。

想到这里我的眼泪便流了下来。从这一点上，我确信额吉还是爱父亲的。而父亲自然也乐在其中，并且很快适应了作为一只羊的新生活。而更加令我动容的是，父亲并没有放弃他造飞机的伟大事业。

在科尔沁广阔无边的草原上，父亲走过的每一片草场都精确无比地留下了一架飞机的图形。那是父亲用嘴一口一口咬出来的，精致得令人难以想象。额吉当然也看到了这一切，因为她为了寻找父亲已经走遍科尔沁草原的每一片草场。

我终于相信，额吉其实并不是为了寻找父亲，而是为了欣赏这一幅幅精美的杰作而已。我确信额吉为此感动不已，而就在那一刻，父亲正躲在羊群深处落下泪滴。

希仁花

由东向西穿越整个希仁花草原的穆希高速在花图古拉旗有一个出口。过了花图古拉旗收费站不到两公里的地方有一排当地老乡开的简陋旅馆和饭店，希仁花开的那家饭店（兼旅馆）就在其中。

我当然是后来才知道她叫希仁花的。希仁花是我见过的这个世界上最慵懒的服务员。我走进店门的时候她就面无表情地靠在柜台上，见有客人进来她也没有站起来招呼一声，依旧像一只沉着的羚羊一样安静地沉思着。要不是我已经饿得两眼发昏实在挪不动步子，我肯定扭头就走。

跑货运的长途车司机上辈子都是一帮饿死鬼。还好，我要的饭菜上来得挺快。我像已经饿了三天的苍狼一样扑向我的食物。如果我真的是饿死鬼托生，我现在愿意做个饱死鬼。

等我打着饱嗝从希仁花的店里走出来的时候，天已经完全黑了。我决定在希仁花的店里住一晚。

这是一个奇怪的决定。我想说的是，这并不是预先想好的决定，而是临时起意。尽管我已经在穆希高速上连续开了十一个小时，但我并无打算在此留宿，而且我也的确很少在这样的路边旅店留宿。如果没有记错的话，这应该是第一次。

正是这一次原本不存在的决定让我认识了希仁花，并且知道了她的名字——希仁花——跟她脚下的这片没有尽头的草原一模一样的名字。也正是在这一晚，我知道了希仁花的故事。

那是我正准备睡觉的时候，希仁花没有敲门就走进了我的房间。她自顾自地坐下来，问我认不认识一个叫朝克图的司机。朝克图有一次来到她的店里，那是三年前的事了。她爱上了他。朝克图告诉她当他下一次到来的时候，他会带她到一个叫海因克温泉的地方去，那里的温泉水就像希仁花草原的暮风一样柔和，希仁花一定会喜欢的。

就凭我在穆希高速混这么多年的经验，我敢肯定这条路上根本就没有什么叫朝克图的司机。说实话，这条高速上来往的车辆并不多。人们把羊毛和牛肉干运出去，把电视机和电风扇运进来。来来回回就这么几个人，我坚信朝克图并不存在。而且，更要命的是，我长这么大也没听说过这地球上还有个什么叫海因克温泉的地方——这肯定又是那个托名"朝克图"的混蛋瞎编的。

但我并不打算告诉希仁花真相。我坚定地告诉希仁花：我知道这个叫朝克图的人，虽然我并不认识他，但我肯定的确有这么个人。

希仁花显然很高兴。她当然有她高兴的理由，因为我是三年来第一个说认识朝克图的人。

我告诉希仁花，朝克图这一阵子很忙，他接了一笔大生意，马上就要发财了。有人告诉我，等朝克图发财了他准备去找一个叫希仁花的姑娘，原来那个姑娘就是你。

希仁花害羞地笑了，那是一种比盛开的马莲花还要美的微笑。害羞的女人是美丽的。微笑的女人是美丽的。但现在希仁花是一个害羞着微笑的女人。我怀疑眼前这个笑靥如花的女人跟傍晚我进店时那个面无表情的女人并不是一个人。

希仁花说朝克图曾经回来过一次，那是一年多以前的事了，那个时候他也说他很忙。

我告诉希仁花男人总是很忙，何况他还是一个长途司机。但是既然他答应他会回来找你，他就一定会回来，因为长途司机是从来不说谎的。

希仁花对我的话坚信不疑，然后坚决地爬进了我的被窝。我们和希仁花草原的月亮、清风以及马连草一起度过了一个湿润的夜晚。

要不是后来偶然在一个高速服务站嘈杂的厕所里听到一个声音说起"海因克温泉"这个词，我想我一辈子也不会想起希仁花来。

那个声音很快淹没在嘈杂的水声里。我在鼎沸的人声里四处搜寻，可是最终一无所获。今天的穆希高速已经不是昨天的穆希高速了，现在的穆希高速是这样的拥挤，它已经太拥挤了。我实在搞不明白，怎么几年之间就冒出了这么多四处招摇的车呢？

算起来，我竟然已经整整三年没有再下过花图古拉旗出口了。当然，我也再没见过希仁花。

这三年我都干什么了？有时候时间真不讲理。

我决定去花图古拉旗看一看希仁花，也许她还在那里，也许早就不在那里了。这都是说不定的事。正好我有一批货要送到明旗去，我想我可以顺路从花图古拉旗下去见一见我的老朋友希仁花。我想就算没有一批货要送到明旗去，我也会去的。

我沿着穆希高速找了很久，也没有找到任何一个叫花图古拉旗的出口。我怀疑我的记忆发生了偏差，我不得不谨慎地向经常来往这段高速的老司机们打听，他们纷纷摇头，表示从来不知道有花图古拉旗这么一个出口，甚至根本就没听说过。

我怀疑这帮油腔滑调的老司机们是商量好了要捉弄我，就像我也曾捉弄过每一个向我问路的司机一样，要么摊开手臂装作毫不知情，要么干脆指一个完全相反的方向。我当然不信这帮老流氓们的鬼话，并且决定就沿着穆希高速一直找下去，我相信希仁花一定在某一个地方等着我，就像她曾经等待朝克图一样。

群山之巅

乌热松接到父亲阿什库的来信，让他请假回去跟他上山学习打猎。

这简直是一个荒唐的要求！乌热松虽是鄂伦春人，但他从小到大从未上过山打过猎，更何况他现在公职在身，父亲怎会突发奇想要他回去学打猎呢？这简直不可思议。但父亲素来是个稳妥的人，一生从未做过出格的事。他既然如此决定应该有他的理由，因此尽管不情愿，乌热松决定还是回去一趟。

乌热松是冬月里回到乌鲁布铁的。他从小跟在阿里河当教师的姑姑一起生活、上学，在乌鲁布铁生活的时间并不多，因此这次回家乌热松反倒有一种说不清的新鲜感。

回家第二天的清晨，乌热松就被父亲拽上了山。他们上山的第一件事就是去祭拜山神白那恰。

"我们的一切都是山神白那恰赐予的。来，磕头。"阿什库将儿子的头按了下去，"请山神赐予我们猎物。"阿什库嘴里念念有词。

"今晚我们住在山里。"阿什库说。

按说，一直生活在城里的乌热松突然要在这大雪茫茫的荒郊野岭过夜，心里肯定是不满的。但不知什么原因，乌热松却并不反感。兴许是父亲充满仪式感地祭拜山神感染了他吧，乌热松竟主动地帮父亲砍白桦树搭起撮罗子来。

虽然这是乌热松平生第一次搭撮罗子，他却搭得有模有样。父亲看到乌热松一丝不苟的样子甚是欣慰。这一刻，他在心里感觉并没有白养这个儿子，他终究是鄂伦春之子啊。

"高高的兴安岭，一片大森林，森林里住着勇敢的鄂伦春，一匹猎马一杆枪，獐狍野鹿满山岭，打也打不尽……"阿什库不由自主地哼起了鄂伦春小曲。

撮罗子很快搭好了。

"乌热松，上马。我们出发！"阿什库别起那支跟随了他一辈子的俄式"别勒弹克"猎枪，便朝兴安岭的深处走去。

这是一支旧得不能再旧的老式猎枪了，可阿什库从来没有动过把它换掉的念头。用阿什库自己的话说就是："鄂伦春猎人一辈子有两样不能换，一个是老婆，另一个就是猎枪。"

乌热松不知道，他的父亲阿什库是乌鲁布铁最好的猎手。阿什库这个名字在鄂伦春语里本就是"狩猎技术高超"的意思，而阿什库也从来没有辜负过这个名字。一直以来，他都是乌鲁布铁最令人尊敬的莫日根。

"一个出色的猎手要会看山形、辨风向,掌握各种动物的气味,通过观察雪地上动物的足迹进行跟踪、围猎。更重要的是,你必须有足够的耐心,能够忍受零下三十度的低温,还要忍受一连数天找不到猎物的失落和烦闷。

"我们鄂伦春人以狩猎为生。老弱病残者无力获取猎物,只能靠年轻猎人供养,而年轻猎人也有需要靠别人供养的一天。一代传一代,鄂伦春人就这样走到今天。"阿什库边走边说。

"雪地上有狍子的足迹!"阿什库突然大喊一声翻身下马,查看起雪地上的足印来。"没错,是狍子。乌热松,快下马,我们得步行了,从下风口追过去!"阿什库在寒风中大声吆喝道。

两个小时后,他们终于发现了那只足有三十多公斤重的大狍子。乌热松对打猎原本兴致不高,可当活生生的猎物就在眼前时,他还是忍不住喊出了声:"爸,快打!"

狍子是兴安岭森林里反应最不灵敏的动物,所以大家都叫它们"傻狍子"。尽管乌热松大喊了一声,那只傻狍子却好似没听见一般,仍然呆立原地一动不动。

这时阿什库方才缓缓举起猎枪。然而他仅仅是瞄准,并没有开枪。

"爸,你咋不打呀?"乌热松急不可耐地小声问道。

阿什库不但没有开枪,反而把枪扔到了地上。那只傻狍子终于发觉了他们,撒腿跑了。

阿什库一屁股坐在雪地里,慢悠悠地燃起一锅旱烟,长叹一口气,用一种乌热松从未听过的语气说道:"我们鄂伦春人从不射杀怀孕和哺乳期的动物,下河捕鱼总是将网眼扩大一指,以此放过那些小鱼。每次出猎我们都祭拜山神白那恰,从不胡乱砍伐森林。千百年来,兴安岭森林里人和动物共存共荣,我们遵守自然的法则,可是我们的法则不合适了。孩子,国家颁布了野生动物保护法和森林法。从今天起,我们不能打猎了。孩子,鄂伦春人下山了。"

父亲的一席话令乌热松着实震惊不已。他也一下子瘫坐在雪地上,不知该说些什么,也不知该如何安慰父亲。

"孩子,我这次找你回来,并不是要让你真的学会打猎,而是要告诉你,你是一个鄂伦春人,你是猎民之子,你必须知道,你的祖先们是怎样生活的。

"鄂伦春人没有文字,我们的文化只能口口相传。我真担心,一旦离开山林,我们的狩猎文化就要消失。"说着阿什库流下了哀伤的眼泪。

乌热松这时才突然明白,他们进山前的河口平地上,那一排排崭新的房屋就是鄂伦春人新的归宿⋯⋯

一晃二十年过去了。现在,鄂伦春人早已在山下过起了新的生活,乌热松回到家乡时新建的鄂伦春博物馆也落成了。父亲阿什库那支老旧的俄式"别勒弹克"猎枪也摆在了博物馆里供人欣赏。

尽管阿什库八年前永久地休息了，但他的一些话乌热松至今记得。他说："鄂伦春猎手打到猎物，要尽可能多地分割给大家享用，如此才是合格的猎手。"现在，乌热松只想将鄂伦春人世代相传的狩猎文化和自然法则与更多的人分享。他想让年轻的人们知道，他们的祖先是靠什么站在了兴安岭的群山之巅。

头　羊

辛宽甸营子总共有三千六百五十一只羊，只有我是黑羊，其他三千六百五十只都是白羊，纯种的白羊。

所以注定我是头羊——我是三千六百五十只白羊的王，当之无愧的王。

现在，我正领着九十九只白羊向辛宽甸营子东头走去。我的神情木然而凄伤，我缓慢地向前挪动着步子，像是拖着镣铐一样，脚步沉重而吃力。

我是白羊的王，我走到哪里，他们就会跟到哪里。哪怕是悬崖，他们也会跳下去。

到了营子东头那间气氛有些压抑的黑屋子，我的任务就结束了。那个满脸络腮胡子的壮汉特勒根就会把我一把抱在怀里，穿过三十几步宽的大灶房，把我从黑屋子的北门放出来。

我和我的白羊兄弟们（虽然我是他们的王，在我心里我却更愿意把他们当作我的亲兄弟）都是从南门进去的，可是从北门出来的时候，就只剩下我一个了。

这间黑屋子是辛宽甸营子唯一的屠宰场。

如果你在秋风中看见了第一片枯黄的落叶，你一定也看见了我的哀伤。

每到这个时候，我都会带着我的白羊兄弟们穿越整个辛宽甸营子。从营子西头水草丰美的拉索噶伦牧场到营子东头的黑屋子总共是七里地，我在这条路上走了一次又一次，而我的白羊兄弟们，一生只能走一次。

一旦走上这条路，他们就再也不会回来了。

我的兄弟们一次次浩荡地奔赴死亡，而我则一次次苟活下来，孤独地等待下一次屠宰的开始。

在草原上，我是寂寞的王。

我无力改变什么，唯一可以改变的，就是在上路前一天，我会带着即将赴死（当然，我的兄弟们此刻浑然不知他们已经时日无多）的兄弟们，绕过阿伦河右岸的群山，到白力尕山的最西边美美地吃上一顿牧草。要知道，那里的牧草可是整个营子里最肥美的，嚼在嘴里都会流出青翠的汁液来。

我的兄弟们张开大嘴囫囵大嚼的时候，我却一点儿胃口都没有。每当听到他们美滋滋的碎嚼声时，我总是无比难过。这个时候，我会默然地望着屹立在白力尕山麓的那棵歪脖子柳树，它面临阿伦河的那一面枝叶繁茂身姿绰约，背水的那一面则光秃无枝毫无美感。记得我第一次带着白羊兄弟们来吃草时，这棵柳树还不足两米，如今，三年过去了，它已经亭亭如盖。我转过身，兀自朝东哀咩了一声，以不让埋头吃草的兄弟们发现我不合时宜的哀戚。

那一次，我是真的流泪了。

那一天，营子里来了大主顾，乌沁噶命令我带去一百二十七只白羊，而不是通常的九十九只。踏上征程的那一刻我就感到了蹊跷，西天边布满黑压压的乌云，雷声隆隆却不见一滴雨水落下。后来，果然出事了。当杀完第九十九只白羊时，屠夫乌沁噶用尽各种方法也无法使第一百只白羊咽气，当他无奈地试图杀死第一百零一只、一百零二只白羊时，情况和杀第一百只白羊时毫无二致。

白羊躺在地上大口大口喘着粗气，嘴里同时发出类似小孩哭泣的声音，"呜呜"地嘤咛不停，阴森而恐怖。这个时候屠夫乌沁噶吓坏了，他以为自己遭到了可怕的天谴，赶紧扔掉手中的屠刀，额心直冒冷汗地下令把剩下的白羊关起来择日再杀。

乌沁噶嘴里嘟囔着什么甩门而去，而那三只已经被割断喉咙的白羊兄弟，则可怜地躺在阴冷的地上挣扎了整整一晚。

拉索噶伦牧场上的白羊越来越少了。

后来，辛宽甸营子水土流失，拉索噶伦牧场上的牧草全部缩到泥土里去了。连一棵草根都找不到时，这里就不再饲养白羊了。

理所当然地，这里也不再需要什么头羊了。

我领着仅剩的几十只白羊兄弟（他们是辛宽甸营子最后的一批白羊）向营子东头走去。黑屋子到了，那个满脸络腮胡子的壮汉特勒根再也没有把我抱在怀里——我的头羊生涯结束了。

奇怪的是，我一点儿恐惧感也没有，心里反倒是充满了极大的喜乐，我充满快感地闭上了眼睛。

送你一匹马

"下午两点之前到这里等，我两点钟肯定到。"从希仁花旗到阿尔乡的长途班车司机信誓旦旦地跟我说。

这位班车师傅长着一双结实有力的臂膀，还有一副看上去足可信赖的面孔。这让我放心地从白音胡硕下了车，我的第一次校外写生就这样开始了。

白音胡硕草原是我一位名叫那日苏的老师的故乡。那日苏老师给我们讲课时每次都毫无意外地要提到它，提到它惊心动魄的美，根本无法用语言描述的美。他只能用他手中的画笔尽可能地去描摹它。即使是这样，他认为他也根本无法将白音胡硕草原的美展现出万分之一来。相比于白音胡硕草原真实的美而言，他手中虚妄的画笔是拙劣的。

我不止一次见过那日苏老师的画，一幅幅整齐地摆放在教学楼三楼的画室里。那是一整片几乎要从画布上流淌出来的苍翠欲滴的绿色，像海洋一样一望无际的绿色。那惊心动魄的绿色就像振翅飞来的苍鹰一样逼近你，击中你，俘获你。我从未见过这样的色彩，也从未感受过这样令人震撼的力量。而这样波澜壮阔的色彩，还仅仅是白音胡硕草原的万分之一，你让我如何不对白音胡硕草原心生向往？于是就在这个周末，我背上我的画具兴冲冲地出发了。白音胡硕草原离希仁花旗有九十多公里，像一颗绿翡翠一样镶嵌在希仁花旗到阿尔乡的公路旁。刚刚踏足这里，我就想起了那日苏老师那一遍遍不厌其烦的赞美。这里果然是人间天堂，我相信即使是人世间最残酷的心灵也会被它的美丽俘获。

我打开画板，无数激动人心的线条从我的笔下流淌出来。它们起伏不平地出现在我的画纸上，好似不受我的控制一般，像一场大雨后探头探脑的蘑菇一样从草丛里钻出来，从花丛里冒出来。

在这样的状态里，我很快就忘记了时间。在这样的状态里，我无法不忘记时间。等我想起下午两点必须赶上班车回希仁花旗这件事时，时间已经是下午三点多了。我沮丧地在公路旁站了许久，像每一个初次出远门的人一样手足无措。长生天之下，长生地之上，只有我孤零零的一个人。

在这四野无人的茫茫草原，在这人生地不熟的荒郊野外，我感觉自己成了世间最孤独的人。终于，在我几近绝望的热盼中，远方出现了人影。一个上了岁数的牧羊人赶着他的羊群从远处走了过来。

"找一匹马，骑着它去希仁花旗。"当我试图向牧羊人打探如何尽快去旗里时，这位蒙古族老叔给了我这个荒唐的建议。

看着蒙古族老叔严肃认真的表情并不像是在开玩笑，我只好问道："这荒郊野岭的，我上哪里找马去呢？"

"哪里都有，哪家哪户都有。"蒙古族老叔说。

说得轻巧，谁愿意借一匹马给我这样一个陌生人呢？蒙古族老叔见我愁眉苦脸，看出了我的心思，于是继续说道："小伙子，上我家吧，骑我的马。"

蒙古族老叔的话使我大吃一惊。我自忖该是交上了多好的运气，才会遇上这么好心肠的人呢？同时，一连串的疑问也在我心底不断地泛起。蒙古族老叔怎么会这么爽快地把马借给我？我骑走了马之后，该如何把马还给他？他就不怕我骑走不还吗？

我说出了我的疑虑。

蒙古族老叔哈哈大笑，说道："你到了县城，拍拍马背，马就知道回家了，它认得回家的路。"

我还是充满疑惑："你就不怕我偷走你的马吗？"

蒙古族老叔不解地反问："为什么要偷呢？家家户户都有马啊。你看我的邻居，老毕力格，他去巴音旗走亲戚已经十天了，他家的马还拴在门口呢。这几天都是我替他喂草饮水，不就是为了方便来往的人骑马赶路吗？骑上马就走，到了地方一拍马背，马自己就走回来。"

"可是，你真的不担心马被偷吗？"我惊讶道。

"哈哈哈！"蒙古族老叔又发出一阵爽朗的笑声，接着说道："马都认得路，老马识途，你偷不走的。你偷走了，它终究也能自己找回家来。"

我简直无法相信自己的耳朵，白音胡硕草原上竟还保留着如此不可思议的风俗。很多年后，我所在的城市终于要开始规划免费的公共自行车出行系统。我想，这不就是最早的"公共出行系统"吗？蒙古人早就有了这样的传统！

白音胡硕草原的那次借马之旅是很久之前的事了，我至今依然记忆如昨。自那之后，我再也没见过那位蒙古族老叔，也无法确知送我的那匹马是不是走回了家，但我在心底相信它必定回到了家中，因为它的脊背是如此坚定有力，还有许许多多像我这样落难的路人等着它送一程。

人们中没有一个知道这事

道尔吉老人的牛粪让人偷了。

说偷其实也不准确，因为牛粪并不是道尔吉的牛下的。但这堆牛粪道尔吉老人是围了石头的。围了石头，那这牛粪就是道尔吉的了。

白音胡硕草原上人人皆知的规矩是，一堆牛粪一旦被一圈石头围起来就表示这堆牛粪有了主人，别人是不可以拾捡的。

是谁破坏这个老规矩的呢？真是个不道德的家伙。道尔吉老人在心里骂道。

每年只有捡满十车牛粪才能熬过白音胡硕长达六个月的寒冬，可如今家里只有九车，上哪里再捡一车呢？

面对空空如也的勒勒车，道尔吉老人决定把这个偷牛粪的人找出来。

抽完一锅旱烟后，道尔吉心中已经有嫌疑人选了。

这个嫌疑人就是阿古拉。

道尔吉的怀疑是有道理的。阿古拉是前几天才搬来嘎查的，只有他没有圈牛粪。没有圈牛粪，怎么生火点炉子？怎么熬过这个刺骨的冬天？所以只好去偷了。

道尔吉老人推着空空如也的勒勒车径直走向了阿古拉家。

阿古拉倒是爽快，当即便承认他在乌兰牧场捡了一车干牛粪。"实在抱歉，我不知道白音胡硕草原上的规矩，不知道牛粪被围起来就不能捡。"阿古拉说着就要把牛粪往道尔吉老人的车上装。

道尔吉老人却制止了阿古拉。

阿古拉的牛粪是在乌兰牧场捡的，但他的牛粪却是在巴音牧场丢的。

事情弄清楚了，阿古拉的确偷了一车牛粪，但他偷的不是道尔吉老人家的，而是别人的。

一个很简单的解释是，阿古拉偷了某人的一车牛粪，那人眼见自家的牛粪被偷，只好去偷别人家的牛粪，那被偷牛粪的人家也只好去偷下一家的。这样偷来偷去，最后道尔吉老人家的牛粪丢了。

如果是这样的话，阿古拉作为破坏规矩的始作俑者，导致道尔吉老人牛粪被偷的过错还是在他，他这一车牛粪还给道尔吉老人也没有错。

道尔吉老人却不收。他又抽起一锅旱烟，回头对阿古拉说："我前几天去了一趟赛罕牧场，发现那里还有些牛粪没有人围。就是远了点，从这里往北，大概十来里路，你抓紧时间去捡回来吧。冬天没有牛粪怎么能成？"

这些牛粪是道尔吉老人原打算自己去捡回来以备不时之需的。现在，他决定让给阿古拉。

阿古拉连声称谢，连忙推起勒勒车就往赛罕牧场走去。

伟大的成吉思汗曾经说过："牧场不能一人独占，所有的牧民一起放牧牛羊才会肥壮；美酒不能一人独酌，所有人一起畅饮才清香。"这句话道尔吉老人是突然想起来的，像一个灵光一闪的念头毫无防备地钻进脑海里来。道尔吉老人咂了咂嘴，又燃起一锅旱烟叼在嘴里，推起嘎吱作响的勒勒车就朝家的方向走去。

道尔吉老人抬头看了看天，西天边的云彩不知什么时候已经偷偷变成了乌黑色，一场大雪看起来正准备漫卷而至。

"谁说九车牛粪就一定熬不过冬天呢？我偏要试试。"道尔吉老人在心里说道。

成人礼

  我跟在额吉身后,像套马手一样用力挥动手中的皮鞭,驱赶着羊羔胡和鲁向巴音诺尔苏木走去。
  胡和鲁是最后一只羊羔了,但是今天我们必须把它卖掉。老师说了,我是三年级唯一一个还没有蒙古文字典的人,明天要是还没有,我就不用去学校了。
  我把书包往炕上一甩,鼓起嘴说道:"我明天不去学校了。"
  额吉吃惊地问我:"怎么了?"
  我气呼呼地说:"还不是因为字典。你说多少次了给我买,可到现在我连字典的影子也没见着。老师说了,没有字典就不用去学校了。"
  额吉叹口气说:"我不是说,等你阿爸从旗里寄钱回来就买吗?"
  "你总是说等阿爸寄钱回来,阿爸什么时候寄过钱回来?"我没好气地说,"现在全班都有字典了,就我没有!"
  额吉不说话,静静走了出去。
  不一会儿,我听到一阵胡和鲁咩咩的叫声传来,出门一看,原来额吉把它从羊圈里牵了出来。
  "走吧。"额吉唤了我一声。我转身进屋,从墙上取下了皮鞭。
  我们走到巴音诺尔苏木的时候,天已经完全黑了。只有宝力德的杂货店还点着灯。我不喜欢宝力德,但是只有他的店才卖蒙古文字典。宝力德的店里只有蒙古文字典一种书,却是整个苏木唯一卖书的店铺。
  我们只好把胡和鲁赶进宝力德的店里。
  宝力德见额吉进来,阴阳怪气地说:"乌日娜,你不是又来赊账了吧?"
  额吉不理宝力德的话,叫我把胡和鲁牵进来,然后指着胡和鲁问宝力德:"这只羔子值多少钱?"
  宝力德走上前来瞧了一眼,眼皮也不抬地说:"才这么大点儿个东西,能值什么钱嘛。"
  额吉不满地说:"不值什么钱也是有个价的嘛。"
  宝力德点燃一支烟,走到额吉跟前说:"乌日娜,你欠我的账,不打算赖掉吧?"
  额吉没好气地说:"谁能赖你那几个臭钱,等那日松寄的钱一到,我一准还你。"
  我靠在门板上,微弱的灯光在门板上一跳一跳的,额吉和宝力德的影子也在门板上一跳一跳的。

我看到宝力德的手重叠到了额吉的影子上。

我听见额吉轻声说了一句什么，宝力德也说了一句什么。

额吉再也没作声。

额吉站在那里一动不动。

宝力德的影子还在晃动着，我抬眼便看见了墙上挂着的各式待售刀具，整整一长排，有柴刀也有镰刀，还有菜刀。

我想，我该抓起一把柴刀，还是一把菜刀呢？

门板上的影子还在跳动，我依然靠在门板上，像额吉一样一动没动。

我感觉墙上的柴刀在叫唤我的名字，每一把柴刀都在叫唤我的名字，乌力吉，乌力吉。菜刀也在叫唤我的名字。

我感觉再不有所动作的话我的身体就会爆炸。我像一只狂怒的苍鹰一样朝空气里狠狠抓了一把，我感觉我抓起了一把柴刀。

我冲着那只手的影子重重地砍了一刀。

影子并没有被我砍断。影子还是影子，只是灯光重重地跳跃了一下。

宝力德显然感觉到了灯光的跳动。很快，他便看到了我手中的柴刀。

我双眼死盯着宝力德说："宝力德，你的刀真锋利。"

"没管教的东西，宝力德也是你叫的，叫宝力德叔叔。"我听见额吉大声训斥我。宝力德什么也没说，他用眼神劝止了额吉的训斥，弯下腰找出一本满是灰尘的蒙古文字典，拍了拍，然后把它举起来试图递给我。我没有接，他只好把它递给了额吉。

额吉把字典揣进了怀里。

临走的时候，我回头对宝力德说："宝力德叔叔，你等着，我迟早要来买你的刀。"

那一晚，我拿到了我做梦都想要的字典，我也失去了我最心爱的胡和鲁。相比温顺的胡和鲁，像砖头一样又冷又厚的字典我一点儿也不喜欢。

那一年我九岁，阿爸一年前去了达日罕旗，从此再也没有回来。

奔跑的野兔

汽车已经在楚尔尼草原开出二十公里，那只野兔还在不知疲倦地奔跑。

我把头扭向正在开车的特斯勒："你说的到底是不是真的啊？到底能不能撵死兔子啊？"

就在一个小时前，特斯勒坐在呼通穆羊肉馆向我这个初来乍到的外乡人吹嘘道，在楚尔尼草原有一大奇观，叫作"猎兔不用枪"。"不用枪怎么猎兔呢？"我好奇地问特斯勒。特斯勒点了一支烟，慢悠悠地解释说："在楚尔尼草原，绵延千里都是一望无垠的平原，现在又是草色尚浅的初春，我们发现一只野兔后开车跟在它后面就行了。

"野兔没有草丛可藏，只能没命地往前跑。整个草原都是无边无际的小草，野兔哪里知道脚下的路没有尽头呢？不出二十公里，野兔就会体力耗尽栽倒在地，到时候你踢它一脚它都不能动弹半步——它已经完全没有力气啦！我们这里管这个叫'撵兔'。怎么样，你没见过吧？"

这简直太不可思议了！辽阔的楚尔尼草原多年前我就心驰神往，哪里知道神奇的楚尔尼草原上还有这番奇景呢？特斯勒绘声绘色的讲述戳动了我的兴奋神经。我腾地站起，拉着特斯勒带我去撵兔。

我们刚上车不久，就在忽尔楞草场碰到了一只又肥又大的兔子，特斯勒连忙开着车紧跟着它不放。特斯勒不时摁着喇叭，我发现兔子一听到喇叭声就会快跑几步。兔子一快跑，特斯勒就加速。特斯勒始终跟兔子保持着三五米的距离。我想开口问特斯勒干吗不直接把车开过去轧死兔子，特斯勒看出了我的疑惑，自己先开口说道："你别以为能轧死它——兔子贼精了，你一靠近它就钻进车底下不知往哪个方向溜掉了。我刚开始撵兔的时候也跟你一样心急，想直接轧死它，没有一次成功的。撵兔着急不得，你只能紧跟着它，像鼻涕一样黏着它。只要不让它甩掉，不出二十公里，保证把它累趴下。"

我只好闭了嘴，静静地等待那只野兔累死的时刻。

汽车已经开出二十公里，那只兔子却没什么动静，还在拼命往前跑。我坐不住了，拍了拍特斯勒的肩膀说："老哥，你不是开玩笑的吧？"

特斯勒摁了一下喇叭，那只兔子立即加快了步伐。特斯勒扭头对我说："再等等，顶多跑不出三十公里。"

汽车开出三十公里的时候，那只野兔还没有要停下来的意思。

已经四十公里了，那只兔子还在没命地往前跑。

"奇怪了，不可能啊！我撵兔也有些年头了，从来没见过哪只兔子能跑出三十公里的。没想到这么肥大的一只兔子这么能跑！"特斯勒的额头微微冒出了一些汗。我揶揄他说："这只兔子的祖籍可能是非洲吧，它是兔子里的博尔特。"

特斯勒被我的话激了一下，脸色变得铁青："就算它是博尔特，我今晚也非得撵死它不可。再把它剥皮开肚，让兄弟尝尝我们楚尔尼草原上的美味！"

过了一会儿，特斯勒突然兴奋得大叫起来："快看，兔子耳朵耷拉下来了！它快要不行了！"我探出头一看，兔子原本直立的耳朵果然耷拉了下来，像一朵被太阳晒蔫了的枯花一样疲软无力。

特斯勒话音刚落，那只兔子应声倒地。

我连忙跳下车，用脚朝兔子狠狠踢了一脚。那只野兔竟真像一块石头一样，躺在地上一动不动。特斯勒得意地说："你看，我没骗你吧！走，兄弟，我们烤兔子肉去！"

我在穆拉河边生好火，心想着马上就能享用一顿纯天然的野味，竟忍不住像兔子看见了一片苍翠欲滴的草场一样流下了口水。特斯勒跟我说，撵死的兔子不像用猎枪打死的兔子，身上没有创口，剥皮的时候兔子还有呼吸还有心跳，肉质松软，入口滑腻，吃起来特别新鲜。特斯勒的话撩拨得我完全没有耐性再等了，我走近特斯勒，想看看有什么需要帮忙的，赶紧弄好让我饱餐一顿呀！

不料，特斯勒忽然噌地站起，将手中的刀狠狠抛向了河水中。我惊诧道："特斯勒，怎么啦？"特斯勒不答话，兀自在河畔蹲了下来。我感觉有些不妙，走过去一看，才发现那只已经被剥掉皮的野兔肚子里的秘密——五只已经成形的兔崽儿挤在母兔血色的子宫里。

怪不得它没命地往前跑！

自从那晚之后，再也没听说特斯勒撵兔。

双梦记

陶格斯哥哥终于答应带我去找他在牧区的同学必力格玩，这实在令我兴奋不已。我欢快地跟在他的身后，像一匹兴高采烈的小马驹一样活蹦乱跳。

我们走啊走，不知道走了多久，才终于看见必力格哥哥家的毡房。我在巴音布和生活了这么久，还是第一次看见毡房。我从来不知道在离我们城市这么近的地方竟然还有毡房。

我想我今天简直要大开眼界。

对于我们的忽然到访，必力格哥哥颇感意外，但他很快便像每一个好客的蒙古人一样热情地招待了我们，毫不吝啬地拿出了奶茶、炒米和乌日莫。我当然像精力旺盛的小马驹一样毫不客气地拿起来就吃。很快，我就吃饱了，而且是像白音胡硕夏牧场的小马驹一样吃饱了，因为我一眼就看见我的小肚子像阿尔山的敖包一样隆了起来。

鉴于我目前的糟糕状况，必力格哥哥立即提议去恩和草场走一走，好让我消消食。我十分愉快地接受了他的提议，可是我已经不能像兴高采烈的小马驹一样活蹦乱跳了，我只能像漫画书上的澳大利亚袋鼠一样挺着大肚子慢腾腾地走。这简直太辜负眼前这一片碧绿的青草了，如果可以，我当然要像没管教的南风一样一路抚摸着小草的头发向北冲去。

我小心翼翼地坐在青草地上，轻轻地，生怕踩伤了苍翠欲滴的小草们，更怕搞乱了它们刚刚梳好的发型。我情不自禁地躺下来，阳光像妈妈刚蒸的白馍一样晃眼，我只能像慈祥的乌云达来老喇嘛一样充满智慧地闭上眼睛。不知不觉竟睡着了。

等我被一阵风惊醒时，我沮丧地发现自己竟躺在自家的小床上，这实在太没劲了，我还没玩够呢。

我简直气坏了。我决定去找陶格斯哥哥，求他再带我去必力格哥哥家一趟。

我像躲避苍鹰的野兔一样疯跑，满脸通红地跑去陶格斯哥哥家。陶格斯哥哥的额吉阿茹娜婶婶十分有耐心地告诉我，陶格斯哥哥上学去了。

我只好垂头丧气地往回走。但我并不甘心。我坚信即使没有陶格斯哥哥的陪伴，我一样可以找到必力格哥哥的家。我朝着人生中的第一次独自远行坚定地迈出了步伐。

我兴奋地走着，丝毫不知疲倦，只听见耳畔的风像永不停歇的海浪一样呼啸而来，这感觉好像我正坐在一艘绿色的帆船上，而我的船正驶向大海深处。

我还是高估了自己的能力，我根本没有记住去必力格哥哥家的路。或者说，我根本就没有记路，牵着陶格斯哥哥的手，我还用得着记路吗？更加令人沮丧的是，你拿草原上的路根本没有办法，你往哪个方向走都是一模一样的万顷碧绿，你往哪个方向走都是毫无二致的一望无际。

这简直太令人崩溃了。我不得不气嘟嘟地铩羽而归。可是我必须像每一个不达目的誓不罢休的博克手一样勇敢顽强，我决定去陶格斯哥哥家等他放学，我想等向他问清了路再走也不迟。

等啊等，时间像套马手甩出的套马杆一样漫长，陶格斯哥哥终于挎着书包回来了。我急不可耐地跑上去疾声问道："陶格斯哥哥，你能不能告诉我，必力格哥哥家怎么走？"

陶格斯哥哥一脸不解地反问我："谁是必力格？"

我惊讶地说："他是你同学呀，我们不是刚刚还去过他家吗？他家有一间大大的毡房，还有一片大大的草原。"

"我压根就没有叫必力格的同学，"陶格斯哥哥肯定地说，"你肯定是搞错了，我们这里荒漠化已经很久了，哪里还有什么草原跟毡房……"

我急得简直要跺脚,刚要开口争辩,我就醒了。我抬头看天,太阳像勤快的苍鹰一样早就爬得老高啦。

《草原》2016 年第 10 期

蟋蟀是大地的乐师

池沫树

蟋蟀是大地的乐师。我小时候就有这样的认识。

有一阵,我为自己的这个发现开心了好一阵,但并没有人否定,也没有人赞同。在田野劳作,在路边行走,在井水旁闲聊的村人们,或是匆忙中上厕所的大婶,也不愿意倾听我的这个发现:"蟋蟀是大地的乐师!"

空气中充满牛粪夹杂着稻草与湿湿的泥土的气息。不作声的叔叔挑着牛粪走了,骑自行车的哥哥头也不回地冲下了小路的斜坡,树叶在枝头翻了个跟斗,远处的山被断墙拦腰切断。只有阿婆,在我的对面晒太阳。我一直坚定地认为,阿婆听不见我的叫喊声,那是因为她一心一意在听蟋蟀的歌曲。

"蟋蟀是大地的乐师!"上完厕所的大婶脚步放慢了,我趁此机会朝她大叫了一声。

她回去时慢悠悠地挺着她的肥肚子爬向小巷的台阶。雨水多的春季,总是要抱怨台阶上的苔藓碍了她的手脚,因为她上厕所下台阶时就得减慢速度,这对她来说是件痛苦的事。但是,隔壁院子里的栎树掉下的果子砸在瓦片上,弹起,然后落在台阶上,因为苔藓的茂盛,使得松鼠们从容不迫地跳下来,自然不用在大地上刊登"寻物启事"了。

"蟋蟀是大地的乐师!"我又叫了一声。上完厕所的大婶视若无睹,好像站在路边的我是空气。不过,我把自己吓了一跳,因为我听到我的叫喊声翻过了几道墙,颓墙上的狗尾草摇了几下,一只公鸡红着脸跑远了,小步前来的黄狗愣了一下,定眼朝我看了又看,决定返回。而蟋蟀的声音,只停留了0.1秒,继续它们的音乐之旅。

"什么?你在说什么?"大婶走过了几步,终于回头和我说话了。就在此时,在我抬头看大婶充满不解的眼神时,我的余光看到对面坐在门槛上吃饭的春花。春花抛给我一个鄙视的眼神,说了一句"神经病!"转身端着白瓷碗回屋了。她细长的腿和绣花鞋在陈旧的门槛上画了一道弧线。

"我说蟋蟀是大地的乐师！"我认真地说。

"哪里的乐师？"大婶又问。我开心起来，大婶一定会赞同我这个发现。

"大地，大地的乐师。"我重复了一遍。

"没听过，除了高安的，南昌的，还有哪里的乐师？宜丰也没这样的地方。你是说外省的吧，我没听过，难怪取'席帅'这样的名字。"

"大地，大地上的乐师！"我焦急道。

"唱什么的？"大婶问。

"唱——"这可把我难住了。我摸着脑袋，欲哭无泪。

这时蟋蟀的音乐盛会仍然在继续，我该怎么说呢？我说，它们就在栎树下，在灌木丛里，在墙角下唱歌。它们像街边的盲人歌手一样。可是，我相信，它们有自己的世界，有自己的音乐大厅。它们或独奏，或合唱；或演奏打击乐，或演奏小提琴；或摇滚，或民族；或高雅，或通俗。

"唱什么难道很重要吗？"我反问了一句。

"你都不知是唱什么的，在这里叫喊什么，这孩子！"大婶说完转身就走了。

春花提着一桶衣服在屋檐下晾起来。

"唱什么不重要，重要的是好听。"我为自己找到答案扬扬自得起来。

大婶可能没听懂，或是没听清我说的话。这并不等于我的发现是错的。所以我并不难过。

"蟋蟀是大地的乐师！"我又叫了一声。

"神经病！"春花晾着衣服又蹦出了一句。她长得这么漂亮，就是喜欢骂人。春花的三个字像鞭子，直打在我心底。此后村里很多人开始叫我"神经病"，我却只记得春花的这句，它像棍子在空中飞转的声音，像哥哥在傍晚挥动着它击落邪恶的蝙蝠，心底的兴奋与疼痛，像可口的食物掉进池塘，溅起的水花。

我捡起一块石头，朝春花脚下砸去。砰的一声砸在铁桶上。

"小屁孩儿，告诉你妈去！"春花泛红着脸，声音越来越小。

"唱什么不重要，重要的是好听。"我开心地笑起来。

"唱昆曲，唱粤曲，唱京剧，唱黄梅戏，唱高安采茶戏——"墙根下晒太阳的阿婆自顾自地唱起戏来，"我家的表叔数不清，没有大事不登门……"

阿婆的京剧声应和着蟋蟀的歌声，在村庄风静止的地方，像爆米花一样炸开了锅；像春天的燕子、布谷鸟还有麻雀，它们纷纷飞翔——从村庄织满蛛网的角落，从屋檐冬季结冰的地方，从夏季茂密的樟树、枫树和秋天的田野起飞，声音冲破了寂静的村庄，乘着风在蓝色的天空下看到远处的城市崛起，一个留守儿童又叫了一声：

"蟋蟀是大地的乐师！"

《儿童文学·美绘版》2016 年第 10 期

无法抗拒

李达伟

一

那是后珍小时候的照片，拍摄于十多年以前。在一个鱼塘里，后珍站在竹筏上，水流清澈，水中有古木绿竹蓝天。那张照片向我呈现着自然世界本身的丰盈，光与影的组构，以及一些可以无限延伸的东西。这是在哪里？村寨后面，奘房前面。奘房是傣族对庙宇的称呼。傣族的奘房往往在树木繁密的地方。

一片近乎与照片中一样的自然，呈现在了面前，那些古木绿竹甚至比照片中更葱茏繁盛茂密。有一种恍若昨日的感觉，多少让人感觉有点儿不可思议。那个鱼塘曾经被人承包了一年，那年鱼塘里面的鱼比往年肥比往年多。但有人投毒毒死了整整一塘子鱼。老祖正在奘房前清扫着那个小沟。老祖边打捞着落叶，边跟我们说起这个事情。那时凉风瑟瑟，又有一些枯叶落入沟里。老祖几乎每天都来奘房。老祖想象不出她见到的人中哪个有嫌疑，老祖早已没有了对人的戒备心。投毒的人是在夜间进行的。夜间，奘房前面，老祖诧异不已。在老祖看来，人的内心里虽然随时会生出邪念，但在奘房面前，这样的邪念会被洗涤。秩序竟以那样的方式开始垮塌，老祖不曾想过。

无法抗拒。我们明明知道一些东西是无法抗拒的，但我们依然在努力抗拒着。我们明明知道人心会在更为凶恶更为容易被迷惑的世界中沉沦，但我们依然在抗拒着。

是在某个清冽的早晨，那些鱼在鱼塘里翻白。一些目击者说那家的男人一句话不说，只是不停地咬着下嘴唇，女人同样没说话，也没有留多少泪水，沉默，只有沉默。男人和女人带着两个孩子，离开了那个村寨。后珍朝某个空落破旧的院子指着，就是那家。那是个行将坍塌的院落，没有人气的充盈支撑，院落往往坍塌得更快。也许，某天他们会回到那个村寨。也许，他们早已铁了心不再回来。直到我离开潞江坝，那家人还没有回来。我们在塘子里看到了零星的鱼，暂时没有人再去承包那个塘子了，塘子闲着。我的思想又开始从这家人身上跃到了别处。我又想到了很多从我们眼前走失的人。我偶尔会想想那些走失的人的思想状态以及生存状态。当那户人家走失之后，塘子还在，茂密的古木还在，但那个自然环境也可能会如人一般走失。有些人有些物的消失，充满痛感。

在教书之余，我们一伙人经常会来到潞江坝的那些自然中，谈生活的晦涩、缠绕、平淡与幸福。我们会在那样的一片完整的自然中，偶尔谈起还未回来的那家人以及别的从我们眼前走失的人，也偶尔会谈起人性在那个场域中的随时走失。

二

我和后珍来小寨看小舅和他女儿。小舅的女人跑了。别人口中，"女人"和"跑"这几个词，发音很重，强调，是意味深长的强调。据说小舅的女人是朝钢筋丛林逃去的。在人们口中，小舅的女人很决绝，她说走就走，离开后音讯全无。我没有见过小舅的女人。我们一眼就看到了小舅的忧伤，头发很长，杂乱的胡须，神色悲伤，话语悲戚。在这些看得见的忧伤面前，我们只能遮遮掩掩地跟小舅交谈，我们努力表现得自然些。我们不知道该如何安慰小舅。

小舅有事离开了一小会儿。那时我们还没见到小舅的女儿。我们以为小舅的女儿出去跟同龄人玩了。后珍给我讲了一个人成精的民间故事。后珍讲完，我们接着听老祖讲别的故事。这时小舅的女儿突然出现了，她正抬着自己的衣服来到院子里的水龙头边，并自己打开了水龙头……我们都看到了她，我们面面相觑。故事在那样的场景中，多少显得有点儿怪异。我们不再讲述故事。那一刻我们猛然想起她才四岁。小舅回来，目光复杂地望着女儿说女儿太听话了。这时，小舅跟我们说为了女儿想和前妻复合，不管付出什么样的代价都行。

女人逃跑，在潞江坝已经不是让人感到惊诧的事情了。除了小舅的女人，还有一些女人接连逃逸。小舅所在的那个村寨与其他很多村寨一样，自然环境很好，有很多古榕树，小舅家还有好几十亩杧果树。小舅的女人，至今下落不明。女儿似乎只是他们冲动的恶果，其实并不是恶果，出现在我们面前的是一个晶体般泛着光的小女孩。小舅的女儿已经上幼儿园，她并不孤独，在潞江坝还有好些像她一样的孩子。很多女孩儿还未到法定年龄便结婚，先结婚生子后领证，有些人幸福着，有些人并不幸福。在很多人看来，这很正常，在他们看来，自由恋爱，自由结婚，也可以自由离婚。这些人的内心深处似乎有那么一个远方，随时等着他们逃离。我们没能真正关心小舅的女儿，我们在如何关心她上，早已束手无策。

我和小舅大口大口喝着酒，沉默着，屋外的榕树上鸟声清越，那时确实是有鸟声，我们都不自觉地朝屋外望了一眼，然后继续喝我们的酒。我们在不断制造谎言。我们那安慰的话语里，夹杂了过多的谎言。有时我们会隐隐希望某些谎言是真的。小舅在我们那漏洞百出的谎言与表情面前不停地点头。大地的广袤轻易就能把人吞没，那时柞果正熟，柞果的香味夹杂在泥土的气息之中，在我们周围萦绕。我恍惚了一会儿，那时我甚至没听清楚小舅说了些什么。因了女儿，小舅不能离开小寨出去打工。如果不是因为女儿，小舅应该是最想逃离小寨的。逃离小寨于小舅至少意味着某种程度的逃离尴尬，在一些人眼中，小舅的形象多少有些尴尬。小舅经常去村寨背后的那些密林里。在那些密林里，小舅有着属于自己的蜂巢，而且还很多。让人变得充盈的密林，让人变得充盈的蜜蜂以及采撷自然的万千精华酿造的蜂蜜。小舅需要那些密林，以及那些蜂巢，以及女儿。小舅似乎明白了沉默的深意，他长时间沉默，似乎那是悲伤、无奈、愤怒等等相互媾和的结果。语言不再连贯，表达不再连贯，表情不再自然，一切变得吞吞吐吐。那是我。那是后珍。那是老祖。那是小舅。这时我们突然听到了小舅的女儿叫了老祖一声，银铃般清脆，如水流般清澈。

三

在潞江坝，撤点并校带来的问题，在较为发达的交通面前，没有暴露出来。江东岸"白岩"那个村寨，由于太远太不方便，而在撤与不撤间犹疑着。到"白岩"，要经过怒江，以前没有船，现在有渡船。在潞江坝，靠渡船，或走过那些让人胆寒的铁索桥，就会见到一些和白岩一样交通不便的村寨。最后一次去白岩，交通依然不便，由于雨水的冲刷，路况极其糟糕。几次来白岩，白岩并没有发生大的变化。世界在发展，有些局部却被遗忘。这个村寨，需要一条好的公路，这个村寨和出生地一样需要一条好的公路。在白岩，一直以来，许多家长，宁愿让孩子走路，也不敢用摩托车带他们。许多人在那条土公路上，小心翼翼地行驶，但每年依然有一些翻车致死致残的事故发生。我就在其中一次骑着摩托去白岩时翻车了，幸好是摩托往上侧翻，只是膝盖擦破了一点儿，如果往下侧翻的话，后果不堪设想。我们骑着摩托到渡口，把摩托寄在江边，再让白岩村的人来接我们。我们骑着摩托，一路胆战心惊，而毕姓同学那伙人，要继续像往常一样一直从渡口那里往上走。我们先骑着摩托朝白岩村赶去,我们只想在那里待上一天,晚上就要回到我们任教的学校。那天,将近到中午,我们才看到了毕福君他们回到了白岩,我们一眼就看到了他们的疲惫不堪。

白岩村的很多人依然还坚守在那个陡峭的山地上,只有一部分人,已经搬到山脚比较平坦的地方。山脚受河谷气候的影响,能种植许多经济作物,这其中就有稻谷。以前,在"白岩"居住的人群,与稻谷无缘。在这个寨子里生存的大部分人,依然固守"读书改变命运"的传统。毕福君这群人往往成绩很好,性格内敛,懂事。在"白岩小学",杨姓教师不无感伤地跟我说起,"白岩小学"并不是每年都招生。适龄儿童,就只能拖着,拖两年甚至三年。这样的情形,依然没有终止的意思。我们第一次去那里招生时,是提前来的,我们来那年,白岩小学没有六年级。那时我们所要面对的是"择校热"的问题,为了招一些基础不错的学生,我们必须提前来。而在江这边的许多村落,交通便利,经济作物随处可见,咖啡瓜果遍地,但辍学的人很多。

一直以来,丛干是辍学人数最多的寨子,辍学原因莫衷一是。丛干是离我们所任教的那所乡间中学最远的一个寨子。比白岩还要远些,只是去丛干的路要好走一些。我们去家访那天,雨淅淅沥沥地下着。那个寨子是傣族和傈僳族的杂居区,里面的傈僳族信耶稣。在那之前,我还未去过那个村落。我只是在那些还未辍学,或者行将辍学,或者已经辍学的学生的只言片语里,了解到一些东西。但从他们口中了解到的,对于劝他们回来似乎没有任何作用。我们去的那天不是周末。教堂紧锁,从那扇铁门的缝隙朝里看,空落,或者是空旷。我甚至找不到说服她们的理由,在她们面前,语言的宫殿瞬间倾塌。在那群辍学的学生身上,我看到了自己。在我读小学时,我们那些距乡镇最远的学生,经常被乡镇上的人欺负。那时,我看着寨子里的同龄人一个接一个辍学回家,我也有了辍学的想法。当我把那种想法跟父母说时,父母坚决不同意,但又不知道怎么办。在眼前的这个寨子里,很多家长也因为那样的事情而头疼,有些父母便在叹气与咒骂中,让自己的孩子辍学了。我早已忘记了当年我们是怎么坚持下来的。我有点儿遗憾地摇了摇头,我有点儿不知所措。在那群孩子眼里,既然没有解决的办法,他们就不能回到学校。那时,我顿时感觉到有一股无法清除的痛楚正在痛击着我。我想给她们讲述韬光养晦的生存哲学,但我不知道该如何说。我已经意识到一些道理在她们面前的虚脱与苍白。但他们辍学的原因,似乎还不是这么简单。走访那个寨子以失败结束。我们还去了几次,我们只是希望学生辍学人数能少些而已。最终辍学的人中,只有一个回到了学校。

丛干辍学的那些学生,她们辍学然后朝城市走去。在我回到潞江坝的途中偶尔会见到其中的一些人,她们打扮得花枝招展,她们早已不是素面朝天了,那略显夸张的妆容包裹着的内部,有着对于一个世界属于她们自己的看法。她们和我打着招呼,我问她们什么时候回到打工处,她们朝我乐了一下,说快了,瞬间混入那些人群中。

四

我们需要那些在密林中聚集的残骸。但我们不需要那种由于人类对于自然界的侵吞所制造的残骸。我多次进入过高黎贡山。高黎贡山,保留了那种让人惊讶的残骸。古木继续生长的气息与古木残骸的气息交杂。我们很多人被自然的那种气息所濡染。我们多次专门组织深入高黎贡山,其中有一次最终的目的地是"小地方"。于高黎贡山而言,那个密林中的小村落确实就是小地方。"小地方",当看到了寨子口的标记时,后珍和我对视了一眼,我在那一刻想到了"小寨",后珍跟我说她也想到了"小寨"。"小寨",一些民间传说,一些发生在小舅身上的不幸,以及可能会发生在任何一个人身上的不幸。只是许多民间传说正在隐去,很多不幸却凸显着。在那么多次集体行走中,我们看到了轮廓棱角异常分明的各种各样的群山植物,我们感受到了那种浓烈的丛林原始气息。在出生地,这样原始的气息早已变得稀薄。大地本应有的繁盛的生殖能力,情欲的旺盛,已经在很多角落里面悄然淡化,在眼前这片热带河谷之中,却一直浓烈着。我们走出村寨,离大河远些,我们在高黎贡山上望着大河。我们多次出现在了高黎贡山,我们就远远望着那条大河,大河并不波涛汹涌,其实走近就会发现那条大河一直汹涌着。为了自然界的残骸,我们要远离那些村寨,我们要进入那片密林中。电视台的朋友专门做了关于高黎贡山密林中动物与植物的纪录片,动物与植物的树木繁多,所有的动物,所有的植物以及别的很多物都是以活着的姿态存在。活着,热闹,又异常静谧。

前段时间,有一头野猪混入了我家的猪里,它们一起在那个山谷的草场中汲取雨露,共用一个草场,这样的情景不只是存在于歌声和过去的记忆里,这让我感到吃惊。我一直对出生地的一些东西失望,我根本就不曾想过这样的事情会再次发生,而最终那头野猪只是和家猪待了一段时间就消失了。据一些人猜测很可能是被偷猎者猎杀了,这样一幅本是很唯美的画面,就不再具有美感了,我甚至听到了一声枪响,断裂的声响,割裂的声响。我希望那头野猪是回到了山野。出生地,在雨季,山野破败,泥石流过后,几年甚至几十年是根本无法复原一片草场的。野猪以那样的方式再次出现,这里面似乎暗含了一些美好的东西。最后野猪的结局又似乎暗示了那片自然的其中一种结局。许多野猪随着别的野兽从那个山野间消失，它们一定经过了不断往远方的迁徙过程，往远方，有密林的远方。

该如何才能更好保留一片山野的完整性？通过宗教，或者其他？出生地一直都没有解决好这个问题，而在潞江坝，似乎早已解决得很好。我羡慕在潞江坝生活着的后珍、小舅、小舅的女儿和老祖。我侄子他们，还有毕姓同学那伙人一定像我一样羡慕在潞江坝生活着的后珍、小舅、小舅的女儿和老祖。我们羡慕他们生活在那样一片近乎完整的自然，即便这样的生活环境依然无法抗拒生活中的诸多不幸。

五

那是怒江。那是我们在高黎贡山上望见的那条大河。那本是一条体面的大河，而这样的体面正慢慢被盘剥。只有雨季，怒江才会给人是一条大河的感觉。我们在那个地域生活的很多人都无法绕开怒江。后珍和我还多次来到芒棒村的那些庄稼地里，远远望着一条江，我们远远望着一条江的流量变小，然后增加，然后再变小。似乎我们都心知肚明，只是没有把它言明。或者，那时后珍和我的眼里更多的是庄稼，而很少有怒江。

有个左姓朋友，我们曾经就那些大河的命运谈论了很长时间，他头头是道地分析着那些大河面临的困境，同时也不断提到了自己身体所表达出来的不安。他在一些文字中把自己的肉身与那些大河进行过对比。他说自己的肉身早已不是完整的，自己早已不是以体面的方式生活着，他一度担心自己会不会以一种极其不体面的方式消亡？他最终离世了，以他一度担心的并不体面的方式离世。他的很多器官早已不完整，心脏有问题，痛风，视力极其不好，还有很多问题。也许，他早已意识到自己无法再与那样的残缺进行抗争了，只是在努力抗拒着。我们还谈到了那些大河的支流。怒江、澜沧江、金沙江的很多支流，我们意识到了由那些支流所带来的精神危机，毕竟与我们有关的很多条支流都有彻底干涸的可能。

我们谈到了一条大河的体面。一条大江的体面首先应该是流量的恢宏磅礴，同时是两岸上植被的密集，以及两岸的村寨城市所体现出来的体面。我们都觉得澜沧江、怒江、金沙江等几条大江，所展示出来的澎湃是无可厚非的。我们很多人也一直在努力体面地活着，这也是无可厚非的。有时我们的处境与那些大江的结局是一样的，我们都感受到了生命在时间面前的无奈。前些时日，听到左姓友人离世的消息时，我竟狠狠地吐了一口气，他解脱了。

很多人用不同的方式努力体面活着。那些村寨中的老人体面活着的方式，就是经常去奘房。在奘房里面，他们只有一种身份，虔诚的信众。他们中的一些人在那个清澈的水沟里打捞着枯叶，有些老人在那个电视机前看傣戏，有些老人在奘房前面种植草木。在那个奘房里，傣戏以那样的方式被保留。在我来到那个奘房之前的很多年，傣戏曾鲜活地存在于潞江坝，而现在傣戏已经成为一个很小众的民间艺术。像傣戏，专门要有唱戏的戏台，有些戏台的华丽讲究和民间的素朴形成强烈的对比。曾经全民痴迷傣戏的情景现在几乎看不到了。只有在奘房里，很多老人才能真正轻松一下。而在平时，很多老人努力劳作，为了更好地安度晚年。傣戏，一定是有它们存在的必要，只是它成了受众面极其小的艺术，它的真正作用没能真正体现出来。当作用没能真正体现出来，很多民间艺术已经不再鲜活，也加快了民间的一些秩序的垮塌。我们要回避很多问题，我们要极力回避民间艺术长河的断流所带来的精神秩序的崩塌。

很多生命匆匆消逝，当我还在为那个患皮肤癌的李姓老人担心，担心他该如何继续面对日益溃烂、不断结痂又溃烂的伤口所带来的痛苦与无奈时，听说他离世了。对他以及很多人而言，可能这样会更好一些。

六

在进入潞江坝这个于我而言很崭新的世界之后，才发现许多在出生地发生的事件在潞江坝同样发生着。在出生地，有那么一群外出打工然后回来的男人。他们拖着疲惫的身心（应该是疲惫了，除此外，我还真找不出任何能说服自己的理由）回来了，这些回来的人，对农活早已生疏，他们需要再次学习适应，这其中就有我的表哥。表哥还是非农业户口，他在某个夜晚给我打电话诉苦，说是非农业人口的身份在农村里面没有给他带来任何好处，而相反因为这样的身份让他在生活中比别人更加艰难，我听到了他对姨爹的抱怨，他抱怨，长时间在抱怨，我不知道该通过什么样的方式安慰他。在和他通电话的过程中，我感觉到电话那头的他就是一头困兽，正在为如何继续更好地生活下去而发愁。那是一个茫无头绪的群体，表哥只是其中一个，很多人像表哥一样惨败。

这个群体中有很多酒鬼，而其中一些酒鬼，喝醉酒之后，就会打媳妇。那个群体，经常会被一些人评说。我也会直言表哥不应该成为酒鬼，或者即便成为酒鬼也不应该一喝酒就打表嫂。表哥经常打表嫂，有些时候下手还很狠。表哥不分青红皂白地打表嫂，里面有着对于逃离出生地最终溃败后的沮丧。表嫂就那样忍受着，很多女人就那么忍受着，而像表哥他们的那群人依然在一种醉生梦死（可能丝毫不夸张）的状态中活着。他们在频频举杯中谈论自己的过去，那些在城市里面生活的经历，但随着灌入腹中的酒越来越多，他们开始控制不住自己的情绪，他们开始诅咒生活的不公，以及离开村寨在城市中生活依然艰难带来的颓丧。当那些陪着喝酒的人离去，当喧闹的群体被分割成孤独的个体之后，他们一看到媳妇，媳妇便不顺眼了，然后媳妇便被咒骂，媳妇便被狠狠地揍了一顿。表哥曾多次揍过表嫂，有多次，没有人敢去训斥表哥，姨爹姨妈两人常年被病痛折磨，姨妈还多次因为表哥打表嫂而吓病。我们很多人在评述像表嫂一样的人时，我们都在纳闷为何她们还一直忍受着，她们就不能想方设法逃离？像表嫂一样的人，在出生地生活了很长时间之后，她们也会讲一些当地的方言，但从她们口中发出的方言，还是感觉怪怪的。她们跟随着那些惨败的人们回到出生地的时候，她们往往也成了惨败的人。在那个于她们而言很陌生的世界中，她们很长时间与出生地之间存在着裂痕，需要慢慢地修复，而有些裂痕可能永远也得不到修复。在潞江坝，同样有着这样的群体，他们同样从城市里面重新回到潞江坝，成为酒鬼，诅咒生活，打骂老婆。也有那么一些人从城市回来后认真活着，在出生地找到了活得更好的方式。表哥在多次酒醉后，突然跟我们说自己是过分了一些，他说一定要尝试着戒酒，他也在努力着。

七

那次泥石流，让很多人震惊。其实，人们早已习惯了泥石流，在云南的很多地方，每到雨季经常会发生泥石流。只是那次泥石流掩埋了一些人。那次泥石流发生的具体地点，是瓦马乡镇府旁边的一个村寨。离潞江坝不远，只需要翻越一座山，或者沿着怒江的某条支流就可抵达那个村寨。事件发生一个星期后，我第一次出现在了瓦马。我去并不是为了那起事件，而是那时女友在那所乡镇中学教书。那是一个依旧落后的乡镇，那样的乡镇我很熟悉，在云南的高山峡谷中有很多。在那里待了短短两天，我便落荒而逃。

其中有一个死者是那所乡镇中学的新生，本来事件发生前天就应该来报到了，但由于一些被泥石流卷走的原因没能按时来。这是云南大地上的一种死亡方式。发生泥石流的那个地方，地质条件很差，松动的土石，一下雨就泥泞不堪的土路，那些山石上面经常会有一些水渗出，水在不停地侵蚀着那个本身就很脆弱的地质环境。在那个看似（或者本来就是）穷山恶水的地方，人们一直信赖着生活的那个自然环境，这多少让外人感到惊诧。那些人为何一直生活在那个河谷中？

在那次事件中幸免于难的一些老人可能知道理由，但那些老人已经疲惫，已经疲于讲述。在那次泥石流发生之前的很长时间里，泥石流在那里从未发生过（这同样多少会让外人感到吃惊），只是一些日渐增多的泥浆会随着那些溪流流到那个河谷中，然后继续往下游流去，流进怒江，然后经过潞江坝。怒江的水，在那些多雨的季节，总是很浑浊，它的许多支流裹挟着很多泥沙涌入怒江。

这起事件吞噬了许多来不及逃脱的生命，包括好些人，而被吞没的植物应该是最少的，当我来到那个河谷时，植物稀少，空气稀薄。每每想起这起事件，我就会感受到某种清晰的痛感与不安。从表象看，似乎这起事件与我真的没有任何关系，实际关系很深。在云南大地上，我看到了许多与那个村寨一样的角落，我的出生地就是，那些生态脆弱的角落，生态正在恶化，经常发生虽没有掩埋过人，却掩埋了诸多草木的泥石流。在这之后，我还多次回到过瓦马，并经常经过那个发生过泥石流的河谷，依然还有一些零星的人家居住在那个河谷。我多次在瓦马的暗夜中醒来，还有多次想逃离瓦马这个偏远的乡镇的想法，而最终我真的逃离了。2010年之后，我就再也没有来瓦马了，但偶尔我会通过别人口中了解到一些关于瓦马的信息。据说，瓦马有了一点点儿变化。我不知道，在那起事件中，心灵上受到了严重伤害的那些人随着时间的变化，以及乡镇的变化，是否得到了治愈？

真正远离那些恶劣的自然环境吧。有时即便有可以迁徙定居之地，但又能轻易就抛掉那些自己熟悉的自然环境吗？更何况现在还有多少可以迁徙定居之地？我们需要的是一片寂静的自然，我们需要的是一片完整的密林。在那些暗夜里，我似乎看到了一片完整的密林，我是真实地看到了瓦马夜空里面璀璨且繁密的星辰。一些生命在暗夜中沉睡，一些生命在暗夜中醒来。那起事件发生在暗夜，还有好多事件发生在白日。如果无法避免，我还真希望一些事件是发生在白日，一些生命可能就会在白日的敞亮里逃脱。而在暗夜，许多生命在沉睡中无法逃脱，许多生命在沉睡中忘了逃脱。与那个被夺取生命的学生不一样的是，有一些人按时来到了那所乡镇中学，家人却在那起事件中被掩埋。

八

那是一起自杀事件。那个女人代表了一群人，并不是代表了一群自杀的人，而是代表了一群年纪很小便结婚的女人。但为了成长，为了变得成熟，不应该付出自杀的代价。有时，自杀即毁灭。当我听说那起自杀事件时，那个女人早已被埋葬。在潞江坝，自杀的事件时有发生。自杀不仅在人类中发生，在潞江坝，自杀还蔓延到了自然界。我亲眼见到了一些死亡的植物，一棵古老粗壮的古树（被某些村寨奉为神灵）突然枯死了，那样的枯死只有自杀才能解释。还有一些植物在自杀，莫名其妙地枯死，先是从树叶开始，树叶开始卷曲，然后干枯，然后掉落然后腐化，树叶死亡后，才发现树根（有好几百年）也枯死了，但那些植物绝对不是干旱而死，似乎只有自杀才能解释得清。而很多小动物的自杀更不需要去猜测，只需要看看现场便知道那是活生生的自杀。自杀，是一个值得深思又不值得深思的问题。那些植物和动物的自杀是无法遏制的，就像是无法遏制某些人的自杀一样。

死者如果按年龄来算的话，还是一个小姑娘，应该刚刚成年，但不按年龄来说的话，她已经是一个两岁孩子的母亲。我曾见过她的孩子，那时她已经不在人世。在面对一个孩子时，我内心深处那根最脆弱敏感的神经，表现出了前所未有的无措与沉重。像她一样的女人在潞江坝还有好些，先结婚后领证，以一个小姑娘的心理承受力来承受生活的种种，包括了生活的幸福与艰难。而面对生活的艰难时，她们中的很多人往往很无措。

这个两岁娃娃的母亲，她面对的只是生活中的一点点儿不是很严重的争吵，但她无法承受，争吵变得严重，她想到了死，想到了以死来报复自己的丈夫。这并不是一个能负重的女人，她们那个群体中的很多人都是无法负重的，毕竟年龄太小了。她是喝百草枯自杀的，这种杀草的药在潞江坝看来，只要喝了百草枯就没有救活的可能（在潞江坝，常见的另外一种自杀方式是喝敌敌畏，但一些喝了敌敌畏的还有被救活的，但喝百草枯的人没有一个被救活过），选择百草枯的她带有着某种决绝的意味。这种药物的腐蚀性很强，据说她只是灌了一点点儿，她丈夫眼疾手快从她手中把百草枯夺了过来，但已经来不及了。那时的她就是某种草，本可以是一岁一枯荣的草，本是一棵具有很强的韧性的草，但在百草枯面前，韧性被弱化，草的姿态被弱化。她死时的惨状，让许多人感觉到害怕，在这里我只是在复述，我都觉得害怕，我只能把那种惨状忽略。

随着一个母亲的离去，产生了一个孤儿。那个年纪很小的母亲，在人们的口传中更多是被放置于被批判的角色上的，批判她对于生命的轻视。这在很多人看来，太过可怕，太过不可思议，也不应该轻易被饶恕，她的自杀无疑是对于生命的轻易放弃。人们还批判那个女人对于一个孩子的放弃，这是一个不负责任的女人，她应该为了孩子好好活着。在人们看来，根本就不能把生命视若草芥。那个女人以被批判的角色出现在了人们的世界里，我却不知道该让她以怎样的角色出现在我的讲述中，我一开始也想到了批判，但似乎无法轻易来批判那起自杀事件，一个自杀事件里还潜藏了太多隐而未露或者某天会突然之间浮现出来的东西。

九

  关于那个疯女人的事情，我都是耳闻的。这是另外一个患有精神病的女人。我看到她时，她已经恢复正常。在那个古木众多的村寨里，我见到了那个女人。眼前的她，有点儿臃肿。我向一些人打听关于那个女人的事情，那些被我询问的人并没有表现出任何异样的神色与语气，而是很耐心地给我讲述关于一个女人的事情。那个女人，本是幸福的，结婚，生子。但娃娃长到两岁时，丈夫出轨。女人的丈夫一直努力遮掩着出轨的事实，但毕竟有太多躲在暗处的眼睛，这些眼睛轻易就能让事实挣脱遮盖物，这些眼睛往往无法控制自己的表达欲，事实在日光下变得醒目。女人责问丈夫，丈夫直言不讳。丈夫可能是无法消除内心的不安，一个人外出打工。

  女人并没有跟着外出打工，而是把时间重点放在了照顾娃娃上面。那个娃娃聪颖可爱，所有讲述者都没有把这一条忽略掉。在讲述时，几乎所有人都面露憾色，他们的语气基本是这样：可惜了那么好的一个娃。娃娃在某天晚上发烧，而潞江坝离卫生院很远，女人没有任何办法，用一些土办法给娃娃降温，但在那个晚上那些民间的办法没有起作用，娃娃的后果可想而知。那个娃娃，在那一次发烧之后便不会讲话了，双脚也麻痹得无法行走。那个女人经常要把儿子背着，前后背了一年，直到儿子夭折。儿子夭折的那天，女人撕心裂肺地哭着，有许多人都听到了凄惨的哭声，同时也听到了凄惨的笑声。女人就这样真的疯了，疯了的女人被送往精神病院。在精神病院的三年时间里，原本身材瘦弱的女人开始发胖（据说是吃药的结果，也可能真是发胖了，也许一到精神病院里，疼痛便在女人的意识深处消失，女人已经感觉不到疼痛，女人已经因无法感觉到疼痛而彻底冷静了下来），出现在我面前的女人身材那般臃肿。她是正常的，也该正常了，不然那么沉重的痛苦会彻底把人压垮，幸好她还能在压垮后重新振作起来。至少她是挺过来一些了，至少她在精神上有了一种抗拒过往生活的能力，不然她不会那么平静地出现在我面前，精神病院可能无法真正治疗她，她需要自我治疗。

  三年后，是丈夫把她从精神病院接了回来，女人似乎没有任何的激动，而是没有任何表情地跟着丈夫回家。到这里我才提到了"没有任何表情"这样的话语，是的，我见过的她便是没有任何表情的，是的，从精神病院出来后的她在别人的讲述中，都是没有任何表情的。表情本应是很丰富的，但三年时间里她似乎忘了表情的丰富。后来我多次见到她，但确实看不到她的表情，也可能她的表情就只有一种，僵硬的冷，抑或超脱的淡。这个我确实无法猜测，在这样一个女人面前，我不能再进行任何猜测了，猜测无异于在亵渎。一个女人，并不只是一个女人，就像上文中提到的那些女人，她们无法真正脱离潞江坝，在很多时候，无法作为一个独立的人存在。

十

在潞江坝，模样同样会经常骗人。那个才三十多岁的女人，看着早已不是三十岁的模样。我猜测着，四十岁，或者五十岁。三十多岁？这是经过证实的，我感到很吃惊。她可以算是我的亲戚，她的头发已经花白，但才一岁多点的娃娃经常背在背上，偶尔会出现在我们面前，偶尔也会和我们闲谈。但更多时候，她已经被生活剥夺了闲谈的权利，她的丈夫在现实中就是一个游手好闲的人，很少帮她干活，却经常和一些人酗酒。在潞江坝，一些男人败给了酒，说得准确些应该是过量的酒。

在潞江坝，让我印象最深刻的便是酒文化的浓厚。酒文化浓厚无可厚非，酒文化背后也包含了许多好的东西，但更多时候太过浓厚的酒文化也给一些人带来了灾难与不幸。她的丈夫在长时间的酒精的浸泡下，真正成了生活中的闲人。在潞江坝，当心真正闲置下来，那无疑是一种毁灭性的灾难。这样那个男人便给一个家，或者至少是那个女人带来了灾难。生活的重压便全部要让她来承担。出现在我们面前的她，会让人有一种已经无法承受生活的重负的感觉，那样的身体太过瘦弱了，那样的皱纹太过深刻了。连背上的那个娃娃也太过瘦弱了，似乎那个娃娃也在过早地尝到了生活的苦难之后，变得麻木了呆滞了，我们几个人有意去逗那个小孩，但他没有任何反应，只用一双还算清澈的眼睛注视着我们。

这样的女人，在那个富庶的潞江坝还有好多。在很长的时间里，我总觉得潞江坝无疑是富庶的，那生活在其中的人们无疑也是富庶的，并且还因富庶而幸福，而真实的情形并不是这样。富庶的只是一个从外面看到的大世界，而它的内里还有一些让人刻骨铭心的贫瘠。那个女人，家里家外继续忙活着，继续承受着生活的重压。她并没有像潞江坝的许多女人一样外出打工，她的男人也并没有像潞江坝的许多男人一样外出打工。他们的坚守，并没有坚守着民间的一些应该保留的东西。他们家的农田很多，但现在已经有许多成了荒地。荒地具有了强烈的象征意义。我们说起了那些荒地，但她只是无奈地摇了摇头，也只有叹气了，也只剩下无奈了。需要一个男人，一个能开垦荒地，或者让良田不会变成荒地的男人。而她有一个男人，却不是一个拥有这样能力的男人。我的文字，可能无法真正抵达她的不幸。那个男人也无法真正消解她的苦难，只是给她制造了无尽的苦难。其实苦难是可以分担的，如果那个男人哪怕帮她分担一点点儿苦难，她也绝对不会是眼前的这个模样。那样的话，他们的坚守就有了某种意义。有时我会悲观地觉得，时间对于一些人并不能改变什么，哪怕是呼吸的节奏、喘气的声息、胃里翻腾而出的酒气。这都可能只是一些陈腐的东西，都是一些固定的东西。我就坐在那里，连正眼都不想看他一眼。在那一刻，我无法控制住内心对他的厌恶以及鄙视。我唯有一副怒其不争哀其不幸的样子，似乎才能真正表达我内心的想法。而他对我同样表现出一样的姿态，他同样对我不闻不问。

十一

那是一个出轨的女人，以及被车子撞死的她的丈夫。我的叙述中应该不能忽略一些人，像他们的两个孩子，像他们的父母，我可能要牵扯到好几个家庭，我需要从多个角度多个线条来对这些人进行应有的叙述。而在真正叙述后，我才发现自己的叙述是无力的，我根本没有能力把牵扯到的所有人都叙述清楚。我感觉到叙述那些人时，叙述所给我带来的前所未有的压迫感，我需要喘息，为了喘息，我必须要把其中一些人忽略掉。在潞江坝，像她一样出轨的女人有好些，但因出轨导致丈夫被撞死这样的事件似乎就只有那一件。也许，我需要尽快地进行我的叙述，不然许多人开始对我的叙述进行猜测，会猜测这里面可能会涉及谋杀之类的，但我要说的是与这种类似的猜想完全没有关联的，那绝对不是一起谋杀事件。在这里，我只是想借助一种缓慢的叙述节奏，我希望有时候缓慢的叙述节奏亦可以有力量。

女人出轨了，她与那个有家室的男人经常混在一起。那个男人刚好在那个女人所在的村寨里开了一家饭馆，女人来饭馆打工。生意做得不温不火，似乎他们所要抗拒的便是饭馆生意的不温不火。随着我们进入那个饭馆次数的增加，我们发现了他们二人之间的关系。除了我们之外，应该还有一些人也发现了他们之间关系的不同寻常。在一些人的讲述中，女人的丈夫是最后一个才发现的，同时也在一些人的讲述中，女人的丈夫早就知道了。总之，女人的丈夫是知道了，但并没有来饭馆里闹，据别人转述女人的丈夫私底下和女人好好商量，但商量未果。女人的丈夫开始酗酒，那种生的力量被酒消磨殆尽。在最后一次酗酒之后，女人的丈夫骑着摩托车往家的方向赶去，家里面还有两个娃娃和年老的父母（到这里我开始意识到这段叙述无法离开这些人的支撑），这些家人也在等待着他回来，而女人已经好长时间没有回来。出轨的女人，成了那家人的羞耻。而出轨的女人似乎并不觉得那是羞耻。女人的丈夫在骑着摩托车回去的路上，被一辆大卡车碾死，现场血腥，惨不忍睹，但那里只出现了他的娃娃以及家人，而并没有出现那个女人。

　　一个完整的家，在那一刻瞬间变得破碎。到后来，我在某个城市碰到了那个女人和那个饭馆的老板，女人勾着男人的手，很亲密的样子。似乎那起事件，对他们并没有造成太多的影响。在这里，我只是简单地提到了那个出轨的男人，而出轨的男人的妻子父母等等被我的叙述忽略，我需要他们成为我叙述的留白，是能让人进行一定思考的留白。两个家庭，一些人，两个出轨的人。对于这两个出轨的人，我无法轻易定义。

十二

　　时空如斯，在一条大河边上的人们安然地发展着沉淀着，似乎除了安然的生活态度，已经无法对抗那些生活中无处不在的苦难了。幸福与苦难如斯，特别是苦难。于眼前的某些人，当时空于他们一直如斯之后，风景已经无法帮助他们对抗生活的苦难，以及内心深处的迷茫。风景的作用被人为地弱化。在潞江坝，拥有那样动人的风景，在一定程度上只是帮助了一些人。而那些未被风景感染的人，自然是无暇顾及风景。自然风景，被搁置着。曾经风景一度成为人们日常生活中不可或缺的一部分。

　　自然的不缺失，这是我出现在潞江坝的大部分时间里，所能真切感受得到的。在潞江坝，那个自然场景的存在，把民间的一些东西遮蔽了，包括其中的苦难。如果我只是静悄悄地来静悄悄地走的话，我就会无法深入那片无法安静的生活内部。我的眼前我的记忆中，将只会留下一个美得让人感到惊讶的自然场景而已。而在潞江坝，我偏偏很不安分。有时我甚至就是以一个写作者的身份，出现在潞江坝。我与潞江坝的一些人，说出了我内心里面的感受，我想把潞江坝的真实展现出来。一开始我所理解的真实，似乎只是呈现那些自然场景的美，以及在潞江坝里面生活的人们的生活画面。而最终，那个世界里还有一些生命在挣扎着。一些生活场景在消失，这些行将消失的东西需要被记录；一些生活中的苦难被人们忽略，这些被忽略的东西需要被记录；一些美如斯的自然场景有消失的可能，这些被我担心要消失的东西需要被记录……

　　在潞江坝，苦难确实无处不在，地名的变迁确实改变不了一些属于生命普遍的困境。苦难有着大苦难与小苦难的区别，我的那些苦难永远只是一些小苦难，甚至是一些根本就应该被忽略的苦难。在眼前潞江坝内部潜藏的那些苦难面前，我的苦难简直算不了什么。而在潞江坝，很多人拥有一种看似更冷静地对待那些苦难的方式。我在潞江坝生活的时间里，我真的希望有些人能有所抱怨。但似乎一些女人是不能抱怨的，她们在生活中有时处于弱势地位，她们要面对来自多方面的强权，像丈夫的强权（有些丈夫毫不讲理，把生活中的一切不如意都归罪于女人），像公公婆婆（有些女人真就碰到了这么一些不讲理的公公婆婆，有些不讲理到已经有点儿心理上的病态的程度，当然也是有那么一些女人毫不讲理，又恰恰与公公婆婆的讲理不一样，这里我只是提其中的一些女人，那些被毫不讲理的强权压制的女人。在这里我没有丝毫的夸张）。

有时我还真希望那些女人会来一次大逃亡，有一些女人已经开始逃亡，逃亡的女人被潞江坝的评判尺度评判着，有些逃亡的女人被一棍子打死，在潞江坝最传统的理念里逃亡就是不对的。逃亡与否？以及在什么情形下才逃亡？或者怎么对抗内心里面一直想逃亡的冲动？这些都是问题，都是一些我在这里无法轻易做出判断的问题。逃亡会引起混乱，但有些逃亡会让一些女人获得解脱。而我在私底下所期望的一些逃亡并没有发生。有那么一些女人，却是真正逃亡了，不顾一切地逃亡，她们从潞江坝逃离，逃到远方，只存活在潞江坝的口语语境之中。那些自杀的女人，那些出轨的女人，似乎都是某种意义上的逃亡。她们的逃亡，只留下了一些破碎的家庭，以及一些无辜的小孩。在面对那些无辜的小孩时，我又开始怀疑那些逃亡的女人了。也许，逃亡并不是解决问题的办法。我所期望逃亡的那些女人，她们还背负着一些东西，她们可能也意识到了逃亡根本无法解决问题，但逃亡之外，她们又想不出别的能解决那些问题的方法。

逃亡与不逃亡？

或者……

但有时，一些苦难往往无法轻易逃脱，就像那些人无法在一场突如其来的泥石流面前逃脱一样。

在潞江坝，悲剧依然在不停地发生着。我在不停地关注着那些悲剧。我想和那些人谈谈，至少谈谈他们的苦难以及幸福。但一些人早已离世，一些人早已拒绝与人交谈。

十三

许多生命正在潞江坝这块大地上，或者在出生地，或者在别处，继续为体面活着而努力着，挣扎着，抗拒着，逃离着。我又何尝不是那些努力逃离某些世界与角落的人中的一员？我们正用我们的方式逃离自己想逃离的世界。一些人已经逃离，一些人已经无法逃离，一些人已经不想逃离。

《滇池》2016 年第 10 期

阴　谋

朱怡宁

有那样一个镇子,一条河把它分成了南北两岸。南岸人和北岸人是两个不同的部族,互不来往。大鼻子的北岸人每天热火朝天地工作——有数不尽的棺材要制作、修补和搬运,因为他们活上七日就会死去,被家人放进棺材后抬到小土坡上,七日后就又会活过来,到时再由家人抬回去。大概正因如此,北岸人特别珍惜活着的日子,也格外爱说闲话和攀比。除了爱说哪家人近来连钉棺材的钉子上都刻上花了以及哪家人垫在棺材里的布几十年都没换过了等等外,他们还爱讲的一句话就是:"这日子越过越有味了。"

而小脑袋的南岸人挂在嘴边的总是:"这日子真没啥滋味。"不说他们呼出的气像糨糊、发出的声音像石膏,就连靠南岸一侧的河水,流得也似乎慢些。南岸人是纯粹的不死之人,没有北岸人那样的折腾,他们的日子反倒死气沉沉的。

有一天,一个外来人进到镇子里,宣布他将担任这里的镇长。

镇长煞有介事地巡视了全镇一圈,回到办公室后说:"这个镇里全是平房。我要建一座高楼,一座高到从飞机上都……是从地球的下面望过来都能望得到的楼。"

于是镇长发动北岸居民为他造楼。热情能干的人们很快成群结队地涌向镇长精心选择的工地,不分昼夜地干起来。只是,人们混乱地死去、复活,工程进展得很慢。而且北岸人也渐渐发现了问题:他们既要造楼,又要整运棺材,两头顾不过来。

"这样下去终归是不行的。"他们向镇长反映说,"为什么不找些南岸人来帮忙呢?他们不会像我们这样,而是可以永远不停地干下去。"

镇长采纳了北岸人的建议,当天就去找南岸人商谈,但南岸人说他们自己得再商量商量。

这件大事明显在南岸人一潭死水的生活里激起了波浪。他们活跃起来,只花了半年时间就商量出了结果,并推选出代表去回复镇长。当然,其间镇长曾多次前去询问,但回复的一直是"商量中"。

南岸代表战战兢兢地穿过北岸人的住地来到镇长办公室,告知镇长南岸人不同意帮忙建楼。"不过,"他补充,"我们可以帮他们抬棺材。"

就这样,北岸人把抬棺材的重任交给了南岸人。

南岸人来到北岸,并没有改变习惯,他们依然慢吞吞地做事。因为太慢,每每都是才抬到半路,七天就已过去,棺材中的人又活了过来,他们就只好再把人抬回去;而往往还没到家,棺材里的人就又死了。于是,造楼的人变得更少,乃至绝迹。而那小土坡上,由于长期没人将棺材放在那里,慢慢生出了茂密的杂草。

镇长不得不接受自己的失败,于一个夜晚消失了。有人说他跳河自杀了,也有人说他是满意地离开的。

《初中生·作文》2016 年 11 月

酒心女孩儿

孟纯青

天色刚暗下去一些，我就穿戴整齐出了家门，走向楼下的一家烧烤店。

夜晚是最适合吃烧烤的时间。烧烤店里，几个忙碌了一整天的中年男子放下工作，一边吃烧烤一边喝啤酒，谈笑风生。三十几寸的电视机里放着球赛，热闹的声音伴着烧烤产生的烟雾，弥漫在半空中。

朋友比我到得早，特意挑了一张角落里的桌子。我坐下后剥开一颗花生，从一旁的冰柜里顺手拿出一瓶可乐，拧开瓶盖就喝了一口。

这时，手机在裤兜里震动了一下。我吮了吮手指，拿出手机，点亮屏幕，看到酒心女孩儿又在微信里发布动态了。她抱怨晚上太冷，冻得她小腿打战，4月居然要盖两床被子……末了，她还发了一张她戴着耳机的照片，嘴上淡淡的唇彩还没洗掉。

她在澳洲，与中国有近两个小时时差，我猜她此刻刚回到家。

彼时，我和酒心女孩儿一起念高中，在一所很普通的学校里。

她微胖，留着蘑菇头，爱穿一双素白的帆布鞋，习惯把校服拉链拉到锁骨的位置，每天按时到校，下课时会拉着朋友去卫生间……关于她，除了这些之外我就想不起其他东西了。她就是一个普通女孩儿，像你在十字打头的年纪里遇见的大多数女孩儿一样，无论比什么都不会太出彩，也不是最差的那一个。

那时候，她坐在教室后两排，上课时戴一副红色圆框眼镜，有自己的小圈子，很少主动和别人打交道，因此也难以给别人留下深刻印象。

我对她印象稍微深点儿的一件事，是在高一的运动会上。

那次，班主任要指定几个同学做志愿者，酒心女孩儿因为个子高而入选。运动会在9月举行，举行那天，烈日炙烤，在阴凉外多待一秒都是煎熬。

当时，志愿者们都撑着伞，喝着冷饮，坐在树下。唯独酒心女孩儿穿着蓝色校服，顶着太阳站在检录处给运动员发水、点名。新的比赛成绩一出来，她就一路小跑着去公告栏，用胶水把比赛成绩贴上去。

我帮同学照相时，见她正用剪刀剪断一截胶带，汗水顺着她的脸颊流到下巴。

那会儿我还不了解她，只是觉得这个女孩儿十分坚强，但她身处穿着花花绿绿运动服的运动员中，很难让人记得住。

直到高二的一次考试之后，酒心女孩儿被换到了我左前方的座位上。我这才发现，她比以前瘦了许多，头发也留长了。上课时，她喜欢把手撑在课桌上，托住下巴，头发随意地垂在脑后。

高中老师喜欢按组来分配学习任务，我和她同在一个四人小组，一来二去就熟悉了。有时老师上课叫她回答问题，她一边理头发一边向后看，我便赶忙翻开书，小声地告诉她答案。

中午吃饭的时候，她会从商店里买些零食回来。午休前的那段时间，我时常靠她的零食打发，同她聊上几句。她比我以前看到的要开朗，有时一个简单的玩笑她也能乐得前仰后合。笑完还会叫我再说一遍，然后她再接着笑。

她爱听欧美音乐，关注欧美文化，电影也很少看国内的。当时，她喜欢艾薇儿，午休时会给我推荐艾薇儿的歌，反复叮嘱我回家后一定要听，第二天再给她反馈感受。到了第二天，我礼貌性地回应"还好"，她则摆出一副不可思议的表情，说："怎么会是还好？明明那么好听啊，青青你太让我失望了……"

她喜欢叫我"青青"，叠字。说实话，起初我不太适应，因为这俩字儿听起来实在太嗲。有次我去外班借书，正巧在楼道里遇见她。她跑过来拍拍我的肩，大喊一声"青青"，惹得旁边的男生都对我们"另眼相看"。

但她却不在意这些，只是觉得这么叫显得亲切，之后不管在哪里遇见我，当着多少人的面儿，她都是这么叫我。

她有一台平板电脑，白色的。有一阵子，我时常让她下载一些电影或者电视剧，带来学校看。

有一次上自习课，我又向她借平板电脑。因为不会调节音量，我让她先关掉音量，然后再把平板电脑从桌子下面递过来，我就着字幕看哑剧。

没想到，点开播放时还有声音，我赶忙用衣服堵住，同时按了暂停。我戳戳她的后背，问她怎么还有声音。她说刚才明明帮我关掉了，我把平板电脑放到桌上，她仍坚信声音已经关掉，然后按下了播放键。

当时我看的那部电视剧叫《民兵葛二蛋》，正好演到剧情的高潮部分，黄渤大喊一声："冲啊！杀鬼子！"这吓得我赶忙把平板电脑抽下桌，藏进衣服里，周围好几个同学看向我。幸好当时班里有些乱，老师才没有听到这壮烈的冲锋号角。

她趴在桌上一个劲儿地笑，还瞧了我一眼，眉毛弯成月牙状。而我，从今往后再也不敢上课搞这种小动作了。

燥热的夏天转眼过去，高三来临。

同学们突然间变得紧张起来，下课时很少有人会离开座位，大家都抓紧一切时间来学习，教室里飘着试卷油墨的味道。

那段时间真的难熬。长辈们总说，我们进入社会之后，还会怀念为高考奋斗的时光。但真正处在那个阶段的我，却只觉得时间并没有那么好过。

我连续两周学习到深夜，一天下了晚自习之后，头昏昏沉沉的，回家用温度计一量我才知道自己发烧了。隔天我向班主任请假，一个人在家休息、吃药。

晚上，酒心女孩儿在网上问我怎么了，得知我发烧后，一连几天都询问我烧退了没有。病好后我回学校，发现抽屉里塞满试卷，都是在我生病这几天，她和周围同学替我保存下来的。说实话，看到这些试卷的时候我心里挺感动的。

她给我一块酒心巧克力。我剥开金色锡箔纸，把巧克力放进嘴里，巧克力外壳厚实、味道浓郁，但咬到里面却透出一股甜，柔软得像是牛奶。

那时候酒心女孩儿已经决定出国，去澳洲。她的英语一般，上课的时间她请假去外面学英语，有时一周都不见得能见上她一次。社交软件的更新频率也变低了，固定不变的是每天零点她会发一条"晚安"，配一张英文试卷的图。

她开始喝咖啡，偶尔回学校上课（高中学历她必须拿到），手里都会拿一瓶咖啡饮料，一下午就能喝掉一瓶。许是拜这咖啡饮料所赐，晚上我准备睡觉时，看到她忙里偷闲发的自拍，人显得特别有精神呢！

为了各自的未来，那阵子我和她的交流变少了。某天，我看到她在微博上转发了这样一段话：所有的路，无论主动或被动，都是你选择的。某段时期的人生，只有一种味道，内心再苦，再羡慕他人，你都只能沉浸在这种味道里，要么麻木沉沦，要么振作自救。

高考结束后，她一个人去了青岛，学语言，通过了雅思考试，也顺利拿到了签证，接着又联系澳洲那边的房东……整个暑假的大部分时间，她都在忙这些。

我最后一次见她，是和几个同学一起去爬泰山，她也参加了。那天，到达山顶时，她拉着我，站在栏杆边拍了一张照片。她笑得像樱桃小丸子，脸颊通红，头发被风吹起来，远处是一望无际的翠绿山脉。

之后，她就坐上了去澳洲的飞机。

她离开之后，我建了一个微信群，群里有我和她，还有另一个和我们要好的高中男生。我们分别在三个城市，以后的交流就都在微信群里。

她的房东是一对澳洲夫妇，家里有两个八九岁的小孩儿，眼睛是墨蓝色的。

酒心女孩儿心血来潮时，会发一些小视频给我们看——小视频里，她教那两个小孩儿说中文，或是同他们一起坐在沙发上看电视。

清晨她走路去车站坐公交车，那里的公交车到站前需要摇铃，若没人摇，这一站就不会停。她第一次坐的时候不了解情况，差点儿就坐过了站，多亏有人和她在同一站下车。

陌生的地方总会让人不适应，她的学校里有中国学生，但她总觉得和他们待在一起有生疏感，大家表面上看像朋友，心里却互相留了距离。于是，她有事儿没事儿就会在微信群里发东西，我们彼此调侃几句，就当这儿是个秘密邮箱。

她经常会发一些澳洲的照片在微信群里，比如，午后空旷寂静的街道上，她一个人等车的样子，或是她周末去海边散步，浪花一个接一个打过来……那边的天空清澈干净，拍照不加滤镜效果也很好看。

有时，快到半夜，她发一段做夜宵的小视频在微信群里。她在厨房忙活，陶瓷锅里煮着番茄和牛腩，汤汁沸腾冒泡。我打字告诉她吃夜宵会发胖，但其实口水已经在我嘴里打转——没办法，那些宵夜看着太诱人。她非但不理会我的话，还变本加厉地又发了一段出锅的小视频。我点开，细小的油爆声传出来，直戳我的味蕾。

从此，深夜里她再发小视频过来，我都会谨慎对待。

在那边生活了一段时间，生活转过了美好的一面，露出尖利的爪牙。

有一次，房东约她去一家餐厅吃饭。她从学校出来，不小心坐错车，等到她发现街景不对时已经晚了。她下车给房东打电话，却限于语言水平，有些重要单词听不懂。她走过几个街口，但那些岔道相似又繁多，一时连车站都找不到了。房东在电话里着急地大喊，她却只能站在马路边不知所措。

原本约好的午餐只能取消。那个下午，她独自沿着街道走了好久，脚踝上被蚊子咬了一圈，风一吹就瘙痒难耐。最后，她好不容易看到一家中国餐馆，进去问了里面的老板，才知道该如何回家。

她发来的照片上，脚踝整整肿了一圈，那边的蚊子特别毒。她抹上风油精，和房东的关系僵持了好长一段时间。

她的学校在半山腰，每天上学要走一小段山路。有个留着银色胡子的老师每次上课都会提前十五分钟点名，酒心女孩儿的家离学校远，有时会踩着点到学校。碰到这种情况，那个老师就会算她迟到。对于留学生来说，出勤和签证直接挂钩。

此外，那个老师对来自中国的学生似乎持有偏见，收上去的作业会分为"中国学生"和"非中国学生"两摞。每个中国学生起的英文名，他在发作业时都要大肆评论一番，甚至带着些许嘲笑的意味。他说到酒心女孩儿的英文名时，酒心女孩儿觉得委屈，却不好去反驳什么。

那年春节她没有回国，而是选择自己在澳洲度过。她说自己语言说得不好，回国也待不了几天，还不如留在那里学习。

除夕晚上，房东一家有事出门，留她一个人在家，晚饭她就炸了几块年糕。当时我坐在沙发上，电视机里放着辞旧迎新的歌曲，窗外漂亮的烟花照亮整个夜空……我录下来，发到微信群里。

她发来一段语音说："没什么，明年我也会看到的。"

我在新学校也过得并不顺利，无法融入新环境。

周围的朋友课后热衷于篮球、代购、网络游戏，或讨论哪个班上的女孩儿更好看。我身处其中，显得格格不入。每天我独自穿梭于食堂和宿舍，跑去图书馆写字，想尽办法把自己和外界分隔开。

长期终日对着电脑打字之后，我的颈椎在潮湿的春天又开始疼。夜晚我躺在床上，脖子不舒服，连脑袋都有些晕。我前后向老师请了几周假，课少时就坐长途汽车回家休息。

一天，我吃过饭，班长在网上找到我，不分青红皂白就对我一阵指责，问我为什么总不来上课。我告诉她我已经请过假，她却不信，还说了几句难听的话。

我不知道该怎么辩解，索性就不再回复。我在微信群里吐苦水，原本只想发泄一下，酒心女孩儿看到之后突然严肃起来。她说这件事我没做错，是那个班长不了解情况就骂人，叫我不要沉默，应该反击。

我说我不想再费心给班长打字，酒心女孩儿一下变得很着急，手机像出了故障，一个劲儿地蹦出消息。她对我说："如果你没做错，你一定要态度强硬，不能任人欺负。"那时，澳洲已经十一点多，她还没睡，一直给我说了好多遍"不能被别人欺负"。我眨眨眼睛，里面像是有泪水要溢出来。隔着冰凉的屏幕，她的话语就像奶酪，黏稠地裹着我的心，令我全身都暖烘烘的。

她在澳洲的几个月里，心有不甘和酸楚时，也是这么鼓励自己的吧？

这大概就是我认识的酒心女孩儿，如同一颗酒心巧克力，有着坚强的外表，骨子里却是柔软的，会关心每个她认定的朋友。

我与她最近的一次交流，大概是她叫我给她喜欢的明星投票。我不假思索地点开投票页面，投完再把"投票成功"的页面截下来，发回去给她看。

半晌，她打字说："青青，你真的太帅了。"她还配了一个爱心的表情。

我觉得有些肉麻，但后来一想，怎么叫我都无所谓了，反正是她。

《小溪流（成长校园）》2016 年第 11 期

天上之父

封　尘

　　余阔在那里待了快一个小时，现在他右腿和右手都开始发麻，他不得不在这逼仄的空间里面平躺下来。后背贴住那坚硬而且冰凉的平面那一瞬间，他感觉有什么凉飕飕的东西透过后背进入了他的身体，他打了个冷战。但是他并没有害怕，他在等待，并且用右耳靠紧了这个狭小空间的一侧，不打算放过外面的一丁点儿声音。

　　他躲进这具棺材是有目的的。他要在这里等一个人。

　　他屏息等待着外面的声音，然而只能听到不太清晰的雨声，以及偶尔一两声慵懒的猫叫声。他听着声音开始不由自主地想象棺材外面的情景：

　　淅淅沥沥的雨慢慢下落，然后浸满这个村子的角角落落，从地表开始，一点儿一点儿下渗，直到把坚硬的地面泡成一片泥沼。多余的一些雨水从黑瓦片的屋顶上滴落，然后砸在青石板上的凹槽里，溅出一些，但是更多的部分开始慢慢汇聚，成一股水流，一条水沟，最后流进村边的河里。

　　想到河，余阔又打了个冷战，但是这次多了些恐惧。他伸手沿着棺材壁摸索。余阔带进这具棺材的东西只有两件，一支手电筒和一个MP3。手电筒是很旧的那种，装两节一号电池，黄铜的外壳，一斤多重。MP3是前两天向隔壁的宁慧借来的，粉红色，有一圈银白色的边，是她爸爸过年回老家的时候带给她的礼物。

　　余阔在自己的右腿边摸到了那支手电筒，找到开关，然后摁亮。一束橙黄色光线照亮了棺材尾部，余阔能够看到自己的光脚。他慢慢把手电筒掉了个头将光线打在正上方的棺材盖上，手电筒玻璃片上的划痕被投射在了柏木棺材的纹路上。他转了转手电筒，那些秘符一般的划痕也跟着转了位置。他盯了好一会儿。

　　余阔其实很怕黑暗，他之前在棺材里度过了一个小时左右的黑暗，因为他害怕打亮手电筒会吓跑他要等的那个人。他把眼睛闭得紧紧的，然后想象自己在睡觉，只是在床上睡觉而已。

但是现在手电筒已经被打亮了,他就不会再关掉它。他看着这些光线,他知道一些光线被反射在了他脸上,甚至于,这具棺材现在已经被光线充满了。

这样他就觉得安心了。

不过有人走进这间屋子的时候他还是被吓了一跳,差点就要乱蹬棺材盖了。

他本来已经快睡着,迷迷糊糊之间听到有人在叫他的名字。他听不出是谁在叫他,于是在混沌中寻找,然后就是那突如其来的开门声让他彻底惊醒过来。那是乡下的老木头门特有的声音,来自于门轴部分的摩擦,那种长年累月的摩擦使得木头光滑无比,因此摩擦出来的声音尖细而且绵长。余阔被这个声音吓得头皮发麻。

然后他听到了脚步声,很轻微,然后是拉亮电灯的声音,再接着是一个女孩儿的嘀咕声。他放心了,同时是一阵失落——不是他要等的人。

女孩儿就是宁慧,她来肯定是为了要回她的MP3,而且她走过来并没有撑伞,因此多多少少有些淋湿。这些余阔都知道。他从兜里掏出MP3,塞上耳机开始听了起来,听到一首没有歌词的旋律,于是选了单曲循环。

他想起以前自己带着宁慧漫山遍野乱跑的时候的事情。宁慧小他两岁,因此不管什么时候都像是跟屁虫一样跟在他后面,他去爬树掏鸟窝,她就在下面看,他去河边钓鱼,她也带着张小凳子在旁边紧紧盯着浮标。有时候余阔会嫌她烦,想要故意甩掉她,她就生气了,他就不得不在爷爷的劝导下去跟她认错,于是第二天他的后面依然有一条小尾巴。

余阔的爷爷是个农民兼渔夫,他会用布满老茧和深深皱纹的手臂挥舞锄头,还会撒网。余阔很小的时候就在田间干活,记忆最深的是在他还很小的时候,收获稻谷的时节,他被安排在田边递东西。那一次天还没亮,月亮很高也很满,月光洒满大地。他看着爷爷在田里面踩打谷机。他觉得那是在收获月光。

几年以后余阔在田间派上了更大的用场,他可以割稻谷,然后一束一束摞起来。他的手臂每年到这个时候都会有无数条割伤,有些还会发炎。

农闲的时候,他会跟着爷爷出船,有时候宁慧也跟着,可是她怕水,每次都拉住余阔的手臂不放。他们划船到一个天然湖泊,这里水很深,倒映着天上的白云。爷爷会把渔网理好,用力撒出去,然后再拉回来。余阔和宁慧就兴奋地把被网住的鱼抓出来放进鱼篓里。

余阔其实很羡慕宁慧。他爸爸每年过年都会回来,带给她很多好东西。宁慧会把这些东西和他分享,但是他依然不开心。同样是外出打工,余阔的爸爸却好几年也没有回来过,他除了有一张陌生男人的照片外,再没有别的了。

他用手摸了摸棺材壁,柏木被打磨得很光滑。这本来是他爷爷自己动手给自己打造的棺材，打算在自己百年之后长住用的。

  他眼角滚了两颗泪珠出来。他的爷爷已经住不到为自己准备的家了，他被冰冷的河水包裹着，一层一层包裹，再也没有见到阳光和空气的机会。但是余阔觉得，他爷爷会找回来的，他会住到自己的家。他的家不在水里，在这里。

  余阔已经不知道他在棺材里面待了多久，他的耳朵里一直是那首没有歌词的旋律，听起来好像有点儿悲伤。他把 MP3 拿到面前看了看，《天上之父》，他不知道这首歌什么意思，想了想，然后又开始睡觉了。

  十二岁的余阔知道他会等到他爷爷，但是他不知道几乎没有空隙的棺材里面的氧气越来越少，就像手电筒的电，就像 MP3 的电，就像棺材外即将沉入黑暗的世界。

《读友》2016 年第 12 期

白色的蝴蝶飞走了

陆晓彤

　　花开得正好。学校广场边的紫色小花开得正好,那种白色的普通的蝴蝶绕着紫色的花飞,煞是好看。都是普通的物什,却也有让人一瞬间感觉到一种惊艳的美。七班的同学,还把这一簇簇的紫色小花画到了黑板报上,只是没有纷飞的白色蝴蝶,总也觉得少了些灵气。
　　璐璐没心思欣赏这花,也没空俯身去闻闻这若有若无的花香,她不想与蝴蝶去争夺。她烦着,坐在广场的椅子上,手时不时扯扯校服的边角。
　　花开得正好,花样年龄的璐璐却觉得不够好。
　　璐璐从来没有为未来做过什么计划。计划赶不上变化,世界上唯一不变的就是变化本身了。但唯独在一件事情上,璐璐做了缜密的计划,缜密的,不可告人的计划。
　　蝴蝶飞,蝴蝶飞,飞到璐璐脚边的紫色小花上。璐璐突然像是上了发条一般,霍地站了起来,一点儿都不专业。蝴蝶像是明白了什么似的,一齐飞开了。如果你看见了当时的璐璐,你一定会觉得她神情紧张得有些怪异,眉头锁着,解锁的钥匙应该是遗失了千年。
　　她快步走着。脚下有声响,脸上有表情,心里有目的。
　　说了,璐璐一点儿都不专业,从头到脚都在出卖她的"不正常"。她,确实是一个糟糕的跟踪者。
　　来,给璐璐斜前方的那两个人一个镜头。女孩子嘴巴动着,笑着在讲些什么。男孩子一路走一路拍着篮球,眼角笑着。璐璐跟在他们后面,看着他们的背影已经是心里一坛醋了,如果再让她看见他们脸部的特写镜头,就是一团火了。
　　璐璐喜欢上了那个拍着篮球的男孩子。俗套啊,真俗套啊。好像校园里受欢迎的男孩子都是爱运动的,都应该是穿着棉布衣服,流着汗,有着阳光笑脸的。真俗,璐璐可真俗。

但她的跟踪可不俗，而是让人觉得可怜可恨。

男孩儿和女孩儿在食堂点了两份餐，面对面坐着，边聊边吃边笑。真是糟糕的用餐习惯。璐璐点了一份餐，也坐着，拿筷子戳肉，把水蒸蛋搅得细碎无比，眼睛时不时做贼一般看向男孩儿和女孩儿坐的方向。这用餐习惯最不好，因为根本吃不饱。

没吃什么，但璐璐心里又酸又苦。

这个她暗恋的男孩子居然跟别的女孩子一起吃饭了。这意味着什么？就像璐璐，她绝对不会答应和班里任何一个男生单独在学校食堂吃一顿饭的，多让人误会啊。

璐璐记得，上周末上街的时候正好碰到这男孩子，璐璐悄悄跟了他一段路，当时看到一个女生开着辆电瓶车路过，跟男孩子打招呼。好像，好像就是眼前这个嘻嘻哈哈和男孩子吃饭的女生。璐璐当时没在意。她没想到，自己没在意的一个普通的女孩子，居然是这么大的一个威胁。

璐璐觉得后悔啊。无数次，男孩子打篮球的时候，为什么自己在旁边看着，却不送一瓶水？虽然老套，但是"口耳相传"的招数总是有它的效果的。好几次周末放假，为什么璐璐骑着自行车跟在男孩子后面，却只跟到自己小区门附近就回家了？璐璐觉得自己可真傻。好不容易等到今天，却……

那个在校辩论赛上有着精彩表现的男孩子拿到了最佳辩手，也俘获了璐璐。到现在，璐璐已经关注了这个高二的男孩子快一个月了。

终于被璐璐发现了什么。

璐璐心里苦啊。没法说，没人理解的苦。这场关注，从来没有界限分明的开始，也没有正式意义的结束。就这么在春日的微风里一点点儿被吹散了，这些细碎的情感只能被碾压着打包变成璐璐的回忆。没有互动的回忆终究是单薄与了无乐趣的。

璐璐的眼泪吧嗒吧嗒落进了眼前的餐盘里，那些被筷子折磨的饭菜又淋了一场泪雨。

按计划，璐璐今天应该是在广场上坐着，等男孩子打球结束，然后小跑上去，不小心撞到男孩子，然后顺带聊聊，介绍下自己，毕竟，男孩子还不认识璐璐呢。然后，璐璐还会顺其自然创造个机会一起和男孩子吃这顿饭的。连对白、表情，璐璐全都准备好了。璐璐唯独没准备好怎么应对突发情况。

计划破灭了。该死的计划。璐璐早就知道，这个世界唯一不变的就是变化本身。

璐璐心里酸，心里苦，心里特别恼。她又倒腾了一阵饭菜，起身，把餐盘里的饭菜全倒了。浪费粮食，浪费钱。璐璐决定破罐子破摔。

璐璐站在食堂门口看了男孩子一眼，深情地。或者说，自作多情地看了男孩子一眼。她心里默默说了句"再见"。当然，没任何人听见。某种意义上，璐璐是说给自己听的。青春期的少女总需要些仪式感，去证明些什么，或者告诉自己些什么。璐璐告诉自己，自己得不到的男孩子，他就应该安安心心学习，认认真真考上个大学。

从此，和他说再见。

年少的感情经不起一丁点儿的考验，掺不得一丁点儿的沙子。

原本这样也就算了。偏偏璐璐出食堂门，走到小广场的时候，正巧碰上了个老师。璐璐知道，胸前挂着"值日"牌子的老师是负责督查学校情况的。

她心里突然闪过一个念头。她快步走了过去，用劲过猛还撞了下老师。或许这才是计划里的正确步骤，冥冥中已经注定了。

"老师，您可以去食堂里转转。"璐璐停顿了一下，马上又补充道，"那里有情况。"璐璐尽量把话说得神秘些，暧昧些，以求引起老师的"兴趣"。

"值日"真是好老师，跨开步子蓄势待发之前还问，"什么情况？"

"噢。"璐璐露出很调皮的神情，"大概是在处对象。"璐璐尽量把事情说得跟自己没什么关系一些，好装得像是一个八卦的调皮的爱打小报告的少女。学校里不是有很多这样的人吗？璐璐想，我就当一回这样的人吧。

"你是几班的？"璐璐才不会回答这样的问题呢，她拔腿就跑，觉得浑身特轻松。她转头，看到负责的"值日"正跨步去食堂了。璐璐想起，之前还看过一个新闻，某个高中在食堂里还划分了男女生就餐专区。大概男女生一起吃个饭是个雷区。璐璐在帮助学校管理，璐璐在"匡扶正义"，这么想，璐璐心里就觉得更舒坦了，本来就是他们的错！

这次，璐璐没有再去跟踪男孩子的一切，也没有跑去看"值日"怎么处理那两个人。璐璐觉得作为告密者，需要保护自己，躲远一些，免得被发现。

璐璐不知道那天发生了什么。日子开始恢复最初的样子，那个她暗恋的男孩子在璐璐充满仪式感的那一眼深情的"再见"中，真的再见了。璐璐没有再去关注那个男孩子。就这样吧，看你怎么看待年少的感情了。璐璐看得很重的时候，会去"跟踪"男孩子，看到他一眼就觉得内心欢喜，动力十足。而看得很轻的时候，轻轻一口气，就能把"心上人"吹走。当然，璐璐也不知道这种意志力一点儿都不坚定的感情叫作什么。

那天，璐璐照旧在校园里走着，男孩子从球场出来正好拍着篮球走在璐璐前面。璐璐心里一惊。她有些手足无措地离着一小段路跟着。

还是那个女生,又跑到了男孩子旁边。

璐璐清晰地听到女生说:"我妈让你周末上我家吃饭去。"

男孩子说:"不去,我约了别人打球了。替我跟姑姑讲一声,让她别费劲买菜了。"

……

璐璐整个人呆立在那,千不该万不该,所有计划开始之前,为什么不先打听下男孩子的情况。

不过,还好,离璐璐心血来潮报复性的告密已经过去一段时间了。璐璐愣了一下后,仍旧该干吗干吗去了。她笑笑,小声对自己说了声"笨蛋",就跑着回寝室去了。

璐璐突然觉得男孩子的一切已经和她没什么关系了。

璐璐跑过紫色的小花前,白色的蝴蝶又一次飞啊飞。

白色的蝴蝶,很普通,却很美。

青春的小情绪,很幼稚,其实也挺美。

《中学生百科》2016 年第 28 期

几箪食，一辈子

凝佳恩

　　我和索圆能认识，得益于丁灵。

　　Z大每年都有新生群，我是在那上面发现自己和丁灵是老乡的，对外出求学的孩子来说，在异地能遇到一个同县城的人，是件多么不易的事，所以开学报到的那天，当其他同学脸上都挂着茫然无措的表情时，我丝毫不觉无助，因为有丁灵在。

　　两日后，丁灵过来找我，说是学校超市的东西贵得离谱，自己买的日用品过剩，就给我带了衣架和其他的必需物，顺道还带来一个人，这个人就是索圆。丁灵是个货真价实的美女，细胳膊细长腿，唇红齿白，而索圆，如她的名字一样，整个一土肥妞，她们两个站在一起，准确形象地解释了什么叫瘦成闪电和胖得浑圆。

　　窈窕淑女，人人爱之，像索圆这样的女孩子，很少有男生会一见倾心，就是女同胞见了，也不愿多欣赏几眼，丁灵之所以会和索圆扯上关系，纯粹是工作所迫，索圆的专业是工商管理，作为学生会干部兼直系学姐，丁灵迎接新生和索圆有交集是定然的。

　　但从一开始，我并不十分在意索圆，但因为一餐午饭，我对索圆稍有好感。

　　丁灵说一路跋山涉水而来，接风洗尘必不可少，执意要请我吃饭，就餐的地点是索圆挑的，一家不算奢华菜种却繁多的馆子，我这个人自小对吃不大上心，只要管饱就谢天谢地了，对去哪里吃，吃什么，从不过分挑剔，倒是索圆，对美食颇有研究，厉害到仅从菜色就能判断出火候。

　　Y市近海，海产品居多，螺蛳是家常配菜，索圆是本地人，喜食海鲜，而我，生于中原，长在北方，家乡河流寥寥无几，鲜少见过虾蟹，更别说多吃了，所以当大盘红艳艳的熟辣龙虾端上来时，索圆和丁灵都垂涎欲滴，我只是愣愣地盯着干瞪眼，有些不知如何下手，怎样将其入口。

　　食物，是浮躁社会的沉淀剂，也是人类缺少不得的宝贵之品，既能果腹，亦能增进人与人的感情，餐桌之上，推杯换盏，几筷菜下肚，一桩生意轻易便谈拢，三五个陌生朋友围在一起，吃着说着慢慢也就水到渠成地熟络了。

当日高谈阔论的内容，囊括了衣食住行，涉及过去，衔接未来，丁灵讲有关学校的各项注意事宜，饭局未结束，部分话题已被抛之脑后，我只记住面前的餐碟里，整整齐齐地摆着一排即食的虾，是索圆在我们谈话之际，悄无声息地剥好推过来的。

弓成一团的大虾，纤长的龙须，人手稍稍一用力，围裹周身的那层厚硬外壳，就被顺利地蜕了下来，嫩的肉，盘踞在白亮光洁的瓷盘中；鲜的味，势不可当地直扑双鼻，蘸些事先调好的酱汁，夹一块送入口中，唇齿留香，让人欲罢不能，回味无穷。

大概从小未被像公主一样善待过，又因吃人嘴短，对于索圆呵护备至的行为，我不是不感动的，随后她抛出的家长里短絮叨问题，我也愿意主动接上几句解了她的疑，但并不意味着要进一步深入了解她，和她长久以往地相处。

一个张口闭口都是吃的人，五脏六腑早被五花八门的食物填满，哪里还有志向的容身之处？那时的我初进大学，暗暗下定决心要向优秀的丁灵看齐，争上游，拿国家奖学金，嘴上虽没说什么，心里其实是有些不屑跟饕餮鬼为伍的，那餐就罢，默默地将索圆归于酒肉朋友一列，以为和她今生也就泛泛之交，不会更亲密了。

正式上课没几天，校内多家社团争先恐后拉出桌子挂起横幅招新抢人，我去丁灵的宿舍询问她入团的利弊，她的宿舍乱哄哄一片，有大声打电话的，还有对着电脑K歌的，丁灵嫌太聒噪，就和我一同去了十字路口，阴差阳错认识了模特协会的一个男生，两人顺理成章地走到一起。

那男生是我室友的校友，源于这层关系，待我也算和善，偶尔会叫我们宿舍的人出去游玩，丁灵更是有问必答有求必应，不少同学一见面就揶揄我，说我好福气，来到陌生的地方还万事有人撑腰，我只有乐呵呵地笑，心中因丁灵的无微不至倍感幸福。

不知是女孩子天生敏感多疑，还是日久见人心，丁灵有了对象以后忙得人仰马翻，不再发任何动态，给她发QQ消息几日也收不到半个回复，短信亦是如此，打电话过去也无人接听，我怀疑她是否出了什么事，欲亲自去趟十三号楼，姐妹们却说热恋中的人都是无暇顾他的，让我别去煞风景。

一刻意，一远离，就是几个月之久。

端午前一天，我专门去超市买了不同口味的粽子，想给丁灵送去，谢谢她一直以来的关照，试着拨通号码，没来得及点明心意，就遭到一通劈头盖脸的责骂，"顾思语，你能不能不要阴魂不散地缠着我，我不是解救众生的神，没时间围着你转，没察觉出我早就厌烦你了吗。"

多年以后，我还清楚地记得丁灵那日气急败坏的语气，她带着脏话歇斯底里的言辞，像锥子一样狠狠地刺痛我的心，扎碎我努力鼓起的全部勇气，割裂了我对她的所有感激，一腔尖锐的嗓音，时不时回响在我的耳边，提醒着我，爱问的自己有多遭人嫌惹人厌。

那天下午，我翘掉必修的两门课，一个人垂头丧气地去了操场，中心草坪上吵闹声不绝于耳，我愈发觉得烦闷，在上体育课的索圆不知何时看到了我，走过来盘腿坐下，见我脸色不佳问发生了什么事，我一言不发地摇头，她对拒绝靠近只是尴尬地笑笑，从口袋里摸出一块软糖递过来，说把它当成惹事的那个人，狠狠地嚼碎出气。

这般幼稚的说法，也只会从贪吃的人嘴里说出，我有些啼笑皆非，接过糖剥开外层纸一口咬了下去，和她轻描淡写地讲了与丁灵间的纠葛，索圆却告诉我，自从谈了恋爱，丁灵就不再是最初的那个她，因为气恼男朋友对我们宿舍人的频频关怀，她对我的不喜日益加深。

爱情，胜过世间任何一种武器，能毫不费力地将友谊钻开一个裂缝，轻而易举地摧毁掉本以为牢不可破的感情，会让一个粗枝大叶的男生变得体贴温柔，也会令一个体贴温柔的女生，变得似不辨是非的泼妇一样斤斤计较不可理喻。

这场别扭后，我和索圆越走越近，那个傍晚，我们嘻嘻哈哈大笑着从学校跑出，不去想逃课被点到名会有何后果，也不在乎再在路上见到丁灵该用什么样的表情，心无旁骛地跑到堕落街，叫了一桌的美食，两人吃得肚皮鼓鼓，指着油光满面的对方乐不可支。

物以类聚，长时间和一个人厮混，很容易被她的习惯所传染，在索圆的世界里，没有什么大不了的事，再难以忍受的痛，大吃一顿后就会转化为力量，她总说世上没有比吃更能让人发泄情绪的方法，跟她待久了，我渐渐也认同了曾嗤之以鼻的她的观点，接受她的明里暗里的种种好意。

大二的那个中秋节，索圆坚持要带我回家，提前好几日就打电话给爸爸，让他早早开车过来接，一路上他们都在愉快地对话，语速极快的方言我一句也听不懂，不甚明了聊天的全部内容，但对索爸爸的一句话始终印象深刻，他说："谢谢你愿意和圆圆做朋友。"

经年如白驹过隙，我常常会想起那个皎洁的圆月夜，满桌坐的都是索圆的家人，好酒好菜招待，她细心地为我挑了几只大螃蟹，喜笑颜开地跟叔叔伯伯解释，"这个河南人不会吃海鲜，我带她回来见见世面。"

那晚，窗外亮堂，屋内温馨，明灿灿的蟹黄，映衬着索圆胖嘟嘟的娃娃脸，也如同利剑，长驱直入我的心房，砍断旁出的不屑和鄙弃，我清楚地知道，索圆那样说不过是想让我好受点，她其实是不忍看我孑然一身远在他乡，团圆之夜孤零零地窝在宿舍无人陪伴，用这样一种独特的方式带给我温暖。

在外漂泊的游子，最缺的就是关爱，索圆和丁灵有极大的不同，她带给我的慷慨，任何人都替代不来，每逢过节，我都能荣幸地获得别的同学只能眼巴巴看着的福利，有时会是几盒价格不菲的好牛奶，有时会是三两包当地的特产，再有时会是让妈妈从家带来亲手烧的菜，我不方便返乡，索圆就在校陪着我，直到被爷爷催促得心烦意乱才硬着头皮告别，拍拍我说"别难过，归来时带箱好吃的分你一半"。

索圆虽对吃喝念念不忘，体型庞大，留着短发，喜欢 BF 版的白 T 恤，可再怎么说话粗声粗气，也涂抹不掉女孩子与生俱来敏感又细腻的性格，我承认，索圆尽管没以身试法和男生交往过，但在情感这方面，她懂得远远比我多。

大三那年，和兔子的那场恋爱我谈得最用心，受伤也最深，索圆从一开始就不看好我们，数次奉劝我适可而止，说兔子挂几门科不像好人，且我们两人一南一北家距十万八千里，即便走到毕业，距离终究会成分手的导火索，我不信地域差异，不畏父母反对，将她的忠言置于耳后，最终因为第三者的出现输得一败涂地。

那段时间，我掉进爱情的沼泽里无法脱身，不顾颜面，不要自尊，跑到兔子楼下干等，祈求他能回心转意，索圆得知后拽着不让我再去，恨铁不成钢地冲着我大吼，"哪怕爱得死去活来，也不能丢掉一个女孩子应有的骨气"。

固执如我，怎肯轻易放弃，最后实在拗不过倔脾气，索圆也跟着过去，我心灰意冷整整两天滴水未进，她守着我同样如此，心疼我放声痛哭，索圆暗暗喊来弟弟，把兔子秘密地揍了一顿，这才算出口恶气顺了心。

失恋的那些天，索圆担心我再做傻事，寸步不离，待我慢慢走出阴影后对食堂的饭菜挑三拣四，她不知从哪里借来口锅，日日冒着被宿管阿姨没收的风险，煮我最爱的冬瓜排骨，嘴上碎碎念着"人渣怎配得上好姑娘"。

你们看，我一有机会就挖苦取笑她，说她丑得不忍直视，拿她的墩肥寻开心，嘲讽她性格爷们儿和体形胖，在索圆的心里，我依旧善解人意，是个难得一遇不容失去的好姑娘。

像大海包容白鲨和鲸，像蓝天包容小鸟和鹰一样，索圆包容我的任性和荒唐，对我的毒舌习以为常，听到别人私下讲我坏话，会冲上前训斥，看到新生群里有人骂我刻薄，也会对其横加指责，为了一个口不择言的我，大学里她和三位同学反目成仇。

纵然这样，有发小聚会和其他饭局，索圆还不忘带着我，跟人介绍时会骄傲地说，"这就是那个写文章很厉害的姑娘，我最好的朋友"，仅此一句似乎不能体现出我的过人之处，她继续把她所知道的我的作品和书名一一列举，直到对方佩服地点头后才肯罢休。

索圆一直以我为豪，逢人就宣扬我的优秀，说我拿了多少回国家奖学金，出了多少本书，一年被市里采访过几次，连我自己都不能说全所刊登的文章名字，她却一个不漏地通通记在心上，那本随便写上寄语签下笔名的样刊，多年被她视若珍宝地藏着，成为怀念彼此的有力凭证。

大学这段时期，我们从未真正红过一次脸，即使索圆恼得面红耳赤，也都是被我气的，冬日逼着我套棉袄，以防我只要风度不要温度胡乱穿衣，旅游出行数落我，扭怩费时差点误了返程班车，更是对委托我做账，我却看错小数点致使领导损失惨重而恨得牙根直痒。

求学他乡的四年中，我与父母也仅春节才相聚，在那座陌生的城市，却和索圆从一无所知到形影不离，受尽她不求回报的贴心照料，我也问过她为何掏心掏肺地待我，她的话语透出前所未有的真诚跟正经，"我待你好，是因为你对我也不错，你的关怀虽然不多，但值得我这么做。至少第一次见面，你没有跟其他人一样，因厌恶我的肥胖，对已经剥好的龙虾视而不见，而是津津有味地享受。"

我以为，最后一起载歌载舞把酒言欢的会是丁灵，我以为，和索圆的故事也许就停留在初次相见的接风宴上了，我以为，食物是人际交往中最脆弱的支撑，没有了鸡鸭鱼肉，也就没有了称兄道弟，事实却给我上了刻骨铭心的一课，人不可貌相，情感需要培养，美的心灵比脸面重要千万倍——只用一通电话，就彻底碾碎了天真可笑的我以为。

一些我们珍视的，想倾尽所有去宽待的朋友，尝到了赠予的蜂蜜，不一定就肯回之以冰糖，而那些一直在背后默默支持，并不十分熟悉，被我们忽略的陌生人，却会在最无助的时候，单凭一句话就及时出现在身旁。

毕业分别，索圆留了个印有她大头贴的枕头给我，问我送她什么，我在她的掌心放了颗红豆，轻轻抱住她，谢谢她在我最好的年华，给予我整个青春宇宙。

《我一直想和吃货做朋友》哲思图书